Alexander Söderberg
Unbescholten

PIPER

Zu diesem Buch

Gut und Böse. Für Sophie Brinkmann, Stockholmer Krankenschwester und alleinerziehende Mutter, gibt es eine klare Grenze. Bis sie den Patienten Hector Guzman näher kennenlernt – und Kommissarin Gunilla Strandberg sie bittet, diesen scheinbar seriösen Mann zu bespitzeln. Plötzlich tauchen unangenehme Fragen auf: Wer ist Hector Guzman wirklich, der sich Sophie als charmanter Verleger vorgestellt hat? Soll sie der Kommissarin vertrauen, die Hector als skrupellosen Mafiaboss beschreibt? Und wie weit würde Sophie gehen, um ihm zu helfen? Erst als Hector entführt und Sophies Sohn Albert lebensgefährlich verletzt wird, begreift sie, dass diese Freundschaft keine Gewissensfrage mehr ist – sondern eine auf Leben und Tod …

Alexander Söderberg, geboren 1970, arbeitete als Dramaturg, Redakteur und Drehbuchautor für das schwedische Fernsehen. Sein Debüt als Thrillerautor, der Auftakt seiner auf drei Teile angelegten Serie um die Heldin Sophie Brinkman, verkaufte sich innerhalb kürzester Zeit in 34 Länder, darunter auch die USA und England. Ridley Scott hat sich die Filmrechte für Hollywood gesichert.

Alexander Söderberg

UNBESCHOLTEN

Thriller

Aus dem Schwedischen von
Hanna Granz

Piper München Zürich

Mehr über unsere Autoren und Bücher:
www.piper.de

MIX
Papier aus verantwortungsvollen Quellen
FSC® C083411
www.fsc.org

Ungekürzte Taschenbuchausgabe
November 2014

Titel der schwedischen Originalausgabe:
»Den andalusiske vännen«, Norstedts Förlag, Stockholm 2012

Umschlaggestaltung: Mediabureau Di Stefano, Berlin
Umschlagabbildung: Roy Bishop/Arcangel Images und
omer sukru gosku/iStockphoto
Satz: psb, Berlin
Gesetzt aus der Berling
Karten: cartomedia, Karlsruhe
Papier: Munken Print von Arctic Paper Munkedals AB, Schweden
Druck und Bindung: CPI books GmbH, Leck
Printed in Germany ISBN 978-3-492-30645-4

1. TEIL

Stockholm, Mai

1

Sie sah nicht aus wie eine Krankenschwester. Das behaupteten jedenfalls viele, und sie wusste nie, ob das ein Kompliment oder eine Beleidigung war. Sie hatte langes dunkles Haar und grüne Augen, die immer aussahen, als würde sie gleich lachen.

Die Treppe knarzte unter ihren Füßen. Das Haus, ein kleines gelbes Holzhaus von 1911 mit Sprossenfenstern, ausgetretenen Parkettböden und einem Garten, der etwas größer hätte sein können, war ihr Platz auf dieser Erde. Das hatte sie schon gewusst, als sie es zum ersten Mal sah.

An diesem windstillen Maiabend stand das Küchenfenster offen, und der Duft, der zu ihr hereindrang, erinnerte mehr an Sommer als an Frühling. Eigentlich fing der Sommer erst in ein paar Wochen an, aber in diesem Jahr war es früh warm geworden. Nun lag die Hitze schwer und still über allen Dingen. Sophie war dankbar dafür, sie brauchte Wärme und genoss es, Fenster und Türen offen lassen zu können.

In der Ferne war ein Moped zu hören, eine Drossel irgendwo im Garten.

Sophie nahm Geschirr aus dem Schrank und deckte den Tisch für zwei, mit den besten Tellern, dem feinsten

Besteck und den schönsten Gläsern, die sie hatte. Sie wollte heute den Alltag vergessen, und es war ihr egal, dass sie allein essen würde. Albert aß, wenn er hungrig war, was selten mit den regelmäßigen Mahlzeiten zusammenfiel. Sie hörte ihn auf der Treppe – schnelle Sportschuhe auf altem Eichenholz, die Tritte ein bisschen zu schwer und zu hart. Sie lächelte ihm zu, als er in die Küche trat. Er lachte, riss die Tür des Kühlschranks auf, blieb lange davor stehen und starrte hinein.

»Mach den Kühlschrank zu, Albert.«

Sophie aß und blätterte in der Zeitung. Dann blickte sie auf und sagte den gleichen Satz noch einmal, strenger.

»Ich kann mich nicht bewegen …«, sagte Albert theatralisch.

Sie musste lachen. Er hatte Humor. Das machte sie sogar ein bisschen stolz.

»Was hast du heute getrieben?«, fragte sie.

Sie sah, dass er selbst lachen musste. Das kannte sie gut an ihm, er fand seine eigenen Scherze immer lustig.

Albert nahm eine Flasche Mineralwasser aus dem Kühlschrank, warf die Tür zu und setzte sich schwungvoll auf die Arbeitsplatte. Die Kohlensäure sprudelte, als er die Flasche öffnete.

»Die sind alle so gestört«, sagte er und trank einen Schluck. Albert erzählte von seinem Schultag. Sie hörte amüsiert zu, wie er sich über Lehrer und Mitschüler lustig machte, und sah, dass er es genoss, sie zu unterhalten. Und dann hatte er plötzlich genug erzählt. Sophie wusste nie, wann das passierte, er hörte einfach auf zu reden, als würden ihn seine eigenen Witze plötzlich langweilen. Er verschwand im Flur. Einen Moment herrschte Stille, vielleicht zog er sich andere Schuhe an.

»Du schuldest mir einen Tausender«, sagte er vom Flur her.

»Warum?«

»Die Putze war heute da.«

»Putze sagt man nicht.«

Sophie hörte einen Reißverschluss.

»Was sagt man dann?«

Ihr fiel nichts ein. Albert war schon in der Tür. »Küsschen, Mama«, sagte er, und seine Stimme klang plötzlich weich. Die Tür fiel ins Schloss, Sophie hörte seine Schritte auf dem Kiesweg vor dem offenen Fenster.

»Ruf an, wenn du später kommst«, rief sie ihm hinterher.

Sophie tat, was sie immer tat. Sie deckte ab, räumte auf, sah fern und telefonierte mit einer Freundin. Dann legte sie sich hin und versuchte das Buch auf dem Nachttisch zu Ende zu lesen. Doch es langweilte sie, und Sophie wunderte sich, was sie je daran gefunden hatte. Sie schlug das Buch zu und löschte das Licht.

Um Viertel nach sechs wachte sie auf. Sie duschte und wischte den Badspiegel ab, auf dem Wörter zu sehen waren, wenn er beschlug: *Albert*, *AIK* und eine Reihe anderer unleserlicher Buchstaben, die er mit dem Zeigefinger schrieb, wenn er sich die Zähne putzte. Sie hatte ihn gebeten, damit aufzuhören, aber das schien ihn nicht zu kümmern, und irgendwie mochte sie das inzwischen auch.

Sie zog sich an, nahm im Stehen ein leichtes Frühstück zu sich und las dabei die erste Seite des *Expressen*. Sie rief dreimal zu Albert hinauf, dass er aufstehen müsse.

Eine Viertelstunde später saß sie auf ihrem Fahrrad

und fuhr in die Klinik nach Danderyd, in der sie angestellt war.

Sie nannten ihn Jeans und glaubten tatsächlich, dass er so hieße. Lachend hatten sie auf ihre Hosen gezeigt. »Jeans!«

Eigentlich hieß er Jens, und er saß zusammen mit drei Russen an einem Tisch, mitten im Dschungel von Paraguay. Ihr Boss hieß Dmitri. Er war groß, um die dreißig Jahre, und er machte nicht den cleversten Eindruck. Seine zwei Kumpel hießen Goscha und Vitali, ihre Augen standen weit auseinander, und ihre halb geöffneten Münder legten die Vermutung nahe, dass sie nicht das Geringste davon begriffen, worüber geredet wurde.

Dmitri mixte Dry Martini in einem Plastikkanister. Er presste Oliven hinein und schüttelte das Ganze, dann schenkte er in ausgespülte Kaffeebecher ein. Er brachte einen russischen Toast aus, und alle nahmen einen Schluck von dem Drink, der ein wenig nach Diesel schmeckte.

Jens bemühte sich, ihnen seine Abneigung nicht zu deutlich zu zeigen.

»Ich zeige euch die Dinger am besten mal«, schlug er vor. Er ging zu dem Jeep hinüber, der in dem staubigen, schwach beleuchteten Innenhof stand.

Weshalb die drei den ganzen Weg bis nach Paraguay gekommen waren, um sich die Ware anzusehen, wusste er nicht. In der Regel bestellte jemand etwas bei ihm, er lieferte und wurde bezahlt. Fertig. Doch das hier war etwas anderes. Es schien, als ob der Waffenkauf eine große Sache für die Russen sei. Was genau sie hier wollten und wozu sie die Waffen brauchten, hatte ihn aber nicht zu interessieren. Sie waren hier, um die Waffen auszuprobieren, Kokain zu schnupfen, zu vögeln und ihm die zweite von drei Zahlungen zu übergeben.

Er hatte eine Maschinenpistole da, eine MP7 Heckler & Koch, sowie ein österreichisches Sturmgewehr. Die übrigen Waffen lagen verpackt in einem Lagerhaus am Hafen von Ciudad del Este und warteten auf den Transport.

Die Russen griffen nach den Waffen und taten, als würden sie aufeinander schießen. »Hände hoch, Hände hoch!« Sie brüllten vor Lachen und machten schnelle Bewegungen.

»Jeans! Wo zum Teufel ist die Munition?«

Er zeigte auf das Heck des Jeeps. Die Russen rissen die Türen auf und suchten nach der Munition. Jens steckte die Hand in die Tasche, er hatte noch ein Nikotinkaugummi übrig. Vor zwei Jahren hatte er mit dem Rauchen aufgehört, vor drei Wochen mit dem Kautabak. Nun war er im Dschungel, vier Meilen von Ciudad del Este entfernt, und sein Körper schrie nach Nikotin. Er steckte sich das Kaugummi in den Mund und blickte mit kaum verhohlenem Ekel auf die Russen. Er wusste, dass er demnächst wieder mit dem Rauchen anfangen würde.

Sophie arbeitete vor allem wegen der Patienten hier und nicht, weil sie fromm war oder den tiefen Wunsch verspürte, anderen zu helfen. Sie mochte es, mit den Menschen zu reden. Die Patienten kamen, weil sie krank waren. Darüber sprachen sie offen und ehrlich und waren ganz sie selbst. Sophie fühlte sich wohl in ihrer Gegenwart und konnte gut mit ihnen umgehen. Die Patienten redeten selten Unsinn, das taten sie erst, wenn es ihnen wieder besser ging, und dann trennten sich ihre Wege meistens wieder. Vielleicht war genau das der Grund, weshalb sie sich damals für diesen Beruf entschieden hatte. Jedenfalls liebte sie es, wenn ihre Patienten ganz bei sich waren. Diese Patienten waren ihre Lieblinge. Es waren fast immer Charakterköpfe. Das war das Wort, das ihr selbst für die Leute eingefallen war: Charakterköpfe. Sie konnten mit einer inneren Ausgeglichenheit über das Leben lächeln, und Sophie erkannte sie meist auf den ersten Blick, ohne zu wissen, wie oder warum.

Sie war mit einem Tablett auf dem Weg zu Hector Guzman in Zimmer elf. Er war vor drei Tagen eingeliefert worden, nachdem er an einem Fußgängerübergang mitten in Stockholm überfahren worden war. Sein rechtes Bein war unterhalb des Knies gebrochen. Die Ärzte hatten auch eine Verletzung der Milz diagnostiziert, deshalb war er noch zur Beobachtung geblieben. Hector war etwa Mitte vierzig, eher interessant als gut aussehend, kräftig, aber nicht dick. Er war Spanier und hatte dunkle Haare. Nase, Wangenknochen und Kinn waren scharf geschnitten und seine Haut angenehm sandfarben.

Hector sprach fließend Schwedisch und war einer von Sophies Charakterköpfen – vielleicht wegen seiner wachen Augen, vielleicht wegen der Leichtigkeit, mit der er sich trotz seiner Größe bewegte. Oder weil er sie stets mit einer natürlichen Gelassenheit anlächelte, wenn sie zu ihm hereinkam. Sie lächelte immer zurück.

Als sie das Zimmer betrat, war Hector Guzman in sein Buch vertieft, saß zurückgelehnt in seinem Bett und hatte die Lesebrille auf der Nase. Sie sortierte die Tabletten und legte sie in kleine Plastikbecher, dann reichte sie ihm einen. Er warf sich die Tabletten in den Mund, nahm ihr das Wasserglas ab und trank. Dabei konzentrierte er sich die ganze Zeit auf sein Buch.

»Immer wieder gut«, sagte er leise und blickte auf. »Sie tragen heute andere Ohrringe, Sophie.«

Sie griff unwillkürlich an ihr Ohr.

»Ja?«, sagte sie.

»Ganz sicher. Und sie stehen Ihnen gut.«

Sie ging zur Tür.

»Könnte ich etwas Saft bekommen? Ginge das?«, fragte er.

»Ja, natürlich«, antwortete Sophie und öffnete die Tür.

Ein Mann kam ihr entgegen, der sich bei seinem letzten Besuch als ein Cousin vorgestellt hatte. Er sah Hector aber keineswegs ähnlich. Er war groß und schlank, hatte schwarzes Haar, wache, eisblaue Augen, die alles zu registrieren schienen. Er nickte Sophie zu. Dann sagte er auf Spanisch etwas zu Hector, Hector antwortete und lachte.

Auf dem Flur saß Gunilla Strandberg mit einem Blumenstrauß in der Hand und sah, wie die Krankenschwester aus Hector Guzmans Zimmer kam. Gunilla betrachtete sie. War das Freude, die sie in ihren Augen sah? Die Frau ging an ihr vorüber. An ihrer linken Brusttasche hing ihr Namensschild, *Sophie*.

Gunilla schaute Sophie hinterher. Sie bewegte sich leicht, als würden ihre Füße die Erde nur streifen, sehr elegant und weiblich.

Gunilla schaute wieder zu Zimmer Nummer elf, in dem Hector Guzman lag. Sie spürte, dass ihn etwas umgab. Eine Energie, etwas Besonderes, das nicht zu greifen war und von dem Sophie einen Hauch aus dem Zimmer mitgenommen hatte.

Gunilla erhob sich, ging den Flur entlang und schaute in das leere Schwesternzimmer. An der Wand hing der

Dienstplan dieser Woche. Sie blickte sich im Flur um, trat dann ein und ging zu der Liste.

Helena …

Roger …

Anne …

Carro …

Nicke …

Sophie … *Sophie Brinkmann.*

Sie stellte den Blumenstrauß in eine leere Vase auf einem Rollwagen und verließ die Abteilung. Im Aufzug nahm sie ihr Handy heraus, rief im Büro an und bat um die Adresse einer Sophie Brinkmann.

Statt zurück zur Polizeistation in der Brahegatan fuhr sie nach Stocksund, in das Wohngebiet auf der anderen Seite der Autobahn. Vor einem kleinen gelben Holzhaus mit weißen Giebeln hielt sie an.

Sie blieb noch einen Moment im Auto sitzen. Es war eine ruhige Gegend. In den Bäumen hing dichtes Laub, und die Birken standen kurz vor der Blüte. Gunilla stieg aus, der Geruch eines Faulbaums wehte ihr entgegen. Sie sah sich um, betrachtete erst die Nachbarhäuser, dann das von Sophie Brinkmann. Es war schön, kleiner als die anderen und, wie ihr schien, weniger gepflegt. Nein, es war nicht unordentlich. Eher fühlte sich der Anblick der Nachbarhäuser verkehrt an. Dort herrschte ein Perfektionismus, eine traurige, unbeseelte Ordnung. Sophies Haus dagegen wirkte lebendig. Die Fassade war nicht frisch gestrichen, das Gras nicht frisch gemäht, die Fenster nicht gerade sauber …

Gunilla ging durch die Gartenpforte und über den Kiesweg zum Eingang. Sie schaute durch das Küchenfenster. Sie sah einen Wasserhahn aus Messing, einen Herd mit gusseisernen Türen und eine Arbeitsplatte aus altem

Eichenholz. Gunilla trat zurück und blickte an der Fassade hoch. Hinter einem Fenster im oberen Geschoss stand ein schöner Strauß.

Im Auto auf dem Weg zurück in die Stadt dachte sie darüber nach, wie Hector Guzman an eine solche Person kam und in welchem Verhältnis sie zu ihm stand.

2

Leszek Smialy fühlte sich wie ein herrenloser Hund: Wenn er nicht in der Nähe seines Herrchens war, wurde er unruhig. Doch Adalberto Guzman hatte ihm befohlen zu reisen. Also hatte sich Leszek in ein Flugzeug gesetzt und war wenige Stunden später in München gelandet.

In den letzten zehn Jahren war er kaum von Guzmans Seite gewichen, mit Ausnahme der einen Woche Urlaub, zu der er alle drei Monate verpflichtet war. Sein Lebensrhythmus folgte diesen Dreimonatsschichten. Wenn er Urlaub hatte, nahm er sich ein Hotelzimmer und betrank sich von früh bis spät. Wenn er nicht zu betrunken war oder schlief, sah er fern. Er wartete darauf, dass die Woche vorüber war und er wieder arbeiten konnte. Leszek begriff nicht, warum Adalberto auf diesen Zwangsurlauben beharrte.

Leszek saß hinter dem Lenkrad eines Ford Focus in der Villengegend Grünwald außerhalb von München. Überall standen große Häuser mit eingezäunten Gärten, aber weit und breit war kein Mensch zu sehen.

Adalberto Guzman hatte Leszek Fotos von Christian Hanke gegeben, einem fünfundzwanzigjährigen, gepflegt aussehenden jungen Mann mit kurzem braunen Haar. Auf den Vergrößerungen der Bilder war auch sein Vater

Ralph Hanke zu sehen. Leszek betrachtete die Abzüge: selbstsicheres Lächeln, maßgeschneiderte Anzüge und sorgfältig gekämmtes Haar.

Leszek hatte Christian Hanke durch das Fernglas beobachtet. Er wusste nur, dass Hanke abends gegen acht nach Hause kam und seinen BMW auf der Straße vor dem Haus parkte. Er bekam Damenbesuch, hatte eine Haushaltshilfe, und in seinem Schlafzimmer brannte bis zwei Uhr morgens Licht. Leszek wusste außerdem, dass Hanke immer morgens um halb acht aus dem schmiedeeisernen Tor trat, die Straße überquerte, sich in seinen Wagen setzte und nach München hineinfuhr.

Aus dem Radio tönte bayerische Schlagermusik. Ein Typ sang, als würde er dabei breit lächeln, und im Hintergrund waren elektronische Streichinstrumente zu hören.

Leszek saß da und atmete ruhig. Es war ein schöner Morgen, die Luft war dunstig. Die Sonnenstrahlen fielen durch das Laub und tauchten die Umgebung in ein gleißendes Licht.

Leszek blickte auf seine Hände. Es war eine schmutzige Angelegenheit gewesen, die Bombe zu installieren. Er hatte das zwar schon öfter gemacht, aber das letzte Mal war schon etwas her, damals war er noch beim Geheimdienst gewesen. Da war es weniger zeitaufwendig gewesen, schon allein wegen der Motorblöcke, die nicht so kompakt gebaut waren wie heute. Er streckte sich und schloss für einen Moment die Augen.

Als er sie wieder öffnete, sah er gerade noch die Silhouette eines Menschen, der hinter parkenden Autos die Straßenseite wechselte. Leszek nahm das Fernglas vom Beifahrersitz und hielt es sich an die Augen. Es war eine Frau, eine junge Frau. Leszek warf einen Blick auf seine Armbanduhr, es war Viertel vor acht. Die Frau war blond,

Anfang zwanzig, hatte langes Haar und trug eine große schwarze Sonnenbrille und zerschlissene Designerjeans. In ihren hochhackigen Schuhen ging sie zielstrebig auf den BMW von Hanke zu. Über ihrer Schulter hing eine Handtasche. Wo zum Teufel war Christian Hanke? Statt um den Wagen herum zur Beifahrertür zu gehen, öffnete sie die Tür auf der Fahrerseite, glitt hinter das Lenkrad und legte die Handtasche auf den Sitz neben sich.

Die nächsten fünf Sekunden vergingen wie in Zeitlupe. Leszek überlegte, ob er sie warnen sollte. Doch stattdessen saß er nur da, sah, wie die junge blonde Frau diese kleine Bewegung machte, mit der man einen Motor startet: eine Hand am Lenkrad, ein bisschen vorbeugen und mit der rechten Hand den Startknopf drücken.

In der Millisekunde, in der die Elektrizität von der Batterie zum Motor transportiert wurde, fing ein Stromkabel sie ab und zündete eine Patrone, die wiederum einen Klumpen Plastiksprengstoff zündete, der unter dem Wagen befestigt war.

Die Wucht der Explosion drückte die Frau gegen das Wagendach und brach ihr sofort das Genick. Der Napalmbehälter, den Leszek im Auto angebracht hatte, fing iim selben Augenblick Feuer und verwandelte das Auto in ein brennendes Inferno.

Leszek verließ Grünwald und fand einen abgelegenen Platz im Wald, wo er den Ford in Brand setzte. Dann rief er Adalberto an und hinterließ eine kurze Nachricht auf seiner Mailbox, dass es nicht nach Plan gelaufen war. Anschließend warf er das Handy in einen Gully und lief kreuz und quer durch die Stadt, um sicherzugehen, dass niemand ihn verfolgte. Dann winkte er ein Taxi heran, das ihn zum Flughafen brachte.

Vom ersten Tag seines Krankenhausaufenthaltes an hatte Hector Guzman Sophie Fragen gestellt: über ihr Leben, ihre Jugend, ihre Familie. Er hatte gefragt, was sie mochte und was nicht. Und sie ertappte sich dabei, dass sie seine Fragen wahrheitsgemäß beantwortete. Sie musste sich eingestehen, dass sie seine Aufmerksamkeit genoss, sie hatte Hector Guzman nie als aufdringlich empfunden. Wenn er etwas berührte, über das sie nicht reden wollte, fragte er nicht weiter. Er schien zu wissen, wo ihre Grenze verlief. Und je besser sie sich kennenlernten, desto zurückhaltender verhielt er sich ihr gegenüber.

Ob sie müde sei, fragte er.

»Warum?«

»Sie sehen müde aus.«

Sophie legte ein Handtuch zusammen. »Sie scheinen ja zu wissen, wie man Frauen schmeichelt.«

Er verzog den Mund.

»Ich glaube, Sie werden hier nicht mehr allzu lange liegen«, fuhr Sophie fort.

Hector hob eine Augenbraue.

Sophie öffnete ein Fenster und ließ frische Luft herein. Dann ging sie an seinen Nachttisch, um die leere Wasserkaraffe zu nehmen. Doch Hector griff nach ihrer Hand. Ihr Herz schlug schneller. Sie bewegten sich nicht, als wären sie zwei schüchterne Jugendliche, die einander zum ersten Mal berührten und sich nicht trauten, sich dabei anzusehen. Schließlich machte Sophie sich los und ging zur Tür.

»Brauchen Sie noch etwas?«, fragte sie. Ihre Stimme war belegt, als wäre sie eben erst aufgewacht. Hector betrachtete sie und schüttelte den Kopf.

Sophie trat auf den Flur hinaus. Er war nicht ihr Typ, sagte sie sich. Aber wer war das schon? Sie hatte im Lauf der Jahre viele verschiedene Typen gehabt. Sie redete sich ein, dass es nicht um physische Anziehung ginge, dass er nur jemand wäre, dem sie nah sein wollte. Vielleicht könnte er ihr Liebhaber sein, nicht aber ihr Ehemann oder Freund. Und trotzdem schien er eine wunderbare Mischung all dessen.

Den Rest des Tages hatte Sophie in der Notaufnahme zu tun. Als sie am Nachmittag auf die Station zurückkam, war Hector mitsamt seinen Sachen verschwunden.

Der Abend war verlaufen, wie Jens es vorausgesehen hatte. Nachdem sie ein paar Minuten mit den einheimischen Huren absolviert hatten, begannen die Russen mit Schießübungen. Sie schossen unkontrolliert mit den automatischen Waffen, bis Jens Vitali ins Gesicht schlug, um dem Treiben ein Ende zu machen.

Am nächsten Morgen gingen sie noch einmal die Details durch. Lieferdatum, Logistik und Bezahlung. Dann verabschiedete sich Jens, und die Sache war für ihn erledigt.

Ein Einheimischer nahm ihn mit zurück nach Ciudad del Este. Die Fahrt dauerte zwei Stunden. Der Fahrer war schweigsam, und das Radio dröhnte in voller Lautstärke, wie immer in diesem Land, dachte Jens. Der Empfang war schlecht, auch das war hier normal. Ein scharfer Diskant jaulte aus den beiden Lautsprechern in den Türen. Aber Jens hatte sich daran gewöhnt. Und so hatte er genügend Zeit, seine Planung noch einmal zu durchdenken. Es war nicht perfekt, aber es würde gut gehen – so war es meistens, und es war schon immer gut gegangen.

Jens lehnte selten etwas ab, und man konnte meinen,

dass diese Einstellung seinem Gesicht anzusehen war: Eine ungebrochene Neugier blitzte in seinen Augen.

Die Maschinenpistolen, die die Russen von ihm gekauft hatten, sollten per Lastwagen von Ciudad del Este ostwärts in die brasilianische Hafenstadt Paranaguá transportiert werden, um dann mit einem Schiff nach Rotterdam zu gelangen. Von dort würden die Waffen mit dem Auto nach Warschau gebracht werden, und damit war Jens' Auftrag erfüllt.

Dieser Auftrag hatte sich vor zwei Monaten ergeben. Risto hatte ihn aus Moskau angerufen und gesagt, er habe eine Anfrage nach MP7ern und noch effektiveren Waffen.

»Wie viele?«

»Jeweils zehn Stück.«

»Das ist nicht viel.«

»Nein, aber es ist ein Kunde mit Ambitionen. Er wird deine Hilfe noch öfter in Anspruch nehmen. Sieh es als Investition in die Zukunft.«

Ein kleiner Auftrag also, der sich leicht erledigen ließ.

»Okay, ich höre mich um und gebe dir Bescheid.«

Jens kontaktierte seinen Makler. Auf dessen Homepage konnte man sich über Modellflugzeuge informieren. Um den Kontakt zu ihm herzustellen, musste man ein Losungswort im Forum der Seite eingeben. Es war noch nie vorgekommen, dass der Makler abgelehnt hatte oder Jens' Wünschen nicht nachgekommen war. Der Makler vermittelte ihm einen unbekannten Verkäufer. Es war eine sichere Sache: Niemand konnte irgendjemanden verpfeifen. Jens bestellte MP7er und Steyr AUG. Und wie immer hatte der Makler eine Lösung parat. Jens bekam die volle Anzahl der österreichischen Waffen, dazu acht MP7er und zwei MP5er. Das würde gehen.

Risto hatte ihn gebeten, nach Prag zu fahren, um seine Kunden zu treffen.

»Wozu?«, fragte Jens.

»Keine Ahnung. Sie bestehen darauf«, antwortete Risto.

Das Treffen in Prag hatte sich als belanglos herausgestellt. Sie wollten einfach sehen, mit wem sie es zu tun hatten.

Auch dort benahmen sich Dmitri, Goscha und Vitali schon, als befänden sie sich immer noch in einer Art bösartiger Pubertät. Sie tranken Wodka auf Jens' Hotelzimmer. Vitali nahm den Badezimmerspiegel ab, legte ihn auf den Couchtisch und zog mehrere dicke Lines mit einer abgenutzten Diners Card. Dann kamen die Huren, ein paar junge Frauen aus der ehemaligen Sowjetunion, die sichtlich unter Drogen standen. Dmitri lud zum Essen ein. Er bestellte Champagner für alle und lieferte sich einen Hummerkrieg mit Goscha.

Als Jens zurück in seiner Wohnung in Stockholm war, erhielt er eine Nachricht: *Buenos Aires in zwei Tagen*. Er packte sofort seine Tasche und fuhr am nächsten Morgen wieder nach Arlanda, um via Paris nach Buenos Aires zu fliegen. Er landete in Ezeiza, ruhte sich ein paar Stunden im Hotelzimmer aus und aß mit dem Kurier zu Mittag. Jens bezahlte ihn und nahm einen Autoschlüssel in Empfang, der zu einem Lieferwagen in der Hotelgarage gehörte. Er kontrollierte die Kisten auf der Ladefläche, alles war, wie es sein sollte.

Er fand ein Restaurant, in dem er seine Zeitung lesen konnte, die er aus dem Hotel mitgenommen hatte. Erst reagierte er nicht auf seinen Namen. Aber als er aufblickte, erkannte er Jane sofort wieder. Sie war Sophies jüngere Schwester und sah genauso aus, wie er sie in Erinnerung hatte, obwohl sie damals noch ein Kind gewesen war.

»Jens? Jens Vall! Was machst du denn hier?«

Janes Lächeln wurde zu einem Lachen. Er stand auf und ließ sich von ihrer Wiedersehensfreude anstecken. Sie umarmten sich.

»Hallo, Jane.«

Der schweigsame Mann, der hinter ihr stand, hieß Jesus. Die beiden setzten sich zu ihm an den Tisch, und Jane fing an zu erzählen, noch bevor ihr Hintern den Stuhl berührte. Jens hörte zu und lachte über ihre Geschichten, er begriff schnell, warum sie mit einer schweigsamen Muschel wie Jesus zusammen war. Sie hatten noch keine Kinder und wohnten in Stockholm in einer Dreizimmerwohnung am Järntorget in der Altstadt. Jetzt waren sie in Buenos Aires, um Jesus' Verwandten zu besuchen.

Jens erkundigte sich nach Sophie und erfuhr, dass sie jetzt Brinkmann hieß, Witwe war, einen Sohn hatte und als Krankenschwester arbeitete.

Dann fand Jane, dass sie nun genug geredet hatte, und begann, Fragen zu stellen. Jens erzählte ihr, dass er Kunstdünger verkaufe, viel umherreise und keine Familie habe, aber das könne sich ja noch ändern.

In der Kaffeeküche lag eine Nachricht für Sophie, ein kleiner weißer Umschlag, auf dem in schwarzer Tinte ihr Vorname stand. Während sie darauf wartete, dass ihr Kaffee aus der Maschine lief, öffnete sie ihn. Sie las den Brief und steckte ihn dann in ihre Tasche.

Den ganzen Vormittag über musste an den Zettel denken. Um Viertel vor zwölf ging sie in den Umkleideraum, zog den Schwesternkittel aus, nahm ihre Handtasche und ihre Sommerjacke und ging hinunter in die Eingangshalle.

Hectors Cousin wartete auf sie. Er bat sie, ihm nach draußen zu folgen. Sein Wagen war eines dieser japanischen Umweltautos. Er roch neu, und man saß bequem darin.

»Wir fahren nach Vasastan«, sagte der Cousin.

Seine Augen waren blau, klar und sahen sie intensiv an.

»Wie sind Sie eigentlich verwandt mit Hector?«

»Wir sind vor allem Seelenverwandte.«

Sie lachte.

Und es schien, als wäre das Thema für ihn damit erledigt.

»Ich heiße Aron.«

»Hallo, Aron. Ich heiße Sophie.«

Den Rest der Fahrt über schwiegen sie.

Es gab Tische, Stühle und eine Schwingtür zur Küche. Die Beleuchtung war zu grell, die Bilder an den Wänden zeigten Landschaften, und die Papierdecken auf den Tischen waren kariert. Er hatte sie in ein einfaches Bistro eingeladen.

Sie lächelte, als Hector Guzman ihr von einem Tisch aus zuwinkte, und bahnte sich durch das Lokal einen Weg zu ihm hin.

Er stand höflich auf und bot ihr einen Stuhl an. »Ich hätte dich selbst abgeholt, wenn dieses Bein nicht wäre.«

Sophie setze sich. »Kein Problem. Aron ist ein guter Begleiter, wenn auch ein bisschen schweigsam.«

Hector lächelte. »Du bist gekommen«, sagte er. Er schob ihr eine eingeschweißte Speisekarte hin. »Wir haben uns nicht verabschiedet«, fuhr er fort.

»Nein, das haben wir nicht.«

»Ich komme wegen der Meeresfrüchte hierher«, sagte er, als wolle er sich auf Small Talk verlegen. »Sie machen die besten der ganzen Stadt, aber das weiß kaum jemand.«

»Dann nehme ich sie.«

Sophie rührte die Speisekarte nicht an und behielt die Hände im Schoß. Hector gab dem Mann an der Bar ein diskretes Zeichen.

Hector Guzman außerhalb des Krankenhauses zu treffen fühlte sich merkwürdig an. Als würde er ihre Unsicherheit spüren, begann er zu reden. Er erzählte Anekdoten darüber, wie es war, in Stockholm mit einem Gipsbein unterwegs zu sein und seine Lieblingshosen zerschneiden zu müssen. Er hatte ein Talent für Alltagskomik, und es fiel ihm leicht, die angespannte Situation heiter und ungezwungen werden zu lassen.

Sie hörte ihm dennoch nur mit halbem Ohr zu. Er gefiel ihr, ihr Blick blieb immer wieder an seinen wachen Augen hängen, die unterschiedliche Farben hatten, dunkelblau das rechte, dunkelbraun das linke. Unter bestimmten Lichtverhältnissen änderte sich der Farbton, als ob Hector für einen Moment ein anderer würde.

»Ist es einsam im Krankenhaus ohne mich?«, fragte er lachend.

Sie schüttelte den Kopf und lächelte ihn an. »Nein, es ist wie immer.«

Eine Kellnerin kam mit zwei Gläsern Wein.

»Spanischer Weißwein. Ein guter Hauswein.«

Hector hob sein Glas zu einem Toast. Sophie nahm ihr Weinglas und suchte wohlerzogen Augenkontakt mit ihm. War das hier schon ein Rendezvous?, fragte sie sich.

Hector lehnte sich zurück und betrachtete sie. Er öffnete den Mund, um etwas zu sagen, doch ein flüchtiger

Gedanke schien ihn daran zu hindern. Er suchte offenbar plötzlich nach Worten.

»Was?«, fragte sie mit einem kurzen Lachen.

Er setzte sich zurecht. »Ich weiß nicht … Ich erkenne dich kaum wieder. Du bist anders.«

»Wie anders?«

»Vielleicht, weil du keinen Schwesternkittel anhast.«

»Wäre es besser, wenn ich ihn anhätte?« Ihre Worte schienen ihn peinlich zu berühren, das gefiel ihr. »Aber du erkennst mich schon wieder?«

»Ja, aber ich frage mich auch …«

»Was fragst du dich?«

»Wer du bist.«

»Das weißt du doch.«

»Ich weiß ein bisschen, ja, aber nicht alles.«

»Warum solltest du alles wissen wollen?«

Hector zuckte mit den Schultern. »Manchmal habe ich es eilig, das zu bekommen, was ich haben möchte …«

Dann kam das Essen, und Teller wurden vor sie hingestellt. Mit geübten Fingern öffnete Hector die Krustentiere. »Bitte, erzähl doch da weiter, wo du im Krankenhaus unterbrochen worden bist«, sagte er. »Dein Vater war gestorben, und dann traf deine Mutter Tom, und ihr seid in sein Haus gezogen.«

Er begegnete ihrem Blick, als wollte er sie ermuntern. Sophie suchte in ihrer Erinnerung, dann fuhr sie mit ihrer Erzählung fort. Wie es ihr und ihrer Schwester nach dem Tod ihres Vaters allmählich wieder besser gegangen war. Wie sie gemeinsam mit ihrer Mutter in Toms Haus gezogen waren, das nur wenige Minuten von ihrem Elternhaus entfernt lag.

Während sie erzählte, aßen sie Austern, Krebse und Hummer. Sophie ließ für Hector ihr Leben Revue passieren, ihr Austauschjahr in den USA, ihren ersten Job, ihre Asienreise. Die Zeit verging, und irgendwann merkte sie, dass sie pausenlos geredet hatte, ohne ihm die Möglichkeit zu geben, sie zu unterbrechen. Sie fragte, ob sie ihn langweilte, doch Hector schüttelte nur den Kopf.

»Sprich weiter.«

Sie lächelte. So ausführlich hatte sie lange nicht geredet. Dann fuhr sie fort: »Ich lernte David kennen. Wir heirateten, bekamen Albert, und dann flogen die Jahre nur so dahin.«

Sie nahm einen kleinen Bissen von ihrem Teller und wurde nachdenklich. »Mein Leben wurde plötzlich so passiv.«

Es überraschte sie selbst, dass sie das sagte, denn sie hatte noch nie darüber nachgedacht, was in diesen Jahren eigentlich passiert war.

»Was meinst du damit?«, fragte Hector. »In welchem Sinn passiv?«

Sie trank ihr Glas aus und dachte über seine Frage nach, dann zuckte sie mit den Schultern. »Es war wie bei den meisten Müttern, nehme ich an. Mit den Kindern kommt die Einsamkeit. David hat gearbeitet, er reiste viel, und ich war zu Haus. Es passierte einfach nichts mehr in unserem Leben.«

Sie spürte die Falte auf ihrer Stirn, versuchte sie zu glätten und lächelte zaghaft. Dann fuhr sie fort: »Die Jahre vergingen, und dann wurde David krank, den Rest kennst du. Er starb zwei Jahre später an Krebs.«

Der Tonfall ihres letzten Satzes ließ Hector davon absehen, das Thema weiter zu vertiefen. Sie aßen eine Weile schweigend.

»Es ist spät geworden«, sagte Hector schließlich.

Vielleicht sah er ein, dass er zu neugierig gewesen war

und zu hartnäckig. Aber er schien es plötzlich auch eilig zu haben, legte die Serviette zusammen und fragte: »Soll Aron dich fahren?«

»Nein danke, diesmal komme ich allein zurecht.«

In der U-Bahn legte Sophie den Kopf an die Scheibe und starrte auf die Umrisse der Betonwände hinter dem Fenster.

Hector war nicht aufdringlich gewesen. Er schien einfach nur verstehen zu wollen, wer sie war und was sie über ihn dachte und über das Leben überhaupt.

Allein zu sein war eintönig, aber auch unkompliziert. Sie kannte diesen Zustand nur zu gut und hatte sich seit einer Ewigkeit darin eingerichtet. Und immer, wenn jemand diese Einsamkeit zu durchbrechen drohte, trat sie einen Schritt zurück und entzog sich ihm. Hectors Erscheinen aber war anders. Wie anders, war ihr noch nicht ganz klar.

Plötzlich blendete die Sonne. Die U-Bahn fuhr hinaus auf die Brücke zwischen Bergshamra und dem Krankenhaus in Danderyd, und die Sonne schien auf die Waggons. Sophie erhob sich und ging zum Ausgang. Der Zug hielt mit quietschenden Bremsen.

Sophie ging zum Krankenhaus hinauf, zog sich um und begann wieder mit der Arbeit, um ihren Gedanken zu entkommen. Jetzt hatte sie keinen Flurliebling mehr, doch sie hoffte, dass es bald wieder einen geben würde.

3

Lars Vinge rief Gunilla Strandberg an. Wie gewöhnlich antwortete sie nicht. Doch nur vierzig Sekunden später klingelte sein Handy.

»Hallo?«

»Ja?«, fragte Gunilla.

»Ich habe dich eben angerufen.«

Einen Augenblick Stille.

»Ja …«

Lars räusperte sich verlegen, bevor er sagte: »Dieser andere hat die Krankenschwester abgeholt.«

»Und weiter?«

»Er hat sie zu einem Restaurant gebracht, wo Guzman sie zum Essen eingeladen hat.«

»Mach Schluss, und komm ins Präsidium«, sagte Gunilla und legte auf.

Lars Vinge hatte Hector Guzman und Aron Geisler sporadisch beschattet, seit Hector aus dem Krankenhaus entlassen worden war. Es war eine zähe Arbeit, denn es gab nichts zu berichten. Lars war der Überzeugung, dass er für diese Tätigkeit überqualifiziert war. Er war ein analytischer Mensch und nur deswegen rekrutiert worden. Das hatte Gunilla Strandberg jedenfalls gesagt, als sie ihm vor zwei

Monaten den Job angeboten hatte. Jetzt saß er tagelang im Auto, während der Rest der Arbeitsgruppe sich mit Hintergrundanalysen, möglichen Szenarien und theoretischen Vorgehensweisen beschäftigte.

Lars war seit zwölf Jahren Polizist. Er war Streife in Västerort gefahren und hatte versucht, gegen die ethnischen Konflikte anzukämpfen, die in diesem Stadtteil immer wieder ausbrachen. Aus eigener Initiative schrieb er einen Bericht über die Probleme des Viertels, aus dem allerdings keine unmittelbaren Konsequenzen gezogen wurden. Im Grunde hatte er ihn vor allem geschrieben, um sich von seinen Brathähnchenkollegen abzugrenzen. So sah er die meisten seiner männlichen Kollegen: Sie hatten zu starke Oberarme, zu dicke Gesichter, waren grobschlächtig und dumm, zu wenig intellektuell für seinen Geschmack. Brathähnchen. Sie mochten ihn genauso wenig wie er sie und sahen ihn nicht als einen der Ihren an, das wusste er. Niemand wollte mit Lars Vinge Dienst tun.

Lars Vinge ging trotzdem seiner Arbeit nach, so gut er konnte. Ansonsten versuchte er sich mit den Vorgesetzten gut zu stellen und mit den Kollegen Small Talk zu halten.

Zwei Jahre nachdem er seinen Bericht über die ethnischen Gegensätze abgeschlossen und man ihn allem Anschein nach einfach archiviert und vergessen hatte, rief eine Frau vom Reichskriminalamt an und stellte sich als Gunilla Strandberg vor. Sie hörte sich gar nicht an wie eine Polizistin, und sie sah auch nicht so aus, wie er fand, als sie sich kurz darauf zu einem Mittagessen im Kungsträdgården trafen. Sie war Mitte fünfzig, hatte kurzes schwarzes Haar mit ersten grauen Strähnen, schöne braune Augen und glatte, junge Haut. Das war das Erste, worauf er reagierte: ihre Haut.

Gunilla Strandberg machte einen ruhigen und korrekten Eindruck. Sie schien die Dinge genau abzuwägen und wusste offenbar, wie schnell etwas schiefgehen konnte, wenn man unbedacht handelte. Er fühlte sich klein neben ihr, aber das machte nichts, das musste sogar so sein – es fühlte sich richtig an, denn sie würde ja seine Vorgesetzte sein.

Sie erzählte ihm von der Gruppe, die sie gerade zusammenstellte. Es war eine Art Pilotprojekt gegen organisierte Kriminalität. Sie erklärte ihm, dass die Gruppe Sonderrechte beim Staatsanwalt genießen würde, um schnell zu Ergebnissen zu kommen. Dann sagte sie, sie habe Lars' Bericht gelesen und interessant gefunden. Natürlich nahm er ihr Jobangebot an, noch ehe sie erklärt hatte, worum es dabei für ihn eigentlich ging.

Zwei Wochen später wurde er von der Brathähnchenbande in Västerort nach Östermalm versetzt. Er legte seine Uniform ab und wurde im Alter von sechsunddreißig Jahren Zivilbeamter. Endlich hatte jemand seine Fähigkeiten erkannt, und er war da, wo er hingehörte.

Gunilla hatte geahnt, dass etwas geschehen würde, und gesagt, dass die Krankenschwester auftauchen und für die Ermittlungen relevant werden würde.

Lars parkte vor der Polizeiwache in der Brahegatan. Er ging durch das Gebäude, nickte Kollegen zu und trat in das Hochhaus hinter der eingeschossigen Wache.

Die Gruppe war in drei hintereinanderliegenden Räumen untergebracht. Vor den Fenstern hingen lange, gestreifte Vorhänge, die vor langer Zeit jemand dort aufgehängt haben musste.

Seine neue Kollegin Eva Castroneves lächelte ihm zu. Mit der einen Hand tippte sie etwas in ihr Handy, in der anderen hielt sie ein Butterbrot. Sie war immer aktiv, immer auf dem Sprung und bewegte sich rascher als andere. Lars erwiderte ihr Lächeln. Gunilla saß im Büro an ihrem Schreibtisch, den Telefonhörer am Ohr. Ihr Bruder Erik war auch da und füllte Kautabak in seine Messingdose mit Wikingerdeckel. Er hatte hohen Blutdruck und immer ein rotes Gesicht. Erik Strandberg ernährte sich ausschließlich von Nikotin, Koffein und Fast Food. Mit seinem struppigen Bart und seinen dünnen grauen Haaren machte er einen ziemlich ungepflegten Eindruck. Außerdem hatte er eine große Klappe. Aber es gab auch etwas an ihm, das Lars schätzte: Erik hatte ihn freundlich willkommen geheißen. Das war Lars nicht gewöhnt.

Erik wischte ein paar Krümel Tabak von seinen Händen, zwinkerte Lars zu und streckte sich nach einem Plundergebäck, das auf einem Teller auf seinem Schreibtisch lag.

»Hallo, Junge«, sagte er heiser.

»Hallo«, sagte Lars.

»Das ist ja mal was«, meinte Erik.

»Ja, das kann man wohl sagen«, antwortete Lars und setzte sich auf einen Stuhl neben dem Schreibtisch.

»Sie hat sich über deinen Anruf gefreut.«

Erik nahm einen Bissen, öffnete einen Aktenordner, der auf seinem Schoß lag, und fing an zu lesen. »Entschuldige, ich muss das noch durcharbeiten.«

»Kein Problem«, sagte Lars und erhob sich ein bisschen zu schnell.

»Nun bleib doch sitzen.«

»Nein, nein«, sagte Lars und entfernte sich mit festen Schritten. Er hasste seine eigene Unsicherheit. Er spürte sie in jeder seiner Bewegungen. Mit seinem hellen Haar, den eisblauen Augen und den scharfen Gesichtszügen hätte er sich rein äußerlich durchaus als gut aussehend bezeichnen können. Aber seine Unsicherheit machte alles zunichte.

Lars ging zu der vordersten der drei mobilen Tafeln. Das tat er manchmal, wenn er ins Büro kam, um nicht dumm in einer Ecke herumstehen zu müssen. Hier konnte er so tun, als wäre er beschäftigt.

In geordnetem Chaos waren an der Tafel eine Menge Fotografien und Ermittlungsergebnisse zum Fall Hector Guzman befestigt. Lars schaute auf den fotokopierten Reisepass, die Geburtsurkunde und weitere amtliche Dokumente aus Spanien. Er sah sich die Fotos von Aron Geisler und Hector Guzman an. Unter Hectors Bild hingen Fotos von seinen Geschwistern Eduardo und Inez sowie ein altes Foto aus den späten Siebzigerjahren von ihrer Mutter Pia, die ursprünglich aus Flemingsberg stammte. Sie war hübsch und sah aus, als wäre sie unmittelbar dieser Shampoowerbung entsprungen, die Lars immer im Kino gesehen hatte, als er noch klein war.

Von Hector führte eine rote Verbindungslinie zu zwei weiteren Schwarz-Weiß-Fotografien auf der anderen Seite der Tafel. Sie zeigten zwei Männer, die Lars nicht kannte. Der eine war ein sonnengebräunter älterer Herr mit dünnem weißen Haar – Hectors Vater Adalberto Guzman. Das andere Foto war das vergrößerte Passbild eines hohläugigen Mannes mit kurzem Haar – Leszek Smialy, Adalberto Guzmans Bodyguard.

Lars las Bruchstücke des Textes unter der Fotografie. Leszek Smialy war unter den Kommunisten beim polnischen Geheimdienst tätig gewesen. Seit dem Zusammenbruch der Sowjetunion hatte er verschiedene Jobs als Leibwächter angenommen. Bei Adalberto Guzman hatte er im Sommer 2001 angefangen.

Lars' Blick fiel auf Aron Geisler. Er las den kurzen Text

neben dem Bild. In den Siebzigerjahren hatte Geisler das Östra-Reals-Gymnasium in Stockholm besucht und war 1979 Mitglied des Schachclubs von Östermalm gewesen. In den Achtzigerjahren absolvierte er drei Jahre Wehrdienst in Israel, war dann bei der Fremdenlegion und Mitglied des Einsatzkommandos, das im ersten Irakkrieg in Kuwait landete. Geisler hatte einen Teil der Neunzigerjahre in Französisch-Guayana verbracht.

Die Vita wies noch einige Lücken auf, dachte Lars.

Er trat einen Schritt zurück, warf mit etwas mehr Abstand einen Blick auf die Tafel. Was hatte das alles mit Sophie Brinkmann zu tun? Lars schlenderte in die Cafeteria und holte sich einen Kaffee. Er drückte den Knopf mit der Zucker-und-Milch-Kombination, und eine hellbraune Brühe rann in seinen Becher. Als er ins Büro zurückkam, legte Gunilla eben den Hörer auf.

Sie hob die Stimme. »Heute um 12.08 Uhr hat Aron Geisler die Krankenschwester abgeholt und zu einem Bistro namens Trasten in Vasastan gefahren, wo sie zusammen mit Hector Guzman etwa eine Stunde und zwanzig Minuten zu Mittag aß.«

Gunilla setzte ihre Lesebrille auf.

»Die Krankenschwester heißt Sophie Brinkmann, ist Witwe und hat einen Sohn, Albert, fünfzehn Jahre alt. Sie geht zur Arbeit, sie geht wieder nach Hause, sie macht Essen. Das ist so ziemlich alles, was wir bisher über sie wissen.«

Gunilla nahm die Brille wieder ab und blickte auf.

»Eva, du kümmerst dich um das Private. Schau, ob du Freunde findest, Feinde, Geliebte, egal, was.«

Sie wandte sich Lars zu.

»Vergiss jetzt die Observierung von Hector, Lars. Konzentriere dich ganz auf die Krankenschwester.«

Lars nickte und nahm einen Schluck aus seinem Becher. Gunilla lächelte und sah die Gruppe an.

»Manchmal schickt Gott einen kleinen Engel auf diese Erde.«

Und damit war das Treffen anscheinend schon beendet. Gunilla setzte ihre Lesebrille wieder auf und kehrte zu ihrer Arbeit zurück, Eva tippte auf ihrem Computer, und Erik widmete sich seiner Akte.

Lars hatte tausend Fragen. Wie sollte er vorgehen? Wie viel Information wollte Gunilla haben? Wie lange sollte er die Krankenschwester beschatten? Wie gingen sie hier mit Überstunden um? Es gefiel ihm nicht, diese Entscheidungen selbst treffen zu müssen. Er wollte genaue Anweisungen, denen er folgen konnte. Er ging zur Tür.

»Lars. Ich möchte, dass du ein paar Dinge mitnimmst.«

Gunilla deutete auf einen Umzugskarton, der an der Wand stand. Lars ging hinüber und öffnete ihn. Er enthielt eine Schreibmaschine der Marke Facit, ein modernes Faxgerät, eine digitale Systemkamera von Nikon samt dazugehörigen Objektiven sowie eine kleine Holzkiste, in der in Schaumgummi verpackte, stecknadelkopfgroße Mikrofone lagen.

»Wir wollen Sophie Brinkmann abhören?«

»Wir müssen vorbereitet sein. Die Kamera benutzt du sofort, fotografiere und überwache die Frau. Wir müssen sammeln, was wir können, und das so schnell wie möglich. Die Berichte schreibst du auf der Schreibmaschine und faxt sie mir zu. Das Fax sendet verschlüsselt, aber du kannst es zu Hause ganz normal in die Telefonbuchse stecken.«

Lars betrachtete seine Ausrüstung. Gunilla bemerkte seinen fragenden Blick.

»Alle hier schreiben ihre Berichte und Auswertungen mit der Schreibmaschine. Wir hinterlassen keine digitalen Abdrücke, wir gehen kein Risiko ein.«

Leszek ging ihm am Strand entgegen, es fiel ihm schwer, Adalberto in die Augen zu sehen.

Guzman el Bueno, wie man ihn oft nannte, war eben aus dem Meer gestiegen. Ein Glas frisch gepresster Orangensaft stand auf einem kleinen Tisch am Strand, ein gefaltetes Handtuch lag auf dem Stuhl, der Bademantel hing über der Lehne. Guzman trocknete sich ab, zog den Bademantel an und trank Saft, den Blick auf das Meer gerichtet.

Als Kind war er neben seiner Mutter hergeschwommen, die gleiche Strecke, die er eben zurückgelegt hatte. Jeden Morgen waren sie zusammen im Wasser gewesen. Der Anblick des Ufers hatte sich mit den Jahren verändert. Zu Beginn der Sechzigerjahre, als er seine große Liebe, die schwedische Reiseleiterin Pia, kennenlernte, hatte er hier viele Grundstücke aufgekauft. Er hatte die Häuser abreißen lassen und dort Zypressen und Olivenhaine angepflanzt. Heute gehörten ihm der Wasserabschnitt, in dem er schwamm, und der Strand, auf dem er lief.

Guzman war dreiundsiebzig Jahre alt, Witwer und Vater zweier Söhne und einer Tochter. Er hatte ein Unternehmen aufgebaut, das ihn zu einem vermögenden Mann gemacht hatte. In den vergangenen drei Jahrzehnten hatte er enorme Geldsummen an wohltätige Organisationen gespendet. Er war ein Freund der Kirche und eine gern gesehene Figur in den lokalen TV-Kochsendungen.

Adalberto tätschelte Leszek kurz den Arm. Dann folgte ihm Leszek hinauf zur Villa.

»Manchmal geht es einfach schief, Leszek, mein Lieber. Die Botschaft ist aber bei ihnen angekommen, oder?«

»Nicht in der Art, wie wir es wollten«, murmelte Leszek zerknirscht.

»Aber sie werden den Hinweis begriffen haben, und du bist unverletzt zurückgekommen, das ist die Hauptsache.«

Die große gläserne Tür stand offen, und die weißen Leinenvorhänge im Wohnzimmer wehten in der frischen Meeresbrise. Sie traten ins Haus. Adalberto zog den Bademantel aus, während eine Haushaltshilfe mit seinen Kleidern hereinkam. Ungeniert zog er sich vor Leszek um.

»Ich mache mir Sorgen um die Kinder«, sagte Adalberto und stieg in seine beigefarbene Hose. »Hector und Aron kommen schon zurecht, aber kümmere dich bitte um eine Bewachung für Eduardo und Inez. Sie werden sich beschweren, aber na ja, sie werden sich daran gewöhnen müssen.«

Eduardo und Inez lebten ihr eigenes Leben. Er hatte kaum Kontakt zu ihnen, schickte seinen Enkelkindern jedoch zum Geburtstag immer viel zu große und viel zu teure Geschenke. Inez hatte ihn gebeten, damit aufzuhören, aber Adalberto war auf diesem Ohr taub.

Hector, sein Ältester, war dagegen immer an seiner Seite gewesen. Mit fünfzehn Jahren hatte er angefangen, sich in die Geschäfte einzuarbeiten. Er hatte den Heroinhandel zwischen Nordafrika und Spanien abgewickelt, weil die Polizei ihre Bemühungen intensiviert hatte, den Drogenhandel zu stoppen. Stattdessen setzte er auf den Aufbau einer Geldwäscheorganisation. Sie wusch Geld aus dem Drogenhandel, Waffenschmuggel, Veruntreuungen und was sonst noch einer Verschleierung bedurfte. Als dann Amerika in den Neunzigerjahren mit der Drogenbekämpfung tatsächlich ernst machte und der Kokainpreis auf ein Allzeithoch stieg, konnten sie nicht einfach nur danebenstehen und zusehen.

Also besuchten sie gemeinsam Don Ignacio im Valle del Cauca in Kolumbien, um die Möglichkeiten zu erörtern, eine eigene Route nach Europa zu organisieren. Es war eine schwierige, teure und riskante Arbeit gewesen. Schließlich testeten sie eine Verbindung zwischen Paraguay und Rotterdam, die sich als sicher erwies. Bis diese drei Deutschen auftauchten, und Adalberto musste zugeben, dass sie ihn kalt erwischt hatten. Es war nicht seine erste Begegnung mit dem Deutschen Ralph Hanke. Er hatte indirekt ein paar Jahre zuvor bei einer Verhandlung über den Bau eines Viaduktes in Brüssel mit ihm zu tun gehabt. Hanke hatte versucht, die Bauherren zu bestechen. Er wollte um jeden Preis den Zuschlag bekommen. Aber Adalberto bekam den Auftrag, Hanke war auf der Ziellinie gestolpert, und das hatte ihm nicht verziehen. Dabei war es an sich keine große Sache. Und Adalberto wusste, dass er es mit einem schlechten Verlierer zu tun hatte, als Hanke ihm die Kokainpipeline abnahm.

Die Verbindung zwischen Paraguay und Rotterdam aufzubauen und zu erhalten war harte Arbeit gewesen; es hatte sie zudem Unmengen an Schmiergeld gekostet. Aber das Geld an sich war nicht das größte Problem, viel schwieriger war es, die richtigen Personen zu finden, die bereit waren, sich schmieren zu lassen. Doch mit der Zeit hatten sie gute Leute gefunden, die taten, wofür sie bezahlt wurden. Zollbeamte, Packer und ein vietnamesischer Kapitän, der ein eigenes Schiff besaß, und eine Mannschaft, für die er die Hand ins Feuer legte. Alles lief glatt, und vielleicht war auch das ein Grund dafür, dass Ralph Hanke eines Tages aufgetaucht war und das Geschäft an sich gerissen hatte. Er hatte höhere Schmiergelder angeboten, die Kuriere bedroht, in Rotterdam die Ware beschlagnahmt und sich seiner eigenen Kanäle bedient, um das Kokain nach Europa zu bringen.

Adalberto Guzman selbst hatte einen handgeschriebenen Brief bekommen, wohlformuliert, höflich und formell, auf kostbarem Papier. Doch die Botschaft war alles andere als höflich, denn sie lautete, dass jedem Konfrontationsversuch mit Gewalt begegnet werden würde. Er schickte ebenfalls eine handgeschriebene Antwort zurück, weniger förmlich und auf etwas einfacherem Papier. Darin gab er den Hankes zu verstehen, dass er den Verdienstausfall zurückforderte, und zwar mit Zinsen. Daraufhin war Hector an einem Fußgängerüberweg in Stockholm von einem Unbekannten überfahren worden.

Adalberto glaubte nicht an Zufälle und reagierte sofort. Er schickte Leszek nach München, um Hankes Sohn zu töten. Aber es war nicht nach Plan gelaufen. Vielleicht war das auch ganz gut so, denn jetzt waren sie quitt.

Wenn es weiterhin ruhig blieb mit den Hankes, konnte er sich wieder darauf konzentrieren, seine Handelslinie zurückzubekommen, denn das würde er, dessen war er sich sicher.

Der Abend war immer noch mild, die Zikaden zirpten, und aus einem Fernseher irgendwo in der Nähe dröhnte eine TV-Show auf Guaraní.

Jens brachte seine Kisten in einen alten Lagerraum. Er hatte die Maschinengewehre auseinandergeschraubt und die Endstücke in eine Kiste mit Stahlrohren gelegt. Die Gewehrkolben kamen zwischen vakuumverpackte Wassermelonen.

Die letzten Jahre waren hektisch gewesen. Er hatte sich in Bagdad, Sierra Leone, Beirut und Afghanistan aufgehalten, und es war oft gefährlich gewesen. Man hatte auf ihn geschossen, und er war Menschen begegnet, die er nie wiedersehen wollte.

Jens hatte sich vorgenommen, sich nach diesem Auftrag eine Auszeit zu nehmen, nach Hause zu fahren und sich auszuruhen. Normalerweise begleitete er seine Ware nicht, das war viel zu riskant. Dieses Mal machte er eine Ausnahme, er wollte zurück nach Schweden. Auf einem in Panama registrierten Frachtschiff, das von der brasilianischen Hafenstadt nach Rotterdam fuhr, hatte er einen Platz für sich und seine Kisten gebucht. Der vietnamesische Kapitän wusste, worauf er sich einließ. Er hatte gesagt, ein anderer Kunde hätte bereits dafür gesorgt, dass es beim Ausladen in Rotterdam keine Probleme geben würde, aber das habe natürlich auch seinen Preis.

Jens nagelte die Kisten zu, füllte gefälschte Zollerklärungen aus und lud seine Fracht auf einen alten Lastwagen, der ihn und die Waffen am nächsten Morgen nach Paranaguá bringen sollte.

Die Autofahrt war ein elfstündiger Albtraum. Sein Kater hielt ihn wach, und der Fahrer brüllte und hupte sich vorwärts bis nach Brasilien. Am Hafen stellte Jens fest, dass das Schiff ein rostiger alter Kasten aus den Fünfzigerjahren war, blau an den Stellen, wo die Farbe noch nicht abgeblättert war. Das Schiff wurde von einer Brücke im hinteren Teil des Fahrzeugs gesteuert, das schwer mit Containern beladen war. Das Dröhnen des Dieselmotors erfüllte die Luft.

Jens kletterte über eine Leiter an Bord und sah sich um. Von hier oben wirkte das Schiff größer. Er fand seine Kabine, die ihn eher an eine Zelle erinnerte, denn sie war gerade so breit, dass er hineingehen konnte. An der Wand war ein schmales Bett befestigt, dazu gab es einen kleinen Schrank. Wenigstens hatte die Kabine ein Fenster und befand sich über der Wasseroberfläche.

Als das Schiff ablegte, lehnte er sich an die Reling. Die Sonne stand knapp über dem Horizont, und Jens sah den Containerhafen von Paranaguá langsam in der Ferne verschwinden.

Lars Vinges Arbeitstage waren lang und inhaltsleer. Er hatte Sophie fotografiert, wie sie von der Arbeit nach Hause fuhr. Er hatte dagesessen und die Gegend betrachtet, um die Zeit totzuschlagen, er war im Schutz der Dunkelheit spazieren gegangen und hatte ein paar unscharfe Bilder von Sophie geschossen, wie sie hinter den Fenstern umherging. Er war Sophie und ihrem Sohn Albert gefolgt, als sie in die Stadt fuhren, um essen zu gehen und anschließend ins Kino. Warum er sie bei alldem beobachten sollte, wusste Lars nicht, es schien ihm vollkommen sinnlos.

Am Abend zuvor hatte er Gunilla einen Bericht über Sophies Unternehmungen geschrieben und mit dem Vorschlag geendet, die Überwachung abzubrechen.

Als Lars nach Hause kam, saß seine Freundin Sara im Wohnzimmer und sah sich eine Fernsehsendung über Klimaveränderungen an. Lars lehnte sich an den Türrahmen und verfolgte das Programm. Statistiken und überzeugende Argumente gut ausgebildeter Menschen machten ihm Angst.

Eine SMS von Gunilla erschien auf seinem Display. Sie schrieb, er sei wichtig und wertvoll für die Ermittlungen, er könne die Überwachung jetzt nicht einfach abbrechen. Sie beendete die Nachricht mit den Worten *liebe Grüße*.

Obwohl Lars begriff, dass ihre Schmeicheleien nicht uneigennützig waren, fühlte er sich doch ein bisschen besser. Mit der Zeit würde Gunilla ihm bessere Aufgaben geben, das hatte sie ihm versprochen – Aufgaben, die seinem Intellekt mehr entsprachen, als Tag und Nacht eine einfache Krankenschwester zu beobachten. Dann würde er endlich einen Sinn in seiner Arbeit sehen, und die anderen in der Gruppe würden begreifen, dass er auf seinem Gebiet unschlagbar war.

Er setzte sich neben Sara aufs Sofa und schaute das Ende der Sendung mit an, wo ihm erklärt wurde, dass er eine Mitschuld daran trüge, wenn die Erde bald kollabieren würde. Sara sagte, sie würde nie mehr in ein Flugzeug steigen und nur noch die Bahn nehmen. Wenn sie denn einmal ins Ausland reisen sollten.

Lars nickte. »Ich muss nachher noch arbeiten. Wollen wir uns ein bisschen hinlegen?«

Sara schüttelte den Kopf und wandte den Blick nicht vom Bildschirm ab.

Um halb acht am Abend parkte Lars den Volvo ein Stück von Sophies Haus entfernt. Wie immer gab es nichts Ungewöhnliches zu beobachten. Er wartete eine Weile und starrte ins Leere, dann fuhr er eine Runde und prägte sich zum zehnten Mal die Straßen ein. Er suchte sich einen neuen Parkplatz und notierte etwas, das eigentlich nicht notierenswert war. Um neun beschloss er, eine letzte Runde am Haus vorbei zu machen, bevor er den Heimweg antrat.

Sophie kam gerade aus der Tür und ging zu einem Taxi, das an der Gartenpforte auf sie wartete. Sie trug ihre dünne Jacke offen und hatte eine Tasche in der Hand.

Lars sah Sophie wie in Zeitlupe, als er an dem Taxi vorüberfuhr. Alles schien plötzlich stillzustehen, und für einen kurzen Moment schien ihm Sophie perfekt zu sein, ein Bild der Vollkommenheit. Lars wurde schlagartig von dem Gefühl überwältigt, sie schon lange zu kennen. Er schüttelte rasch diesen Gedanken ab, wendete das Auto die Straße hinunter und folgte dem Taxi.

Es bog in die Birger Jarlsgatan ein, fuhr am Park Humlegården vorüber und hielt schließlich auf der Sibyllegatan. Er sah, wie Sophie aus dem Taxi stieg, und beobachtete im Rückspiegel, sie in einem Hauseingang verschwand.

Er parkte ein Stück entfernt auf der Busspur und wartete eine Minute, bevor er aus dem Auto stieg. Mit seiner Taschenlampe leuchtete er in den Hauseingang hinein, in dem sie verschwunden war, und schrieb alle Namen auf dem Klingelschild ab.

Um halb elf trat Sophie mit einer Freundin wieder auf die Straße. Arm in Arm liefen die beiden Frauen in Richtung Östermalmstorg. Sophie gestikulierte, die Freundin blieb stehen und lachte herzlich. Lars stieg wieder aus dem Auto und folgte ihnen.

Sophie und ihre Freundin gingen in ein Lokal. Lars setzte sich in die Bar und beobachtete sie von seinem Platz aus, trank eine Virgin Mary und fühlte sich deplatziert. Er ging selten aus, und wenn, dann eher in Restaurants, niemals in einen Club und schon gar nicht in Södermalm. Er sah zu Sophie hinüber, merkte, dass er sie anstarrte, und blickte wieder weg. Der Tomatensaft schmeckte nach Tomate, und das Gemüse darin war bitter. Sophies Anwesenheit brachte ihn aus der Ruhe, er schielte wieder zu ihr hinüber und war verblüfft, wie gut sie aussah, ja wie schön sie war. Die kleinen, fast unsichtbaren Fältchen um ihre Augen, ihr makelloser Hals, ihr glänzendes Haar und ihr schöner Nacken. Ein perfekter Nacken, der ihrer Haltung etwas Besonderes verlieh. Dann ihre Stirn, die sie so elegant erscheinen ließ, elegant und intelligent.

In diesem Augenblick drehte sich Sophie zu ihm um, vielleicht spürte sie die Intensität seines Blickes. Ihre Blicke trafen sich kurz, sie lachte ihn an, er lächelte zurück, aber ihr Blick ging an ihm vorbei.

Lars räusperte sich, schaute sich um und verließ wenig später das Lokal.

Zu Hause schrieb er seinen Bericht über die Ereignisse des Abends und über Sophies Freundin. Dazu listete er die Namen auf, die er im Treppenaufgang gelesen hatte, und faxte das Ganze an Gunilla.

Sara schlief bereits. Er legte sich zu ihr, und sie wachte auf.

»Wie spät ist es?«, flüsterte sie.

»Spät … oder früh«, sagte er.

Sie wickelte sich fest in ihre Decke und drehte sich wieder um. Er drückte sich ungeschickt an sie.

»Hör auf, Lars«, seufzte sie und rückte etwas von ihm ab.

Er drehte sich auf den Rücken, starrte an die Decke und lauschte auf den Verkehrslärm, der von der Straße heraufdrang. Als er einsah, dass er nicht einschlafen konnte, stand er wieder auf und setzte sich vor den Fernseher.

In allen Frauen, die auf dem Bildschirm erschienen, sah er immer nur Sophie Brinkmanns Gesicht.

Die Kaufhausmusik war leise und beruhigend. Sophie sah sich in der Damenabteilung Unterwäsche an und befühlte Qualität und Material. Ging weiter zum Make-up und kaufte eine teure Creme, die Unmögliches versprach.

»Sophie?«

Erstaunt drehte sie sich um und sah Hector mit Krücke und hinter ihm Aron mit zwei Tüten von einem Herrenausstatter.

»Hector.«

»Hast du etwas gefunden, das dir gefällt?«, fragte er.

»Eine Creme, bis jetzt.« Sie hob ihre kleine Papiertüte hoch. »Und du?«

Hector sah auf die Tüten in Arons Hand und nickte vor sich hin. »Ich weiß nicht«, sagte er und sah sie an. »Wir haben noch nie zusammen Kaffee getrunken.«

»Wie bitte?«

»Wir haben neulich nach dem Essen keinen Kaffee mehr getrunken. Es gibt hier ein anständiges Plätzchen, unten im Restaurant. Hast du Lust?«

Sophie nahm Kaffee mit Milch, genau wie Hector. Das junge Mädchen mit der karierten Schürze hatte ihnen alle möglichen Sorten vorgeschlagen, aber sie hatten nur abgewinkt und sich für einfachen Kaffee entschieden. Aron saß etwas weiter entfernt und wartete geduldig, das Lokal hatte er fest im Blick.

»Trinkt Aron keinen Kaffee?«

Hector schüttelte den Kopf. »Aron ist ein wenig eigen.«

Einen Augenblick schwiegen sie.

»Wie läuft es in der Buchbranche?«, fragte Sophie.

Hector lächelte. »Wie läuft es in der Krankenbranche?«, fragte er zurück.

»Wie immer. Die Leute werden krank, manche werden gesund, alle sind tapfer.«

Hector merkte, dass sie es ernst meinte. »So ist das«, sagte er und trank einen Schluck Kaffee. Dann setzte er die Tasse ab. »Ich feiere bald Geburtstag.«

Sie blickte ihn freundlich, aber fragend an.

»Ich würde dich gern einladen, Sophie.«

»Vielleicht komme ich ja auch«, antwortete sie leichthin.

Hector blickte sie kurz an. Sie sah die winzige Veränderung sofort, er wirkte verärgert.

»Das ist eine Einladung. Man kann auf eine Einladung nicht mit ›vielleicht‹ antworten.«

Sophie kam sich dumm vor, als hätte sie die Spielregeln nicht begriffen. Als ginge sie davon aus, dass er mit ihr flirtete und sie sich unnahbar zeigen müsste. Vielleicht flirtete er aber gar nicht mit ihr. Es ging ihm um etwas anderes. Worum genau, das war ihr noch nicht klar.

»Entschuldige«, erwiderte sie.

»Ist schon in Ordnung«, sagte er schnell.

»Ich komme sehr gern zu deinem Geburtstag, Hector.«

4

Blitzlichtgewitter. Ralph Hanke lächelte in die Kameras und schüttelte einem klein gewachsenen Mann mit dünnem Haar und Schnurrbart die Hand.

Ein Journalist fragte den Lokalpolitiker, ob er es für eine gute Idee halte, ein Einkaufszentrum auf einem Gelände zu errichten, auf dem man Umweltgifte vermutete. Der Politiker stotterte und wusste nach ein paar Sätzen nicht mehr, was er sagen sollte. Ralph Hanke sprang ein.

»Das ist doch Unsinn. Wir haben viel Zeit und Geld investiert, um das Terrain zu untersuchen.«

Ralph Hanke gab niemals Interviews. Er tauchte nur hin und wieder unerwartet auf, wenn nichts weiter auf dem Spiel stand, wie etwa bei dieser Einkaufspassage in einem Münchner Vorort.

Roland Gentz, Jurist und Hankes rechte Hand, stellte sich vor ihn hin und dankte den Journalisten für ihr Interesse. Dann führte er Ralph Hanke hinter das Podium.

Ihren Wagen fuhr Michail Sergejewitsch Asmarov, ein Russe mit einem Nacken, der fast ebenso breit war wie der Sitz, auf dem er saß.

»Er weiß einfach nicht, wann er die Klappe halten muss. Das Problem mit diesem Idioten ist, dass er glaubt, er arbeite für die Bevölkerung«, sagte Roland Gentz vom Beifahrersitz.

Ralph Hanke sah aus dem Fenster. Gebäude glitten vorbei, Häuser, Geschäfte, Wohngebiete und Menschen. In letzter Zeit hatte er viel riskiert. Und viel gewonnen. Seine Baufirma bekam alle Aufträge. Es machte sich einfach gut, Passagen, Werften, Parkhäuser und Bürohäuser zu bauen, es legitimierte seine Geschäfte. Er verdiente gutes Geld dabei, sauberes Geld sogar.

Hanke hatte es ganz allein zu etwas gebracht, das konnte ihm niemand absprechen. Als Einzelkind war er in einer armen Familie in der ehemaligen DDR aufgewachsen. 1978 war sein Sohn Christian zur Welt gekommen. Ralph hatte sich von seiner damaligen Frau getrennt, die eine unglückliche Vorliebe für Heroin entwickelte. In den Jahren vor dem Mauerfall arbeitete er bei der Postverwaltung, wo er Kollegen an die Stasi verriet. Seine Spitzelei verschaffte ihm Vorteile, die ihm später nützlich waren. Er lernte einige Stasibeamte kennen, die Unterlagen beiseiteschafften, die sie nach dem Mauerfall teuer verkaufen konnten.

Im letzten Jahr vor dem Mauerfall hatte Hanke ausschließlich für die Stasi gearbeitet, er war Teil der Kommerziellen Koordinierung, KoKo. Ziel dieser Abteilung war es gewesen, über den Geheimdienst an Westwährung zu kommen, um das bankrotte Land zahlungsfähig zu halten.

Ralph Hanke und seine Freunde verkauften Handfeuerwaffen der ostdeutschen Armee an alle, die sie haben wollten. Die erste Auslandsreise seines Lebens führte ihn nach Panama. Damals war General Noriega an der Macht, und der bezahlte die Waffen bar und in Dollar. Ralph Hanke spürte zum ersten Mal, dass er etwas bewegen konnte. Am 9. November 1989 ging er an der Seite seines Sohnes frei wie ein Vogel durch den Übergang am Brandenburger Tor nach Westberlin hinüber.

Eine Weile lebte er dort bei einem alten Freund. Er wartete ein paar Monate, dann begann er damit, ehemaligen Spitzeln ihre eigenen Akten zu verkaufen. Je mehr Zeit verging, desto mehr Geld bekam er dafür. Sein neues Vermögen benutzte er dazu, die gestohlenen Lagerbestände der Volksarmee aufzukaufen, Fahrzeuge, Waffen und andere Ausrüstungsgegenstände, die für wenig Geld zu bekommen waren. Er verkaufte sie zum zehnfachen Preis weiter. Außerdem behielt er Kopien der Stasiberichte, die er an die Spitzel verkauft hatte. Einige von denen bekleideten schon bald hohe Posten im wiedervereinten Deutschland.

Ende der Neunzigerjahre, als die meisten von ihnen sich sicher fühlten mit ihrem Geheimnis, bekamen sie erneut Besuch von Ralph Hanke, nun in Begleitung von Christian. Diesmal wollte Ralph kein Geld, diesmal wollte er Macht und Einfluss.

Ralph und Christian Hanke reisten durch die Welt und knüpften Kontakte zu Regierungen und Großkonzernen, bezahlten Schmiergelder und verkauften mittels Strohmännern und fiktiver Unternehmen Flugzeuge, Fahrzeuge sowie Radarausrüstungen an Krieg führende Länder. Innerhalb weniger Jahre hatten sie die Hanke GmbH aufgebaut und verdienten ein Vermögen.

Sie waren in der Münchner Innenstadt angekommen.

Hanke setzte sich auf dem knarzenden Ledersitz zurecht.

»Hast du Christian erreicht?«

»Ja«, antwortete Roland Gentz.

»Und?«

»Er ist zu Hause und ertränkt seinen Kummer in Alkohol. Sie hat ihm anscheinend viel bedeutet.«

Ralph Hanke schaute wieder aus dem Fenster. Nachdem Christians Auto in die Luft geflogen war, war seine erste Reaktion Erleichterung gewesen. Erleichterung darüber, dass nicht Christian im Wagen gesessen hatte. Er hatte darüber nachgedacht, ob das wirklich Guzmans Antwort gewesen war. Hatte er es auf die Freundin abgesehen oder auf Christian? Oder war es ein Gruß von jemand ganz anderem? Nein, es musste Guzman gewesen sein, aber seine Vorgehensweise erstaunte Hanke ein wenig. Setzte er den Tod der Freundin mit den Verletzungen gleich, die Hector auf dem Fußgängerüberweg davongetragen hatte?

Er blinzelte zu den Kuppeln der Frauenkirche hinauf und versank wieder in Gedanken, er war neugierig, wie Adalberto Guzman reagieren würde, wenn er ihn in die Knie zwänge. Das wahre Wesen eines Menschen zeigte sich doch erst, wenn er am Boden lag, erst dann konnte man sich ein Urteil bilden. Manche blieben kläglich liegen. Manche standen auf, schoben die Schuld auf jemand anderen und verkauften ihr Seele dem Teufel. Überlebensinstinkt konnte man das nennen, Ralph Hanke nannte es Todesangst. Und dann gab es noch diese kleine Gruppe von Menschen, die furchtlos zurückschlugen. Vor denen hatte er Respekt. Vielleicht gehörte Guzman ja zu ihnen?

Roland brach das Schweigen und ging mit ihm die Tagesplanung durch. Er arbeitete seit acht Jahren für Ralph Hanke. Roland Gentz hatte dafür gesorgt, dass alle Probleme, die Ralph hatte, sich in Vorteile verwandelten. Roland war seine rechte Hand, ohne die er nicht sein konnte, er erledigte, was Ralph nicht selbst tun konnte. Er hatte einen minutiösen Überblick über alle Vorgänge. Wenn jemand einmal nicht spurte, trat Roland einen Schritt zur Seite, und Michail übernahm. Es war eine kleine, aber sehr effektive Organisation, die Ralph Hanke aufgebaut hatte.

»Michail, du fährst nach Rotterdam, oder?«, fragte Roland Gentz.

»Warum soll er nach Rotterdam?«

Roland schaute über die Schulter. »Ich habe beschlossen, dass einer von uns die Ware entgegennehmen soll, zumindest im ersten halben Jahr. Guzman könnte auf dumme Gedanken kommen.«

»Aber warum Michail, haben wir keinen anderen?«

»Die sind alle beschäftigt. Es geht nicht anders.«

Michail erklärte, er habe alles vorbereitet, er würde mit zwei weiteren Männern fahren, alles würde gut gehen.

»Wer sind die anderen?«

»Wir haben in Tschetschenien zusammen gedient.«

»Sind sie sauber?«

Michail lächelte schief.

Ralph Hanke hatte den Russen schon immer gemocht. Michail stellte selten etwas infrage und tat, was man ihm sagte. Und wenn einmal etwas nicht nach Plan lief, löste er das Problem auf seine Weise.

»Okay«, sagte Ralph und entspannte sich in seinem Sitz. Er schloss die Augen. Ein paar Minuten Schlaf wären jetzt genau das Richtige.

Sophie probierte vor dem Spiegel verschiedene Röcke an. Aber sie fand sie alle zu schick und entschied sich schließlich für Jeans.

»Wo willst du hin?«

Albert saß auf dem Sofa, als sie die Treppe herunterkam.

»Zu einer Feier.«

»Bei wem?«

Sophie blieb in der Diele stehen und betrachtete sich im Spiegel.

»Bei einem Freund. Er heißt Hector.«

Sie trug Lippenstift auf und beugte sich zum Spiegel vor.

»Hector? Wer heißt denn heute noch Hector?«

Sophie presste die Lippen aufeinander. »Albert!«, sagte sie nur.

»Wer ist er denn? Was Ernstes, Mama?«

Sie hörte den leisen Spott in seiner Frage und musste lächeln. Albert stand auf und ging an ihr vorbei in die Küche.

»Du siehst toll aus, Mama«, sagte er dann.

In letzter Zeit war ihr aufgefallen, dass er sie die wenigen Male, die sie ausging, immer ermutigte.

»Danke, mein Schatz.«

Das Taxi setzte sie vor dem Trasten ab. Als sie das Restaurant betrat, kam ihr ein junger Mann in weißem Hemd und schwarzer Hose entgegen, um ihr den leichten Mantel abzunehmen. Sophie war plötzlich nervös und zweifelte daran, dass es eine gute Idee war hierherzukommen.

Der Raum war mit Kerzen erleuchtet. Um die Tische herum saßen Gäste, die sich angeregt unterhielten, tranken und lachten. Hinter ihr kamen immer neue Gäste herein. Sophie sah an sich herunter. Sie war sich nicht sicher, ob sie zu lässig gekleidet war. Eine Frau kam mit einem Tablett mit Sektgläsern vorbei. Sophie nahm eines und suchte im Getümmel nach Hector. Schließlich entdeckte sie ihn weiter hinten im Lokal mit einem kleinen Jungen auf dem Schoß. Der Junge lachte, als Hector ihn auf seinem gesunden Bein reiten ließ. Jemand klopfte an ein Glas. Sophie lehnte sich an eine Wand und sah einen großen Mann um die fünfzig mit kahlem Kopf und offenem weißen Hemd. Er wartete, bis sich das Stimmengewirr gelegt hatte. Dann klopfte er noch einmal an sein Glas. Eine Stimme rief etwas auf Spanisch, und ein paar Leute lachten. Der Mann wartete, dann fing er an, eine Rede auf Spanisch zu halten. Er wandte sich ab und zu an Hector, und nach einer Weile senkte er die Stimme und klang sentimental. Hector hörte ruhig zu, der Junge auf seinem Schoß saß ganz still und schmiegte sich an ihn. Schließlich erhob der Redner sein Champagnerglas und brachte einen Toast auf Hector aus.

Als alle miteinander angestoßen hatten, entdeckte Hector Sophie in der Menge und winkte sie zu sich. Der Junge, der auf seinem Schoß gesessen hatte, hüpfte davon. Das Stimmengewirr schwoll wieder an, und Sophie ging zu Hector hinüber, der seiner Nachbarin etwas zuflüsterte. Das Mädchen überließ seinen Platz Sophie, die sich mit einem Lächeln bedankte. Hector stand auf und schien bei Sophies Anblick kurz zu zögern. Sophie musste lachen. Er riss sich zusammen und küsste sie auf beide Wangen.

»Willkommen, Sophie.«

»Alles Gute zum Geburtstag, Hector.«

Sie überreichte ihm ein kleines Geschenk, und er nahm es, ohne es zu öffnen. Kurz ließ er seinen Blick auf ihr ruhen.

»Ich freue mich, dass du da bist. Komm, ich stelle dir meine Schwester vor.«

Sophie sah Aron an einer Bar am anderen Ende des Raumes sitzen, er nickte ihr freundlich zu. Eine Frau erhob sich, sie hatte kurzes dunkles Haar, dunkle Sommersprossen und wache Augen, die zugleich neugierig und fröhlich wirkten.

»Sophie, das ist meine Schwester Inez.«

Sophie streckte die Hand aus. Inez übersah die Hand und küsste Sophie auf die Wangen. Hector redete schnell auf Spanisch, und Inez erwiderte etwas, während sie Sophie anschaute.

»Sie bedankt sich bei dir, dass du dich um ihren Nichtsnutz von Bruder gekümmert hast.«

Sophie erfuhr, dass Inez zwei Kinder hatte, die mit ihrem Mann in Madrid geblieben waren.

»Mein Bruder konnte nicht kommen, er lebt in Frankreich, ist Meeresbiologe und zieht es vor, unter der Wasseroberfläche zu bleiben. Aber ich nehme ihm das nicht übel«, erklärte Hector.

Der Mann, der die Rede gehalten hatte, kam auf sie zu und umarmte Hector, dann wandte er sich an Sophie. Sein massiger Körper und seine gewaltige Nase wirkten noch größer, als er so nah vor ihr stand. Er trug einen dicken Armreif, eine Kette um den Hals und an den Ringfingern zwei große Siegelringe.

»Sophie, das ist Carlos Fuentes, der Besitzer dieses Lokals.«

»Schön, dich kennenzulernen, Sophie. Du warst schon einmal hier mit Hector zum Mittagessen.« Carlos sprach mit starkem Akzent Schwedisch. »Du bist Krankenschwester, habe ich gehört. Da kannst du bei Gelegenheit vielleicht auch mein gebrochenes Herz zusammenflicken?«

Er legte sich die Hand auf die Brust, lächelte sie an und ging davon.

»Warum hat er ein gebrochenes Herz?«, fragte Sophie.

Hector zuckte mit den Schultern. »Er will von den Frauen als hoffnungsloser Romantiker gesehen werden. Er hat kein gebrochenes Herz, sondern zwei zerbrochene Ehen.«

Hector schaute Carlos hinterher. Sophie sah, wie sein Blick sich einen Moment verdunkelte. Doch bevor Sophie darüber nachdenken konnte, kam ein Paar auf sie zu. Der Mann war schlank und drahtig und die Frau eine echte Schönheit. Ihr glänzend schwarzes Haar rahmte ihr zartes Gesicht ein. Arm in Arm traten sie auf Hector zu. Es schien, als gehörte ihnen die Welt, die sie gern mit anderen teilen wollten. Der Mann klopfte Hector auf die Schulter und überreichte ihm ein Geschenk. Dann ergriff er Sophies Hand.

»Ich bin Thierry, und das ist meine Frau Daphne.«

Sophie begrüßte sie, und Daphne lächelte sie an.

Jemand klatschte in die Hände und rief, die Gäste sollten sich setzen. Hector platzierte Sophie ganz in seiner Nähe. Es gab keine Tischordnung, aber alle schienen zu wissen, wo sie sitzen sollten. Sophie fand einen freien Stuhl und nahm Platz.

Neben ihr saß ein ungewöhnlich dünner Mann, einer der wenigen im Lokal, die Schlips und Anzug trugen. Er hatte kurzes Haar, trug eine filigrane Brille und wirkte angestrengt. Er hatte sich als Ernst Lundwall vorgestellt und geschwiegen. Dann schien er sich einen Ruck zu geben und sprach sie an: »Und wie haben Sie Hector kennengelernt?«

Sophie erzählte von dem Unfall, von dem Lundwall wusste, und wie sie sich im Krankenhaus getroffen hatten. Anschließend gab sie die Frage zurück.

»Ich berate Hectors Verlag in juristischen Fragen. Ich bin Anwalt für Urheber- und Gesellschaftsrecht.«

Er hatte eine eintönige, näselnde Stimme, das Essen wurde für Sophie ein wenig mühsam. Ernst Lundwall antwortete einsilbig auf ihre Fragen, ohne selbst welche zu stellen oder ausschweifend zu werden. Immer wieder verebbte die Unterhaltung zwischen ihnen. Der Mann zu ihrer anderen Seite war auch keine Hilfe, er sprach weder Englisch noch Schwedisch. Schließlich gab sie es auf und schwieg ebenfalls.

Ab und zu schaute sie zu Hector hinüber, der sich mit seiner Schwester unterhielt. An seiner anderen Seite saß eine schöne Frau um die dreißig, die Sophie noch nicht kannte. Sie schaute auf und sah zu ihr herüber, dann wandte sie den Blick wieder ab.

Sophie sah zur Eingangstür, die sich wieder öffnete. Ein durchtrainierter Mann mit kurzem Haar trat herein. Ein gut gekleideter älterer Mann mit weißem Haar und sonnengebräunter Haut folgte ihm. Zuletzt kam Aron, der die Tür hinter ihnen schloss.

Hector stand auf, er wirkte überrascht, fast ergriffen. Der ältere Herr kam auf ihn zu, und sie umarmten sich.

»Guzman el Bueno!«, rief jemand, und alle begannen zu klatschen.

Hector wechselte ein paar Worte mit dem Mann, der offensichtlich sein Vater war, und Sophie sah, wie die beiden einander die Wangen tätschelten. Eine Kellnerin half Adalberto Guzman aus dem Mantel, Stühle wurden gerückt, die Gäste tauschten die Plätze, und Adalberto setzte sich neben seinen Sohn. Er nahm Hectors Hand in die seine.

Ernst Lundwall schien mit einem Schlag gesprächiger zu werden. Er erzählte Sophie, welche Musik er als Jugendlicher gehört hatte und wie sein Geschmack sich verändert hatte. Sophie versuchte, interessiert zu wirken, aber ihr Blick ging immer wieder zu Hector und seinem Vater.

»Entschuldigen Sie mich bitte«, sagte sie und stand auf. Ernst Lundwall störte das nicht, er drehte sich nur zur Tischnachbarin auf seiner anderen Seite und redete weiter.

»Das ist mein Vater, Adalberto Guzman«, sagte Hector und stellte ihm Sophie vor.

Adalberto ließ ihre Hand nicht los und sah ihr fest in die Augen. Dabei nickte er immer wieder zu dem, was Hector ihm über sie sagte.

Dann bot Hector Sophie seinen Arm. Sie gingen eine Runde durchs Lokal, und er stellte sie einigen seiner Freunde vor. Sophie hatte das Gefühl, er wollte den Eindruck erwecken, sie wären ein Paar. Sie machte sich los und ging zurück zu ihrem Platz, wo sie Ernst Lundwall zum Glück nirgends entdecken konnte. Aus den Lautsprechern kam jetzt laute Musik, die Leute begannen zu tanzen. Aber Hector war ihr gefolgt und setzte sich neben sie.

»Hast du Angst vor mir?«

Sie schüttelte den Kopf. Er blickte auf die Tanzfläche.

»Es ist mir wichtig, dass du meine Freunde kennst.« Er nahm ihre Hand. »Ist das für dich in Ordnung?«

Sie nickte.

Eine Weile saßen sie da und sahen den anderen beim Tanzen zu. Hectors Hand fühlte sich groß und warm an. Sophie mochte es, sie zu halten.

Gegen zwei Uhr nachts löste sich die Geburtstagsgesellschaft allmählich auf, es waren nur noch zwei Handvoll Gäste da, die meisten saßen an Hectors Tisch: Hector selbst, Adalberto, Inez, Aron und Leszek – der Mann mit dem kurzen Haar, der mit Adalberto gekommen war –, außerdem Thierry und Daphne. Neben Hector saß wieder die junge Frau. Sophie sah, wie Inez mit Adalberto redete. Inez wirkte wie ein Kind, das beschlossen hatte, wütend auf seinen Vater zu sein. Adalberto schaute ein wenig gequält, aber Sophie spürte, dass er seine Tochter liebte. Sophie ertappte sich wieder dabei, wie sie die Frau neben Hector anstarrte. Sie wirkte kühl, fast mürrisch und zugleich zerbrechlich. Nein, dachte Sophie, sie war traurig, das war es. Trotzdem oder vielleicht auch gerade deshalb hatte sie etwas Erhabenes an sich. Sophie empfand leise Eifersucht.

Sie begegneten sich auf der Damentoilette, vielleicht war die Fremde ihr nachgegangen? Sie standen nebeneinander und betrachteten ihre Gesichter in den Spiegeln über den Waschbecken. Die Frau frischte ihr Make-up auf.

»Ich heiße Sonya«, sagte sie. »Freut mich, Sie kennenzulernen.«

»Sophie. Freut mich auch.«

Als Sophie aus der Toilette kam, lauschte sie der Musik und sah den Tanzenden zu. Die letzten Gäste bewegten sich jetzt voller Energie auf der Tanzfläche.

Irgendwann beschloss Sophie, ein letztes Getränk zu nehmen und sich dann auf den Heimweg zu machen. Kaum hatte sie sich an den Tisch gesetzt, leisteten ihr die anderen Gesellschaft, als hätten sie sich verabredet. Die Musik wurde leiser.

Inez beugte sich zu ihr herüber und sagte etwas. Hector übersetzte, so gut er konnte, aber er und Inez verfielen immer wieder ins Spanische und lachten. Sonya lächelte nur, doch es war ein ungezwungenes Lächeln. Hector wirkte jetzt sehr jungenhaft. Sophie sah, dass er sich amüsierte. Auch Adalberto war wieder zum Kind geworden, er redete auf Spanisch drauflos, ohne dass jemand ihm zu folgen schien. Sophie erschien die Welt mit einem Mal vollkommen im Einklang mit sich selbst.

Gegen halb vier morgens verließ sie schließlich die Feier. Hector begleitete sie hinaus zum Taxi und öffnete ihr die Tür.

»Danke«, sagte sie aufrichtig.

»Ich danke dir, dass du da warst«, erwiderte er.

Sie beugte sich vor und ließ sich küssen. Es war ein behutsamer Kuss, den er rasch beendete.

Lars lehnte sich an die Wand. Er sah Erik zu, der auf seinem Stuhl saß, die Füße auf einer herausgezogenen Schreibtischschublade, und sich mit einem Stift im Ohr bohrte. Eva Castroneves rollte auf ihrem Bürostuhl hin und her, und Gunilla las in einem Dokument. Dann legte sie das Blatt zur Seite, nahm ihre Brille ab und ließ sie an dem Band um ihren Hals herabbaumeln.

»Fang du an, Lars.«

Lars erzählte der versammelten Mannschaft, wie Sophie Brinkmann Hector im Nordiska Kompaniet getroffen hatte und gestern Abend zu seiner Feier im Restaurant Trasten gegangen war.

»Aber das habe ich alles auch in mein Protokoll geschrieben«, beendete er seinen Bericht.

»Sophie und Hector haben offensichtlich ein Verhältnis, das wissen wir jetzt. Wie dieses Verhältnis genau aussieht, wird sich zeigen. Erzähl von der Feier, Lars«, sagte Gunilla.

Er räusperte sich, verschränkte seine Hände und löste sie wieder.

»Ich habe nichts Außergewöhnliches festgestellt, außer dass zwei Männer vor dem Restaurant Wache standen, nachdem ein älterer Mann am späteren Abend ankam. Sophie stieg um 03.28 Uhr in ein Taxi.«

»Danke«, sagte Gunilla und nickte Eva zu. Doch Lars war noch nicht fertig.

»Ich habe die anderen Gäste fotografiert, als sie das Lokal verließen«, warf er ein. »Die Bilder sind etwas unscharf, vielleicht kannst du sie dir mal ansehen, Eva?«

Lars' Stimme klang jetzt heller, das passte ihm nicht.

»Gut, gib Eva die Bilder«, entschied Gunilla.

Eva wandte sich ihren Papieren zu. »Sophie Brinkmann, geborene Lantz. Sie scheint ein abgesichertes Leben zu führen, vermutlich das Erbe ihres Mannes. Sie trifft sich ab und zu mit Freundinnen und mit ihrer Mutter. Sie hat eine ziemlich normale Vergangenheit. Normale Schulausbildung, Austauschjahr in den USA. Ein paar Monate nach dem Schulabschluss reiste sie mit einem Freund nach Asien, dann hatte sie verschiedene Jobs, bevor sie in Sophiahem die Ausbildung zur Krankenschwester absolvierte. Sie lernte David Brinkmann kennen, und zwei Jahre später kam Albert zur Welt. Als David 2003 starb, verkaufte sie das Haus und zog mit ihrem Sohn in ein kleineres in derselben Gegend.«

Eva blätterte in ihren Papieren und setzte ihre Zusammenfassung fort.

»Wir kennen ihren Freundeskreis noch nicht, abgesehen von ihrer besten Freundin, Clara. Das ist die Frau, mit der sie unterwegs war, als du ihnen gefolgt bist, Lars. Das ist alles, was ich bisher habe.«

Gunilla hatte noch eine Frage. »Ist sie eine Frau, die mit Männern ausgeht?«

»Hector scheint der Erste zu sein, mit dem sie sich trifft«, erwiderte Eva.

»Warum glaubst du das?«, fragte Gunilla.

»Nichts deutet darauf hin, dass sie nach dem Tod ihres Mannes einen anderen Mann kennengelernt hat. Aber ich werde das prüfen.«

»Erik?«, fragte Gunilla.

»Die Frage ist, ob der Spanier sich in sie verliebt hat, dann hat die Frau eine Funktion.«

Es wurde still. Lars betrachtete die anderen und fühlte sich, als wäre er allein im Zimmer.

Dann sagte Gunilla: »Lars, kannst du mich fahren?«

Sie quälten sich durch den Mittagsverkehr. Gunilla klappte die Sonnenblende herunter und schminkte sich in dem kleinen Spiegel.

»Was denkst du?«, fragte sie und presste die Lippen aufeinander.

»Ich weiß nicht.«

Sie schraubte den Deckel auf den Lippenstift und legte ihn zurück in ihre Tasche. »Ich hätte gern deine Meinung dazu, Lars, keine Ausführungen oder Argumente, einfach nur deine Meinung.«

Sie steckten auf der Sturegatan hinter einem Bus fest, das gab ihm einen Moment zum Nachdenken.

»Es scheint ein bisschen dürftig«, sagte er vorsichtig.

»Es ist dürftig. Es ist immer dürftig, meistens haben wir gar nichts. Deshalb finde ich ganz im Gegenteil, dass wir in diesem Fall recht viel wissen.«

Lars nickte. »Du hast sicher recht.«

»Du musst mir nicht recht geben«, sagte sie.

Lars hustete, er wollte gern, dass sie ihm vertraute.

»Ich glaube, ich kann mehr, Gunilla.«

»Was meinst du?«

»Dass ich mehr kann als nur beschatten. Ich bin der analytische Typ, ich kann so viel beitragen, glaube ich. Wir haben darüber gesprochen, als du mich eingestellt hast.«

»Du bist wichtig für die Gruppe, Lars, du bist wertvoll. Ich will dich noch mehr einbinden, aber dazu brauchen wir etwas, worauf wir aufbauen können, und du bist derjenige, der das herausfinden kann. Ich übernehme die Verantwortung, wenn etwas schiefgehen sollte. Verstehst du, was ich meine?«

»Ich glaube, ja.«

Lars fand eine Parklücke. Er fuhr an den Bordstein und hielt an.

»Wir sind auf dem richtigen Weg«, fuhr sie fort. »Zweifle nicht daran, tu lieber alles, was in deiner Macht steht, um hier einen Schritt weiterzukommen.« Sie schloss ihre Handtasche. »Ich schicke dir die Nummer eines Mannes namens Anders. Er wird dir helfen. Anders ist gut.«

Gunilla strich ihm flüchtig über den Arm, öffnete die Tür und stieg aus.

Lars blieb sitzen. Er dachte an das, was Gunilla eben über ihn gesagt hatte, über seinen Wert für die Gruppe. Gunilla sollte mit ihrer Einschätzung recht behalten. Er würde sie nicht enttäuschen.

Die See war rau, und die Gischt sprühte über ihn hinweg. Er stand am Bug des Schiffes und sah das flache Festland in der Ferne. Holland.

Plötzlich wurde das Schiff langsamer. In der Ferne entdeckte Jens ein Motorboot, das durch die Wellen direkt auf sie zukam. Er blinzelte und versuchte zu erkennen, was das für ein Boot war. Er verließ seinen Platz am Bug und ging zur Brücke hinauf. Jens öffnete die schwere Metalltür. Der Kapitän und der Steuermann tranken Tee und rauchten stinkende Zigaretten. Ein Brettspiel stand vor ihnen.

»Da kommt ein Boot.«

Der Kapitän nickte. »Passagiere«, sagte er ruhig und trank einen Schluck Tee.

Jens war neugierig und trat wieder aufs Deck hinaus.

Als das Motorboot längsseits ging, wurde eine Leiter herabgelassen, und zwei Männer kletterten an Bord, der eine fast kahl rasiert, der andere dunkelhaarig mit einer kurzen, dunklen Jacke. Der Kahle hatte eine Sporttasche dabei. Während das Motorboot wieder losmachte und in Richtung Land davonfuhr, kam der Dunkelhaarige auf die Brücke.

Jens beobachtete, wie er mit dem Kapitän sprach. Sie gestikulierten, und der Kapitän schien sich für etwas zu entschuldigen. Dann trat der Mann wieder auf die Stahltreppe hinaus.

»Leszek!«, rief er dem Kurzgeschorenen mit der Sporttasche zu und zeigte auf das Heck des Schiffes. Leszek gehorchte und verschwand.

Der Dieselmotor dröhnte lauter, und das Schiff nahm wieder Kurs auf Rotterdam.

Jens verzog sich unter Deck. Der Kapitän hatte ihm verboten, sich während der Reise im Frachtraum aufzuhalten, aber Jens hatte nicht vor, ihn um Erlaubnis zu bitten. Er öffnete zwei Kisten, setzte die Waffen zusammen und packte sie in zwei kleinere Kisten, die leichter auf den Lieferwagen zu heben waren, den er an den Kai beordert hatte. Jens hatte vereinbart, dass der Zoll in der ersten Stunde nach ihrer Ankunft im Hafen keine Stichprobe machen würde. Das würde für den sicheren Abtransport reichen müssen.

Wenig später tauchte der Hafen von Rotterdam vor ihnen auf. Alles an ihm war riesig. Die Kräne, die Container, die ungeheuer großen Schiffe an den gigantischen Anlegeplätzen. Das Schiff machte fest, und von der Brücke aus öffnete der Kapitän den Frachtraum, Kräne schwenkten über das Schiff, und die Mannschaft verzurrte Riemen und Seile um die Container, die langsam an Land gehievt wurden.

Ein Wagen fuhr den Kai herunter und hielt vor dem Schiff. Es konnte nicht seines sein, dachte Jens, dazu war es zu klein. Drei Männer stiegen aus. Mit raschen Schritten stiegen sie die Leiter hoch an Deck.

Jens stellte seine Kaffeetasse ab, kletterte die Treppe von der Brücke hinunter und ging an zwei von ihnen vorbei über das Deck. Er grüßte sie, aber keiner der Männer grüßte zurück. Sie sahen zerschlagen aus, müde. Sie hatten schmale, tief liegende Augen und die vernarbte Haut von Junkies.

Im nächsten Augenblick hörte er die Stimme eines der Männer hinter sich.

»Michail!«

Dann folgten schnell hintereinander drei Schüsse. Ein Pfeifen war zu hören und dann von irgendwoher ein Schrei. Ohne zu überlegen, stürzte Jens die Treppe hinunter in den Frachtraum. Doch es blieb eine ganze Weile sehr still, nichts rührte sich. Langsam stieg Jens wieder ein paar Stufen hinauf und spähte an Deck. Einer der beiden, die er eben gegrüßt hatte, lag reglos am Boden. Er trug eine Maschinenpistole unter seiner Jacke. Im Gegenlicht sah Jens die Umrisse von Leszek, den sie unterwegs an Bord genommen hatten. Er kniete auf Deck und zielte auf einen der drei Männer, der jetzt vor ihm über das Deck rannte. Leszek schoss viermal hintereinander. Vergeblich, die Kugeln schlugen im Metall der Deckaufbauten ein.

Jens' Puls hämmerte. Er beobachtete, wie Leszek sich das Gewehr über die Schulter hängte und geschmeidig davonrannte. Plötzlich waren zwei weitere Schüsse zu hören. Sie kamen von der Brücke. Jens sah Michail mit einer Maschinenpistole in der Hand. Er rief dem Mann, der sich an die Wand presste, auf Russisch etwas zu. Dann stieg er die Treppe hinunter, er schien es nicht sonderlich eilig zu haben. Er ging ins Heck des Schiffes.

Jens kroch zu dem Toten, hob seine Jacke, nahm ihm die Maschinenpistole ab und glitt die Treppe in den Frachtraum hinunter. Was passierte hier gerade? Wer versaute ihm hier sein Geschäft?

Der Frachtraum war groß, kalt und feucht, Kisten und Elektrogeräte standen dicht nebeneinander. Weiter vorn lagen die größeren Container aufeinandergestapelt, es waren noch insgesamt sieben, von denen einer hoch über ihm in der Luft hing. Die Kräne hatten den Löschvorgang nach dem Schusswechsel unterbrochen. Jens versuchte nachzudenken, versuchte sich zu konzentrieren. Keine der Parteien da oben wusste im Moment, welche Rolle er spielte. Aber mit größter Wahrscheinlichkeit würden ihn alle als Feind betrachten.

An Deck waren keine weiteren Schüsse mehr gefallen. Jens richtete sich leise auf und arbeitete sich zwischen den Kisten vorwärts.

Plötzlich knallte es wieder, und eine Kugel schlug in

die Kiste neben ihm ein. Er warf sich zu Boden, nahm die Waffe, zielte in die Richtung, aus der der Schuss gekommen war, und drückte ab. Es klickte, aber nichts passierte. Er hielt die Luft an, der Schütze wusste, wo er war. Er sprang auf, rannte über die Ladefläche und warf sich hinter einen Frachtbehälter. Sein Atem ging stoßweise und flach. Jens lauschte so angestrengt, dass er nach einer Weile Dinge zu hören glaubte, die es gar nicht gab. Hinter ihm flüsterte eine Stimme auf Englisch: »Lass die Waffe fallen.«

Jens zögerte, aber der Mann wiederholte seine Worte, und er legte seine Bizon vor sich auf den Boden.

»Wie viele seid ihr?«, fragte die Stimme kurz.

»Ich bin allein.«

»Wer bist du?«

»Ein Passagier.«

»Warum bist du bewaffnet?«

»Ich habe die Waffe dem Toten an Deck abgenommen.«

»Hast du gesehen, was an Bord passiert ist?«, fragte der Mann.

»Ja.«

»Wie viele sind es?«

»Sie waren zu dritt. Einer ist tot, die anderen sind nach hinten gelaufen. Hast du auf mich geschossen?«

»Nein, das waren die anderen.«

Sollte Jens ihm vertrauen?

Im vorderen Bereich des Laderaums bewegte sich jemand. Jens versuchte, etwas zu erkennen, dann drehte er sich zu dem Mann hinter sich um. Aber er war verschwunden. Jens nahm die Waffe wieder hoch.

5

Anders Ask war der Name des Mannes, den Lars in Gunillas Auftrag anrufen sollte. Wie sich herausstellte, war Anders ein Spaßvogel.

Lars hatte ihn in der Stadt abgeholt, und sie waren zusammen nach Danderyd gefahren. Anders saß bequem auf dem Beifahrersitz und untersuchte die Mikrofone auf seinem Schoß.

»Na, wie ist er denn so, dieser Lars?«

Lars warf ihm einen kurzen Blick zu. »Keine Ahnung, was kann man sagen, nichts Besonderes eigentlich …«

Anders hielt ein Mikrofon gegen das Licht. »Gott, sind die klein«, flüsterte er vor sich hin. Dann lächelte er und drückte die Mikrofone zurück in den Schaumstoff der Schachtel. »Was hast du vorher gemacht?«

»Västerort«, sagte Lars.

»Kriminalpolizei?«

Lars sah Anders an. »Nein …«

»Nein?«

Lars setzte sich zurecht, eine kleine Falte zeigte sich auf seiner Stirn. »Streife.«

Anders lachte. »Ein Streifenhörnchen! Schau an. Ich fahre mit einem Streifenhörnchen. Wie um alles in der Welt bist du dann bei Gunilla Strandberg gelandet?«

»Sie hat mich angerufen und gefragt.«

»Das ist nicht dein Ernst!«

Lars passte Anders' Verhalten nicht. Anders stellte die Mikrofonschachtel auf dem Armaturenbrett ab. Lars nahm sie und legte sie auf seinen Schoß.

»Und du, wer bist du?«, stellte er die Gegenfrage.

»Ich bin Anders.«

»Wer ist Anders?«

Anders Ask sah aus dem Fenster. »Das kann dir scheißegal sein.«

Mittags um kurz nach eins stand Lars Vinge auf Sophies Terrasse an der Rückseite des Hauses und sah Anders dabei zu, wie er mit einem Dietrich die Tür öffnete. Anders ging dabei nicht eben diskret vor.

»Terrassentüren sind wie fette Bräute«, sagte er und lachte über seinen Vergleich.

Die Tür öffnete sich. Aber Anders war viel zu laut und zu unvorsichtig. Anders sah, wie nervös Lars war. »Lasse Lasse liten«, sang er ein schwedisches Kinderlied. »Willkommen zu Hause, Süßer.«

Sie trugen Schuhüberzieher und Latexhandschuhe. Lars trat ins Wohnzimmer, sein Magen rumorte. Er wollte hier so schnell wie möglich wieder raus. Anders dagegen war die Ruhe selbst, und er hatte die schlechte Angewohnheit, bei der Arbeit laut zu pfeifen.

»Halt dich von den Fenstern fern«, warnte er, öffnete seine Tasche und kramte darin herum. »Hast du die Mikros?«

Lars gefiel das hier nicht. Er zog die Schachtel aus der Jackentasche und gab sie Anders, der sich einen Ohrstöpsel ins Ohr steckte. Er schaltete einen Empfänger ein und testete die Mikrofone.

Lars sah sich das Haus an. Das Wohnzimmer war groß und geräumig, viel größer, als man von außen gedacht hätte. Es war ein offener Raum, der weiter hinten in die Küche überging. Eine Treppe führte in den ersten Stock hinauf.

Lars holte seine Digitalkamera heraus und machte eine Menge Fotos. Ein alter, niedriger, rosafarbener Sessel stand neben einem breiten Sofa mit bunten Kissen. Daneben ein antiker Holzstuhl mit hellbrauner Sitzfläche. Die Wand hinter dem Sofa hing voller Bilder. Es waren sehr unterschiedliche Motive, aber als Ganzes gesehen ergaben sie eine interessante Einheit. Auf dem Fenstersims standen Blumen.

Die Farben und Formen gaben dem Raum etwas Warmes, Einladendes und weckten in Lars den Wunsch, hierbleiben zu dürfen. Auf einem Regal standen gerahmte Fotografien. Er sah Albert, den Sohn der Krankenschwester, vom fröhlichen kleinen Jungen bis zum beleidigten Teenager. Dann das schwarz-weiße Porträt eines kräftigen Mannes. Lars glaubte, bei Stirn und Augen eine Ähnlichkeit mit Sophie zu erkennen, wahrscheinlich war es ihr Vater. Lars' Blick wanderte zu ein paar anderen Bildern. Da gab es ein kleineres von einem etwa dreißigjährigen Mann, das musste Sophies Mann David sein, der hinter einem kleinen Jungen stand. Dann ein Foto der ganzen Familie, David, Sophie, Klein Albert und ein Hund, ein blonder Labrador. Die Familie stand beisammen und lächelte in die Kamera. Eine lachende Sophie in einem weißen Gartenstuhl, das Bild wirkte relativ neu, es mochte ein oder zwei Jahre alt sein. Sie hatte sich in eine Decke gewickelt und die Knie ans Kinn gezogen. Ihr Lachen war ansteckend, als gelte es ihm persönlich. Er stellte seine Kamera auf Makro, ging mit der Linse ganz nah an das Foto heran und schoss mehrere Bilder.

Anders zog neben der Sitzgruppe Klebeband von der Rolle. Er rief Lars zu sich herüber und zeigte auf eine Lampe neben der Sitzgruppe und auf sein Ohr. Dann stand er auf und ging in die Küche, während er »Kleiner kleiner Lasse« vor sich hinsummte.

Lars wünschte, Sara hätte den gleichen Geschmack wie Sophie, das gleiche Gefühl dafür, welche Dinge zusammenpassten und welche nicht. Auf dem Sofa lag eine gefaltete Decke. Lars hob sie an und strich darüber. Ohne nachzudenken, hielt er sie sich ans Gesicht und roch daran.

»Bist du pervers?«

Lars drehte sich um. Anders starrte ihn an, wie er mitten im Wohnzimmer stand.

Er legte die Decke auf das Sofa zurück. »Was willst du?«, fragte er und schaute Anders böse an.

Anders lachte ein schiefes, verächtliches Lächeln. »Du bist ja vollkommen bekloppt, kleiner Lasse«, flüsterte er.

Lars sah ihm nach, wie er über die knarrende Holztreppe nach oben ging. Er trat vom Wohnzimmer über den Treppenabsatz in die Küche hinunter. Auch hier war alles sauber und aufgeräumt. Er bemerkte die große Vase mit Schnittblumen am Fenster, die grob geschnitzte Bank mitten in der Küche und die dunkelgrüne Tür zur Speisekammer. Es war ein Grün, von dem er gar nicht gewusst hatte, dass es existierte. Dass es überhaupt zulässig war, etwas so Schönes in seiner Küche zu haben! Wer es wagte und verstand, sich so einzurichten, der musste auch alles andere verstehen. Das begriff Lars jetzt. Und er wollte, dass die Frau, die hier lebte, ihm alles erklärte.

Er ging die Treppe wieder hinauf und versuchte, nicht

auf die knarrenden Stellen zu treten. Anders hockte neben dem Nachttisch in ihrem Schlafzimmer.

Lars lehnte sich an den Türrahmen. »Können wir jetzt gehen?«, fragte er.

»Bist du schon immer so anstrengend gewesen?«

Anders kontrollierte seine Arbeit, stand auf und rempelte Lars im Vorbeigehen an. Dann stieg er mit lauten Schritten die Treppe wieder hinunter.

Lars stand noch immer in der Tür und schaute in Sophie Brinkmanns Schlafzimmer. Dort stand ein großes Doppelbett, das mit einem Überwurf bedeckt war. Auf dem Nachttisch, an dem Anders eben ein Mikrofon befestigt hatte, stand eine gusseiserne Lampe. Dazu Teppichboden, helle Wände und ein paar einzelne Bilder, die dunkel gerahmt waren. Es gab verschiedene Motive: ein einzelner großer Schmetterling, die Kohlezeichnung eines Frauengesichts auf hellbraunem Papier sowie ein Bild ohne Rahmen, in einem tiefen Dunkelrot gehalten. Daneben das Ölbild eines großen Baums. Und alles passte zusammen. Lars versuchte zu verstehen, wie das kam.

Ganz hinten im Schlafzimmer gab es eine niedrige, elfenbeinfarbene Doppeltür. Er setzte einen Fuß auf den weichen Teppich, ging zu der Tür und tastete sie ab, dann öffnete er sie langsam. Dahinter befand sich einen begehbaren Kleiderschrank. Er trat hinein und fand einen Lichtschalter. Warmes Licht erfüllte den Raum.

An Holzbügeln hingen Blusen und andere Kleidungsstücke. Darunter befanden sich Schubladen aus Eichenholz. Er öffnete die obere: Uhren und Schmuck. Dann die darunter: zusammengefaltete Schals und noch mehr Schmuck. Er bückte sich. Die dritte enthielt Unterwäsche, Höschen und BHs. Er schloss sie schnell. Dann öffnete er sie wieder und schaute hinein, er spürte, dass er tief in seinem Innern längst alle Regeln gebrochen hatte.

Lars steckte die Hand in die Schublade und befühlte die Unterwäsche. Das meiste war aus Seide, ganz weich, und er konnte nicht aufhören, die Stoffe zu streicheln. Es erregte ihn, und er wurde plötzlich hart. Er wollte ein paar davon mitnehmen, sie in der Tasche tragen, anfassen können, wann immer er Lust dazu hatte. Ein Geräusch aus dem Erdgeschoss ließ ihn wieder zu sich kommen. Er schloss die Schublade und verließ das Zimmer.

Auf dem Flur holte er tief Luft. Er ging zu Alberts Zimmer, stieß mit dem Finger die Tür auf und sah hinein. Es war ein Jungenzimmer, eingerichtet, als wüsste sein Bewohner nicht, ob er schon erwachsen oder noch ein Kind war. Nicht Poster, sondern Bilder hingen an der Wand, außerdem ein schwarz-gelber Wimpel mit der Aufschrift *Wir sind überall*. Eine E-Gitarre mit nur drei Saiten lehnte am Schreibtisch, auf dem Boden lag eine leere Bonbontüte. Das Bett sah gemacht und doch unordentlich aus. Darunter entdeckte Lars ein altes Teleskop ohne Stativ.

Er machte ein paar Fotos und schaute dann auf seine Armbanduhr. Er musste sich beeilen und ging hinaus zur Treppe. Als er an Sophies Zimmer vorbeikam, folgte er einem Impuls. Noch einmal öffnete er den Wandschrank, dann eine Schublade, nahm ein Höschen heraus und steckte es in die Tasche. Dann ging er wieder nach unten zu Anders.

Der saß in einem kleinen Arbeitszimmer an einem Computer.

»Wir müssen«, sagte Lars.

»Halt die Klappe«, antwortet Anders, den Blick auf den Bildschirm gerichtet. Er tippte etwas in die Tastatur.

»Anders!«

Anders blickte auf. »Halt die Klappe, habe ich gesagt! Sieh dich um, mach, was du willst, aber geh hier raus.«

Lars wollte etwas sagen, ließ es dann aber. Er drehte noch eine Runde und sah nach, ob sie nichts vergessen hatten. Alles schien in Ordnung. Er ging zurück zur Terrassentür, durch die sie hereingekommen waren. Er wurde immer nervöser, der Schweiß trat ihm auf die Stirn.

Anders trat aus dem Arbeitszimmer. »Ich geh nur noch aufs Klo, dann hauen wir ab.«

»Nein, bitte nicht«, sagte Lars leise.

Anders grinste, nahm eine Zeitung vom Sideboard und schlenderte zur Toilette.

Lars stand bei den Jacken und Mänteln, die nebeneinander an ihren Haken hingen, lehnte die Stirn an die Wand, schloss die Augen und versuchte sich zu beruhigen. Sein Puls hämmerte in seinen Ohren, sein Bauch tat ihm weh, die Hände waren kalt, und sein Mund war trocken.

Da hörte er Schritte auf der Treppe. Ein Schlüssel wurde ins Schloss gesteckt. Lars drehte sich um und starrte zur Tür.

Das Schloss klickte, die Klinke wurde heruntergedrückt, und die Tür öffnete sich. Vor ihm stand eine kleine Frau um die sechzig, sie stellte ihre Tasche auf den Boden und knöpfte ihren Mantel auf. Er starrte sie an, ihre Blicke trafen sich, und sie zuckte zusammen, fasste sich an die Brust und sagte einen Satz in einer osteuropäischen Sprache. Ihr Schreck schien in eine Art Gelassenheit umzuschlagen. Denn sie lachte und erklärte auf Schwedisch, dass sie nicht gewusst habe, dass jemand zu Hause sei.

Sie streckte die Hand aus und stellte sich als Dorota vor. Verwirrt nahm Lars ihre Hand.

»Lars.«

Er hörte ein glucksendes Lachen hinter sich und drehte sich um. Anders.

Dorota sah die beiden Männer vorsichtig lächelnd an. Sie schien plötzlich unsicher, wen sie da vor sich hatte.

Anders' Lachen verschwand ebenso plötzlich, wie es gekommen war. Er packte Dorota am Arm, hob ihre Handtasche vom Boden auf und schob die Frau in die Küche. Dort setzte er sie auf einen Stuhl und drehte sich zu Lars um.

»Und jetzt?«

Dorota wirkte jetzt sehr verängstigt.

»Komm, lass uns abhauen«, sagte Lars.

Anders sah ihn verächtlich an. »Gute Idee. Gehen wir.« Dann wandte er sich an Dorota. »Wer bist du?«

Unsicher schaute sie von einem zum anderen.

»Ich putze hier.«

»Du putzt hier?«

Dorota nickte.

Anders warf ihr die Handtasche in den Schoß. »Gib mir dein Portemonnaie.«

Dorota sah Anders an, als hätte sie nicht verstanden, was er eben gesagt hatte. Dann kramte sie nervös in ihrer Handtasche, bis sie das Portemonnaie fand. Anders nahm es, riss den Ausweis heraus und warf einen Blick darauf.

»Wo wohnst du?«

»Spånga«, antwortete sie flüsternd.

Lars schaute die Frau an, sie tat ihm plötzlich sehr leid. Anders steckte Dorotas Ausweis in seine Tasche.

»Den behalten wir, und du hast uns nie gesehen.«

Dorota blickte zu Boden.

»Hast du verstanden, was ich gesagt habe?«

Sie nickte. Anders drehte sich zu Lars um und ging auf

die Terrassentür zu. Lars blieb noch einen Moment stehen und schaute die Frau an, die nervös zu Boden blickte.

Anders lief zum Auto. Lars beeilte sich hinterherzukommen. Sie schwiegen, während Lars sie aus dem Wohngebiet herausfuhr. Er hielt sich streng an die Geschwindigkeitsbegrenzungen. Plötzlich packte Anders ihn am Kragen und schlug ihm mit der flachen Hand ins Gesicht. Lars trat auf die Bremse und versuchte sich zu schützen.

»Du blöder Idiot … Bist du total bescheuert?«, schrie Anders.

Lars' Ohr brannte, und seine Knie zitterten.

»Was hättest du gemacht, wenn ich nicht dabei gewesen wäre, hä? Aufgegeben? Du hast dich mit deinem richtigen Namen vorgestellt! Hast du denn gar keine Ahnung, was wir hier machen?«, schrie Anders.

Lars antwortete nicht.

»So ein Idiot!« Anders sah ihn giftig an und zeigte nach vorn. »Nun fahr schon!«

Sie schwiegen eine ganze Weile.

»Wir sagen Gunilla nichts davon«, meinte Anders schließlich. »Alles ist gut gegangen, die Mikrofone sind an ihrem Platz. Du probierst, ob alles funktioniert, wenn du wieder dort bist.«

Anders stieg an der Östra Station aus. Er ließ eine Tasche mit Abhörempfängern im Auto. »Probier sie sofort aus.« Dann knallte er die Tür zu und verschwand in der Menschenmenge.

Jens kauerte im Schiffsrumpf und lauschte. Er schaute sich suchend um, die Maschinenpistole im Anschlag. Das

Geräusch, das er eben gehört hatte, war aus dem vorderen Bereich des Frachtraums gekommen. Jetzt war es wieder still. Die Arbeiter auf dem Kai und die vietnamesische Besatzung mussten geflohen sein, als die ersten Schüsse fielen. Es schien eine Ewigkeit her, aber es waren erst ein paar Minuten vergangen.

Lange, zähe Minuten.

Wieder glaubte er, Geräusche zu hören. Es klang, als würde jemand leise näher kommen, wie ein Flüstern, wie Schritte oder ein Windhauch. Er schwitzte, das Hemd klebte ihm am Leib.

Instinktiv hob Jens seine Bizon und gab ein paar Schüsse in die Richtung ab, aus der die Geräusche kamen. Dann ging er in Deckung. Er wartete und lauschte. Nichts. Er hörte lediglich seinen Herzschlag. Er musste sein Versteck wechseln, aber schon als er sich erhob, knallten Schüsse durch den Raum, die Waffe seines Gegners klang wie eine Motorsäge. Jens warf sich wieder zu Boden.

Dann herrschte plötzlich wieder absolute Stille, bis Jens hörte, dass eine Waffe durchgeladen wurde. Er sprang auf und lief gebückt an einem Kistenstapel entlang. Dann sah er einen Mann und eine Maschinenpistole. Sie war auf ihn gerichtet. Jens feuerte eine Salve, und sein Gegenüber ging in Deckung. Gebückt lief Jens vorwärts. Er war nur wenige Meter von seinem Widersacher entfernt. Er schoss und traf ihn an der Schulter. Der Mann taumelte rückwärts, aber es gelang ihm, seine Waffe auf Jens zu richten, der nun ohne jede Deckung war. So standen sie einen Moment da, die Waffen aufeinander gerichtet. Jens sah den leeren Blick des Mannes. War das ein Moment zu sterben? Ein dunkles und leeres Gefühl von Sinnlosigkeit ergriff ihn. Sollte dieser hässliche Blödmann ihn tatsächlich töten?

Jens schoss, und der Russe schoss ebenfalls. Der Schuss

streifte seine linke Seite, er spürte den brennenden Schmerz, als sein Oberarm verletzt wurde.

Die drei Kugeln, die er selbst abgefeuert hatte, trafen den Russen in Brust und Hals, und der Mann sank tot zu Boden. Dann hörte er Schritte hinter sich und drehte sich mit erhobener Waffe um. Der Mann hatte seine Pistole auf Jens' Stirn gerichtet.

»Ich werde dir nichts tun«, sagte der Mann ruhig auf Englisch, »aber nimm die Waffe runter.«

»Nimm selber die Waffe runter«, schrie Jens. Das Adrenalin in seinem Körper ließ ihn mutiger werden, als er selbst gedacht hätte.

Der Mann zögerte, dann ließ er seine Waffe sinken. Jens folgte ihm.

»Bist du verletzt?«, fragte sein Gegenüber.

Jens tastete nach der Wunde, sie schien nicht besonders tief zu sein. Er schüttelte den Kopf.

»Dann lass den hier liegen, und komm.«

Jens blickte auf den Mann, den er eben getötet hatte. Er empfand Dankbarkeit, Angst und Schuld zugleich.

Der Fremde lief voraus, Jens folgte ihm. Der andere trug ein Headset und sprach leise und in knappen Sätzen. Dann blieb er plötzlich stehen. »Warte«, sagte er. Nichts bewegte sich, kein Geräusch war zu hören. Jens sah den Mann an, er war ganz ruhig.

»Ich heiße Aron«, sagte er.

Jens antwortete nicht.

Der Mann legte einen Finger an seinen Kopfhörer und stand auf. »Es ist vorbei, wir können wieder hochgehen.«

Mitten auf dem Deck kniete Michail, er war übel zugerichtet und hielt die Hände über den Kopf. Leszek stand bewaffnet hinter ihm.

Sie gingen an Michail vorbei die Treppe zur Brücke hoch und betraten das Steuerhaus. Der Steuermann lag tot am Boden. Der Kapitän war bleich und stand vermutlich unter Schock, in der Hand hielt er einen großen, mit Michails Blut verschmierten Schraubenschlüssel. Er richtete sich auf und schaute erst auf den toten Steuermann, dann zum Fenster hinaus. Er sah Michail auf dem Deck knien, und noch immer stand der Hass auf seinem Gesicht.

»Was suchst du auf diesem Schiff?«, fragte Aron Jens.

»Ich bin damit von Paraguay nach Holland gekommen.«

»Was wolltest du in Paraguay?«

»Alles Mögliche.« Jens sah Aron an. »Logistik.«

»Hast du Waren an Bord?«

»Ja.«

Leszeks Aufmerksamkeit hatte offenbar einen Moment lang nachgelassen. Diesen Moment der Unaufmerksamkeit nutzte Michail. Er sprang auf die Füße und rannte zur Reling. Leszek feuerte mit seiner Maschinenpistole. Michail verschwand, und Jens hörte, wie sein Körper auf dem Wasser aufschlug.

Jetzt hatten Aron und Leszek es plötzlich sehr eilig. Sie rannten zur Reling und suchten die Wasseroberfläche ab. Sie feuerten ein paar Schüsse ab. Aber irgendwann sahen sie die Sinnlosigkeit ihrer Aktion ein. Der Mann musste ertrunken sein, oder eine Kugel hatte ihn tödlich verwundet. Jedenfalls tauchte er nicht mehr aus dem Wasser auf.

Lars war nach Hause gefahren. Im Küchenschrank hatte er zwei Flaschen Rotwein gefunden. Die erste hatte er rasch geleert, dann öffnete er die zweite und zwang sich, zwei weitere Gläser zu trinken. Er wurde betrunken, und sein Gesicht war erhitzt. Er schaute hinunter in den Hof und bedauerte sich selbst und die Putzfrau Dorota. Er fragte sich, was die wohl gerade machte. Der Alkohol tat seine Wirkung und bewahrte ihn davor, allzu streng mit sich selbst zu sein.

Er zog seinen Pullover aus und trank noch mehr Wein. Dann ging er ins Wohnzimmer, warf den Pullover auf den Boden und füllte ein Glas mit dem alten Cognac, der noch im Bücherregal stand. Er schmeckte beschissen. Lars legte sich aufs Sofa und starrte ins Leere.

Nach einer Viertelstunde sah er die Welt mit anderen Augen. Er lächelte höhnisch, als er an all die Idioten dachte, von denen er im Laufe der Jahre umgeben gewesen war. Sein Vater, seine Mutter, seine Freunde, seine Kollegen. Und Anders Ask. Er verfluchte sie alle, sie konnten ihm nicht das Wasser reichen. Eigentlich trank er nicht, denn dann verlor er die Kontrolle über seine Gedanken. Aber das war ihm in diesem Moment egal. Er hatte genug damit zu tun, die Finsternis in seinem Innern zu rechtfertigen.

Eine Stunde später kam Sara nach Hause.

»Bist du krank?«

Lars antwortete nicht.

»Hast du getrunken?« Ihre Stimme klang vorwurfsvoll. Lars blieb liegen und schlang die Arme um seinen nackten Oberkörper.

»Bist du besoffen, Lars? Was ist denn los?«

Er stand auf, nahm seinen Pullover und zog ihn an.

»Ach, scheiß drauf«, sagte er und ging in den Flur. Dann zog er seine Schuhe an und verließ die Wohnung.

In einer Bar bestellte er Wodka Tonic, und ein betrunkener Rentner verwickelte ihn in eine Diskussion darüber, wie lasch die schwedische Polizei war, wenn es darum ging, Leute ins Gefängnis zu bringen. Lars räsonierte wirr über Betreuung statt Strafe. Der Rentner und der Barkeeper lachten ihn irgendwann aus.

Dann schloss die Bar, und Lars irrte durch das nächtliche Stockholm, schwankend pinkelte er gegen eine Parkuhr.

Morgens um halb fünf wachte er in einer Einfahrt auf der Wollmar Yxkullsgatan auf, weil ein Zeitungsbote über ihn hinwegstieg. Lars stolperte heimwärts, die Hände in den Hosentaschen vergraben, betrunken und verkatert. Zu Hause im Flurspiegel bemerkte er eine Schramme auf seiner Stirn und seinen leeren Blick. Er fiel wie ein Baumstamm neben Sara ins Bett, die davon aufwachte, die Decke nahm und ihn anzischte.

Drei Stunden später erwachte Lars mit der Morgensonne im Gesicht. Sara war weg. Er zog sich die Decke über den Kopf und versuchte wieder einzuschlafen, aber die Ameisen krochen ihm bis in die Seele.

»Du kannst mir trotzdem mal helfen«, rief Sophie in den ersten Stock hinauf und trocknete sich die Hände an einem Geschirrtuch ab.

»Ich komme«, rief Albert.

Sie sah das Geschirrtuch an, entschied, dass es zu alt war, um es noch einmal aufzuhängen, und warf es in den Mülleimer.

Albert kam die Treppe herunter, als sie eben den dampfenden Kartoffelauflauf mit Alufolie abdeckte. Sie zeigte auf einen Karton auf dem Tisch. Daneben lagen Geschenkpapier, Klebeband und gelbes Geschenkband.

Als sie die ofenfeste Form auf die Arbeitsplatte stellte, hätte sie sich dabei fast verbrannt.

Albert maß Papier für den Karton ab.

»Für wen ist das Geschenk?«

»Für Tom. Er hatte Geburtstag.«

Albert schlug das Paket ein, dann machten sie sich auf den Weg.

Es waren nur wenige Kilometer bis zum Haus ihrer Eltern. Es stand zwischen Eichen, Birken und Apfelbäumen da, das dichte Laub spendete Schatten, und die Abendsonne tauchte alles in ein goldenes Licht. Sophie liebte diese Tageszeit.

In der Einfahrt zum Haus kam ihnen Rat entgegengerannt. Rat war eine Promenadenmischung. Er bellte alles an, was sich bewegte.

»Überfahr ihn«, sagte Albert leise.

Sie mochten den Hund beide nicht.

Sophie lächelte, ohne zu antworten.

Tom mixte im Wohnzimmer Drinks, Frank Sinatra sang, und Antônio Carlos Jobim fiel ein.

»Hallo, Tom.«

Den Mund voller Oliven, winkte er Sophie zu. Sophies Mutter Yvonne kam ihnen entgegen. Sie küsste Albert auf die Stirn, drückte Sophies Arm und verschwand wieder. Wie so oft trug sie neue weiße Sportschuhe.

Auf dem Teppich vor dem Fernseher saß Janes Freund Jesus aus Argentinien, den Ton hatte er ausgeschaltet.

»Hallo, Jesus.« Sophie sagte *Hessuss*.

Jesus war anders. Sophie wusste nicht, was genau an ihm nicht stimmte. Aber Jane schien aus irgendeinem

Grund sehr glücklich mit ihm zu sein. Das war das Wichtigste, und irgendwie beneidete Sophie ihre Schwester darum.

Sophie trat in die Küche. Jane saß am Tisch und schnitt auf einem Schneidebrett Gemüse. Jane hasste es zu kochen. Sophie stellte den Kartoffelauflauf, den sie mitgebracht hatte, in den Ofen, küsste ihre Schwester aufs Haar und setzte sich neben sie. Sie sah zu, wie Jane mit viel Mühe eine Gurke in kleine Würfel schnitt. Sie schob das Brett ihrer Schwester hin.

An den Sonntagsessen nahmen nur Sophie und Albert, Mutter Yvonne und Tom regelmäßig teil. Jane und Jesus kamen dazu, wenn sie Lust hatten, es gab keine Regel bei ihren Besuchen. Aber alle freuten sich, wenn sie da waren.

Jane stützte den Kopf in die Hand und lümmelte über dem Tisch. So saß sie meistens da.

Sie sah Sophie zu, wie sie das Gemüse schnitt.

»Schau mich an«, sagte sie.

Sophie blickte auf.

»Hast du irgendwas gemacht? Mit deinem Aussehen?«

Sophie schüttelte den Kopf. »Nein, wieso?«

Jane musterte sie eindringlich. »Du siehst … unbeschwerter aus, fröhlicher.«

Sophie zuckte mit den Schultern.

»Ist etwas Besonderes passiert?«, fragte Jane.

»Ich weiß nicht.«

»Triffst du dich mit jemandem?«

Sophie schüttelte den Kopf.

Jane wandte den Blick nicht von ihr ab. »Sophie?«, flüsterte sie.

»Ja, vielleicht.«

»Vielleicht?«

Sophie sah sie an.

»Wer ist es?«, fragte Jane lachend.

»Ein Patient … Ein ehemaliger Patient«, sagte Sophie schüchtern. »Aber wir treffen uns nicht so.«

»Wie trefft ihr euch denn?«

Sophie lächelte. »Keine Ahnung …«

Sie gab das Gemüse in eine große Schüssel. Sie mochte es nicht, im Haus ihrer Mutter immer wieder zu dem tüchtigen Mädchen zu werden, das sie einmal gewesen war. Jane saß immer noch in der gleichen Pose da und schaute Sophie zu.

»Wir waren in Buenos Aires! Wir haben Jesus' Geschwister besucht. Am Donnerstag sind wir zurückgekommen.«

Sie dachte kurz über den Wochentag nach, entschied dann aber, dass sie sich nicht vertan hatte. Jane war ein chaotischer Mensch. Sie unterhielten sich einen Moment lang über die Reise und Janes zukünftige Schwiegereltern, dann setzten sie sich mit den anderen an den Esstisch. Yvonne hatte wie immer den Tisch festlich gedeckt, dafür hatte sie ein Händchen. Small Talk, Gelächter und ab und zu schweigende Konzentration, damit die Gefühle unter Kontrolle blieben und kein altes Unrecht oder Missverständnis wieder hochkam.

Nach dem Essen setzten sich Sophie und Jane auf die Veranda. Unter einem Heizpilz tranken sie Wein und redeten stundenlang. Meistens drehte es sich um dasselbe Thema. Und auch heute sprachen sie über ihre neurotische Mutter. Mit dem Tod ihres Vaters hatte sich Yvonne von der lächelnden Hausfrau zur desillusionierten Egoistin gewandelt. Sophie und Jane durften zwar um ihren Vater trauern, aber der Hauptanteil der Trauer gehörte Yvonne. Ihre Stimmungsschwankungen waren heftig, mal war sie wütend und verzweifelt, dann wieder verlangte sie Verständnis und übertrieben viel Liebe von ihren Töchtern.

Irgendwann war Tom in Yvonnes Leben getreten. Sie zogen in sein Haus ein paar Straßen weiter, ein größeres Haus mit hohen Fenstern und großen Bildern an den Wänden. Dort gab es dicke weiße Daunendecken in breiten Betten aus Kirschbaumholz. Tom fuhr Jane und Sophie in seinem grünen Jaguar mit den hellbraunen Ledersitzen zur Schule. Yvonne blieb tagsüber daheim und malte. Sie fand aus ihrer Trauer heraus und wurde wieder so etwas wie eine Mutter.

Der Heizstrahler auf der Veranda und der Wein in ihren Adern wärmten sie. Sie teilten sich ein Päckchen Zigaretten, das sie im Gefrierfach gefunden hatten. Yvonne hatte ihre Gästezigaretten schon immer dort aufbewahrt, und sie hatten sie schon immer von dort gestohlen. Sie rauchten, bis das Päckchen leer war. Sie redeten über ihren Vater und verfielen darüber in Schweigen. Die Frage, warum er sie so früh verlassen musste, machte sie noch immer sprachlos. Georg Lantz war auf einer Dienstreise in einem Hotelzimmer in New York gestorben, er war unter der Dusche tot zusammengebrochen. Sophie erinnerte sich nur an das Schöne, wenn sie an ihn dachte. Sein Lachen, seine Scherze und seine Fürsorglichkeit. Seine Größe, seine Leichtigkeit und dieses gewisse Etwas, das sie oft bei älteren Männern wahrnahm, die sich nicht vom Leben verbittern ließen. Das war Georgs Cantz' Geschenk an seine Frau und seine beiden Töchter gewesen. Sophie vermisste ihn bis heute und redete manchmal mit ihm, wenn sie sich einsam fühlte.

Der Alkohol und die Uhrzeit forderten schließlich ihren Tribut. Jane ging ins Gästezimmer und legte sich zu

Jesus. Sophie deckte Albert im Gästebett zu, küsste ihn auf die Stirn und ließ ihn schlafen.

Sie bat den Taxifahrer, einen Umweg zu fahren. Von der Rückbank aus schaute sie hinaus auf die vorbeigleitenden Häuser und genoss es, vom Wein beschwingt und allein zu sein. Sie mochte die Gegend, in der sie aufgewachsen war. Sie wusste, wer dort gewohnt hatte und wer noch immer dort wohnte. Das war ihr Ort, an dem sie sich sicher fühlte. Zugleich betrachtete sie diese Welt auch mit ein wenig Wehmut, denn sie sah zwar immer noch genauso aus wie früher, aber die Zeit ihrer Kindheit war längst vergangen, und deshalb gehörte auch diese Welt nicht mehr zu ihr.

Auf der Veranda hatte Jane ihr erzählt, dass sie und Jesus in Buenos Aires Jens Vall getroffen hatten. Sophie war überrascht gewesen, als sie diesen Namen hörte, denn sie hatte seit einer Ewigkeit nicht mehr an ihn gedacht. Jens Vall … Sie hatten sich während der Sommerferien im Schärengarten kennengelernt, als sie aufs Gymnasium ging. Und sie hatten einander wieder losgelassen, bevor sie gezwungen wurden, sich zu trennen. Sie erinnerte sich, wie schwer das damals für sie gewesen war.

Am Ende der Ferien war sie mit zu ihm nach Hause gefahren. Er hatte auf Ekerö gewohnt, seine Eltern waren verreist, und Jens hatte das Haus ganz für sich gehabt. Die meiste Zeit hatte sie mit dem Kopf auf seiner Brust dagelegen – das war ihre Erinnerung an diese Woche. Manchmal fuhren sie einkaufen, mit dem großen, schaukelnden Citroën seiner Eltern. Sie hatten keinen Führerschein und hörten laut Musik. Es war, als übten sie, erwachsen zu sein und frei. Sie hielten sogar Händchen, während sie sich im Badezimmer die Zähne putzten.

Oh Gott, das hatte sie alles vergessen! Obwohl sie

noch so jung gewesen war, hatte sie Jens in dem Wissen geliebt, dass diese Liebe sie am Ende verletzen würde. Erst viel später hatte sie begriffen, dass er es vermutlich ebenso erlebt hatte und dass er sich damals nur dagegen gewehrt hatte, um der Strafe der Liebe zu entgehen.

Der Taxifahrer setzte sie vor ihrem Haus ab. Sophie wollte nicht, dass ihr Rausch schon verflog. Sie holte sich eine Flasche Wein aus dem Keller, entkorkte sie in der Küche, schenkte sich ein großes Glas ein und setzte sich an den Tisch.

Sophie trank ein paar Schlucke und fand noch zwei verbogene Zigaretten in ihrem Päckchen. Sie rauchte, ohne den Ventilator anzustellen oder ein Fenster zu öffnen. Das angenehme Gefühl des Rauschs verschwand mit dem letzten Rest Wein, die hellen Gedanken färbten sich dunkler, und die Zigarette schmeckte ihr bald nicht mehr.

6

Der Frachter war von Rotterdam die holländische Küste hinaufgefahren. Die See war ruhig, und die Sonne kam hinter den dicken Zirruswolken hervor. Jens verließ seinen Platz im Schatten und stieg die Stahltreppe in den Frachtraum hinab.

Unter Deck kontrollierte er seine Kisten. Vor allem aber wollte er etwas tun, um nicht nur dazusitzen und das Bild der getöteten Männer im Kopf zu haben. Hinter ihm erklangen Schritte. Aron.

Er schaute auf die Waffen herunter und hockte sich neben Jens.

»Kurz vor Helgoland wird uns ein Boot entgegenkommen, sodass wir umladen können. Du kannst mit deinen Sachen mit auf dieses Boot.«

Jens sah Aron an. »Wieso?«

»Weil du in Bremerhaven keine Maschinengewehre abladen kannst. Der Zoll würde sie beschlagnahmen.«

Sie schauten einander an.

»Nimm das Angebot an. Du weißt, dass ich recht habe.«

Wenn er das Angebot annahm, war er Aron verpflichtet. Es war eine versteckte Drohung.

»Und wohin geht das Schiff, das wir heute Nacht treffen?«

»Nach Dänemark«, antwortete Aron. »Wir suchen einen ruhigen Platz auf Jütland und legen dort im Schutz der Dunkelheit an.«

»Und dann?«

»Wir können dir dort ein Auto besorgen.«

Um sie herum war alles still, während sie durch die Dunkelheit schaukelten.

In den letzten Stunden hatte Jens im Kopf alle Möglichkeiten durchgespielt. Er hatte überlegt, die Waffen in Dänemark zu lassen und zu versuchen, sie später nach Deutschland zu schaffen. Er hatte sogar erwogen, die Russen anzurufen und ihnen zu sagen, dass sie die Ware irgendwo abholen sollten. Aber darauf würden die sich nicht einlassen. Die Waffen sollten nach Polen. Er musste sich an die Vereinbarung halten. Wie er das hinbekam, musste er sich noch überlegen. Jetzt würde er erst einmal zusehen, nicht auf See geschnappt zu werden.

Jens nahm sein Handy aus der Tasche und suchte eine Telefonnummer aus seinem Adressbuch. Er ließ es ein paarmal klingeln. Als am anderen Ende jemand abnahm, lächelte er.

»Oma, ich bin's! Der Empfang ist schlecht, aber ich bin in Dänemark, ja, Jütland … auf Arbeit. Ich komme morgen oder übermorgen bei dir vorbei.«

Leszek hörte das Boot zuerst.

»Es kommt«, sagte er und kletterte auf die Brücke. Er legte sich auf das Dach und verfolgte das sich nähernde Boot durch sein Zielfernrohr.

Die See war ruhig, in der Dunkelheit war entfernt das Geräusch von Motoren zu hören. Jens erkannte einen Fischkutter, der sich näherte.

Der Kutter legte sich neben den Frachter. Eine Stimme rief nach Aron, ein Mann kletterte an Bord, er war dunkelhäutig, ein Inder vielleicht. Er lächelte Aron an und breitete die Arme aus.

»Was haben wir hier zu suchen, Aron, auf dem weiten, weiten Meer?«

Aron lächelte und zeigte auf Jens. »Er hier fährt ein Stück mit. Und ein paar Kisten, die ihm gehören.«

Der Mann drehte sich zu Jens um und betrachtete ihn kurz.

»Willkommen, ich heiße Thierry.«

Jens grüßte.

»Was ist in deinen Kisten?«, fragte Thierry.

»Er transportiert automatische Waffen«, antwortete Aron.

»Okay. Aron, hast du mir mitgebracht, worum ich dich gebeten habe?«

Aron zog eine Tasche hervor. Thierry öffnete den Reißverschluss. Jens konnte fast hören, wie er nach Luft schnappte, als er die kleine Steinfigur sah, grau und unscheinbar. Thierry hielt sie ins Licht. Sie gehörte zu einem Kulturschatz der Inka, ihr genauer Wert ließe sich nur schwer feststellen, sagte er. »Danke, Aron.«

»Don Ignacio hat sie dir besorgt.«

»Sie ist auf unserem Weg an Land ein gutes Gegengewicht zu deinen Waffen und unserem Kokain. Sie hat positive Kräfte.«

Von dem Geld, das Gunilla ihm zu diesem Zweck überwiesen hatte, hatte Lars einen Volkswagen gekauft. Es war ein weißer Kastenwagen. Der geräumige Laderaum war durch eine Wand von den Vordersitzen getrennt, in einer der beiden Hintertüren befand sich eine einzelne Scheibe aus Spiegelglas.

Das Auto stand etwa siebzig Meter oberhalb von Sophies Haus auf einem Kiesweg. Lars hatte sich einen alten, abgenutzten Sessel besorgt, der jetzt mitten im Laderaum stand. Dort saß er mit seinen Kopfhörern und lauschte, wie Familie Brinkmann zu Abend aß.

Lars hatte sie jetzt zwei Wochen lang beschattet, doch es fühlte sich an wie eine Ewigkeit. Während dieser Tage, Abende und Nächte, in denen er ihr gefolgt war, sie fotografiert, über sie nachgedacht und inhaltslose Berichte für Gunilla verfasst hatte, hatte sich etwas in ihm verändert. Aus einem unerfindlichen Grund fühlte er sich ein wenig freier, ein wenig stärker und ein wenig ruhiger. Woher diese Veränderung gekommen war, wusste er nicht. Vielleicht war es reiner Zufall, oder es lag an seiner neuen Arbeit, vielleicht war es aber auch das Ergebnis dieser Tage vollkommenen Alleinseins? Oder war es Sophie Brinkmanns Verdienst? Jener Abend, an dem er sie und ihre Freundin verfolgt hatte, war wie eine Offenbarung für Lars gewesen. Sie hatte ihm klargemacht, was er haben wollte und wie er es haben wollte. Sie hatte ihm etwas eröffnet, und er spürte, wenn sie so etwas für ihn tun konnte, dann musste er dasselbe auch für sie tun können. Er wusste, dass sie etwas miteinander verband – und dass sie das auch fühlen musste.

Die letzten Stunden seiner Schicht verbrachte er halb liegend in seinem Sessel. Mit einer Leatherman-Kopie schnitt er sich die Fingernägel und belauschte Sophie, die in ihrem Bett lag und ein Buch las. Das Einzige, was er hörte, war von Zeit zu Zeit das Umblättern der Seiten. Er blinzelte. In Gedanken lag er neben ihr im Bett, und sie lächelte ihn an.

Mit offenem Fenster fuhr er in der Nacht nach Hause. Der schwedische Frühling war plötzlich zum Sommer geworden, und die Luft wehte lau und klar zu ihm ins Auto herein. Zu Hause machte er sich sofort an seinen Bericht.

»Warum schreibst du auf der Schreibmaschine und nicht am Computer?« Sara stand in der Tür. Sie war aufgewacht und trug eines dieser hässlichen, verwaschenen Nachthemden.

Er sah sie an, stand auf und knallte ihr die Tür vor der Nase zu. Dann schloss er ab und ging zurück an seinen Schreibtisch.

»Was ist denn los mit dir?!«

Er hörte nicht auf sie, sondern schrieb weiter auf der Maschine. In seinem Bericht für Gunilla gab er den Dialog am Abendbrottisch wieder. Dann glitten die Seiten durch das Faxgerät.

Er wollte sich heute nicht zu Sara legen und machte sich über eine Flasche Sherry her. Lars trank direkt aus der Flasche, während er darauf wartete, dass der Computer hochfuhr. Sherry, was für ein elendes Gesöff. Was konnte man daran nur finden? Er zwang das Zeug hinunter. Der Computer war hochgefahren, und Lars klickte auf einen Ordner, markierte den Inhalt und wählte »Diashow«. Zum Klang von Puccini sah er sich die Bilder von Sophie an. Er hatte Hunderte von ihr, die im Abstand von fünf Sekunden über die gesamte Größe des Bildschirms vor seinen Augen abliefen.

Lars saß zurückgelehnt auf seinem Schreibtischstuhl und sah, wie Sophie zur Arbeit radelte, wie sie zu Hause den Schlüssel ins Schloss steckte, verschwommen hinter den Gardinen auftauchte, die Zeitung aus dem Briefkasten holte und wie sie die Rosen an der Hauswand beschnitt. Es war wie ein Film über Sophie Brinkmanns Seelenleben. Er lachte und staunte darüber, dass er, der selten in solchen Kategorien dachte, durch einen Zufall auf diese Frau gestoßen war, über die er jetzt alles wusste.

Lars druckte seine Lieblingsbilder aus, legte sie in eine Mappe, malte eine Blume auf das Deckblatt und schob die Mappe in eine Schublade.

»Sophie?«

Eine Frau sprach sie mit ihrem Namen an, sie war um die fünfzig und kam ihr auf dem Klinikflur entgegen.

»Ich heiße Gunilla Strandberg und würde gern ein paar Worte mit Ihnen reden.«

Sophie nickte und lächelte ihr Krankenschwesterlächeln.

»Ja, natürlich.«

Gunilla sah sich um, und Sophie begriff, dass sie nicht auf dem Flur sprechen wollte.

»Kommen Sie.«

Sophie führte Gunilla in ein Krankenzimmer und machte die Tür hinter ihnen zu.

Gunilla öffnete ihre Handtasche, zog eine Lederbrieftasche heraus und kramte darin herum. Schließlich fand sie, was sie zwischen alten Quittungen und einzelnen Scheinen gesucht hatte. Sie hielt Sophie einen Dienstausweis hin.

»Ich bin Polizistin. Gunilla Strandberg. Ich möchte nur mit Ihnen reden.«

Unwillkürlich schlang Sophie die Arme um ihren Oberkörper.

»Sie haben mich wiedererkannt?«, fragte Gunilla.

»Ja, ich habe Sie hier schon einmal gesehen. Sind Sie die Angehörige eines Patienten?«

Gunilla schüttelte den Kopf. »Können wir uns setzen?«

Sophie nahm einen Stuhl und schob ihn Gunilla hin. Sie selbst setzte sich auf eines der Betten. Gunilla schwieg, sie schien nach Worten zu suchen. Sophie wartete ab. Nach einer Weile sah Gunilla auf.

»Ich leite eine Ermittlung.« Gunilla Strandberg schien immer noch bemüht, die richtigen Worte zu finden. »Sie sind mit Hector Guzman befreundet?«, fragte sie.

»Mit Hector? Nein, das kann man so nicht sagen.«

»Aber Sie treffen sich?«

Das war eher eine Feststellung als eine Frage.

Sophie sah Gunilla an. »Wieso?«

»Ach, ich stelle nur ein paar Fragen. Wie nahe stehen Sie sich?«

»Er war Patient, und wir haben ein bisschen geredet. Was wollen Sie von mir?«

Gunilla holte tief Luft und lächelte über ihre eigene Ungeschicklichkeit.

»Verzeihen Sie, wenn ich aufdringlich bin, ich werde es nie lernen.« Sie sammelte sich und schaute Sophie in die Augen. »Ich … ich brauche Ihre Hilfe.«

7

Michail war untergetaucht. Buchstäblich. Nur um Haaresbreite war er den Schüssen entkommen, die die Männer auf ihn abgefeuert hatten. Neben sich hörte er das Surren der Projektile und das Zischen des Wassers. Bald zwang ihn der Sauerstoffmangel an die Oberfläche.

Der geschwungene Schiffsboden rettete ihm das Leben: Von oben konnten die Männer nicht unter die Wölbung schauen. Michail versteckte sich dort und verhielt sich sehr still. Als der Dieselmotor startete, schwamm er zum Kai hinüber. Er entdeckte eine rostige alte Kette, an der er sich festhalten konnte, bis das Schiff verschwunden war. Dann zog er sich auf den Pier hoch. Tropfnass stieg er in seinen Wagen, öffnete das Handschuhfach, holte GPS und Handy heraus und rief Roland Gentz an. Er berichtete, dass seine Männer tot waren und er drei Leute an Bord gesehen hatte – darunter auch Aron und Leszek.

Gentz dankte ihm für die Information und sagte, er werde sich bald zurückmelden. Damit war das Gespräch beendet.

Michael nahm es dem Kapitän nicht einmal übel, dass er auf ihn losgegangen war, immerhin hatte er den Steuermann vor seinen Augen erschossen. Aber er hatte ein Exempel statuieren müssen, denn in dem Augenblick, als er draußen die Schüsse hörte, wusste er, dass der Kapitän seine Abmachung mit den Hankes gebrochen hatte.

Diese Art, mit Menschen umzugehen, hatte er mitgebracht, als er anfing, für Ralph Hanke zu arbeiten. Und nach den gleichen Prinzipien hatte er gehandelt, als er in Stockholm Adalberto Guzmans Sohn überfahren sollte.

Er dachte nicht darüber nach, ob er falsch oder richtig handelte. So etwas wie Richtig oder Falsch gab es in dieser Welt nicht. Es gab nur Notwendigkeiten und Konsequenzen. War man sich dessen bewusst, konnte man das Leben einigermaßen im Griff behalten.

Vor einem Einkaufszentrum hielt er an. Die Leute starrten den großen, aus mehreren Wunden blutenden Mann an, der durch das Einkaufszentrum lief. In einer Drogerie kaufte er, was er benötigte, Bandagen, Pflaster, Desinfektionsmittel und die stärksten Schmerztabletten, die er fand. Es war ein wohlriechender Laden, eine Mischung aus Apotheke und Parfümerie. Er bezahlte seine Einkäufe, und die freundlichen Damen an der Kasse wichen seinem Blick aus.

Michail fuhr zu einer Raststätte. Er ging auf die Toilette und versorgte seine Wunden, so gut er konnte, dann schluckte er vier Schmerztabletten.

Er suchte sich einen ruhigen Platz im Restaurant und spülte sein Essen mit drei Bier herunter. Danach streckte er sich, dass seine Gelenke knackten. Er hatte noch immer höllische Schmerzen. Während er auf die Rechnung wartete, stellte er seinen GPS-Empfänger an. Er hatte einen Sender an einer von Guzmans Kokainkisten im Frachtraum des Schiffes befestigt. Das Display zeigte kein Signal, vermutlich befanden sie sich noch immer auf dem Meer.

Michail nahm sich ein Motelzimmer. Die hässlichen Bettbezüge rochen stark nach viel zu viel Weichspüler. Er zog sich aus und untersuchte sich vor dem Spiegel, er besah die roten und blauen Flecken am Oberkörper und rollte die Schultern, drehte den Hals hin und her. Alles halb so schlimm, er hatte Glück gehabt.

Das Handy klingelte. Michail ging zum Nachttisch und nahm das Gespräch an. Roland Gentz fragte, was sie jetzt tun sollten.

»Wir können dem Peilsender folgen, das ist alles.«

»Ralph ist sauer.«

»Das ist er doch immer. Ich werde sehen, was ich tun kann. Schickst du jemanden?«

»Du schaffst das schon alleine.«

Michail betrachtete sich erneut in dem großen Spiegel. Er drehte noch einmal den Kopf. Knackend rückte sich etwas in seiner Schulterpartie zurecht.

Michail hörte, wie Roland Gentz mit der Maus klickte, er surfte offenbar im Internet.

»Ralph ist wütend wie eine Scheißhornisse, also tu etwas. Er wird keine Ruhe geben, bevor die nicht begriffen haben, dass sie verloren haben.«

Michail antwortete nicht und beendete das Gespräch. Anschließend duschte er und legte sich hin.

Um vier Uhr morgens klingelte sein Wecker. Er setzte sich auf und rieb sich die Müdigkeit aus den Augen. Die Schmerzen waren immer noch zu spüren, und das würde wohl auch noch eine Weile so bleiben.

Michail schaltete seinen GPS-Empfänger ein, stand auf und ging ins Bad. Dort wusch er sich über dem kleinen Waschbecken. Als er wieder ins Schlafzimmer kam, leuchtete das Signal des Senders. Er schaute auf die Karte. Die Kisten befanden sich jetzt in Westjütland.

Er zog sich an, verließ das Zimmer und setzte sich in den Mietwagen.

Dann bog er auf die Autobahn ein und verschwand im Morgennebel.

Das kleine reetgedeckte Fachwerkhaus lag einsam und von Bäumen umstanden etwa hundert Meter von der alten Landstraße entfernt. Jens bog auf einem holprigen Sandweg ein und fuhr durch eine Allee, zu beiden Seiten erstreckten sich Weizenfelder. Die Färbung der Sonnenstrahlen hatte Jens aus Kindertagen von diesem Ort in Erinnerung, golden und orange zugleich.

Er war in der Nacht von Bord gegangen und mit dem Fischerboot, auf dem Thierry gekommen war, nach Südjütland gefahren. In einer einsamen Bucht hatten sie in der Dunkelheit angelegt und ihre Waren abgeladen. Jens hatte alles in seinen Wagen gepackt und war dann eilig aufgebrochen.

Er parkte das Auto vor dem Haus, blieb aber noch einen Moment sitzen. Es war ein schöner Morgen. Der Tau trocknete in den ersten warmen Strahlen der Sonne. Die von Kletterrosen umrankte Tür öffnete sich, und eine alte Frau trat heraus. Sie musste den Wagen gehört haben. Sie strahlte Jens an.

Er öffnete die Autotür und stieg aus.

»Dass du herkommst und mich überraschst … Ich freue mich, dass du da bist.«

Sie setzte Tee auf und servierte ihn in ihrem abgenutzten, blau-weißen Service. Jens sah sie an. Seine Großmutter war alt, aber die Jahre schienen ihr nichts anhaben zu können. Sie wirkte weder müde noch in sich gekehrt, sondern war neugierig und lebendig, wie er sie in Erinnerung hatte.

Jens sah sich in der Küche um und nahm ein Foto vom Kaminsims. Es zeigte Opa Esben, mit Schnurrbart und breitkrempigem Hut, über der Schulter trug er ein Gewehr an einem Lederriemen.

»Dieses Bild konnte ich gar nicht oft genug ansehen. Ich fand immer, es sieht aus, als lauerte er draußen in der Savanne und jagte Elefanten. Dabei stand er nur auf einem frisch gemähten Weizenfeld hier draußen vor dem Haus und schoss Kaninchen.«

Vibeke nickte. Versunken betrachtete Jens das Foto.

»Aber wir konnten nicht so gut miteinander, oder?«

Er stellte das Bild vor sich auf den Tisch und setzte sich.

»Ich weiß nicht. Er sagte immer, du seist so maßlos. Und du hast gesagt, er sei verrückt und solle sich nicht immer einmischen. Aus irgendeinem Grund habt ihr euch oft gestritten.«

Jens hatte nie ganz begriffen, warum er sich mit seinem Großvater so schlecht verstanden hatte.

Oma Vibeke kam mit der Teekanne zurück und schenkte zwei Tassen ein.

»Jeden Sommer, wenn du kamst, habt ihr anfangs viel zusammen unternommen. Du bist mit Esben auf die Jagd gegangen, ihr wart fischen am Fluss. Nach ein paar Tagen war dann immer Schluss. Du hast dich mit irgendetwas anderem beschäftigt, und Esben zog sich zurück.«

Sie setzte sich.

»In einem Jahr, ich glaube, du warst vierzehn, warst du im Dorf einkaufen. Da gab es eine Mopedbande, die Jungen waren nur ein paar Jahre älter als du. Sie fingen Streit mit dir an, und du kamst mit einem blauen Auge nach Hause. Esben gab dir die Schuld an etwas, was du nicht getan hattest, er war überzeugt davon, dass du den Streit vom Zaun gebrochen hättest.«

Jens erinnerte sich.

Nachdem Vibeke einen Schluck getrunken hatte, fuhr sie fort: »Ein paar Tage bevor du nach Hause fahren solltest, bist du allein mit dem Rad ins Dorf gefahren. Du hast alle Jungs einzeln abgepasst und jedem von ihnen die Nase gebrochen. Du hast gestrahlt, als du nach Hause kamst, aber du hast nichts erzählt. Ich bekam es erst heraus, als du abgereist warst.«

Vibeke lächelte.

»Esben machte sich immer Sorgen um dich. Er sagte, dass du nie aufgeben würdest, selbst wenn du wüsstest, dass du verloren hast.«

»Damit hat er wohl recht gehabt.« Er überlegte einen Moment, bevor er fortfuhr: »Das tue ich wohl immer noch nicht.«

Jens leerte seinen Tee und stellte die Tasse zurück auf den Tisch. »Ich hatte es jeden Sommer eilig hierherzukommen und mochte es nicht, wieder nach Hause fahren zu müssen.«

Sie gingen spät zu Bett, Jens lag noch lange wach und starrte an die Decke. Das Bett war tief wie eine Badewanne. Er versuchte sich an die Nächte zu erinnern, in denen er als Kind in diesem Bett gelegen hatte. Er fragte sich nicht zum ersten Mal, wohin das Leben ihn geführt hatte. Wie lange wollte er mit diesem Waffenschmuggel noch weitermachen? Er schlief auf dem Rücken liegend ein, zum ersten Mal seit langer Zeit.

Seine Träume führten ihn tief hinab in einen Abgrund. Er war allein. Die Dunkelheit lag wie eine Decke über ihm. Er versuchte zu schreien, aber kein Laut kam aus seiner Kehle. Unwillkürlich schlug er die Augen auf.

Vor ihm auf der Bettkante saß Michail, eine Hand um seinen Hals und in der anderen eine Pistole, deren Mündung auf sein Gesicht gerichtet war, und schaute ihn an. Sein Blick war kalt und aufmerksam.

»Die Autoschlüssel.«

Jens hatte keine Wahl. »Auf der Kommode im Flur.«

Michail versetzte ihm einen gezielten Schlag mit dem Pistolenkolben, und Jens sank in eine tiefe Bewusstlosigkeit.

Der Rasenmäher arbeitete sich durch das Gras. Es war eine schwere Arbeit, und sie schwitzte in der Sommerhitze.

Seit ihrer Begegnung mit Gunilla hatte sie viel gegrübelt und abgewogen. Und sie war zornig, weil Gunilla ihr diese Frage gestellt hatte. Sie war so wütend, weil sie genau wusste, wie sie antworten würde. Sie würde Ja sagen, eine andere Lösung gab es für sie nicht. Eine Polizistin hatte sie um Hilfe gebeten.

Sophie zog gerade Bahnen mit dem Rasenmäher, es war nur noch ein zehn Zentimeter breiter Streifen übrig, der von der einen Seite des Gartens zur anderen verlief. Sie ließ den Rasenmäher darübergleiten. Dann schaltete sie ihn aus, und der Motor tickte noch ein wenig vor sich hin, ihre Hände waren von der Vibration rot und warm geworden. Im Ohr hielt sich ein Piepen in hoher Frequenz. Sie betrachtete zufrieden ihr Werk.

Dann trank sie ein kühles Glas Wasser in einem Zug aus. Ihr Handy auf dem Küchentisch surrte kurz, und das Display leuchtete auf. Sie stellte das Glas ab, atmete kurz durch und nahm das Handy auf. Unbekannter Absender.

Danke für deine Nachricht. War beschäftigt. Treffen wir uns? LG, H.

Sie hatte ihm am Tag zuvor eine Nachricht auf das Handy geschickt, nachdem sie lange überlegt hatte, was sie schreiben sollte. Schließlich war es ein kurzer Text geworden: *Danke für neulich abends.*

Jetzt zögerte sie zu antworten, ihr Finger schwebte über der Tastatur. Ohne genau erklären zu können, warum, las sie noch einmal Hectors Nachricht und antwortete ihm: *Wann immer du willst.*

Michail war von Jütland aus in Richtung Süden gefahren und über einen unbewachten Grenzübergang nach Deutschland gelangt. Als er zehn Stunden später in München ankam, parkte er das Auto in der Garage eines der Häuser, die Ralph Hanke gehörten.

Das Haus lag in einer bürgerlichen Wohngegend, in der alle Häuser gleich aussahen mit ihren Ziegelsteinfassaden und den dicken Türen. Michail vermutete, dass etwa vierzig Kilo Kokain in seinem Kofferraum lagen. Trotz des Intermezzos auf dem Schiff war er zufrieden mit seinem Einsatz und wusste, dass auch Ralph es sein würde. Es war ihm gelungen, einen Teil des Kokains zu sichern. Sie hatten das letzte Wort gehabt, genau wie Ralph es wollte.

Er fuhr rückwärts in die Garage und verschloss das Tor.

Er hob eine der beiden Kisten aus dem Kofferraum und fand seinen Sender. Er entfernte ihn und steckte ihn in die Tasche. Dann öffnete er die zweite Kiste mit einem Stemmeisen, nahm den Holzdeckel ab und blickte auf eine Menge Sägespäne. Er steckte die Hand hinein und bekam den Kolben einer Maschinenpistole zu fassen. Er zog sie heraus, eine Steyr AUG. Sie war relativ neu und in gutem Zustand. Neun weitere Exemplare davon lagen in der Kiste. Sie alle waren frisch eingefettet und mit einem Drehkopfverschluss gesichert. Michail brach die andere Kiste auf und fand unter den Sägespänen acht nagelneue Heckler & Koch MP7er sowie zwei Heckler & Koch MP5er. Er kratzte sich mit dem Zeigefinger unter dem Auge.

Hector saß auf der Rückbank seines Autos vor Sophies Gartentor. Sie kam über den Kiesweg auf ihn zu. Als sie durch das Tor trat, beugte er sich hinüber und öffnete ihr die Wagentür.

»Willkommen, Sophie Brinkmann«, sagte er.

Sie setzte sich neben ihn und schloss die Tür. Aron saß am Steuer und startete den Motor.

»Hübsch hast du es hier«, meinte Hector. »Ich mag gelbe Häuser.«

»Sieh mal einer an«, sagte sie und lächelte.

»Gefällt es dir in der Gegend? Fühlst du dich wohl hier?«

Sie schaute ihn an und musste sich zwingen, nicht laut loszulachen. Das war genau die Art von Small Talk, über die er sich bei ihrem Treffen im Café lustig gemacht hatte. Er begriff sofort.

»Na schön«, sagte er. »Lass uns von was anderem reden.«

»Mhm.« Sie lächelte ihn an.

Während der Wagen durch die Stadt glitt, sprachen sie über sein Fest und die internationalen Gäste, über Hectors beeindruckenden Vater. Als der Name Adalberto fiel, wirkte Hector stolz und besorgt zugleich. Aber Sophie wagte nicht, ihn nach ihrem Verhältnis zu fragen.

Aron bog in den Hagapark ein und fuhr bis vor das Schmetterlingshaus.

»Warst du schon mal hier?«

Sophie schüttelte den Kopf. Sie stiegen aus und betraten das große Treibhaus. Ein Mann nahm Sophies Jacke entgegen. Es war feucht und warm hinter den hohen Fenstern. Überall sangen Vögel, Wasser perlte unter den Pflanzen dahin, und die Luft war voller Schmetterlinge. Sophie erinnerte sich daran, wie sehr ihr Schmetterlinge schon immer gefallen hatten.

In einem Teil des Gebäudes waren Klappstühle aufgestellt worden und ein kleines Podest. Hinter einem leeren Stuhl saß ein Musikerquartett, ein Cellist, zwei Geigenspieler und ein Querflötist.

Ein paar Leute hatten bereits im Publikum Platz genommen. Sophie setzte sich zu ihnen. Hector trat auf das Podium und bat das Publikum um Aufmerksamkeit. Er stellte den spanischen Dichter vor, dessen Werk in seinem Verlag übersetzt worden war. Das Publikum applaudierte. Es herrschte eine kuriose Atmosphäre in der tropischen Wärme des Schmetterlingshauses.

Dann trat der Dichter auf und setzte sich auf den freien Stuhl. Er sagte ein paar Worte auf Spanisch und fing dann an, seine Gedichte vorzutragen, die vier Musiker im Hintergrund spielten zwischen den einzelnen Texten.

Sophie lauschte der Musik und der Sprache dieses Mannes, wie er mit ruhiger Stimme seine Gedichte las. Obwohl sie kein Wort verstand, spürte sie die Kraft, die in seinen Worten lag. Um sie herum flatterten die Schmetterlinge umher und präsentierten sich in leuchtenden Farben. Sophies Gedanken begannen zu kreisen: um Gunilla, um Hector, ohne Halt zu finden.

Seit ihrem Treffen mit Gunilla im Krankenhaus sagte ihre innere Stimme, dass sie ihrem Bauchgefühl folgen sollte. Aber sie konnte sich zwischen Vernunft und Gefühl nicht entscheiden. Wie konnte sie Hector verraten, den sie gerade erst kennenlernte?

Sie müsse nur das Richtige tun, hatte Gunilla im Krankenhaus zu ihr gesagt. Das bedeutete: der Polizei alles über den Spanier Hector Guzman zu erzählen. Wir sind auf der richtigen Seite, hatte Gunilla gesagt, er ist auf der falschen.

Wusste Gunilla Strandberg, was für ein Mensch Sophie war? Dass sie einer Bitte der Polizei auf jeden Fall Folge leisten würde? Sie war ein unbescholtener Mensch, der das Richtige tun wollte.

Sophie schlug die Augen auf. Der Dichter las noch immer seine Strophen. Sie sah zu Hector hinüber. Auch er lauschte der Stimme des Poeten. Sie mochte es, ihn so zu sehen: konzentriert und undurchschaubar. Wie auch immer sie es drehte und wendete, der Kontakt zu Hector war da, das Spiel hatte begonnen. Was sich nach Gunillas Auffassung richtig anfühlen sollte, fühlte sich für sie selbst falsch an.

In ihrer Handtasche fand sie ein Taschentuch. Hector drehte sich um und sah sie an. Sie würde ihrem Gefühl folgen, auch wenn die Frage sie nicht losließ, welche Probleme ein spanischer Verleger mit der schwedischen Polizei haben sollte.

Als der Dichter geendet hatte, applaudierte das Publikum herzlich. Hector stand auf und hielt das Buch hoch, das sein Verlag auf Schwedisch und Spanisch herausgegeben hatte. Er sagte ein paar Worte dazu und dankte dem Dichter für sein Kommen.

Anschließend gingen sie gemeinsam zum Parkplatz. Bei einem Taxi blieben sie stehen. Hector bezahlte den Fahrer, damit er sie nach Hause fuhr. Und sie ertappte sich bei einem Lächeln. Es erschreckte sie, wie heiter sie war, wenn sie mit Hector zusammen war.

»Stocksund, bitte«, sagte sie und setzte sich auf die Rückbank des Wagens.

Ihr Handy piepte, sie nahm es aus ihrer Tasche und las: *Wir treffen uns im Parkaden, vierte Ebene*. Unbekannter Absender.

»Warten Sie, ich habe mich anders entschieden. Fahren Sie mich bitte in die Regeringsgatan.«

Der Taxifahrer seufzte aus irgendeinem Grund.

Im Parkhaus nahm sie den Fahrstuhl zur vierten Ebene und stieg aus. Gunilla wartete in ihrem Auto auf sie.

»Danke, dass Sie gekommen sind.« Gunilla startete den Motor und fuhr los. »War's nett im Schmetterlingshaus?«

Sophie antwortete nicht und legte den Sicherheitsgurt an.

»Wir folgen Hector Guzman nicht immer, keine Sorge. Sporadische Überwachung nennen wir das.«

Sie fuhren die Parkhausserpentinen hinunter, die zur Regeringsgatan führten. Gunilla fuhr einen Peugeot neuerer Bauart und saß zu weit vorn, zu dicht am Steuer. Es sah tantenhaft aus. Der Verkehr war dicht und intensiv wie immer, aber Gunilla fuhr besser und sicherer, als Sophie befürchtet hatte.

»Ich kann mir vorstellen, dass Sie über unser Gespräch

viel nachgedacht haben und Ihnen die Entscheidung nicht leichtgefallen ist.«

Aus dem Radio drang leise Musik. Gunilla beugte sich vor und stellte es ab.

»Sie haben die richtige Entscheidung getroffen, Sophie. Falls Ihnen das hilft.«

Sie fuhr an einem Lastwagen vorbei, der in zweiter Reihe parkte.

»Sie werden Teil von etwas Gutem sein. Unsere Arbeit wird dank Ihrer Beobachtungen zu Ergebnissen führen.«

Gunilla sah Sophie an. Sie strahlte Ruhe aus, nichts schien sie aus dem Gleichgewicht bringen zu können. Sie fuhren jetzt auf dem Valhallavägen Richtung Lidingö.

»Ich habe es Ihnen angesehen, als Sie aus seinem Zimmer kamen. Ich saß auf einer Bank im Flur. Sie haben mich nicht bemerkt, aber ich Sie.«

Sophie schwieg.

»Ich habe recherchiert, wer Sie sind. Eine Witwe mit Sohn, eine Krankenschwester, die von dem lebt, was ihr Mann ihr hinterlassen hat. Aber die Begegnung mit Hector Guzman hat Sie verändert, nicht wahr?«

Sophie fühlte sich sichtlich unwohl.

»Ich will aufrichtig zu Ihnen sein, Sophie, sonst wird das hier nicht funktionieren. Zu dieser Aufrichtigkeit gehört auch, dass ich Ihnen erkläre, wie ich arbeite und was Sie von mir erwarten können.«

»Was kann ich von Ihnen erwarten?«

Sie überholten einen Lastwagen.

»Ich bin ebenfalls Witwe, mein Mann starb vor vielen Jahren.«

Sophie sah zu ihr herüber.

»Ich weiß, dass Ihr Vater tot ist. Ich weiß, wie sich das

anfühlt, ich kenne die Leere, die niemals ganz verschwindet, und das Gefühl der Einsamkeit. Auch meine Eltern sind nicht mehr da.«

Sie fuhren über die Lidingöbro. Auf dem glitzernden Wasser unter ihnen fuhren Motorboote und Segelschiffe.

»Und in dieser Einsamkeit liegt etwas, das ich nie verstanden habe, ein Gefühl von Scham.«

Gunillas Worte trafen Sophie schwer. Sie schaute weiter aus dem Fenster. Gunilla schien ihr Gefühlsleben ganz gut durchschaut zu haben.

»Wissen Sie, was ich meine?«

Sophie wollte zuerst nicht antworten, doch dann nickte sie.

Schließlich erreichten sie einen Kiesweg, der zwischen Laubbäumen zu einem kleinen Holzhaus führte.

»Hier wohne ich«, erklärte Gunilla.

Gunilla zeigt ihr den Garten, ihre Pfingstrosen und Rosen. Sie nannte deren Namen und Ursprung und wie sie sich in unterschiedlichen Böden und zu bestimmten Jahreszeiten verhielten. Sophie war beeindruckt von Gunillas Wissen. Sie selbst mochte Blumen, aber sie hatte keine Ahnung, wie sie hießen oder wo sie wuchsen.

Gunilla bat Sophie, auf einem weißen Holzstuhl Platz zu nehmen. Gunilla setzte sich ihr gegenüber und nahm einen Ordner auf den Schoß.

Sie wollte etwas sagen, entschied sich jedoch dagegen. Wortlos reichte sie Sophie den Ordner.

»Ich hole uns etwas zu trinken. Schauen Sie doch inzwischen mal hier hinein.«

Gunilla stand auf und ging ins Haus. Sophie schaute ihr eine Weile nach, dann schlug sie den Ordner auf. Das Erste, was sie sah, war der Ermittlungsbericht eines Mordfalls. Hectors Name kam in jeder zweiten Zeile vor.

Sophie blätterte um. Der Ordner enthielt weitere amtliche Dokumente sowie eine Reihe Akten zu verschiedenen Mordfällen. Die Berichte reichten bis in die Achtzigerjahre zurück. Sophie betrachtete die Bilder der Mordopfer. Sie sah einen Mann, der auf dem Boden in einer Blutlache lag. Dann einen offensichtlich erschossenen Mann in einem Auto. Einen Mann im Anzug, der von einem Baum im Wald baumelte. Schließlich einen aufgedunsenen nackten Mann in einer Badewanne. Sophie schaute sich die Bilder vom Tatort an. Dann sah sie Familienbilder, Männer mit Frauen und Kindern. Es waren unterschiedliche Motive, meist Urlaubsfotos, aber auch Bilder von Familienessen, Grillabenden im Garten sowie eine Weihnachtsfeier. Die Männer sahen fröhlich aus, ihre Kinder und Frauen auch. Aber die Männer waren nun tot, ermordet.

Sophie schlug die Akte zurück an den Anfang und blickte auf ein vergrößertes Foto von Hector. Er schaute ihr direkt in die Augen.

2. TEIL

8

Sonya Alizadeh hockte auf allen vieren in dem großen Doppelbett. Hinter ihr kniete Svante Carlgren. Er war viele Jahre älter und bedeutend hässlicher als sie. Sonya täuschte einen Orgasmus vor und schrie ins Kissen.

Eigentlich stand Svante Carlgren auf ambitioniertere Dinge, aber heute hatte er es eilig, er hatte nur eine halbe Stunde, bevor er zu einem Geschäftsessen musste. Es gefiel ihm, sich ab und zu für einen Quickie davonzustehlen. Sonya war seine Sexgöttin. Sie hatte langes schwarzes Haar und eine zurückhaltende, geradezu mystische Art.

Carlgren hatte sie vor einem Jahr auf einer Theaterpremiere kennengelernt, die er mit seiner Frau besucht hatte. Sie waren in der Pause am Sektausschank zusammengestoßen. Dabei hatte sie ihm versehentlich Champagner über die Hose geschüttet. Seine Frau war nicht dabei gewesen, sie war zum Auto gegangen, um sich eine Strickjacke zu holen. Carlgren und Sonya unterhielten sich ein wenig, und als sie sich trennten, bot sie an, die Reinigung zu bezahlen, und sie gab ihm ihre Handynummer. Er sagte, das komme gar nicht infrage, und sie erwiderte, wenn er Lust habe, könne er sie ja trotzdem mal anrufen.

Carlgren hatte weiche Knie bekommen. Nie zuvor war ihm eine Frau begegnet, die so direkt war wie Sonya. Nie zuvor hatte eine Frau ihres Formats überhaupt mit ihm zu tun haben wollen. Sie war sexy, sie war animalisch. Und sie verlangte nicht viel, abgesehen von Geld – es war perfekt. Außerdem spürte er, dass sie ihn interessant fand. Und das war er ja auch, schließlich gehörte er zur Elite.

Nach seinem Wirtschaftsstudium in Göteborg hatte Carlgren bei Volvo angefangen, damals leitete der hoch angesehene Pehr G. Gyllenhammar das Unternehmen. Doch als der nach London wechselte, ging Carlgren nach Stockholm und arbeitete sich bei der Telefongesellschaft Ericsson nach oben. Das Unternehmen war so groß, dass nur einige wenige einen umfassenden Überblick hatten. Einer von ihnen war Svante Carlgren. Das Einzige, was ihn manchmal störte, war, dass sein Name nie in einem Wirtschaftsblatt erwähnt wurde. Diese Form der Anerkennung blieb ihm verwehrt, aber er wusste auch, dass seine Macht geringer wäre, würde man seinen Namen in der Öffentlichkeit kennen. Er musste sich mit der Wertschätzung begnügen, die seine Kollegen ihm entgegenbrachten, und damit, ab und zu auf die ganz Großen zu treffen oder im Unternehmensjet zu fliegen.

Sonya hatte ihm wie immer Kokain angeboten, bevor sie miteinander ins Bett gingen. Nie zuvor in seinem vierundsechzigjährigen Leben hatte er Drogen probiert, doch die Kombination von Kokain und ausschweifendem Sex mit Sonya war eine so phänomenale Mischung, dass er um nichts in der Welt darauf verzichten wollte.

Carlgren legte das Geld in bar auf den Nachttisch und ein Armband aus Silber und Gold dazu. Dass Frauen auf Geschenke standen, wusste er seit Langem, er kannte sich aus mit Frauen.

Sonya begleitete ihn an die Tür. Sie trug einen seidenen Morgenrock und blickte anerkennend auf das Armband an ihrem Handgelenk. Sie bedauerte, dass er schon aufbrechen musste. Sobald er die Wohnung verlassen hatte, knipste sie ihr Lächeln aus, ging ins Schlafzimmer, schaltete die Kamera- und Lautsprecheranlage hinter dem Spiegel aus und riss die Laken vom Bett. Sie stopfte sie in einen schwarzen Müllsack, wie immer nach Carlgrens Besuchen, und ließ auch das geschmacklose Armband hineinfallen, bevor sie den Beutel vor die Wohnungstür stellte.

Im Bad steckte sie sich den Finger in den Hals und übergab sich in die Toilette. Dann putzte sie sich gründlich die Zähne und spülte mit Mundwasser nach. Sie wusch so viel Carlgren ab, wie sie nur konnte.

Als Sonya sich sauber fühlte, trocknete sie sich sorgfältig mit einem frischen Handtuch ab und massierte sich mit verschiedenen Hautcremes den Körper ein. Sie vermied es, in den Badezimmerspiegel zu schauen; es würde noch ein paar Tage dauern, bis sie dazu wieder in der Lage wäre.

Sonya hatte jetzt Videomaterial von acht Stunden zusammen: Svante Carlgren, wie er Kokain schnupfte, Svante Carlgren, wie sie ihn schlug, und Svante Carlgren, wie er Perversitäten brüllte. Sie hatte ihn mit einem Gummiball im Mund aufgenommen, beim Vögeln, als Sklaven und als Konzernchef von Ericsson.

Lars hatte um ein Treffen mit Gunilla gebeten, doch sie hatte ihn vertröstet. Dann hatte er auf ihren Anrufbeantworter gesprochen, dass er zumindest ein Feedback zu seinen Beobachtungen und Analysen von Sophie bräuchte. Sie hatte nicht zurückgerufen. Da hatte er ihr gemailt.

Eine lange und wohlformulierte E-Mail, in der er sie daran erinnerte, dass sie ihn bei ihrem ersten Treffen für seine analytische Begabung gelobt hatte, und fragte, wie sie diese denn nun zu nutzen gedachte. Wieder bekam er keine Antwort.

In seinem Kopf führte er endlose Diskussionen mit ihr, er kaute immer wieder durch, was er sagen und wie er ihr deutlich machen konnte, dass er nicht irgendjemand war, dass er nicht dafür geschaffen war, tagelang in einem Auto zu sitzen.

Als er ins Büro kam, saß Gunilla an ihrem Schreibtisch und telefonierte. Sie fing seinen Blick auf und signalisierte ihm, er solle warten. Eva und Erik waren nicht da. Lars zog sich einen alten Bürostuhl mit Rollen und niedriger Rückenlehne heran und setzte sich. Geduldig wartete er, bis Gunilla ihr Gespräch beendet hatte.

Sie kam sofort zur Sache. »Es gefällt mir nicht, solche E-Mails und Anrufe von dir zu bekommen, Lars.«

»Ich darf doch wohl sagen, wie ich mich fühle?« Seine Antwort klang unsicher.

»Wozu?«

Er knetete seine Finger und wich ihrem Blick aus.

»Was willst du, Lars?«

Er schaute auf seine Hände. »Das, was ich dir geschrieben und auf Band gesprochen habe.« Er blickte auf. »Worüber wir gesprochen haben, als du mich eingestellt hast. Ich könnte andere Aufgaben übernehmen … Ich kann Eva mit den Analysen helfen, Szenarien und Vorgehensweisen entwerfen oder Täterprofile erstellen … Was auch immer.«

Er war nervös, während sie ihm ruhig zuhörte.

»Wenn ich das wollte, hätte ich dich schon angesprochen.«

Lars nickte widerstrebend, und Gunilla setzte sich auf ihrem Stuhl zurecht.

»Darf ich dich etwas fragen, Lars?«

Lars nickte.

»Warum bist du Polizist geworden?«

»Weil ich es wollte.«

Seine Antwort kam viel zu schnell. Gunilla gab ihm eine zweite Chance.

»Weil ich … tja, das ist lange her, weil ich helfen wollte.«

»Helfen wobei?«

»Was?«

»Wobei wolltest du helfen?«

Er kratzte sich am Mundwinkel. Ein Telefon klingelte. Er schaute hinüber, doch Gunilla rührte sich nicht von der Stelle und wartete auf seine Antwort.

»Ja, der Gesellschaft, den Schwachen«, sagte er und bereute es gleich wieder. Gunilla blickte ihn kritisch an. Lars merkte, wie er in immer tieferes Wasser geriet.

»Den Schwachen helfen?«, fragte sie leise.

»Ich wollte ein Teil von etwas Größerem sein.«

Jetzt klang seine Stimme ehrlicher. Sie nickte fast unmerklich, wie um ihn aufzufordern weiterzusprechen.

»Und weil ich etwas verändern und besser machen wollte. Das klingt vielleicht dumm, aber so dachte ich damals.«

»Das klingt nicht dumm, und du tust genau das.«

Er blickte auf.

»Du bist Teil von etwas Größerem, und du tust etwas, um die Gesellschaft zu verändern. Ich wünschte, du könntest das selbst auch so sehen.«

Fragend sah er sie an.

»Wir sind eine Gruppe. Wir arbeiten in einer Gruppe, jeder versucht, etwas beizutragen. Ich bin auch nicht immer glücklich mit meiner Position und würde mehrmals in der Woche mit dir tauschen wollen, wenn ich das könnte. Aber es ist eben, wie es ist, Lars. Wir arbeiten jeder an seinem Platz.«

Sie schwieg einen Moment.

»Wenn du nicht mit uns arbeiten willst, musst du das sagen. Ich bin ehrlich zu dir, und das erwarte ich auch von dir.«

»Ich möchte hier arbeiten«, erwiderte er.

»Ich kann dir weiterhelfen, wenn du das möchtest.«

Er verstand nicht, was sie meinte.

»Wenn du hier aufhören willst, heißt das nicht, dass du nach Husby oder Västerort zurückmusst. Ich kann versuchen, dir einen anderen, besseren Job zu vermitteln.«

Er schüttelte den Kopf. »Nein, nein … Ich will hier weiterarbeiten.«

Sie musterte ihn. »Dann tu das auch.«

Diesmal lächelte Gunilla nicht ihr kleines Lächeln, mit dem sie sonst jedes Treffen beendete. Sie schaute ihn lediglich an und gab ihm dadurch zu verstehen, dass dieses Gespräch beendet war. Lars nahm sich zusammen, stand auf und ging zur Tür.

»Lars.«

Er drehte sich um. Sie blickte auf einen Computerausdruck.

»Mach das nicht noch mal.«

»Entschuldige«, sagte er heiser.

»Und hör auf, dich ständig zu entschuldigen.«

Er war schon fast zur Tür hinaus.

»Warte«, sagte sie. Sie öffnete eine Schublade, nahm einen Autoschlüssel heraus und hielt ihn ihm hin.

»Du solltest den Wagen wechseln, hat Erik gesagt. Nimm wieder den Volvo, er steht draußen auf der Straße.«

Lars ging noch einmal zu ihr zurück, nahm den Volvo-Schlüssel und verließ das Büro.

Er musste mit jemandem reden und wusste auch genau, mit wem. Er wendete auf der Straße trotz der durchgezogenen Linie.

Wie immer saß Rosie Vinge im Morgenrock auf dem Sofa und sah fern. Lars hatte einen Blumenstrauß dabei, den er auf dem Gang gestohlen hatte. Die Pfleger im Altersheim Lyckoslanten stellten die Blumen der senilen Patienten immer vor den Zimmern ab, damit die Alten sie nicht unbemerkt aufaßen.

Rosie gehörte nicht zur Gruppe der Alzheimerkranken. Mit ihren zweiundsiebzig Jahren war sie eher eine der Jüngeren. Sie gehörte zu denen, die sich aufgegeben hatten.

»Hallo, Mama.«

Rosie sah ihn kurz an, dann richtete sie den Blick wieder auf den Fernseher.

Es war warm im Zimmer. Rosie hatte ein Fenster gekippt. Er sah, dass sie schwitzte. An ihren Schlüsselbeinen hatten sich Schweißperlen gebildet. Der Fernseher lief in voller Lautstärke, was aber nicht daran lag, dass sie schlecht hörte. Sie verstand nur einfach nichts. Rosie Vinge war ängstlicher Natur. Als ihr Mann Lennart starb, war ihre allgegenwärtige Furcht vor allem und jedem in regelrechte Panik umgeschlagen. Aus Angst vor den Schwarzen, die verstärkt in ihren Stadtteil Rågsved zogen, versteckte sie sich in ihrer Wohnung. Sie fürchtete sich vor dem Brummen des Kühlschranks, hatte Angst, es könnte ein Feuer ausbrechen, wenn sie die Lampen zu lange brennen ließ, und Angst vor der Dunkelheit, wenn sie die Lichter löschte.

Lars hatte nicht gewusst, was er mit ihr anfangen sollte. Eine Weile hatte er überlegt, sie einfach zu vergessen und in ihrer Wohnung verrotten zu lassen, aber sein Gewissen hatte gesiegt, und er brachte sie ins Altersheim. Das war jetzt acht Jahre her. Das Personal stopfte sie mit Beruhigungsmitteln voll, und so saß sie seither da und sah sich im Fernsehen das Nachmittagsprogramm an.

»Wie geht's?«

Sie lächelte, als wäre das schon Antwort genug, doch Lars wusste nicht, was sie damit meinte. Eine Weile betrachtete er das traurige Bild, das sich ihm bot, dann ging er in die Kochnische, setzte Wasser auf und machte sich eine Tasse Instantkaffee.

»Möchtest du Kaffee, Mama?«

Sie antwortete nicht, das tat sie nie.

Er nahm seine Tasse mit ins Wohnzimmer und setzte sich neben sie auf das Sofa. Im Fernsehen lief eine Quizshow, bei der man anrufen und Fragen beantworten konnte. Der Moderator war jung und sprach gekünstelt.

»Sie verstehen mich nicht bei der Arbeit, Mama«, sagte Lars.

Er trank einen Schluck und verbrannte sich dic Zunge.

»Ich glaube, ich bin verliebt«, erklärte Lars plötzlich.

Rosie sah ihn kurz an, dann versank sie wieder in dem Geschehen auf dem Bildschirm. Er hasste es, so neben seiner Mutter zu sitzen, und wusste nicht, warum er es tat. Er wusste nicht, warum er in ihrer Gegenwart regelmäßig wieder zum Kind wurde. Nervös kratzte er sich am Kopf, stand auf und ging in ihr Schlafzimmer.

Dort war es dunkel und stickig, das Bett war nicht gemacht. Lars fing an, in ihren Schubladen zu wühlen; manchmal fand er Geld, das er einsteckte.

Er hatte sie bestohlen, seit er denken konnte, als ob er

ständig das Gefühl gehabt hätte, sie wäre ihm etwas schuldig. Doch jetzt fand er kein Bargeld, dafür aber eine Menge Rezepte zwischen ihrer widerlichen Unterwäsche. Er nahm drei davon heraus. Eines sah anders aus als die anderen. Er faltete sie und steckte sie in die Tasche. Dann ging er wieder zu Rosie hinaus.

»Ich werde mit Sara Schluss machen.«

Er sah ihr an, dass sie ihn gehört hatte.

»Du weißt doch noch, wer Sara ist?«

»Sara«, sagte Rosie in einem unbestimmten Tonfall.

»Sie ist dir zu ähnlich«, erklärte Lars.

Rosie starrte weiter auf den Bildschirm. Der Moderator kicherte albern.

»Das Leben ist ein Hamsterrad, es dreht sich bis in alle Ewigkeit. Du hast mir beigebracht, dass Frauen feige sind, Mama … Es ist immer das Gleiche.«

Rosies linke Hand begann in ihrem Schoß zu zittern, und sie fing an zu weinen. Lars fühlte sich, ohne dass er es richtig begriff, erleichtert.

Er verließ das Altersheim und setzte sich ins Auto. Auf dem Karlbergsvägen geriet er in einen Stau, es war Mittagszeit, und es herrschte dichter Verkehr. Er tastete nach den Rezepten in seiner Tasche. Sie waren feucht von seinem Handschweiß. Im Radio spielten sie Hardrock aus den Achtzigern, die Musik gefiel ihm nicht. Ein paar Regentropfen fielen auf die Windschutzscheibe, es war ein leichter, warmer Regen, ohne den kühlenden Effekt, auf den alle warteten. Zu Hause steckte er den Schlüssel ins Schloss. Es war unverriegelt, also war Sara zu Hause. Lars trat in den Flur und zog die Tür leise hinter sich zu. Er schlich in sein Arbeitszimmer, öffnete eine Schreibtischschublade und legte die Rezepte hinein.

Sara saß im Wohnzimmer und schrieb einen Artikel

über alleinstehende Künstlerinnen mit schlechtem Einkommen. Die Überschrift lautete »Der sozioökonomische Übergriff«. Schon seit Ewigkeiten widmete sie sich solchen Themen, und Lars konnte einfach nicht begreifen, warum sie sich so darauf versteifte. Wer wollte das denn lesen?

Lars versuchte sich zu erinnern, was er einmal in Sara gesehen, was ihn angezogen hatte. Vielleicht hatte er ja auch nie etwas in ihr gesehen. Vielleicht waren sie nur ein Paar geworden, weil sonst keiner da gewesen war. Vielleicht waren sie aber auch ein Paar geworden, weil sie beide keine Kinder wollten. Oder weil es ihnen so viel Spaß machte, sich schuldig zu fühlen.

»Was tust du?«, fragte er, an den Türrahmen gelehnt.

Sie blickte vom Computer auf. »Rate.«

Warum musste sie nur so antworten? Er schaute sie verächtlich an. Ihm fiel plötzlich auf, wie hässlich sie war. So anders als Sophie. Ihre Art, mit krummem Rücken dazusitzen, die Beine übereinandergeschlagen. Diese eklige Teetasse, die sie immer wieder füllte, ohne sie zwischendurch zu spülen. Ihr mangelndes Bedürfnis, sich im Alltag ein wenig zurechtzumachen, ihre verfluchte Billigkeit, die sie hinter intellektuellem Gequatsche verbarg – sie war der personifizierte Gegensatz zu allem, was er wollte.

»Ziehst du aus oder ich?«, fragte er.

»Du.«

Ihre Antwort kam zu schnell.

»Nein, du ziehst aus, das ist meine Wohnung. Bis dahin wohne ich im Arbeitszimmer.«

Er holte seine Tasche und die Kamera. Als er wieder am Wohnzimmer vorbeikam, stand Sara am Fenster, die Arme um den Oberkörper geschlungen, und schaute hinaus.

»Was ist passiert?«, fragte sie viel zu laut.

Ohne zu antworten, verließ er die Wohnung.

In seiner Wohnung in der Wittstocksgatan ließ Jens sich erst einmal aufs Sofa fallen.

Er sah an die Decke und lauschte auf den Verkehrslärm, der vom Valhallavägen hereindrang. Doch die Rastlosigkeit schmerzte ihm in den Knochen. Er stand auf, öffnete ein Fenster und ging zu der Putzkammer in seiner Küche. Mit seinem Bogen und einem Köcher voller Pfeile kam er wieder heraus.

Die Wohnung war hundertfünfunddreißig Quadratmeter groß. Er hatte fast alle Wände herausreißen lassen, denn er wollte Platz zum Bogenschießen haben.

Ganz hinten, wo einmal das Wohnzimmer gewesen war, stand die Zielscheibe, ein großes rundes Ding aus Schilf. Er schoss Serien von fünf Pfeilen von seinem Platz im alten Esszimmer ab. Die Musikanlage spielte Siebzigerjahre-Salsa – zwei Typen sangen auf Spanisch von männlicher Einsamkeit und Frauen mit großen Brüsten. Jens trank Bier, irgendwann ging er zu Whisky über. Er schoss eine Weile, dann stemmte er Hanteln, bis ihm die Arme wehtaten.

Er kannte diesen Zustand, dass ihn nichts befriedigen konnte, sosehr er sich auch mit Musik zudröhnte oder mit Alkohol abfüllte. Dieses Verlangen, immer noch mehr spüren zu wollen. Seine Mutter hätte ihn »verwöhnt« genannt, sein Vater eher »süchtig«, recht hätten sie vielleicht beide gehabt.

Er hatte die Russen angerufen und gesagt, dass sich die Waffenlieferung verspäten würde. Die Russen fanden, das sei sein Problem, sie wollten ihre Sachen innerhalb der vereinbarten Frist. Sie gaben Jens eine Woche, danach würden sie Rabatt verlangen, und Jens solle sich darauf einstellen, dass sie das nicht noch einmal tolerieren würden.

Er lag auf dem Rücken auf dem Teppich und überlegte, wie er Aron finden sollte oder Leszek, die ihn zu Michail führen konnten.

Er erhob sich, setzte Kaffee auf und machte sich an die Arbeit.

Aron zu finden war nicht so leicht. Er hatte nur einen Vornamen. Einen Vornamen und das Aussehen. Um die vierzig, markantes Gesicht, schwarzes Haar, ein Gentlemantyp. Damit kam man nicht weit.

Aron hatte Stockholm erwähnt, als sie sich verabschiedeten, aber das hieß ja nicht notwendigerweise, dass er in der Stadt war. Vielleicht wohnte er ganz woanders, vielleicht nicht einmal in Schweden. Jens dachte an Leszek. Hatte der etwas gesagt? Nein. Oder Thierry? Die Steinskulptur – war die vielleicht ein Anhaltspunkt?

Jens suchte im Internet nach Steinskulpturen. Vergeblich. Er rief im Naturkundemuseum an und beschrieb die Figur. Die Frau versuchte behilflich zu sein, aber mit Jens' Beschreibung konnte sie nichts anfangen. Er druckte sich die Adressen sämtlicher Geschäfte der Stadt aus, die Antiquitäten, Kunst und Ethnokram anboten.

Dann verließ er die Wohnung, kaufte Zigaretten und lief Richtung Zentrum, um nach Aron, Leszek, Thierry oder Steinskulpturen zu suchen. Er klapperte alle Läden ab, die infrage kamen, und stellte immer die gleiche unbestimmte Frage, hörte überall das gleiche, unbestimmte Nein. Die Tage verrannen, und er fühlte, wie der Druck stieg.

»Sophie, geht es dir gut in deinem Villenvorort?«, hatte er am Telefon gefragt.

Auf dem Weg nach Biskopsudden war sie nervös gewesen. Sie wollte nicht – nein, das stimmte nicht ganz. Ein Teil von ihr wollte, und ein anderer Teil konnte einfach nicht Nein sagen.

Er hatte auf der Brücke des Schiffs gestanden, und obwohl sie nun wusste, was er alles getan haben sollte, erfüllte sein Anblick sie mit Ruhe. Es schien, als wüsste er genau, was sie brauchte.

Das Boot war breit und offen und hatte ein blaues Sonnendach. *Bertram 25*, stand an der Bordwand.

Sie machten die Leinen los, der Schiffsmotor brummte, und Hector steuerte sie durch den engen Kanal. Sophie blickte zum Ufer zurück und sah einen Volvo, in dem ein Mann saß.

Als sie den Kanal verlassen hatten, erhöhte Hector das Tempo, und sie fuhren schneller über das glatte Wasser, während die Sonne heiß auf sie herabschien.

Nach einer Viertelstunde drosselte er das Tempo und lenkte das Boot in eine einsame Bucht. Er warf den Anker und schaltete den Motor aus. Das Wasser gluckste gegen den Rumpf, ein Segelschiff fuhr ein Stück entfernt vorbei, die Menschen an Bord winkten ihnen zu, und Sophie winkte zurück.

»Du hast gesagt, du wolltest mir etwas zeigen?«, fragte sie.

Hector überlegte einen Augenblick. Er stand auf, öffnete eine Sitzbank und nahm eine Tasche heraus. Darin waren zwei alte Fotoalben aus Leder, ein dunkelgrünes und ein dunkelbraunes mit Goldkante. Er setzte sich neben sie.

»Du wolltest doch mehr über mich wissen, hast du gesagt.« Er schlug die erste Seite des grünen Albums auf. Es waren Aufnahmen aus den Sechzigerjahren, die Bilder zeigten ein gut gekleidetes Paar vor der Spanischen Treppe in Rom.

»Das ist mein Vater Adalberto, den du kennengelernt hast. Und neben ihm, das ist meine Mutter Pia.«

Pia sah glücklich aus, sie schien voller Energie und Lebensfreude. Und Adalberto mit seinem dichten schwarzen Haar strahlte Stolz und Zufriedenheit aus.

Hector blätterte weiter. Er zeigte ihr Fotos von seinen Geschwistern und sich selbst als Kind und erzählte von seinen ersten Jahren. Davon, wie er in Südspanien aufgewachsen war, von der Einsamkeit nach dem Tod seiner Mutter, von dem Verhältnis zu seinem Vater, er sprach über das Verdrängen und über Beziehungen im Allgemeinen.

Dann deutete er auf ein Bild, das ihn als Zehnjährigen mit seinen beiden Geschwistern zeigte. Sie lachten alle und trugen Indianerfedern auf dem Kopf.

»Mein Bruder und meine Schwester haben mehr aus ihrem Leben gemacht. Sie haben Kinder, sind verheiratet und haben ihren Frieden gefunden.«

Sophie sah Hector an. Sie mochte seine melancholische Art, seine Nachdenklichkeit. Wie passte dieser stille, gefühlvolle Hector zu der Person, die Gunilla ihr beschrieben hatte?

Hector lächelte und blätterte weiter. Er strahlte, als er sich selbst als kleinen Jungen vor einem Baum stehen sah. Ihm fehlte ein Schneidezahn.

»Das war zu Hause in unserem Garten. Ich weiß noch genau, wie das Bild entstanden ist. Den Zahn hatte ich bei einem Fahrradunfall verloren, aber meinen Freunden sagte ich, ich wäre in eine Schlägerei geraten.«

Er lachte und schob das Album auf Sophies Schoß. Dann lehnte er sich zurück, nahm einen Zigarillo aus der Brusttasche und zündete ihn an. Den ersten Zug behielt er einen Moment in der Lunge, bevor er ihn wieder ausatmete.

Sophie blätterte in dem Album und sah einen jüngeren, dunkelhaarigen Adalberto Guzman, der auf einer alten Steinterrasse Zigarillo rauchte, im Hintergrund Zypressen und Olivenhaine. Es gab auch ein paar Bilder von Adalberto und Pia mit damaligen Berühmtheiten. Sophie erkannte Jacques Brel und vielleicht auch Monica Vitti, dazu einen Künstler, auf dessen Namen sie nicht kam. Und dann waren da noch die Bilder von einem Familienurlaub in Teheran Mitte der Siebzigerjahre. Lauter frohe Gesichter, immer wieder Adalberto, Pia und die Kinder, Aufnahmen aus Madrid und Rom, von der Französischen Riviera und aus den Schären. 1981 endete das Album, die restlichen Seiten waren leer.

»Warum hört es hier so plötzlich auf?«

»Meine Mutter starb in diesem Jahr. Danach haben wir keine Fotos mehr gemacht.«

Sie schwieg, und er spürte, dass sie auf eine Fortsetzung wartete.

»Wir waren keine richtige Familie mehr, sondern vier Menschen, die versuchten einfach nur zurechtzukommen. Mein Bruder verzog sich mit seiner Tauchausrüstung unter die Meeresoberfläche, Inez verschwand für mehrere Jahre im Partyleben von Madrid, mein Vater arbeitete, und ich eiferte ihm nach. Vielleicht habe ich den Tod meiner Mutter am schlechtesten verkraftet.«

Er rauchte und schaute in die Ferne.

Sophie sah sich noch einmal die letzten Bilder an. »Welches magst du am liebsten?«

Er beugte sich vor und schlug ein Bild auf, das ihn als Achtjährigen zeigte. Er stand aufrecht da und schaute mit wachen Augen in die Kamera.

»Warum?«, fragte sie.

»Es gibt nichts, was ein Mann mehr liebt als den Jungen, der er mal war.« Er nickte überzeugt. »Warum fährst du hier draußen Boot mit mir, Sophie?«

Die Frage kam unvermittelt, und sie lachte, weil sie nicht wusste, was sie sagen sollte.

»Weil du mich eingeladen hast«, sagte sie. »Ganz einfach.«

»Du hättest Nein sagen können.«

Sie zuckte mit den Schultern.

»Warum nicht?«, fragte er.

»Ich weiß es nicht, Hector.«

Ihr Blick ruhte auf ihm. Sie sah etwas in ihm, das sie anzog, dem sie aber auch ausweichen wollte. Hector war auf diese ganz besondere Weise ehrlich, als gäbe es in seiner Persönlichkeit keinen Platz für Lügen oder Spiele. Sie wollte einfach nicht glauben, dass er das Doppelleben führte, das die Polizei ihm unterstellte.

»Sind wir Freunde?«, fragte er.

War sie seine Freundin?

»Ja, das hoffe ich«, sagte Sophie.

»Wir sind erwachsen«, sagte er, als wäre das eine Feststellung.

Sie nickte. »Ja, das sind wir.«

»Aber du wirkst unschlüssig«, stellte er fest und blickte sie an. »Einen Tag bist du mir ganz nah. Und dann bist du plötzlich distanziert und hältst mich auf Abstand. Als ob du dich nicht entscheiden könntest.«

Sie beugte sich vor und küsste ihn auf den Mund. Es war ein spontaner Impuls, dem sie folgte. Hector erwiderte den Kuss, doch dann lehnte er sich zurück und sah sie noch durchdringender an als zuvor. Als hätte er sie durchschaut und versuchte, etwas Kompliziertes zu begreifen.

Ein Motorboot fuhr an ihnen vorbei, Sophie sah ihm nach.

»Wollen wir nach Hause fahren?«, fragte sie.

Sein Blick ruhte weiterhin auf ihr, dann stand er auf, schnippte den halb aufgerauchten Zigarillo über die Reling und drückte einen Knopf am Armaturenbrett. Der Anker wurde gelichtet. Hector legte den Finger auf den Startknopf, zögerte dann und drehte sich noch einmal zu ihr um.

»Ich habe einen Sohn. Aber ich darf ihn nicht sehen. Seine Mutter lässt es nicht zu. Ich habe ihn seit zehn Jahren nicht mehr gesehen.«

»Wie heißt er?«

»Er heißt Lothar Manuel Tiedemann, er trägt den Nachnamen seiner Mutter, ist sechzehn Jahre alt und wohnt in Berlin.«

Ein paar kleine Wellen ließen das Boot schaukeln.

»Jetzt weißt du so ziemlich alles über mich, Sophie«, sagte er, dann startete er den Motor und fuhr aus der Bucht hinaus.

Gunilla ging den Karlavägen entlang. Es war warm in der Sonne, eine laue Brise wehte. Auf Höhe der Artillerigatan überquerte sie die Straße. An den kleinen Tischen auf dem Bürgersteig vor der Bäckerei Tösse saßen Leute. Sie blieb stehen und wartete, während sie den Gesprächsfetzen der Spaziergänger lauschte.

Ein paar Minuten später kam Sophie auf sie zu. Und

dann spazierten sie nebeneinander in Richtung Sturegatan.

Nach einer Weile begann Gunilla zu reden. Wie immer ging es dabei um die Personen, mit denen sich Hector umgab, ihre Namen und Rollen, was sie vermutlich taten oder nicht taten. Gunilla hatte viele Fragen, Sophie antwortete, so gut sie konnte. Sie sagte, sie würde Hector kaum kennen, wolle das stille Vertrauen nicht enttäuschen, das er ihr schenke.

Gunilla sagte: »Ich bin bei meiner Arbeit schon vielen Hector-Guzman-Typen begegnet. Sie geben sich erst ungezwungen und charmant, aber dann zeigen sie ihr wahres Gesicht. Sie zerstören das Leben anderer Menschen.«

Sophie erwiderte nichts, sie ging nur weiter neben Gunilla her.

»Lass dich nicht täuschen, Sophie. Dieses Spiel mit dem Feuer kann sehr gefährlich werden!«

9

Lars erzählte dem Arzt, dass er abends arbeite, zu wenig schlafe und Kopf- und Rückenschmerzen habe. Der Arzt war der Meinung, Lars sei überarbeitet und leide an einem sogenannten Erschöpfungssyndrom. Er leuchtete ihm mit einem Lämpchen in die Augen, befühlte seine Mandeln und fuhr ihm mit einem Finger in den After. Dann verschrieb er ihm Lonarid für Kopf und Rücken sowie Oxazepam für das, was Lars nicht benennen konnte.

»Ich merke Sie für einen Kontrolltermin in sechs Wochen vor«, sagte der Arzt.

Lars löste die Rezepte in der Apotheke ein und fuhr wieder mit dem Volvo durch den dichten Innenstadtverkehr.

Als Kind hatte er ständig unter Schlafstörungen gelitten. Rosie hatte ihm ihre Tabletten gegeben. Er war damals elf Jahre alt gewesen und hatte sich schnell an die Medikamente gewöhnt. Seine Mutter, die einen Arzt kannte, mit dem sie schlief, wenn Papa Lennart nicht zu Hause war, beschaffte ein paar weiße Pillen, die Lars jeden Abend um halb acht ausknockten. Er konnte sich nicht an Träume erinnern und fühlte sich tagsüber seltsam leer, die ganze Schulzeit über ging das so.

Eine Schulschwester entdeckte dann seinen Tablettenkonsum. Sie setzte eine Untersuchung in Gang und versuchte, ihre Empörung zu verbergen, indem sie besonders deutlich mit ihm sprach. Sie erklärte ihm, dass die Tabletten, die er genommen hatte, süchtig machten und sehr, sehr stark waren. Sie fügte hinzu, dass Lars mit Tabletten und anderen wahrnehmungsverändernden Substanzen in Zukunft besonders vorsichtig sein musste. Dass sein Körper eine Abhängigkeit entwickelt hatte, die er nur durch totale Abstinenz würde loswerden können. Lars hatte genickt, ohne ein einziges Wort verstanden zu haben. Er nickte immer, wenn jemand mit ihm sprach.

Aber auch die Abstinenz empfand er als ein gleichmäßig dumpfes Gefühl der Leere. Das Verlangen wurde schwächer, das Zittern und die Stimmungsschwankungen nahmen ab. Aber die Angst blieb, ebenso wie die Schlafstörungen. Sie wurden seine ständigen Begleiter, seine Wirklichkeit.

Er parkte den Wagen vor der Bowlinghalle, wo Bier und Wein verkauft wurden. Lars fand einen Tisch mit Blick über die Bahnen. Eine Gruppe Rentner ließ die Kugel rollen. Lars schaute in seine Handfläche. Sechs Tabletten, drei aus jeder Packung. Er warf sie sich in den Mund und spülte sie mit bulgarischem Rotwein hinunter. Nach wenigen Minuten löste sich der Druck auf seiner Brust, und er wurde entspannter. Er lehnte sich in dem Stuhl zurück und schaute den Bowlingspielern zu. Er freute sich, wenn sie danebenwarfen, und verspürte Unlust, wenn sie trafen.

»Hallo.«

Sara stand neben ihm. Er sah sie fragend an.

Lars wandte sich den Bowlingspielern zu und trank einen Schluck aus seinem Weinglas. Sara setzte sich und versuchte, seinen Blick einzufangen.

»Wie geht es dir, Lars?«

»Gut, warum?«

Sara seufzte leise. »Bitte Lars, können wir nicht reden?«

»Tun wir doch … Tun wir doch gerade – oder reden wir etwa nicht? Unsere Münder bewegen sich.«

Er lächelte seltsam. Sara sah auf ihre Hände hinunter.

»Ich möchte nicht, dass es so ist zwischen uns«, flüsterte sie.

Lars sah Kugeln, die über Parkettbahnen rollten, und Kegel, die umfielen.

»Ich erkenne dich nicht wieder, du bist die ganze Zeit so wütend, du sagst nicht, was los ist … Habe ich etwas falsch gemacht?«

Er schnaubte nur.

»Ich will dir helfen, wenn ich kann. Lars?«

Sie blickte ihn an, um zu sehen, ob ihre Worte ihn erreicht hatten.

»Du bist hier früher immer gewesen«, sagte sie.

Er wich ihrem Blick aus.

»Als wir uns kennengelernt haben, als du angefangen hast, in Västerort zu arbeiten. Da warst du so, wie du jetzt bist … Danach hast du von den Medikamenten erzählt, die du als Kind bekommen hast.«

»Du redest so eine Scheiße.«

»Nein, tue ich nicht«, erwiderte sie.

Ein schlanker alter Mann in einem dünnen Trainingsanzug schlug einen Strike und versuchte sein stolzes Grinsen zu verbergen, als er zu seinen Kameraden zurückging.

»Wir hatten es gut zusammen, Lars«, fuhr sie fort. »Wir hatten eine Beziehung ohne Streit und Missverständnisse. Wir haben die gleichen Interessen gehabt, an das Gleiche geglaubt. Wir haben etwas gefunden …«

Er trank einen Schluck und wich ihrem Blick aus.

»Was glaubst du, was passiert ist?«, fragte sie.

»Nichts ist passiert, außer dass du paranoid bist … und hässlich.«

Sara versuchte, sich nicht anmerken zu lassen, wie sehr er sie verletzte. »Dann möchte ich, dass wir uns trennen.«

Das schiefe Lächeln lag weiter auf seinem Gesicht. »Das haben wir doch schon getan?«

Saras Trauer schlug in Zorn um. Sie starrte ihn an, dann sprang sie auf und lief hinaus. Lars blickte ihr hinterher. Er nippte an seinem Wein und sah zu, wie eine dicke alte Dame ihre Kugel auf die Bahn schob.

Als die Bowlinghalle schloss, fand er einen irischen Pub, der so irisch war wie McDonald's finnisch: Großbildschirm, elektrische Dartscheiben, Minibasketballkörbe mit albernen Minibasketbällen. Und als Tüpfelchen auf dem i ein iranischer Barkeeper, der schlechtes Englisch sprach und Lars *Mate* nannte. Aber was kümmerte ihn das? Er war hier, um betrunken zu werden. Er trank, bis der Pub schloss, und wachte am folgenden Morgen in seinem Auto auf, die Scheiben waren beschlagen, seine Nasenspitze kalt.

Lars setzte sich auf, rieb sich die Müdigkeit aus den Augen und trank einen Schluck abgestandenes Bier gegen die Trockenheit in seinem Mund.

Vollkommen verkatert, fuhr er zum Krankenhaus in Danderyd. Dort saß er den ganzen Tag im Auto, kaute Fingernägel, nahm Tabletten, trank Bier und wartete.

Als Lars am Nachmittag Sophie das Krankenhaus verlassen sah, lebte er auf.

Er fuhr ihr hinterher, überholte sie, wie immer, und parkte nahe ihrem Haus. Er setzte die Kopfhörer auf und lauschte auf die Bewegungen im Haus.

Sophies Leben wurde auch sein Leben, und nichts anderes spielte mehr eine Rolle. Er lauschte ihren Schritten, wenn sie an einem Mikrofon vorbeiging, dem Geklapper des Bestecks beim Abendbrot und ihren Gesprächen mit Albert.

Um elf stellte Lars auf das Schlafzimmermikrofon um. Er hörte, wie sie die Daunendecke vom Bett zog und sich hinlegte. Daraus schloss er, dass sie ohne Decke schlief, denn er hörte nie, dass sie sie wieder zurückschlug. Er stellte sie sich vor, wie sie dort auf den weißen Laken lag, das Haar auf dem Kissen ausgebreitet. Wie sie sanft atmete und vielleicht von ihm träumte.

Als Sophie und Albert ruhig in ihren Zimmern schliefen, stieg Lars aus dem Auto und schlich sich in Sophies Garten. Die Sommernacht war still und lau. Er fühlte sich ruhig und ausgeglichen. An der Veranda auf der Rückseite des Hauses blieb er einen Moment stehen. Er sah sich um und ging dann leise die Treppenstufen hinauf und öffnete mit einem Dietrich die Tür. Lautlos schlich er sich ins Wohnzimmer und horchte angespannt.

Das Gefühl, ihr so nahe zu sein, war überwältigend. Lars schlich sich in die Küche. Vorsichtig öffnete er den Kühlschrank, schaute hinein und ließ seiner Phantasie freien Lauf. Er sah sich als Mann im Haus, der aus dem Bett aufgestanden und in die Küche hinuntergegangen war.

Lars stellte Brot, Butter und einen Käseteller auf den Tisch, setzte sich und aß ein Brot. Er lächelte seinem Sohn zu, der die Treppe herunterkam, stand auf und küsste Sophie, als sie wenig später erschien, und sagte ihr, dass er Frühstück gemacht habe. Sie lächelte und küsste ihn.

Lars stellte Butter und Käse zurück in den Kühlschrank und verließ das Haus. In der Phantasie winkte er seiner kleinen Familie, die es nicht gab, vom Gartentor aus zu und ging im Dunkeln zurück zu seinem Auto.

Seine Knie stießen gegen den Sitz vor ihm. Für Michail waren die Flugzeugsitze viel zu eng. Neben ihm saß Klaus Köhler, ein deutscher Bodybuilder um die vierzig, einer von der sehnigen Sorte. Klaus hatte dünnes Haar und am ganzen Körper straffe Muskeln, sogar im Gesicht, das von einem kräftigen Zuhälterschnurrbart geziert wurde. Er war ein harter Kerl, der selten einen Auftrag ablehnte. Michail und Klaus hatten schon früher bei einigen Hausbesuchen auf Bestellung von Ralph Hanke zusammengearbeitet.

Sie waren in München gestartet und nun auf dem Weg nach Arlanda. Die Stewardess bot Kaffee an, weiter hinten in der Kabine weinte ein Kind, alte Männer in Jacketts lösten Sudokurätsel, und ein paar Frauen arbeiteten auf ihren Laptops. Klaus hatte Kopfhörer in den Ohren, aus denen die Bee Gees zu hören waren. Er nickte dazu im Takt und klopfte sich mit der rechten Hand auf das Bein.

Michail ging in Gedanken durch, was sie in Stockholm erwartete. Sie mussten hart und schnell zuschlagen. Roland Gentz war zwei Tage zuvor in Stockholm gewesen und mit einem Grinsen im Gesicht zurückgekommen. »Wir haben dort einen Typen aufgetan«, hatte er gesagt, »der dafür sorgt, dass wir Hector treffen.«

Ein Signal ertönte in der Kabine, und die Schilder mit den Sicherheitsgurten leuchteten auf. Eine weibliche Stimme sagte über Lautsprecher etwas auf Schwedisch. Das Flugzeug setzte zur Landung an. Es wackelte ordentlich, und Klaus hielt sich an den Armlehnen fest, bei jedem Schlingern hob er reflexhaft die Füße.

»Ich hasse das«, stöhnte er. »Ich hasse das wirklich.« Er war blass. Seitenwinde ließen das Flugzeug schlingern.

Sie nahmen einen Leihwagen nach Stockholm und checkten in einem Hotel am Hötorget ein, dann gingen sie vor die Tür. Es wurde Abend, und sie aßen etwas in einem Straßenrestaurant, es war warm, wärmer als in München.

»Wir müssen davon ausgehen, dass er drei Typen um sich hat. Zwei davon sind Profis: Hectors Leibwächter und dieser Pole. Über den Dritten hab ich noch keine Informationen.«

Klaus hörte zu und aß sein Steak tartare. Er kaute schnell und hatte eine seltsame Art, das Besteck zu halten.

»Hector hat ein Büro hier in der Stadt, aber dort ist er nur selten. Als ich das letzte Mal in Stockholm war, um ihn zu beobachten, verbrachte er viel Zeit in einem Restaurant – dort werden wir zuschlagen.«

»Klingt gut«, sagte Klaus trocken. Er winkte dem Kellner und bat um die Rechnung.

Sie verließen das Restaurant und setzten sich in ihren Wagen. In ihr GPS gaben sie Sandborgsvägen, Enskede ein.

Sie arbeiteten sich durch den Stockholmer Verkehr, fuhren auf der linken Spur und über die Johanneshovsbro.

»Sieht aus wie ein großer Golfball«, meinte Klaus fast begeistert, als sie an der Globe Arena vorbeifuhren.

Sie hielten vor einem unansehnlichen Haus, und ein Mann mittleren Alters mit Glatze und Hängebauch, unzeitgemäßem Hemd und viel zu kurzem Schlips öffnete ihnen die Tür. Er sah aus, als wäre er gerade von der Arbeit gekommen – einer eher unzeitgemäßen Arbeit.

»Willkommen, meine Herren.«

Der Mann lachte über seinen Versuch, Deutsch zu sprechen.

Sie folgten ihm in den Keller hinunter, durch eine Stahltür, und Michail sah eine Menge Revolver und Maschinenpistolen an der einen Wand, Schrotflinten und Schnellfeuerwaffen an der anderen.

Der Glatzkopf lachte aufgeregt und redete wie ein Verkäufer in einer Werbesendung – ein Waffennarr, dachte Michail und unterbrach ihn. Er deutete auf die Wand.

»Geben Sie mir eine SIG und zwei Schlagstöcke.«

Der Narr nahm die Waffen herunter und reichte Michail eine kleinere Schachtel Munition. Er öffnete eine Schublade und zog zwei Schlagstöcke hervor. Michail reichte Klaus die Pistole und gab dem Glatzköpfigen ein Bündel Euroscheine.

Sie verließen den Keller, ohne sich zu verabschieden, und setzten sich wieder ins Auto. Klaus las von einem Zettel ab und tippte eine Adresse in ihr GPS ein. Michail wählte auf seinem Handy die Nummer, die Roland Gentz ihm gegeben hatte. Eine Männerstimme meldete sich.

»Carlos? Ich sollte dich anrufen. Tu, was man dir gesagt hat, wir sind in …«, Michail beugte sich vor und las vom GPS ab, »… in zwanzig Minuten da.«

Michail beendete das Gespräch.

»Bitte wenden Sie«, sagte die digitale Frauenstimme.

Jens hatte die Antiquitätenhändler auf der Roslagsgatan abgeklappert sowie die Touristenfallen in Gamla Stan und auf der Drottninggatan, er hatte die kleinen Boutiquen in Söder und Kungsholmen aufgesucht. Nirgendwo hatte er Thierry gefunden. Die Chance, in der Stadt zufällig auf Aron oder Leszek zu stoßen, war minimal, auch wenn er nun schon seit mehreren Tagen hier herumstiefelte.

Weniger bekannt für ihre Läden war die Västmannagatan. Aber Jens hatte dort vor langer Zeit einen Globus aus Glas gekauft. Die Geschäfte, die in der Straße dicht beieinanderlagen, waren damals mehr auf Kuriositäten und Einrichtungsgegenstände aus den Fünfzigerjahren ausgerichtet gewesen. Aber es war einen Versuch wert.

Jens begann am Norra Bantorget und arbeitete sich die Straße hinauf bis zum Odenplan vor. Er war müde und frustriert, aber er hatte keine andere Wahl.

Er trat in einen kleinen Laden, den er normalerweise nicht bemerkt hätte, wenn er nicht genau diese Art von Geschäften gesucht hätte. Das Schaufenster war klein und dunkel, nur ein paar einzelne Dinge waren dort ausgestellt: Decken mit klaren Mustern, Masken, Schilde und Speere. Er ging hinein. Eine Glocke, die oben an der Tür befestigt war, läutete.

Das Ladenlokal war vollgestopft mit alten Dingen aus allen Ecken der Welt, es war, als betrete man viele verschiedene Orte gleichzeitig. Alte Kunstgegenstände, Textilien, Möbel, Schmuck, Skulpturen. In einer Glasvitrine in der Ecke standen kleine Steinfiguren. Sie sahen aus wie Miniaturen jener Figur, die er auf dem Boot gesehen hatte.

Hinter sich hörte er Schritte, er drehte sich um, und eine Frau trat durch den Vorhang zum Hinterzimmer. Sie hatte eine Hochsteckfrisur und ging sehr aufrecht.

»Guten Tag«, sagte Jens.

Sie antwortete ihm mit einem Lächeln.

»Thierry …«, sagte Jens, spürte, dass er diesmal richtig lag.

Sie zögerte, dann drehte sie sich um und verschwand wieder hinter dem Vorhang.

Jens spürte, wie sein Puls schneller schlug. Es dauerte nur ein paar Sekunden, bevor Thierry erschien.

»Du?«

Thierry hatte Aron angerufen, ihm kurz die Situation erläutert und den Hörer an Jens weitergegeben.

Aron hatte gesagt, er solle den Laden verlassen und ein paar Türen weiter in ein Restaurant gehen.

Thierry hielt ihm die Tür auf und zeigte die Straße hinunter.

»Er wartet auf dich«, sagte er.

Trasten stand auf dem kleinen Schild. Jens trat ein und ging zur Bar. Er zählte etwa zehn Menschen an verschiedenen Tischen, bestellte ein Glas Tonic und sah sich um.

Ein paar Minuten später kam Aron durch die Schwingtür zur Küche in den Gastraum, sah Jens und winkte ihn zu sich.

Jens folgte Aron durch die Küche und einen schmalen Flur in ein Büro. Es war klein, es gab nur einen Schreibtisch mit einem Computer, und überall standen halb volle Aschenbecher herum. In der Ecke befand sich ein Stapel Zeitungen, an der Wand lehnte ein gestohlenes altes Verkehrsschild – Halteverbot. Der Wandkalender war schon ein paar Jahre alt.

»Setz dich, wenn du einen Stuhl findest. Arbeitest du hier?«, fragte Aron und setzte sich ebenfalls.

Jens schüttelte den Kopf.

»Nein.«

Er nahm hinter dem Schreibtisch Platz.

»Was hast du auf dem Herzen?«, fragte Aron und lächelte über seine Wortwahl.

Jens sammelte sich kurz.

»Nachdem wir uns getrennt haben, bin ich durch Jütland gefahren und habe bei meiner Oma übernachtet. Ich wachte mit einer Glock im Mund auf, und auf meiner Bettkante saß der große Russe.«

Aron hob eine Augenbraue.

»Er schlug mich bewusstlos und machte sich mit meinen Kisten davon.«

»Mit den Waffen?«

Jens nickte.

»Wer sollte sie bekommen?«

»Ein Kunde.«

»Aber nicht hier in Schweden?«

Jens schüttelte den Kopf.

Aron überlegte einen Moment. »Wusste er, dass Waffen in den Kisten waren?«

»Nein, ich glaube nicht. Er muss auf dem Schiff einen Sender an einer der Kisten befestigt haben, zufällig war es eine von meinen und nicht von deinen.«

Aron blickte auf. »Und wie kann ich dir helfen?«

»Ich brauche meine Ware zurück, ich muss wissen, was du über diesen Michail weißt. Wo er ist, wie ich mit ihm in Kontakt komme.«

Das Restaurant war eigentlich eine Pizzeria, auf deren Fenster die Worte *Bier und Wein* standen. Es war mit dunklen Holzmöbeln ausgestattet, und auf den Tischen lagen hart und dünn die billigsten Papierservietten, die man kaufen konnte.

Er aß eine halbe Pizza, trank dazu vier Bier und drei Gläschen Schnaps. Lars verspürte das dringende Bedürfnis, sich zu betrinken. Er lächelte vor sich hin und begegnete dabei dem Blick des Pizzabäckers hinter dem Tresen. Der sah ihn stirnrunzelnd an.

Mit warmem Gesicht und Tunnelblick fuhr er gegen neun Uhr abends wieder zu Sophies Haus. Er hatte acht Abhörparkplätze, zwischen denen er wechselte, um nicht aufzufallen. Er parkte an Station Nummer vier, stellte den Motor ab, setzte die Kopfhörer auf und lauschte in die Stille hinein.

Nach einer Weile hörte er Schritte in der Küche, dann in der Diele. Die Haustür wurde geöffnet und wieder geschlossen. Er schaltete um zu dem Mikrofon in der Küche und lauschte, ob sie bloß jemandem die Tür geöffnet hatte oder selbst hinausgegangen war. Kein Laut in der Küche, Stille in der Diele, sie hatte die Wohnung verlassen.

Lars startete den Motor und fuhr näher an ihr Haus heran. Er sah ihren Land Cruiser, der ihm den Hügel herab entgegenkam. Lars wendete den Volvo.

Sein Rausch machte es ihm schwer, ihr zu folgen. Doch der abendliche Verkehr war günstig, es waren wenige Autos auf dem Roslagsvägen Richtung Stadt unterwegs. Blinzelnd nutzte er die Fahrbahnmarkierung als Richtlinie.

Er folgte ihr bis nach Vasastan hinein, wo sie vor dem Restaurant Trasten parkte. Lars fand eine Parkbucht und sah im Rückspiegel, wie Hector erschien.

Jens kannte den Mann nicht, der hereinkam, als er und Aron sich unterhielten.

»Ist Carlos hier?«, fragte der Fremde.

Aron schüttelte den Kopf.

»Nein, ich habe ihn nicht gesehen.«

Der Mann überlegte und streckte Jens die Hand entgegen.

»Hector Guzman.«

Jens ergriff sie. Guzman war ein großer Mann. Er hatte ein Bein in Gips, war gut gekleidet und sah auf eine freundliche Weise selbstbewusst aus.

»Jens ist der Mann vom Schiff, von dem ich dir erzählt habe«, erklärte Aron. »Er hat ein Problem, das auch unseres werden könnte.«

»Wie schön, dann kann er unseren Teil ja gleich übernehmen.« Hector lächelte. »Was für ein Problem ist das?«

Jens erzählte die Geschichte vom Einladen in Paraguay bis zu Michails Besuch in Jütland.

»Das ist eine ungute Geschichte.«

Hector überlegte einen Moment, dann blickte er auf.

»Was hat deine arme Oma dazu gesagt?« Auf diese Frage war Jens nicht gefasst gewesen, aber dieser Kerl war ihm auf Anhieb sympathisch.

»Sie kommt schon klar.« Jetzt lächelte auch Jens.

Von der Küche drang Essensgeruch zu ihnen ins Büro.

»Wenn wir dir helfen, deine Sachen zurückzubekommen, kannst du dir aussuchen, ob du uns bar dafür bezahlst oder ob du uns später einen Gefallen tun willst.«

»Und wenn ihr es nicht schafft?«

»Wir schaffen es immer«, sagte Hector.

»Wir müssen zusehen, dass wir Kontakt zu ihnen bekommen«, sagte Aron. »Es ist wichtig, dass sie begreifen, dass die Waffen nicht uns gehören.«

Hector sah Jens an. »Es sind neurotische Leute, mit denen wir es da zu tun haben.« Dann wandte er sich an Aron. »Bist du sicher, dass Carlos nicht hier ist?«

Aron nickte. »Ganz sicher.«

»Gut, Jens«, sagte Hector und schlug sich mit den Handflächen auf die Knie, »war nett, dich zu treffen. Jetzt werde ich mit einer Frau zu Abend essen, die ich sehr mag. Sie hat schon lange genug auf mich gewartet.« Er stand auf und ging zur Tür.

Jens sah ihm hinterher. Im selben Augenblick, in dem Hector die Tür öffnete, schlug ihm das Türblatt entgegen. Hector taumelte. Michail und ein weiterer Mann stürzten herein. Jens konnte noch sehen, wie der Kleinere der beiden Hector einen Schlagstock über den Kopf zog, bevor er selbst durch einen harten Schlag gegen die Kehle zu Boden ging. Michail stürzte sich auf Aron. Es ging alles sehr schnell. Jens schlug seinen Kopf gegen den des anderen, deckte ihn mit Schlägen ein und überwältigte ihn. Doch schon war Michail hinter ihm. Er versetzte Jens einen Tritt gegen die Schläfe, dann wurde Jens schwarz vor Augen.

Das Nächste, was er hörte, war ein dumpfes Geräusch. Jemand schüttelte ihn und sagte etwas. Die Worte und Geräusche waren verschwommen, er dämmerte immer wieder in die Bewusstlosigkeit hinüber.

Mit einer Kraftanstrengung schlug Jens die Augen auf. Er hatte furchtbare Kopfschmerzen, und das Licht blendete ihn. Er machte die Augen wieder zu. Jemand schüttelte ihn erneut. Er wollte protestieren, aber das Schütteln war unerbittlich. Er schlug die Augen auf, und was er im grellen Licht sah, überzeugte ihn davon, dass er träumte:

Sophie Lantz hockte neben ihm und rief seinen Namen. Er freute sich, sie zu sehen, er hatte ganz vergessen, wie hübsch sie war. Er lächelte sie an und wollte weiterschlafen. Da erinnerte er sich, dass er auf dem Boden des Büros im Restaurant lag, er hatte wohl einen Teil der Wirklichkeit mit in den Traum genommen.

»Jens?«

Wieder öffnete er die Augen. Sophie saß immer noch vor ihm, Jens versuchte, seinen Blick zu fokussieren.

»Jens, hörst du mich?«

»Sophie?«

Ein Lächeln blitzte in ihrem Gesicht auf. Sie half ihm, sich aufzusetzen, hockte sich neben ihn und las etwas in seinen Augen. Er blickte sie an, er erinnerte sich so gut an diese Augen.

»Was machst du hier?«, fragte er.

»Das spielt jetzt keine Rolle«, antwortete sie.

Dann kam Aron herein. An seiner geplatzten Augenbraue war das Blut getrocknet, er hatte einen blauen Fleck an der Wange und ein Veilchen am rechten Auge.

»Wir fahren«, sagte er knapp.

Jens erhob sich mit wackligen Beinen.

»Hol dein Auto, Sophie. Wir treffen uns auf der Rückseite des Gebäudes«, sagte Aron. »Ich brauche jetzt deine Hilfe, Jens. Sie haben Hector mitgenommen, ich kann ihm aber via GPS folgen. Hast du eine Waffe?«

Jens schüttelte den Kopf.

Aron nahm einen Revolver aus dem Schrank, einen 45er Colt mit kurzem Lauf.

Jens nahm die Waffe und überzeugte sich, dass sie geladen war. Sie liefen zur Hintertür hinaus, die in einen Innenhof führte, dann durch ein Hinterhaus und gelangten auf eine Straße. Sophies Land Cruiser kam mit hoher

Geschwindigkeit auf sie zu und hielt abrupt vor ihnen. Aron öffnete die Beifahrertür.

»Du bleibst hier, Sophie, wir leihen uns für eine Weile dein Auto.«

»Ihr braucht mich«, erwiderte sie. »Wenn ich fahre, habt ihr die Hände frei.«

Aron hatte keine Zeit zu diskutieren und sprang auf den Beifahrersitz. Jens setzte sich nach hinten.

»Die E 4 in nördlicher Richtung«, sagte Aron mit Blick auf das GPS in seinem Handy.

Sophie fuhr Richtung Norrtull und dann auf den Norra Länken. Sobald sie auf der Autobahn waren, beschleunigte sie.

Im selben Augenblick sah sie den Volvo, der ihr schon aufgefallen war, als sie zu Hause aufgebrochen war. Er fuhr ein Stück hinter ihr auf der linken Fahrbahn der sonst leeren Autobahn. Im Rückspiegel sah sie ihn näher kommen.

Sophie wechselte auf die rechte Spur, sie war auf Höhe der Abfahrt Hagapark. Als sie schon fast an der Ausfahrt vorbei war, riss sie im letzten Augenblick das Lenkrad herum und beschleunigte wieder. Der Volvo raste geradeaus. Sie konnte noch einen Blick auf den Fahrer erhaschen. Er kam ihr bekannt vor.

Aron blickte von seinem GPS auf.

»Was machst du?«, rief er.

»Entschuldige, ich dachte, ich wäre auf der falschen Spur!«

Sie fuhr auf die Anhöhe und hätte geradeaus weiterfahren müssen, um wieder auf die Autobahn zu kommen, stattdessen bog sie links auf den Frösundaleden Richtung Solna ab.

»Sophie?!« Aron klang aufgebracht.

»Entschuldige, entschuldige … Ich musste doch wenden!«

Sie wirkte nervös. Aron sah sie an und versuchte zu verstehen, was sie vorhatte. Sie fuhr einmal um das Rondell herum und dann zurück auf die Autobahn.

Es hatte funktioniert. Der Volvo hatte die nächste Abfahrt bei Frösundavik genommen, gewendet und war wieder auf die Autobahn gefahren. Sie sah ihn auf der Gegenfahrbahn, auf dem Weg zurück in die Stadt. Sie schaute nicht auf den Fahrer und erhöhte noch einmal das Tempo.

Wäre sie vernünftig gewesen, wäre sie wohl vorhin ausgestiegen, ohne sich weiter einzumischen. Aber ihre Vernunft war gerade ganz woanders. Sie hatte sich nur von einem Gefühl leiten lassen, der Sorge um Hector.

Ihr Blick fiel im Rückspiegel auf Jens. Er war älter geworden und etwas größer, als sie ihn in Erinnerung hatte. Er hatte immer noch dieses blonde, zerzauste Haar und war braun gebrannt wie ein großes Kind, das aus den Sommerferien zurückgekommen ist. Er schien nachdenklich und aufgewühlt zugleich. Als hätte er gehört, was sie dachte, schaute er auf und begegnete ihrem Blick im Rückspiegel. Beide fragten sich in diesem Moment wohl dasselbe: Wie waren sie in diese Sache hineingeraten?

»Sie sind westlich von uns, nimm die nächste Ausfahrt«, sagte Aron.

Sophie fuhr von der Autobahn ab auf eine Landstraße, die durch einen Wald führte. Im Dunkeln fanden sie einen Weg, der in den Wald abzweigte. Sophie machte die Scheinwerfer aus und fuhr in absoluter Dunkelheit.

»Halt an.« Aron sah auf seinen Empfänger. »Ich gehe, ihr wartet hier. Lasst die Handys an.«

Er schraubte einen Schalldämpfer auf seine Pistole.

»Ich komme mit«, sagte Jens. »Sie sind auch zu zweit.«

»Nein, du wartest hier, falls einer von ihnen euch entgegenkommt.«

Aron stieg aus und verschwand im Dunkeln zwischen den Bäumen.

Michail war unzufrieden. Klaus Köhler hatte den Spanier zu hart angefasst. Es war ihr Plan gewesen, ins Restaurant zu gehen und in aller Ruhe mit Hector Guzman zu reden und ihm klarzumachen, dass er gegen die Hankes keine Chance hatte. Sie hätten ihn zu den Veränderungen gezwungen, die Ralph wünschte, und wären dann in aller Ruhe wieder verschwunden. Notfalls hätten sie ihn auch vor Ort erschossen. Aber Köhler hatte Hector bewusstlos geschlagen, und sie waren nun gezwungen zu warten, bis er wieder aufwachte.

Sie befanden sich in einem einsamen Waldstück westlich der Autobahn, von Weitem war der Verkehr zu hören.

Dann wachte Hector auf. Er saß an das Auto gelehnt auf dem Boden, war noch ganz benebelt und stellte fest, dass sich der Gips an seinem Bein gelöst hatte.

Köhler stand ein paar Meter entfernt und leerte seine Blase, dabei pfiff er eine Melodie. Hector sah zu Michail auf, der vor ihm stand.

»Die Hankes?«, fragte er. Sein Hals war trocken.

Michail nickte.

»Was wollt ihr?«

»Sie wollen das Kokain, das ihr gestohlen habt, sie wollen Paraguay–Rotterdam behalten, die ganze Organisation. Am besten, ihr fügt euch. Sie wollen außerdem den Namen desjenigen, der Christians Auto samt Freundin in die Luft gejagt hat. Und sie wollen wissen, warum ihr Waffen kauft.«

»Ganz schön viel auf einmal.«

Michail schwieg, und Hector musterte ihn ausgiebig.

»Hast du mich überfahren?«

Michail antwortete nicht.

»Natürlich warst du das«, sagte Hector und zog einen Zigarillo aus seiner Brusttasche. »Dann warst du das auch in Rotterdam? Wer bist du? Hankes kleine Hure?«

Hector zündete den Zigarillo an und nahm ein paar Züge. »Du scheinst so dumm zu sein, wie du aussiehst. Du hast die falschen Kisten nach Dänemark verfolgt. Der Mann mit den Kisten hat nichts mit uns zu tun.«

»Das ändert nichts an der Situation«, sagte Michail. »Gib mir, was ich haben will, dann hauen wir hier ab.«

Hector schüttelte den Kopf. »Leider nein, du bietest mir das schlechteste Geschäft an, das mir je untergekommen ist.«

»Ich biete dir gar nichts an. Ich befehle es dir.«

Hector erwiderte Michails Blick. So etwas wie ein Lächeln erschien auf seinen Lippen. »Was würdest du denn zu so einem Vorschlag sagen?«

Michail antwortete nicht. Hector schaute zu Boden und drückte den Zigarillo aus. »Ich kann euch anbieten, zu uns zu wechseln. Ihr bekommt das Doppelte von allem, was ihr von den Hankes bekommt.«

Michail antwortete nicht. Stattdessen nickte er Köhler zu, der zum Auto ging, die SIG Sauer herausnahm und durchlud. Er richtete die Pistole auf Hector.

Hector sah zu dem großen Mann auf. Ein Windstoß fuhr durch die Laubbäume über ihm.

»Fahr zur Hölle«, sagte Hector leise.

Das metallische Klicken, das darauf folgte, war unmissverständlich. Dreimal hintereinander. Lauter als im Film, aber dennoch dieses klickende Geräusch. Hector spürte das Pfeifen der Kugeln, die von schräg hinter ihm kamen, und sah, wie eine von ihnen Köhler in den Bauch traf. Er ließ die Pistole fallen und schrie in einer Mischung aus Verwunderung und Panik. Im selben Augenblick trat Aron aus dem Wald heraus.

»Zurück«, rief er, die Waffe auf Michail gerichtet. Er rannte zu Klaus und hob dessen Pistole auf. Dann befahl er Michail, sich hinzuknien. Michail gehorchte, und Aron trat ihm gegen die Kehle. Dem Russen blieb die Luft weg, er fiel hintenüber und war für einen Moment außer Gefecht gesetzt. Aron durchsuchte ihn und nahm ihm die Waffe ab. Dann ging er zu Hector hinüber und streckte ihm die Hand hin. Hector zog sich hoch.

Er überlegte, was er mit ihnen machen sollte, und schüttelte den Kopf. »Nein, lass sie mit ihrem Misserfolg nach Hause fahren.«

Plötzlich drang das Geräusch eines Motors durch die Nacht. Scheinwerfer erhellten den Wald. Der Wagen näherte sich mit hoher Geschwindigkeit, dann hielt er neben Hector an.

Sophie öffnete die Fahrertür und lief auf ihn zu.

»Ich bin okay«, sagte Hector und führte sie zum Auto zurück. Jens stand neben dem Landcruiser und hielt eine Pistole in der Hand.

»Kannst du fahren?«, fragte Hector ihn, ohne auf eine Antwort zu warten. Jens hielt ihr und Hector die Tür auf.

»Er wird sterben!«, rief Michail ihnen zu.

Sophie blieb stehen und drehte sich zu Michail um, der auf dem Boden kniete.

»Ist jemand verletzt?«, fragte sie.

»Nein, niemand ist verletzt. Wir fahren«, sagte Aron.

Sophie sah Hector an.

»Ja, der Mann auf dem Boden ist verletzt, aber sein Freund wird sich um ihn kümmern. Alles wird gut, wir fahren«, sagte er.

Sophie ließ Hector los und lief zu Köhler.

»Sophie!«

Aron rannte ihr hinterher, während er seine Pistole auf Michail richtete. Sophie hockte sich neben Köhler. Er hielt sich den Bauch, und sie begann, ihn zu untersuchen. Sie bat Michail um seinen Pullover. Michail zog ihn aus und warf ihn ihr herüber. Geübt und ohne sich um seine Schreie zu kümmern, brachte sie Klaus dazu, sich auf den Rücken zu legen.

»Er muss ins Krankenhaus, er verliert Blut. Helft mir, ihn in den Wagen zu tragen.«

Die Männer rührten sich nicht.

»Jetzt helft schon mit, sonst stirbt er!«

Hector wandte sich an Michail. »Wir kümmern uns um deinen Freund, wenn du zu deinem Auftraggeber zurückfährst und ihm ausrichtest, dass er sein Vorhaben aufgeben soll …«

Michail antwortete nicht.

»… und du mir sagst, wo meine Waffen sind!«, fügte Jens hinzu.

Jens und Michail legten Klaus in den Kofferraum. Sophie trieb sie zur Eile an. Sie hockte sich neben Köhler und presste den Pullover gegen seine Schussverletzung.

»Fahrt jetzt endlich!«

Staub wirbelte auf, als sie losfuhren.

Michail wartete noch einen Augenblick, bevor er sich in den Wagen setzte und nach Arlanda fuhr. An einer Tankstelle reinigte er das Wageninnere und ließ es auf dem Mietwagenparkplatz des Flughafens stehen. Die Nacht verbrachte er auf einer Bank in der Abflughalle am Terminal fünf. Er hatte viel Zeit, über alles nachzudenken. Köhler hätte nicht verletzt werden dürfen. Er wusste nicht, ob Guzmans Leute Angst hatten oder einfach skrupellos waren. Sie schossen jedenfalls immer zuerst. Michail fragte sich, wie Ralph Hanke reagieren würde, wenn er mit diesen Nachrichten zurückkam.

»Schneller!«

Sophie schaute auf den blutenden Mann, der hinten im Wagen lag. Sie hatte schon oft Menschen in diesem Zustand gesehen: schwacher Puls, blasses Gesicht – sein Blutverlust war sehr hoch. Wie schwer er verletzt war, konnte sie nicht einschätzen, aber das Blut pulsierte heftig aus seinem Körper. Er würde sterben, wenn er nicht bald Hilfe bekäme. Köhlers Lider öffneten sich, fielen jedoch gleich wieder zu. Sie ohrfeigte ihn kräftig, um ihn wach zu halten. Sie war mit schuld daran, dass ein Mensch sein Leben verlor. Und wofür? Für Hector? Was hier geschah, war das Gegenteil all dessen, was ihr heilig war.

»Jens«, sagte Hector. »Du musst Aron und mich rauslassen, bevor du den Mann ins Krankenhaus fährst.«

Jens nickte.

»Wir müssen das Auto sauber machen. Habt ihr jemanden, der uns helfen kann?«

Hector und Aron wechselten rasch ein paar Worte auf Spanisch. Aron zog sein Handy aus der Tasche. Er nannte nicht seinen Namen, sondern sagte nur, dass das Auto eines Freundes überholt werden müsse. Auch eine neue

Innenverkleidung, speziell für den Kofferraum, werde benötigt.

»Sköndal, Semmelvägen«, sagte Aron zu Jens.

Hector stieg ohne ein Wort aus dem Auto. Aron folgte ihm. Sophie sah, wie sie über den Solna Kyrkvägen gingen, direkt unterhalb des Karolinska-Krankenhauses.

Jens wendete das Auto und fuhr rasch auf das Krankenhaus zu. »Sophie! Wir können ihn nicht begleiten, wir müssen ihn am Eingang der Ambulanz absetzen und sofort abhauen. Okay?«

Ohne zu antworten, überprüfte sie Köhlers Puls.

Jens fuhr auf das Krankenhausgelände. Er fand die Ambulanz, die Pforte war nicht besetzt. Er hupte kräftig.

»Versteck dich«, sagte er und öffnete die Tür.

Sophie ließ Köhler zurück, kletterte über den Sitz nach vorn und kauerte sich in den Fußraum, ihre Kleider waren blutig. Jens lief nach hinten und öffnete den Kofferraum.

Zwei Krankenpfleger kamen im Laufschritt mit einer Trage heran, gefolgt von einer Ärztin. Jens setzte sich hinter das Lenkrad.

»Schusswunde im Bauch«, rief er ihnen zu.

Die Pfleger und die Ärztin zogen den Bewusstlosen aus dem Auto und hoben ihn auf die Trage. Jens legte den Rückwärtsgang ein und fuhr mit offener Kofferraumklappe davon. Als sie außer Sichtweite waren, hielt er an, schloss die Klappe und sprang wieder ins Auto. »Bist du okay?«, fragte er Sophie, die sich auf den Beifahrersitz gesetzt hatte.

»Da!«, rief sie und betrachtete ihre blutigen Hände.

Schweigend fuhren sie durch die Stadt. Er sah zu ihr hinüber. Sophie war blass.

»Er wird es schaffen«, sagte Jens.

Sie antwortete nicht.

»Warum bist du mitgekommen, warum hast du Aron und mich nicht alleine fahren lassen?«

»Kannst du bitte endlich still sein«, sagte sie.

Jens rollte in die kleine asphaltierte Garageneinfahrt. Das Tor öffnete sich, und Thierry winkte sie hinein.

Sophie stieg auf der Beifahrerseite aus. Thierry sah das Blut an ihren Händen und Kleidern.

»Hallo, Sophie. Komm, meine Frau hilft dir.« Thierry untersuchte rasch das Auto. »Das kriegen wir schon hin.«

Die Garage war durch eine Tür mit dem Haus verbunden. Daphne, Thierrys Frau, kam ihnen entgegen.

»Komm, Liebes, ich helfe dir.«

Sie nahm Sophie bei der Hand, führte sie ins Bad und ließ sie allein. Sophie zog die blutverschmierten Kleider aus und ließ sie auf den Boden fallen. Sie drehte den Duschhahn auf und wartete, bis das Wasser lauwarm war, dann stellte sie sich unter den Strahl. Es war weder ein schönes noch ein unangenehmes Gefühl. Es war einfach nur Wasser, das ihren Körper hinablief. Sie seifte sich ein, und das Wasser zu ihren Füßen färbte sich blassrot. Dann zog sie an, was Daphne ihr auf einem Stuhl im Badezimmer bereitgelegt hatte. Die Pulloverärmel waren etwas zu lang, aber sonst waren die Sachen in Ordnung. Sie wischte den Wasserdampf vom Spiegel und betrachtete lange ihr Gesicht.

Jens hatte sich Kleidung von Thierry geliehen, außerdem trug er eine Duschhaube, Gummihandschuhe und Schuhüberzieher. Er wischte das Armaturenbrett und die Vordersitze ab und reinigte auch sonst alles, was er erreichen konnte. Thierry half ihm.

»War es derselbe Mann wie auf dem Schiff?«, fragte Thierry.

»Ja.«

Thierry tränkte die Ledersitze mit Reinigungsmittel. »Er heißt Michail. Russe. Arbeitet für Ralph Hanke.«

Jens scheuerte gründlich und fragte: »Wer ist eigentlich dieser Hanke?«

Thierry leerte seinen Eimer in einen Abfluss, ging zu einem Waschbecken und füllte ihn neu.

»Ein deutscher Geschäftsmann, mit dem wir Probleme haben.«

»Warum?«

Thierry sah ihn an. »Und wer bist du, Jens?«

Jens brauchte nicht lange über seine Antwort nachzudenken. »Ich bin nur einer, der in etwas reingeraten ist, mit dem er überhaupt nichts zu tun hat. Ich möchte es als Zufall betrachten. Aber jetzt gerade sieht es eher aus wie Schicksal.«

Thierry nickte. Es klopfte an die Tür. Jens sah Thierry fragend an.

»Keine Sorge«, meinte der. Er öffnete das Garagentor. Ein junger Mann im Kapuzenpullover lächelte breit und überreichte ihnen eine zusammengerollte Gummimatte.

»Land Cruiser, wie gewünscht.«

Thierry nahm sie, und der junge Mann verschwand wieder. Man hörte, wie ein frisierter Motor startete.

Thierry entfernte die blutige Matte aus dem Kofferraum. Sie war festgeklebt, und es dauerte eine Weile, bis sie sich löste. Er zog die neue hervor.

»Sie ist etwas kleiner, aber es wird gehen.«

Sophie hörte Geräusche aus der Garage und trank aus der Tasse, die Daphne vor sie hingestellt hatte. Der Tee schmeckte bitter, fast widerwärtig.

Daphne nahm Sophies Hand. Erst zuckte Sophie zurück, sie fühlte sich unwohl und empfand diese Geste als aufdringlich. Aber Daphne ließ sie nicht los, und nach einer Weile fühlte es sich besser an.

»Wie bist du da hineingeraten?«

Sophie hob die Schultern und versuchte zu lächeln.

»Hector ist ein guter Mann«, sagte Daphne. »Er ist wirklich ein guter Mann«.

Sie sah Sophie eindringlich an. Dann ließ sie ihre Hand los und lehnte sich in ihrem Stuhl zurück. Leise, fast flüsternd fuhr sie fort: »Du hast etwas gesehen, das nicht für deine Augen bestimmt war.«

Daphne wirkte plötzlich ernster, als wollte sie Sophie warnen.

Jens und Thierry kamen in voller Montur in die Küche. Wäre die Situation eine andere gewesen, hätte Sophie wohl gelacht.

Der Land Cruiser wirkte wie neu, als sie sich auf den Beifahrersitz setzte. Jens nahm hinter dem Steuer Platz. Sie verließen das Grundstück und fuhren auf die Schnellstraße Richtung Innenstadt.

Jens sah zu ihr hinüber. Sie starrte aus dem Fenster.

»Wir müssen irgendwann mal reden«, sagte er.

»Ja.«

Dann schwiegen sie wieder. Keiner wollte über Belangloses plaudern. Jens fand einen Zettel und schrieb ihr an einer roten Ampel seine Handynummer auf.

»Danke«, flüsterte sie.

Er stieg am Karlaplan aus, und Sophie rutschte auf den Fahrersitz hinüber. Ihr Abschied fiel einsilbig aus.

Albert schlief friedlich in seinem Zimmer. Sie betrachtete ihn eine Weile, dann ging sie nach unten. In der Küche machte sie Licht und blickte auf ihre Hände hinab, sie waren vollkommen ruhig. Sophie horchte in sich hinein. Auch in ihr war alles ruhig. Sie hätte aufgewühlt sein müssen, verängstigt und schockiert über die Ereignisse. Wieder schaute sie auf ihre Hände, sie waren weich und ganz still. Ihr Puls ging regelmäßig. Sie setzte einen Topf mit Wasser auf, holte englischen Tee aus dem Küchenschrank, stellte sich ans Fenster und wartete darauf, dass das Wasser kochte.

Sie sah dasselbe wie immer, die Straßenlaterne, die die Straße erleuchtete, und die Lampen vor den Eingangstüren der Nachbarn. Alles war wie immer, aber sie fühlte sich nicht mehr zu Hause. Nichts, was sie sah, schien ihr mehr vertraut.

10

Zu Hause zog Jens sich um und packte seine Tasche. An einer Tankstelle nahm er unter falschem Namen einen Mietwagen und brach nach München auf. Um sich wach zu halten, trank er Energydrinks und rauchte. Er dachte an Sophie Lantz, die jetzt Brinkmann hieß.

Carlos Fuentes hatte zwei Zähne eingebüßt. Seine Augen waren zugeschwollen, und als er versuchte zu antworten, kam nur ein Gurgeln aus seinem Mund.

Er saß auf einem Stuhl im Büro des Trasten. Er hatte geweint und gebettelt. Weder Hector noch Aron nahmen Notiz davon. Als sie an seiner Tür geklingelt hatten, hatte Carlos sofort gewusst, was ihm blühte. Schon auf der Fahrt zum Restaurant hatte er seinen Deal mit Roland Gentz gestanden. Mit dem Handrücken wischte Carlos sich jetzt das Blut vom Mund.

»Du gestehst mir zu schnell, Carlos.«

Carlos atmete schwer. »Aber ich sage die Wahrheit, Hector!«

Aron reichte Carlos ein Handtuch, damit er sich das Gesicht abwischen konnte.

»Warum hast du das getan, Carlos?«, fragte Hector.

»Weil er gedroht hat, mich zu töten«, antwortete Carlos panisch.

»Und das hat genügt?«

Carlos schwieg.

Hector sprach leise auf ihn ein: »Carlos, du verrätst mich und lockst mich in eine Falle. Mit wem hast du über mich geredet?«

Carlos bebte am ganzen Körper. »Mit niemandem, Hector, ich schwöre es dir … Er hat mir Geld gegeben.«

»Wer? Gentz?«

Carlos nickte, ohne Hector anzusehen, und wischte sich mit dem Ärmel den Rotz aus dem Gesicht.

»Wie viel?«, fragte Hector.

»Einhunderttausend.«

»Einhunderttausend? Kronen?«

Carlos blickte zu Boden.

»Die hättest du auch von mir bekommen! Du bist so ein verdammter Idiot, Carlos!«

»Ich hatte Angst, der war so scheißkalt. Es ging mir natürlich nicht um Geld … Ich hatte keine Wahl, er hat die Hunderttausend einfach in einer Plastiktüte bei mir liegen gelassen!«

Hector und Aron sahen Carlos fragend an.

»Warum hast du uns nicht gewarnt?«

Carlos antwortete nicht.

Hector lehnte sich auf seinem Stuhl zurück. »Carlos?«

»Ich weiß nicht«, murmelte er.

Hector überlegte. »Wir machen weiter, als wäre nichts geschehen«, entschied er dann. »Wenn du mir noch mehr zu sagen hast, dann bitte jetzt.«.

Carlos schüttelte den Kopf.

Hector fragte sich, ob er zu nachsichtig war und er das

nicht eines Tages bereuen würde. Er stand auf und ging hinaus. Aron folgte ihm.

»Danke«, sagte Carlos heiser.

Hector sah sich nicht nach ihm um.

Aron fuhr Hector durch das nächtliche Stockholm nach Hause. Hector sah aus dem Fenster. Sie waren auf der Hamngatan. Es dämmerte bereits. Hector versuchte, klar zu denken. »Dieser Carlos«, seufzte er.

Aron parkte den Wagen am Skeppsbrokajen.

»Ich werde jetzt was trinken, willst du mir Gesellschaft leisten?«, fragte Hector ihn.

Aron schüttelte den Kopf. »Nein, aber ich komme noch mit bis zur Tür.«

Sie gingen die Brunnsgränd entlang und bogen nach rechts auf die Österlånggatan ab. Aus einer Wohnung über ihnen drangen Musik und Gelächter.

»Hector«, sagte Aron leise.

»Ja.«

»Die Krankenschwester.«

Sie gingen ein paar Schritte.

»Was ist mit ihr?«

Aron warf ihm einen kurzen Blick zu. Ach komm, tu nicht so, hätte er beinahe gesagt.

»Alles in Ordnung, sie ist keine Gefahr«, sagte Hector.

»Woher weißt du das?«

Hector antwortete nicht.

»Sie ist intelligent«, sagte Aron.

»Ja, das stimmt.«

Aron suchte nach Worten. »Sie ist eine Frau mit eigenen Ansichten und eigenen Moralvorstellungen. Was sie heute Abend gesehen und erlebt hat, wird sie ganz schön aufgewühlt haben. Wenn sie zur Ruhe kommt, wird sie anfangen, sich Fragen zu stellen. Sie wird Richtig gegen Falsch abwägen und Antworten finden. Und dann wird sie handeln, ohne nachzudenken.«

Hector ging weiter, er hatte keine Lust auf dieses Thema.

Sie erreichten den Brända Tomten und blieben auf dem kleinen Platz stehen. Hector sah Aron an. »Du siehst ziemlich mitgenommen aus.«

»Du hast dich dagegen gut gehalten.« Arons Blick fiel auf Hectors schmutzige Kleidung und auf das Bein mit dem gesprungenen Gips. »Aber darum musst du dich kümmern.«

Hector klopfte Aron auf die Schulter und ging zu seinem Treppenaufgang.

Aron wartete unten auf der Straße, bis er sah, dass in der Wohnung im dritten Stock das Licht anging. Dann lief er den gleichen Weg zurück, den sie gekommen waren.

Sophie las die Notiz im Stockholm-Teil der Morgenzeitung. Es war eine dieser Kurznachrichten ganz unten, zwischen Werbung und Annoncen.

In der Nacht von Samstag auf Sonntag wurde in der Notaufnahme des Karolinska-Krankenhauses ein Mann mit einer Schussverletzung eingeliefert. Er wurde noch in derselben Nacht operiert, sein Zustand wird als stabil bezeichnet. Bisher konnte der etwa Vierzigjährige noch nicht von der Polizei vernommen werden. Seine zwei Begleiter sind unerkannt entkommen.

Sophie entspannte sich: Der Mann lebte.

Albert kam die Treppe herunter, und sie blätterte rasch die Seite um.

»Guten Morgen.«

»Guten Morgen«, erwiderte sie.

»Du bist gestern spät zurückgekommen, oder?«

Sie nickte. Er streckte sich nach der Müslidose im Schrank über dem Herd.

»War es denn nett?«

»Ja, war ganz nett«, murmelte sie und versteckte sich hinter ihrer Zeitung. Den Vormittag verbrachte Sophie im Garten. Sie zupfte Unkraut und beschnitt die Rosen, ein paar Leute kamen vorbei und grüßten. Alles war, wie es sein sollte, aber sie konnte die Idylle nicht genießen. Als sie einsah, dass sie sich ausruhen musste, ließ sie die Heckenschere sinken, setzte sich in einen Liegestuhl und ließ die Wärme auf sich wirken. Müdigkeit überkam Sophie, sie schloss die Augen und fiel in einen tiefen Schlaf.

»Hattest du eine gute Reise?« Leszek holte Sonya Alizadeh am Flughafen von Málaga ab. Sie trafen sich am Gate und gingen gemeinsam zum Ausgang.

Leszek hatte draußen bei den Taxen geparkt. Jemand schrie ihn an, dass er dort nicht stehen dürfe. Er ließ sich davon nicht beirren und hielt Sonya die Tür auf. Kurz darauf waren sie auf der Autobahn Richtung Marbella.

Adalberto empfing sie in Hemd und beigefarbenen Leinenhosen. Er war barfuß und braun gebrannt. Das dünne weiße Haar hatte er zurückgekämmt, und an seinem Handgelenk funkelte eine goldene Uhr.

»Willkommen.« Er küsste Sonya auf beide Wangen und führte sie ins Haus.

Das Essen stand schon auf dem großen Tisch in der Mitte des hellen Raumes. Durch das Panoramafenster war das Meer zu sehen.

»Wie ist es gelaufen?«, fragte er, während er seine Serviette entfaltete.

Sonya nahm einen Schluck aus ihrem Wasserglas. »Gut, glaube, ich. Alles ist vorbereitet, die Wohnung ist ausgeräumt, ich habe dort nie gewohnt.«

Adalberto aß einen Bissen, dann blickte er zu Sonya auf.

»Ist es in Ordnung für dich, hier zu wohnen?«

Sie nickte.

»Es ist klug von dir, dass du dich von uns bewachen lässt. Man weiß nie, auf welche Gedanken Männer wie er kommen können. Die Gefährlichsten sind doch immer die, die so harmlos wirken.«

Sie sagte nichts dazu, hielt seine Einschätzung aber nicht für abwegig. Schließlich kannte sie Svante Carlgren, sie hatte ihn unzählige Male in sich ertragen.

Sonya fühlte sich erschöpft und war dankbar, dass sie eine Zeit lang nicht als Hure arbeiten musste, obwohl das ihre eigene Entscheidung gewesen war. Ihr Vater Danush war Heroinschmuggler gewesen. Kurz nach dem Sturz des Schahs war er aus Teheran geflohen und Adalbertos Geschäftspartner geworden. Die Familien waren eng befreundet gewesen, und als Einzelkind verbrachte Sonya viele Sommerferien bei den Guzmans in Marbella. Sie war wie ein viertes Kind für die Familie. Ende der Achtzigerjahre wurden ihre Eltern in der Schweiz ermordet. Sie flüchtete sich nach Asien und in die Drogen, die sie zeitweise ihren Kummer vergessen ließen. Es war Hector, der sie dort aufspürte und nach Hause brachte. Adalberto und Hector ließen sie bei sich in Marbella wohnen und halfen ihr, wieder zu sich zu finden. Einige Zeit später zeigte Hector ihr das Foto dreier getöteter Männer. Sie lagen auf dem weißen Fliesenboden einer Rasthaustoilette in Süddeutschland. Sie hatten Schussverletzungen in Kopf, Bauch, Brust, Armen und Beinen, waren regelrecht von Kugeln durchsiebt. Diese Männer hatten zur kalabrischen Mafia gehört und Sonyas Eltern ermordet. Mit Genugtuung hatte sie das Foto betrachtet. Sonya wollte Hector und Adalberto etwas zurückgeben, für alles, was sie für sie getan hatten. Als sie Hector von ihrer Idee, als Hure für sie zu arbeiten, erzählte, lehnte er zunächst ab und sagte, sie sei ihnen nichts schuldig. Aber sie blieb hartnäckig und setzte ihren Willen schließlich durch. Vielleicht war Svante Carlgren eine Art Gegenleistung, durch die sie ihre Schuldgefühle loswerden konnte.

Sonya mochte Hector und Adalberto, aber sie wusste auch, dass die Männer in ihrem Leben sich letztlich nicht besonders voneinander unterschieden, auch wenn der Mann vor ihr gerade versuchte, das Gegenteil zu beweisen.

Adalberto sah sie an und schien ihre Gedanken zu lesen.

»Du bekommst von mir, was du willst. Du musst mir nur sagen, was du brauchst, um wieder zurückzufinden in unser Leben. Du wirst nie mehr Männer wie Carlgren treffen müssen.«

Er lächelte, und sie gab ihm ein Lächeln zurück.

Schweigend aßen sie weiter.

11

Gunilla sah Anders fragend an. »Sag das noch einmal.«

»Nach Hector und der Krankenschwester sind zwei Männer in das Restaurant gegangen. Hector ist nicht wieder rausgekommen, die Krankenschwester aber schon. Lars ist ihr gefolgt.«

»Und die Männer?«

Anders zuckte mit den Schultern. »Weg, verschwunden. Ich bin eine halbe Stunde später reingegangen, aber da war keiner mehr. Es gibt eine Hintertür zum Innenhof, durch die müssen sie das Restaurant verlassen haben.«

»Und dann?«

Anders schüttelte den Kopf. »Nichts. Ich bin nach Hause gefahren.«

Sie saßen auf einer Parkbank im Humlegården. Die Leute um sie herum genossen die sommerliche Wärme, Anders war der Einzige, der eine Jacke trug.

»Also, Sophie und Hector kamen zu dem Restaurant und gingen hinein, zwei Männer hinterher. Was hast du gesagt, wie lange hat es gedauert, bis Sophie wieder herauskam?«

»Etwa eine halbe Stunde.«

»Etwa?«

»Ich habe genaue Zeitangaben, aber die habe ich jetzt nicht dabei.«

Gunilla überlegte.

»Und Lars ist ihnen gefolgt?«

Anders nickte. Gunilla nahm ihr Handy aus der Tasche.

»Lars, störe ich gerade? Kannst du jetzt gleich zum Humlegården kommen? Ich danke dir«, sagte sie und legte auf.

Anders lächelte über ihren bestimmten Ton, der Lars gar nicht die Möglichkeit gab, zu antworten oder etwas einzuwenden. Sie sah ihm an, was er dachte.

»Er wird kommen«, sagte sie.

»Ich weiß.«

Dann saßen sie da wie zwei Roboter im Stand-by-Modus und schauten schweigend auf den Park. Irgendwann holte Anders eine Bonbontüte aus seiner Jackentasche und hielt sie seiner Chefin hin. Ohne sich zu bedanken, nahm Gunilla zwei Lakritz, kaute und versank wieder in Gedanken. Plötzlich nahm sie ihr Handy und wählte Eva Castroneves' Nummer.

»Eva, kannst du für mich ein Datum überprüfen?«

Gunilla wartete.

»Samstag, der Fünfte, war es, glaube ich.«

Gunilla warf einen Blick auf Anders, der nickte bekräftigend.

»Überprüf den ganzen Tag, aber besonders den Abend und die Nacht zum Sonntag. Interessant ist vor allem die Gegend um Vasastan. Alles ist wichtig, jede Kleinigkeit. Danke.«

Gunilla beendete das Gespräch. Anders sah sie an, doch Gunilla zuckte mit den Schultern. »Wo soll ich sonst anfangen?«

Er antwortete nicht.

Lars kam über den Kiesweg vom Stureplan her auf sie zu. Gunilla beobachtete ihn. Er bewegte sich steif, als hätte er Rückenprobleme. Menschen mit Schuldgefühlen hatten meistens Probleme mit dem Kreuz, dachte Gunilla.

Als er vor ihnen stand, sah er sie etwas unsicher, fast feindselig an.

»Hallo.«

Gunilla musterte ihn. »Hast du dir die Haare geschnitten?«

Lars fuhr sich mit der Hand über den Kopf. »Nur ein bisschen«, murmelte er.

»Danke, dass du so schnell gekommen bist.«

Lars wartete ab, die eine Hand in der Hosentasche.

»Wenn ich mich richtig erinnere, hast du in deinem Bericht geschrieben, dass Sophie am Samstagabend nach ihrem Besuch im Trasten nach Hause fuhr. Anders sagt aber, dass er dich vor dem Restaurant gesehen hat und du Sophie gefolgt bist, als sie wieder herauskam.«

»Das stimmt. Sie hat ihr Haus gegen elf verlassen und ist zum Restaurant gefahren. Etwa gegen zwölf kam sie wieder heraus. Ich bin ihr bis zum Norrtull gefolgt, dann bin ich nach Hause gefahren. Ich bin davon ausgegangen, dass sie auf dem Heimweg war.«

Gunilla und Anders betrachteten ihn, sie schienen nach Hinweisen auf eine Lüge zu suchen.

Lars kratzte sich im Nacken. »Ist etwas passiert?«, fragte er.

»Ich weiß es nicht. Anders hat zwei Männer ins Restaurant gehen sehen. Hast du die auch gesehen?«

Lars schüttelte den Kopf. »Nein. Oder doch, vielleicht. Die Leute kamen und gingen, das ist ein Restaurant.«

Lars zog ein Halsbonbon aus der Hosentasche und steckte es sich in den Mund. Er sah Gunilla an. »Was ist das hier? Ein Verhör?«

Gunilla antwortete nicht.

Anders sah ihn unverwandt an. »Die Männer kamen nicht wieder heraus. Auch Hector nicht. Es gibt einen Hinterausgang. Als du Sophie gefolgt bist, nachdem sie das Restaurant verlassen hatte, hat sie da irgendwo angehalten?«

Lars schüttelte den Kopf. »Nein.«

Er war vollkommen zugedröhnt gewesen. Er hatte fast überhaupt keine Erinnerungen mehr an diesen Abend, außer der nebelhaften Vorstellung, dass er Sophie ungefähr in Haga aus den Augen verloren hatte. Was dann passiert oder wie er nach Hause gekommen war, wusste Gott allein. Und den konnte er nicht fragen. Das Wichtigste war immer, sich selbst einzureden, dass eine Lüge die Wahrheit war. Dann log man im strengen Sinn nicht und wirkte auch nicht unsicher.

»Sie ist direkt losgefahren. Ich habe die Überwachung abgebrochen, als sie auf die Autobahn fuhr.«

»Welche Strecke hat sie genommen?«

Er konzentrierte sich darauf, nicht von einem Bein auf das andere zu treten, und stellte sich die Situation genau vor.

»Vom Odenplan ist sie links in den Sveavägen abgebogen, dann ist sie den Sveavägen runter, über das Rondell und auf die E 4 Richtung Norden.«

»Warum nicht Roslagstull und Roslagsvägen? Das ist doch viel näher für sie.«

Lars zuckte mit den Achseln. »Was weiß ich.«

»Warum bist du ihr nicht bis nach Hause gefolgt?«

Lars lutschte an dem Halsbonbon, das gegen seine

Zähne klackte. »Es war spät und wenig Verkehr. Ich musste vorsichtig sein.«

»Danke, Lars«, sagte Gunilla nach einer Weile. »Danke, dass du dir die Zeit genommen hast, hierherzukommen.«

»Und?« Lars sah sie beide an. »Ist was passiert?«

»Es ist nichts passiert. Ich konnte nur den Ablauf dieses Abends nicht richtig nachvollziehen.«

»Und was macht Anders hier?«

Lars sprach mit Gunilla, ohne Anders eines Blickes zu würdigen. »Ihr braucht mich nicht zu kontrollieren, Gunilla«, erklärte er leise.

Sie wunderte sich über seinen Zorn. »Nein, Lars, das tun wir auch nicht. Anders hilft uns bei der Identifizierung der Leute rund um Hector, ihr wart zufällig zur selben Zeit am selben Ort. Weil ich mir den Abend nicht richtig vorstellen konnte, habe ich dich um ein Gespräch gebeten. Aber du hast deinem Bericht nichts hinzuzufügen, also ist alles so, wie es sein soll. Danke, Lars. Setz die Überwachung fort.«

Lars drehte sich auf dem Absatz um und ging den gleichen Weg zurück, den er gekommen war. Nur mit Müh und Not war es ihm gelungen, die Kontrolle nicht zu verlieren, innerlich zitterte er vor Angst und Zorn.

Gunilla und Anders blieben schweigend sitzen, bis Lars verschwunden war.

»Was sagst du?«, fragte sie.

Anders überlegte. »Ich weiß nicht. Ich weiß es wirklich nicht. Er scheint nicht zu lügen.«

»Aber?«

Anders starrte auf den Park.

»Er ist ja von Natur aus eher unsicher. Heute erschien er mir zu sicher, als hätte er einen Trick gefunden, um etwas vor uns zu verbergen.«

Gunilla erhob sich. »Fahr mich auf die Wache. Und behalte ihn für eine Weile im Auge.«

Gunilla saß vor Eva Castroneves' Schreibtisch. Eva sammelte ihre Unterlagen zusammen und suchte, bis sie das Richtige fand.

»Samstag. Nichts Auffälliges in Vasastan, außer ein paar Schlägereien, einem Diebstahl im Seven-Eleven auf dem Sveavägen, einer Überdosis im Guldhuset im Vasapark, gestohlenen Autos, Vandalismus … Ein ganz gewöhnlicher Samstag. Das Einzige, was heraussticht, ist ein bislang nicht identifizierter Mann mit Schusswunde, der gegen ein Uhr nachts im Karolinska abgeliefert wurde.«

»Wer könnte das sein?«

Eva drehte sich zu einem ihrer Rechner um und tippte etwas in die Tastatur. Sie las vom Bildschirm ab: »Name noch nicht bekannt. Er hat Deutsch gesprochen, das hat das Krankenhauspersonal der Polizei vor Ort gesagt. Mehr haben wir nicht, er ist wahrscheinlich immer noch bewusstlos.«

»Er wurde abgeliefert, sagst du?«

Eva nickte. »Ja, von einem Pkw.«

Gunilla und Anders standen am Krankenhausbett des immer noch bewusstlosen Klaus Köhler.

»Keine Ahnung. Kann sein, dass es einer von denen war, und wenn, dann der Kleinere von beiden.«

Gunilla wartete. Anders ließ sich Zeit. Er betrachtete Köhler. Allmählich wurde Gunilla ungeduldig.

»Anders?«

Er warf ihr einen kurzen, irritierten Blick zu. »Ich weiß es nicht. Können wir ihn aufsetzen?«

Schläuche, Infusionen und zahlreiche Kabel verbanden den Mann mit den Geräten neben seinem Bett. Gunilla bückte sich und schaute unter das Bett.

»Ich glaube, man kann das Kopfteil hochfahren.«

Anders fand ein Pedal und trat mit dem Fuß darauf. Die Hydraulik setzte sich in Gang, doch statt nach oben fuhr das Bett ruckartig nach unten. Dabei rutschte die Infusionsnadel heraus, die in Köhlers Hand steckte. Ein Apparat fing an zu piepen.

»Scheiße.«

Anders griff nach der Nadel und schob sie zurück unter die Haut. Das Piepen wurde lauter. Endlich fand er das richtige Pedal. Klaus Köhlers Oberkörper hob sich langsam. Je aufrechter er saß, desto mehr Lärm verursachten die Maschinen. Die Sinuskurve auf einem Display schlug heftig aus. Anders schaute Klaus Köhler konzentriert an. Schließlich ging er hinaus. Gunilla folgte ihm. Die Apparate piepten noch immer durchdringend, als die Tür sich hinter ihnen schloss.

»Und?«, fragte Gunilla.

Eine Krankenschwester kam ihnen über den Flur entgegengerannt.

»Vielleicht oder sogar wahrscheinlich. Siebzig Prozent, würde ich sagen.«

Wenig später saß Gunilla auf einem Betonblumenkasten vor dem Krankenhaus, das Handy am Ohr, und stellte freundliche Fragen an Sophie, die ihr freundlich antwortete.

»Aber wollten Sie nicht zusammen essen?«

»Daraus wurde nichts. Hector musste zu einem dringenden Termin, also bin ich nach Hause gefahren.«

Anders stand ein Stück entfernt. Er vertrieb sich die Zeit, indem er versuchte, mit Kieselsteinen in einen Aschenbecher zu treffen. Das Geräusch nervte Gunilla.

»Ist etwas passiert?«, fragte Sophie.

»Nein. Ich wundere mich nur über ein paar Details, die etwas unklar sind.«

Sophie schwieg.

»Wissen Sie, mit wem er sich getroffen hat?«

»Nein, keine Ahnung.«

Anders traf den Aschenbecher einige Male. *Pling, pling, pling.*

»Sind Sie sich sicher?«

»Ja. Was ist los, Gunilla?«

Mit dem Handy in der Hand saß Sophie da und starrte auf das Wachstuch des Kaffeetisches im Personalraum. Das Gespräch mit Gunilla hallte in ihr nach. Sie versuchte sich zu erinnern, was sie gesagt hatte und wie das Gespräch verlaufen war. Hatte sie etwas verraten? Ihre Gedanken rotierten.

Wieder klingelte das Handy in ihrer Hand. Sie schaute nicht auf das Display, bevor sie abnahm.

»Hallo?«

Aron war kurz angebunden und sagte, dass er sie treffen wolle. Sie fragte, ob Hector dabei sei.

»Nein«, erklärte er knapp.

Plötzlich fühlte sie sich unwohl. Er sagte, sie solle draußen vor dem Krankenhaus auf ihn warten, wenn ihre Schicht zu Ende sei. Er würde sie abholen.

»Ich kann nicht«, antwortete sie.

»Doch, du kannst«, sagte Aron und legte auf.

Er blieb hinter dem Lenkrad sitzen und sah sie nicht an, als sie die Tür öffnete und sich auf den Beifahrersitz setzte.

Aron fuhr vom Wendeplatz und in Richtung Autobahn.

»Wo fahren wir hin?«, fragte sie.

Er antwortete nicht, und sie wiederholte ihre Frage.

»Wir fahren und reden … Frag nicht weiter.«

Sie fuhren eine Weile, es kam ihr vor wie eine Ewigkeit.

»Was ist los, Aron?«, flüsterte sie.

Aron antwortete immer noch nicht, er schien sie weder zu hören noch zu sehen. Angst stieg in ihr auf.

»Kannst du nicht sagen, wohin wir fahren?«, bat sie.

Bestimmt konnte er hören, wie verängstigt sie war, und vielleicht hatte er genau das auch beabsichtigt.

Nach einer Weile fuhr er von der Autobahn ab. Ein Schild tauchte auf. Sjöflygvägen, las sie. Er fuhr weiter in Richtung Wasser, fand eine abgelegene Stelle und machte den Motor aus. Stille.

Aron sah sie nicht an. »Du wirst dir bald Fragen stellen zu diesem Abend. Und wenn du keine Antworten findest, wirst du deine Fragen mit jemandem teilen wollen.«

Sie schwieg.

»Tu das nicht«, sagte er eindringlich.

Sophie blickte auf ihren Schoß hinunter und dann aus dem Fenster. Das Wasser des Sees glitzerte in der Sonne.

»Weiß Hector von diesem Gespräch?«, fragte sie.

»Das spielt keine Rolle«, erwiderte er.

Sie spürte, wie ihr Herz schlug und der Sauerstoff im Auto knapper zu werden schien.

»Drohst du mir, Aron?«

Jetzt sah er sie an.

Die Angst, die sie empfand, materialisierte sich plötzlich, und dicke, schwere Tränen liefen ihr über die Wangen. Sie räusperte sich und wischte sie mit dem Ärmel weg. »Soll ich das hier ernst nehmen?«

Sie wusste nicht, warum sie das fragte, vielleicht weil sie wissen wollte, ob er einen Funken Menschlichkeit in sich hatte.

»Ja«, sagte er leise.

Sie merkte, dass ihre Arme zitterten. Und ihr Hals schmerzte, das Unwohlsein schien sich in ihrer Kehle festgesetzt zu haben. Sophie wandte sich von Aron ab. »Können wir in die Stadt zurückfahren?«

»Wenn du mir versicherst, dass du verstanden hast, was ich dir gesagt habe.«

Sophie starrte aus dem Fenster.

»Ich habe es verstanden«, sagte sie tonlos.

Aron beugte sich vor und startete den Motor.

12

Hasse Berglund stand in einem Hamburgerrestaurant in der Schlange. Es war Mexikotag. Die Idioten hinter der Theke trugen kleine Plastiksombreros. Er bestellte einen dreifachen Burger mit allen Extras, dazu zwei Schachteln Pommes frites, Limonade und eine Apfeltasche. Hasse setzte sich, die Schlemmerei konnte beginnen. Er machte große Bissen und atmete dabei heftig durch die Nase.

Ein paar Tische weiter saß eine Gruppe Kanaken im Teenageralter. Schwarzhaarig und blass, mit leichtem Flaum auf der Oberlippe und in schwarzen Trainingsanzügen, strotzten sie vor Hormonen, waren laut und übergriffig. Zwei von ihnen fingen im Sitzen an zu rangeln. Sie schrien und verschütteten Eis und Limonade auf dem Boden.

Hasse sah zu ihnen hinüber. Er konnte nicht verstehen, warum sie so blass waren, wenn sie aus einem südlichen Land kamen. Dort schien doch ständig die Sonne.

Er blinzelte. Ein Milkshake wurde umgestoßen und rann über die Tischkante. Einer der Jungen schrie, als er das Zeug auf seine Trainingshose bekam. Ein anderer fing an, lauthals zu schimpfen, und ein Dritter bewarf seine Kameraden mit Eiswürfeln.

Hasse kaute mit vollen Backen und betrachtete die Szene. Einer wurde jetzt richtig wütend. Er schrie etwas in einer fremden Sprache. Bald schrien alle durcheinander. Hasse schloss die Augen. Vor achtzehn Monaten hatten er und seine Kollegen von der Stockholmer Polizei auf dem Norra Bantorget einen jungen Libanesen zusammengeschlagen. Seine Kollegen hatten gewusst, wann sie aufhören mussten, Hasse nicht. Sie hatten ihn weggezogen. Hasse hatte sich beruhigt, hatte gezeigt, dass er wieder bei Sinnen war. Die Kollegen lockerten ihren Griff, Hasse riss sich los und platzierte diesen letzten, schönen Tritt. Der Junge war drei Tage lang bewusstlos. Die Ärzte diagnostizierten gebrochene Rippen, innere Blutungen, einen zertrümmerten Kiefer und ein gebrochenes Schlüsselbein. Hasses Kollegen beteuerten vor Gericht seine Unschuld. Zwei Schöffen verschlossen die Augen, und der Richter war Kumpel mit allen im Saal, außer mit dem Jungen. Ein bärtiger Arzt bezeugte, dass es *nicht unmöglich sei*, dass der Junge sich die Verletzungen selbst zugezogen hatte, und dessen Anwalt, der in Gedanken schon bei der nächsten Gerichtsverhandlung war, stellte wenig durchdachte Fragen. Hasse wurde freigesprochen, der Junge war für sein Leben gezeichnet.

Aber Hasses Chef hatte endgültig genug gehabt. Er stellte ihn vor die Wahl, seinen Posten bei der städtischen Polizei gegen einen Job am Flughafen oder *scheißegal wo* einzutauschen.

Hasse hatte den Flughafenjob angenommen und versucht, seinen Gesichtsverlust zu verdrängen – ohne Erfolg. Eine Ewigkeit hatte er in Arlanda gesessen und all den Schokowichteln und Hottentotten zugehört, die mit kuriosen Einfällen und blödsinnigem Gequatsche versuchten, ins Land zu kommen und Sozialhilfe zu erschleichen, um dann auf irgendeiner verfluchten Bank zu sitzen und Kat zu kauen.

Doch eines Tages hatte das Telefon geklingelt und eine Kriminalbeamtin, Gunilla Strandberg, hatte erklärt, dass sie sich zusammen mit zwei Kollegen gern mit ihm treffen wolle. Hasse verstand gar nichts mehr. Aber alles war besser als der Flughafen.

Die Jugendlichen schrien, Hasse schluckte sein Essen herunter, ging zu ihnen hinüber und zog seinen Dienstausweis hervor. Er atmete ein paarmal tief durch, dann nahm er eine seiner Pommes-frites-Schachteln und warf sie mit aller Kraft auf die Jungen. Sie traf einen von ihnen an der Wange, zwei andere bekamen die Pommes ab. Die Jugendlichen wurden still und starrten Hasse an, der nun wieder an seinen Tisch zurückging. In dem Moment betraten Anders Ask und Erik Strandberg das Lokal. Sie traten an Hasses Tisch.

»Sie müssen Hasse Berglund sein«, sagte Erik.

Hasse sah die beiden an und nickte.

»Ich bin Erik, und das hier ist Anders.«

Erik setzte sich mit einem Seufzen. Er hatte Fieber. Kalter Schweiß stand ihm auf der Stirn, er verspürte einen ständigen Druck im Kopf, und sein Mund war trocken.

»Du warst vorher bei der Stockholmer Polizei?«, fragte Erik und atmete schwer, der hohe Blutdruck setzte ihm zu.

»Jepp.«

»Jetzt bist du in Arlanda?«

»Ja«, bestätigte Hasse kurz angebunden.

Erik hustete in seine Armbeuge. Hasse trank seine Limonade mit dem Strohhalm und schaute Erik und Anders an.

»Du hast mit Gunilla gesprochen, sie hat dir von unserem Projekt erzählt. Wir wollten dich treffen«, sagte Anders.

»Von dir habe ich gehört, Erik, aber nichts von einem Anders«, erwiderte Hasse.

»Anders ist Consulter«, sagte Erik.

»Und was macht ein Consulter so?«

»Konsultieren«, erklärte Anders.

Hasse fand noch ein Pommes-frites-Stäbchen auf dem Stuhl zwischen seinen Beinen und aß es auf.

»Und Strandberg?«, fragte Hasse. »Du heißt auch so. Ist Gunilla deine Alte, oder was?«

Erik musterte Hasse. »Nein«, antwortete er.

Hasse Berglund wartete ab, aber mehr kam nicht von Erik.

»Ja, ja, ist ja auch egal. Ich bin froh, dabei sein zu können, denn darum geht es doch wohl? Ein Jobangebot?«

»Ich glaube, ja. Was sagst du, Anders?«

Anders antwortete nicht. Hasses Blick sprang zwischen ihnen hin und her.

»Ich sitze auf einem scheiß Flughafen, ich muss da weg, bevor ich jemanden erschieße. Ich bin flexibel, das habe ich Gunilla gesagt.«

Erik versuchte, eine bequeme Position auf dem harten Plastikstuhl zu finden. Rasselnd hustete er ein paarmal.

»Wir arbeiten in der Gruppe zusammen. Wir stellen Gunillas Entscheidungen nicht infrage, sie hat immer recht. Wenn du nicht verstehst, was deine Rolle in dem Ganzen ist, dann frag nicht, arbeite einfach und halt die Klappe. Bist du dabei?«

Hasse trank seine Limonade aus, das Eis klackte auf dem Boden des Bechers.

»Okay«, sagte er.

»Und wenn du Klagen hast, wenn du dich ungerecht

behandelt fühlst oder rumnörgeln willst, dann fliegst du achtkantig raus.« Erik beugte sich vor, griff nach Hasses Apfeltasche und nahm einen großen Bissen. Sie war zu heiß, wie immer, und er kaute mit offenem Mund, während er weitersprach: »Wir arbeiten mit einfachen Gleichungen und mögen keine Diskussionen. Wenn du dich gut benimmst, wirst du belohnt.«

Erik schluckte Hasses Apfeltasche herunter. Dann nahm er eine Serviette vom Tisch und trocknete sich den Fieberschweiß von der Stirn. Anschließend schnäuzte er sich lautstark in die Serviette.

»Du wirst in Kürze zu uns versetzt. Halt die Klappe, und sprich nicht mit anderen Kollegen darüber, sei einfach nur scheißdankbar, okay?«

»Verstanden, over«, sagte Hasse in echter Fernseh-Cop-Manier, hob den Daumen und grinste schief.

Erik sah ihn fest an. »Und keine scheiß Albernheiten mit mir!«

Damit stand er auf und verließ das Lokal. Anders machte ein unschuldiges Gesicht und folgte ihm.

Nach dem Treffen mit Gunilla und Anders zitterte Lars am ganzen Körper. Die Tabletten funktionierten nicht so, wie sie sollten. Gunilla und Anders waren Komplizen … Sie waren etwas auf die Spur gekommen und ließen ihn nicht mitmachen. Sie vertrauten ihm nicht.

Er beeilte sich, nach Hause zu kommen, holte die Rezepte, die er bei Rosie hatte mitgehen lassen, und fuhr zur nächsten Apotheke. Die Warteschlange war lang. Als er endlich an der Reihe war, fing die Apothekentussi an, Fragen zu einem der Präparate zu stellen. Hektisch kratzte er sich an der Wange. Er antwortete kurz angebunden, er sei Rosies Sohn und wolle die Sachen nur abholen.

Als er wieder zu Hause war, sah er in einem medizinischen Nachschlagewerk nach. Lyrica war eine richtige Pralinenschachtel: Es half gegen epileptische Anfälle, Neuropathologien und Angstattacken. Rosie nahm die Tabletten für ihre Nerven. »300 mg«, stand auf der Packung, das war die höchste Dosierung. Er nahm zwei und schluckte sie mit dem abgestandenen Wasser aus einem Glas auf dem Schreibtisch. Das zweite Rezept war für ein Nasenspray gewesen, das hatte er in den Papierkorb geworfen. Das dritte, das etwas anders ausgesehen hatte als die anderen und zu dem die Apothekerin ihn befragt hatte, war ein Rezept für Tramadol. Auch das schlug er nach. *Suchterzeugendes Mittel. Unterliegt der Betäubungsmittelverordnung und darf nur auf besondere ärztliche Verordnung hin eingenommen werden.*

Er war ohnehin schon süchtig, und in Lars' Gehirn formte sich der Gedanke, dass die Tabletten dann ja für ihn nicht mehr gefährlich sein konnten. Er las weiter, Tramadol war so etwas wie Morphium und wurde gegen sehr starke Schmerzen eingenommen. Sehr starke Schmerzen?

Er riss das Paket auf. So ein Mist, Zäpfchen! Aber in der Not ... Lars zog sich die Hose herunter und führte sich ein Zäpfchen ein, dann noch eines und noch eines. Er zog die Hose wieder hoch und ging ins Wohnzimmer. Das Bewusstsein verwandelte sich nach und nach in etwas Weiches und stellte keine Ansprüche mehr. Er ging im Zimmer auf und ab und empfand plötzlich eine große Dankbarkeit für all das, was sein Leben ausmachte. Alles rückte an seinen Platz, alle Gefühle waren dort, wo sie sein sollten, eingekapselt und sicher, sodass sie keinen Laut von sich geben oder Fragen stellen konnten, die ihn verletzen würden. Er setzte sich in eine Ecke, sogar das Parkett fühlte sich weich an. Lars legte sich auf den Boden und hatte das Gefühl, auf einem watteweichen Wasserbett zu liegen. Er ließ den Blick über das Parkett gleiten. Es war so fein und von einer komplexen Schönheit. Wer hätte gedacht, dass ein Boden so schön sein konnte.

Er lag da und genoss es, alles zu begreifen und doch nicht fassen zu können. Als die Wirkung der Medikamente langsam nachließ, legte er nach. Die Welt wurde für einen Moment bunt und interessant, seine Finger redeten miteinander und erklärten ihm das eigentliche Verhalten der Natur, das drei Schritte hinter den Gesetzen der Physik lag und zwei Schritte hinter Gottes Schöpfung … Dann schlief Lars ein.

Das Klingeln des Weckers klang wie Fliegeralarm. Stunden waren verstrichen, und das Gefühl der Leere hatte sich zu einem großen schwarzen Loch ausgeweitet, das alles Licht aus seinem Universum schluckte. Lars erhob sich auf wackligen Beinen und legte einen Zufallsmix aus Tabletten nach. Das schwarze Loch verschwand, und das Leben wurde wieder erträglicher.

Als Lars einigermaßen klar war, fuhr er nach Stocksund. Alle Radiosender spielten gute Musik, er wippte dazu im Takt mit dem Fuß. Nachdem er geparkt hatte, setzte er den Kopfhörer auf, machte es sich auf dem Autositz bequem und hörte Sophie zu. Er lauschte, wie sie in der Wohnung herumlief, wie sie kochte, mit ihrer Freundin Clara telefonierte und über etwas im Fernsehen lachte.

Gegen halb eins in der Nacht nahm Lars den Kopfhörer ab, setzte sich eine dunkle Mütze auf, öffnete vorsichtig die Autotür und ging zu ihrem Haus.

Er lief über den Asphalt, schlich sich in Sophies Garten und betrat lautlos die Veranda.

Er benutzte wieder den Dietrich, drückte vorsichtig die Klinke der Terrassentür herunter und öffnete geräuschlos die Tür.

Dann stand er im Wohnzimmer. Er lauschte, hörte aber nur seinen eigenen Puls. Langsam und vorsichtig ging er die Treppe zum ersten Stock hinauf. Die Holzstufen knarrten leise. Ein Auto fuhr draußen auf der Straße vorbei. Die Tür zu ihrem Schlafzimmer war angelehnt. Lars stand ganz still, atmete langsam und gleichmäßig, und als sein Atem wieder normal ging, machte er einen Schritt auf den weichen Teppich. Ein feiner Geruch schlug ihm entgegen, dünn und schwach, als schwebte er im Raum wie unsichtbare Seide. *Sophie*. Da lag sie, wie einer Phantasie entsprungen, auf dem Rücken, den Kopf ein wenig schräg auf dem Kissen. Das Haar umrahmte ihr Gesicht, ihr Mund war geschlossen, und ihr Brustkorb hob und senkte sich regelmäßig. Die Decke hatte sie bis zum Bauch hochgezogen, sie trug ein Nachthemd aus Spitze. Sein Blick folgte den Konturen ihrer Brüste. Sie war so schön. Er wollte sie wecken und es ihr sagen: *Du bist so schön*. Er wollte sich neben sie legen, sie in die Arme schließen und sagen, dass alles gut sei. Sie würde verstehen, was er meinte.

Vorsichtig holte er die Kamera heraus, schaltete Blitz und Ton aus und richtete das Objektiv auf sie. Leise machte er etwa dreißig Porträts von der schlafenden Sophie.

Sie bewegte sich und gab einen Laut von sich. Lars ging langsam rückwärts und verließ lautlos das Zimmer.

Als er sich wieder ins Auto setzte, war er vollkommen außer Atem. Er hatte das Gefühl, mit ihr geschlafen zu haben. Er fühlte sich stark, sicher und glücklich. Er wusste, dass sie das Gleiche empfand. Sie musste ihn im Schlaf gespürt haben, in ihrem Traum. Selbstverständlich war es so. Er war ihr rettender Engel, von dem sie nichts wusste, der sie liebte, während sie schlief, und der sie gegen das Böse beschützte, wenn sie wach war. Er nahm noch ein paar Tabletten, die Umgebung färbte sich in einem anderen Ton, seine Zunge fühlte sich dick an, die Geräusche vermischten sich und wurden breiig.

Lars fuhr langsam Richtung Stadt zurück und kam am Naturhistorischen Museum vorbei, das im bleichen Licht der Straßenlaternen lag. Er sah einen großen Pinguin, der ihn fragend anschaute.

Sophie hatte Albträume gehabt. Was darin vorgekommen war, wusste sie nicht mehr, aber sie erwachte mit einem Gefühl von Unbehagen. Sie stand auf, sie hatte viel zu lang geschlafen. Von unten hörte sie den Staubsauger.

Es war lange her, seit sie Dorota zum letzten Mal gesehen hatte. Sie putzte meistens, wenn Sophie im Krankenhaus war. Aber heute hatte Sophie frei und freute sich, Dorota zu sehen. Dorota war nett, sie mochte sie.

Dorota winkte ihr vom Wohnzimmer aus zu. Sophie lächelte zurück und ging in die Küche, um sich Frühstück zu machen.

»Ich kann dich nachher fahren«, rief sie.

Dorota machte den Staubsauger aus. »Was hast du gesagt?«

»Ich kann dich später nach Hause fahren, Dorota.«

Dorota schüttelte den Kopf. »Das brauchst du nicht, ich wohne so weit weg.«

»Nein, tust du nicht. Du sagst das nur immer.«

Dorota saß mit der Handtasche auf dem Schoß neben ihr. Sie waren über die Stocksundbro gefahren und bogen nun auf den Bergshamraleden ab.

»Du bist so still, Dorota. Ist alles in Ordnung mit deinen Kindern?«

»Alles gut, den Kindern geht es gut. Ich vermisse sie, aber es geht ihnen gut.«

Sie fuhren eine Weile schweigend.

»Vielleicht bin ich müde«, sagte Dorota und sah aus dem Fenster.

»Du kannst dir freinehmen, wenn du willst.«

Dorota schüttelte den Kopf. »Nein, die Arbeit macht mir nichts aus. Ich bin nur müde im Kopf – kann man das sagen?«

Dorota versuchte zu lächeln, dann schaute sie wieder nach draußen. Ihr Lächeln verschwand. Sophie sah abwechselnd auf Dorota und auf die Straße.

Dorota wohnte in Spånga, seit Sophie sie kannte. Fast zwölf Jahre kam sie nun zu ihr zum Putzen. Zwischen ihnen hatte sich eine Freundschaft entwickelt. Aber heute erkannte Sophie Dorota nicht wieder. Normalerweise erzählte sie von ihren Kindern und lachte über das, was Sophie ihr erzählte. Aber jetzt war sie so in sich gekehrt. Sophie blickte noch einmal zu ihr hinüber. Sie sah traurig aus, ängstlich vielleicht.

Sophie parkte vor Dorotas Tür. Dorota blieb noch einen Augenblick sitzen, bevor sie den Sicherheitsgurt öffnete. Dann drehte sie sich zu Sophie.

»Tschüss, und danke fürs Fahren.«

»Ich sehe doch, dass dich etwas bedrückt«, meinte Sophie. »Wenn du reden willst, dann weißt du, wo du mich findest.«

Dorota blieb schweigend sitzen.

»Was ist los, Dorota?«

Sie zögerte. Dann sagte sie: »Als ich das letzte Mal bei euch geputzt habe, waren zwei Männer im Haus, als ich kam.«

Sophie wurde kalt.

»Sie sagten, sie seien Polizisten und wenn ich jemandem von ihnen erzählen würde, bekäme ich Probleme.«

Sophies Gedanken begannen sich zu überschlagen.

»Es tut mir leid, Sophie, es tut mir leid, dass ich es dir nicht erzählt habe, ich hatte Angst ...«

»Was haben sie gemacht? Weißt du, warum sie da waren? Haben sie etwas gesagt?«

Dorota schüttelte den Kopf. »Nein, keine Ahnung. Der eine versuchte freundlich zu sein, der andere war unheimlich, kalt und ... ich weiß nicht. Er sah böse aus. Sie haben nicht gesagt, was sie vorhatten. Sie sind dann gleich verschwunden.«

»Wohin sind sie gegangen?«

»Nach draußen.«

»Durch die Tür? Wie sind sie hineingekommen?« Sophie hörte ihre eigene Angst.

»Ich weiß es nicht. Sie sind durch die Terrassentür verschwunden. Mehr weiß ich nicht.«

»Was haben sie gesagt?«

Dorota versuchte sich zu erinnern. »Der eine sagte, dass er Lars heiße. Das war der einzige Name, den ich gehört habe.«

»Lars?« Sophie wusste nicht, warum sie den Namen wiederholte. »Lars – und wie weiter?«

Dorota zuckte bedauernd mit den Schultern. »Keine Ahnung.«

»Wie sahen sie aus? Versuch, sie so genau wie möglich zu beschreiben.«

Diese Reaktion hatte Dorota von Sophie nicht erwartet. Sie legte eine Hand an die Schläfe. »Ich kann mich kaum erinnern ...«

»Versuche es.«

Dorota sah Sophies flehenden Blick.

»Der eine, dieser Lars, war etwa um die dreißig, fünfunddreißig oder so. Blond.« Sie suchte in ihrer Erinnerung. »Er sah ängstlich aus ... irgendwie unsicher.«

Sophie hörte angespannt zu.

»Der andere war gewöhnlicher, schwer zu beschreiben. Vielleicht vierzig, vielleicht jünger. Dunkles Haar, schon ein wenig grau. Seine Augen waren freundlich. Rund und dunkel ... wie bei einem Jungen.« Dorota schauderte es. »Der war unheimlich.«

Sophie sah sie an und erkannte die Angst in Dorotas Augen. Sie beugte sich zu ihr und umarmte sie.

»Danke«, flüsterte sie.

Dorota strich Sophie über die Wange. »Hast du Ärger?«

»Nein ... Nein, habe ich nicht. Danke, Dorota.«.

»Der Gemeine hat mir meinen Ausweis weggenommen. Er hat gesagt, dass ich niemandem etwas erzählen dürfte. Versprich mir, dass du jetzt keine Dummheiten machst, Sophie. Er hat es ernst gemeint. Und er weiß, wer ich bin.«

Sophie nahm Dorotas Hand. »Ich verspreche es dir, Dorota. Dir wird nichts passieren.«

13

Seine Müdigkeit war einer nervösen Überempfindlichkeit gewichen. Jens fühlte sich wie auf Drogen, als er nach München hineinfuhr. Er hatte seit zwei Tagen nicht geschlafen und hielt sich mit reiner Willenskraft aufrecht.

Die Adresse, die Michail ihm genannt hatte, lag in einem Wohngebiet, wo Häuser aus den Sechzigerjahren dicht nebeneinanderstanden. Kleine Gärten, integrierte Garage, niedriger Standard. Jens hielt vor Nummer 54, stieg aus dem Auto und sah sich um. Kein Mensch war zu sehen. Er ging einen mit Steinplatten gepflasterten Weg hinauf und versuchte, die Haustür zu öffnen, sie war nicht abgeschlossen. Vorsichtig trat er ein.

»Hallo?«

Keine Antwort. Die Räume waren unmöbliert, bis auf ein altes Sofa, das wohl im ehemaligen Wohnzimmer stand. An den Wänden blasse, gestreifte Tapeten aus längst vergangenen Zeiten. Hier und da gab es kleine braune Feuchtigkeitsflecken, an der Decke und unmittelbar über dem Boden. Er schaute in die Küche. Ein Tisch, zwei Stühle und eine Kaffeemaschine. Es war still wie in einem Grab. Jens drehte sich um und betrachtete die Haustür, die er eben hinter sich geschlossen hatte. Im Türrahmen befanden sich etwa auf Kniehöhe zwei elektrische Leuchtdioden, wie man sie aus Geschäften kennt: Wird der Lichtstrahl unterbrochen, ertönt irgendwo ein *Pling*. Er sah sich die amateurhaft angebrachte Ausrüstung an, folgte dem Kabel und stellte fest, dass es mit einem schlampig verlegten Telefonkabel in der Deckenleiste verbunden war.

Er musste sich beeilen. Er rannte ins Obergeschoss hinauf, dort waren zwei Zimmer und ein Bad. Er suchte in der Garderobe und ließ den Blick über den Boden und die Wände wandern, vielleicht gab es ein Versteck. Dann rannte er wieder nach unten, untersuchte Küche, Wohnzimmer und das Zimmer, das nach hinten hinausging. Nichts. Jens überlegte abzuhauen, vielleicht hatte man ihn in eine Falle gelockt. Aber wer war eigentlich schlimmer: die Russen, wenn sie ihre Ware nicht bekamen, oder diese scheiß Deutschen, die vielleicht schon hierher unterwegs waren? Die Antwort lautete: die Russen. Er musste seine Waffen zurückbekommen!

Die Kellertür ließ sich schwer öffnen, sie war verzogen. Jens trat einen Meter zurück und holte Schwung. Nach zwei Tritten gab die Tür endlich nach.

Ein schwerer Geruch von Feuchtigkeit schlug ihm entgegen. In drei Sätzen sprang er die Treppe hinunter. Er suchte die Wände nach einem Lichtschalter ab. Er stolperte über irgendetwas und tastete sich an der Wand entlang. Noch ein Geruch machte sich bemerkbar, der Geruch von Verwesung. Er kannte ihn von den Herbstferien auf dem Land, wenn die Mäuse ins Haus kamen und in den Wänden krepierten. Es war derselbe Geruch, aber schärfer. Er musste würgen und atmete in seine Armbeuge, während er sich mit der anderen Hand weiter vorantastete.

Ganz hinten in der Ecke fand er schließlich einen Lichtschalter. Er stellte fest, dass er sich in einer leeren Garage befand. Und im grellen Licht einer Neonröhre sah Jens einen Körper. Mitten im Raum lag er rücklings über den Kisten mit den Waffen. Man hatte ihm die Kehle aufgeschlitzt, sein Gesicht war aufgequollen, gelb und wächsern. Jens starrte wie versteinert auf die Leiche. Er versuchte, die Angst zu unterdrücken, die in ihm hochschoss.

Da hörte er, wie die Haustür oben geöffnet und wieder geschlossen wurde. Die Schritte in den leeren Räumen hallten im Keller wider. Ein Paar große Schuhe wurden auf der obersten Treppenstufe sichtbar.

»Komm hoch«, rief Michail.

Als Jens oben war, riss Michail ihn herum und durchsuchte ihn nach Waffen. Als er nichts fand, stieß er ihn wieder von sich.

Auf dem alten Sofa saß ein junger Mann in Anzug und offenem weißen Hemd. Der ältere Mann, der am Fenster zur Straße stand, war strenger gekleidet. Er drehte Jens den Rücken zu.

»Und du behauptest also, du hast nichts mit den Guzmans zu tun.« Ralph Hanke drehte sich zu Jens um.

»Da liegt ein Toter auf meinen Kisten im Keller«, sagte Jens.

»Jürgen?«

»Ist mir scheißegal, wie der heißt. Würdet ihr so freundlich sein, ihn zu entfernen?«

Ralph Hanke lächelte. Sein Lächeln war freudlos, es war nur ein physiognomischer Zustand, bei dem sich seine Mundwinkel nach oben zogen, dachte Jens.

»Verstehst du, wir haben Jürgen lange gejagt. Er hat uns um vierzigtausend Euro betrogen und gedacht, es würde niemand merken. Was sind heutzutage schon vierzigtausend Euro? Dafür bekommst du nicht einmal ein anständiges Auto. Aber Jürgen konnte es nicht lassen.«

Ralph Hanke sah wieder auf die Straße hinaus.

»Natürlich hat er noch andere Dinge getan, die unsere Arbeit erschwert haben – wir bringen doch niemanden wegen vierzigtausend Euro um. Wir sind ja keine Unmenschen.«

»Wenn ihr freundlicherweise die Leiche von meinen Sachen nehmen könntet, dann bin ich gleich wieder weg. Ich hatte eine Vereinbarung mit Michail«, sagte Jens.

»Die gilt auch weiterhin … im Prinzip. Ich will nur mit dir reden, bevor du wieder fährst.«

Jens sah den jungen Mann an, der ihn schon die ganze Zeit musterte. Ralph Hanke drehte sich um.

»Mein Sohn Christian«, erklärte er.

Jens zuckte mit den Achseln.

Ralph kam zum Punkt. »Ich möchte die Guzmans einladen. Ich möchte, dass sie mit uns kooperieren. Von jetzt an kümmern wir uns um ihre Geschäfte. Sie werden sozusagen unsere Angestellten.«

Jens zuckte wieder mit den Schultern. »Ich habe nichts mit den Guzmans zu tun. Ich bin hier, um meine Sachen zu holen, sonst nichts.«

Ralph Hanke atmete tief durch und schüttelte den Kopf.

»Nein, du wirst ihnen meinen Vorschlag überbringen und uns dann anrufen und erzählen, wie sie ihn aufgenommen haben. Du wirst hier vermitteln.«

Ralph Hanke machte eine Kunstpause. Dann fuhr er fort: »Michail sagt, dass er schon mal mit dir zu tun hatte. Wenn ich mit einem Vermittler ankäme, würde Guzman sich sofort widersetzen. Ich möchte, dass du mit dieser Frage zu ihm gehst, deine Waffen nimmst du natürlich mit. Wir wollen sie einladen und mit ihnen sprechen.«

»Ich werde euch die Antwort übermitteln, dann bin ich fertig mit dieser Sache«, sagte Jens.

»Wer ist die Frau?«

Die Frage kam unerwartet.

»Welche Frau?«

»Die das Auto fuhr, als ihr Hector so heldenhaft gerettet habt.«

»Keine Ahnung, eine von Hectors Flammen, nehme ich an.«

Ralph Hanke nickte. »Ist er so einer?«

»Was für einer?«

»Ein Mann, der sich mit Frauen umgibt?«

»Das kann ich nicht beantworten.«

»Wie heißt sie?«

Jens schüttelte den Kopf. »Keine Ahnung.«

Ralph Hanke starrte ihn an und versuchte, in seinen Augen zu lesen.

»Michail bleibt hier und hilft dir mit deinen Sachen«, sagte er schließlich, drehte sich um und ging zur Tür. Sein Sohn stand auf und folgte ihm. Sie verließen das Haus, die Tür fiel ins Schloss, und es wurde wieder still.

Michail zeigte auf die Kellertreppe. Jens rieb sich die Müdigkeit aus den Augen, seufzte und ging in den Keller hinunter. Michail folgte ihm.

Sie hoben die Leiche von den Kisten, trugen sie in eine Art Waschküche und legten sie auf den Boden. Dann gingen sie wieder in die Garage.

»Wie geht es Klaus Köhler?«, fragte Michail.

»Besser als Jürgen.«

Michail wiederholte seine Frage.

Jens blieb bei seinen Kisten stehen. »Wir haben ihn in die Notaufnahme gebracht, er wird durchkommen.«

Michail öffnete das Garagentor, und der Raum wurde von Tageslicht erfüllt. Sie nahmen eine von Jens' Kisten und trugen sie zu zweit zum Wagen.

»Klaus ist in Ordnung.«

Sie schoben die Kiste in den Kofferraum.

»Was heißt ›in Ordnung‹ in deinen Augen?«, fragte Jens.

Michail antwortete nicht. Sie verfrachteten die zweite Kiste ins Auto, und Jens warf die Kofferraumklappe zu.

»Gib mir deine Nummer«, sagte Michail.

Dann schickte er ihm einen Kontakt auf sein Handy. »Ruf diese Nummer an, wenn du mit den Guzmans gesprochen hast. Sieh zu, dass du es auf die Reihe bekommst. Das läuft hier gerade in eine ganz beschissene Richtung«, sagte Michail.

Jens ließ München hinter sich und fuhr Richtung Polen. Der kürzeste Weg führte durch Tschechien, aber er wollte Grenzübergänge meiden, so gut er konnte. Deshalb fuhr er weiter durch Deutschland und hoffte auf einen kleinen Übergang. Er fand ihn bei Ostritz und gelangte problemlos nach Polen.

Er rief Risto an und erzählte, dass es miserabel gelaufen sei mit den Waffen, dass er jetzt aber auf dem Weg sei. Er bat Risto, die Russen zu überreden, keine große Sache aus der Verspätung zu machen. Er sei bereit, einen geringfügigen Preisnachlass zu akzeptieren. In sieben Stunden würde er in Warschau sein. Er nannte Risto den Namen eines Hotels, wo sie am nächsten Tag Kontakt mit ihm aufnehmen konnten.

Es war so dunkel, als wäre dieser Teil Polens noch von der Elektrizität abgeschnitten. Kompakte Finsternis, wohin Jens auch blickte. Er begegnete keinem Auto und sah keine Häuser. Das gab ihm für einen Moment das Gefühl, ganz allein auf der Welt zu sein. *Dunk, dunk, dunk* … Das Geräusch wurde in seinem Kopf zu einem Kinderlied.

Jens drohte am Steuer einzunicken, er öffnete das Fenster und versuchte sich wach zu halten, indem er laut vor sich hinsang. Es funktionierte nicht, er hörte auf zu singen, ohne es selbst zu merken, das Lied ging in seinem Kopf weiter. Er nickte wieder für Sekundenbruchteile ein. *Dunk, dunk, dunk* … Und dann plötzlich hörte er ein anderes, durchdringendes Geräusch. Sein Handy!

»Hallo?«

»Habe ich dich geweckt?«

»Ja, zum Glück. Danke.«

»Hier ist Sophie.«

»Das höre ich.«

»Wo bist du?«

»Im Auto.«

Er schloss das Fenster und fuhr langsamer, um sie besser verstehen zu können.

»Ich glaube, ich brauche Hilfe.«

»Wobei?«

»Jemand ist in meiner Wohnung gewesen.«

»Rufst du von zu Hause aus an?«

»Nein, von einer der wenigen Telefonzellen, die es noch gibt.«

»Fühlst du dich bedroht?«

»Ja.«

»Ich bin in etwa zwei Tagen wieder zu Hause, dann reden wir. Wenn vorher etwas passiert, melde dich.«

»Okay.«

Sie blieb in der Leitung, schien noch nicht auflegen zu wollen. »Ich wusste nicht, wen ich sonst anrufen sollte.«

»Sei vorsichtig«, sagte er und beendete das Gespräch.

Allmählich wurde es ein bisschen viel. Er fand eine Schachtel Zigaretten im Türfach, zündete sich eine an, ließ das Fenster wieder herunter und blies den Rauch nach draußen. Jens atmete die polnische Landluft ein und nahm einen leichten Geruch von Braunkohle wahr, der von einer Fabrik in der Nähe herüberwehte.

Wieder ein anderes Auto. Lars hatte den Volvo gegen einen Saab getauscht. Es war ein alter, dunkelblauer 9000er, mit dem er nun nach Stocksund fuhr, die Abhöranlage im Kofferraum.

Er parkte, überprüfte den Empfang, schaltete die Stimmaktivierung ein, schloss das Auto ab und schlenderte zum Marktplatz von Stocksund. Dort setzte er sich in einen Bus, der ihn zum Krankenhaus in Danderyd brachte, nahm anschließend die U-Bahn und fuhr zum Hauptbahnhof.

In der U-Bahn stand er in Türnähe und hielt sich an einer Haltestange fest. Diese Arschlöcher wollten ihn absägen, er wusste es. Gunillas ganzes Verhalten deutete darauf hin – ihre Art, ihn zu ignorieren, ihn nicht teilhaben zu lassen, ihn auf einen endlosen Überwachungsauftrag anzusetzen und seine Berichte weder zu diskutieren noch zu kommentieren. Sie behandelte ihn wie einen flüchtigen Bekannten. Obendrein war ein großer, zurückgebliebener Rassist mit Doppelkinn im Büro in der Brahegatan aufgetaucht. Gunilla hatte ihn der Gruppe als neue Ressource vorgestellt. Hans Berglund, genannt Hasse, ehemaliger Streifenpolizist, ehemaliger Flughafenpolizist. Ein fettleibiger Verlierer, wie Lars fand. Er würde mithelfen, hatte Gunilla gesagt. Aber wobei? Was hatten Gunilla und Anders im Humlegården besprochen? Was ging hier vor?

Je länger Lars darüber nachdachte, desto verwirrter wurde er. Er versuchte sich zu konzentrieren, indem er die Augen zusammenkniff und sich kleine Vierecke vorstellte, kleine Schubladen, in die er die Ereignisse der letzten Zeit einsortieren konnte. Es wurden drei Schubladen, eine für Gunilla, eine für seine Überwachung und eine für Sophie. Er legte die verschiedenen Vorkommnisse in die verschiedenen Kästen, aber dann wurde er unsicher und sortierte sie wieder um. Es machte ihn wütend, dass er den Fokus verlor, er ertappte sich dabei, wie er vor sich hinmurmelte, und öffnete die Augen.

Ein Vater mit Kinderwagen sah ihn besorgt an. Lars schloss die Augen wieder und versuchte, zu seinen Vierecken zurückzufinden, wurde jedoch dadurch unterbrochen, dass sich jemand in der Nähe laut schnäuzte. Eine Lautsprecherstimme krächzte: *Technische Hochschule* und sagte etwas von einer Umsteigemöglichkeit in die Roslags-Bahn. Es hatte keinen Sinn, Lars gab es auf, und die Vierecke verloren sich in den Tiefen seines Bewusstseins.

Als er wieder zurück in seiner Wohnung war, setzte er sich im Arbeitszimmer auf den Boden und machte Skizzen auf einem Blatt Papier. Er schrieb auf, was passiert war, und stellte sich Fragen: nach Gunilla, nach Sophie und dem Auto in Haga. Was wusste Gunilla, was er nicht wusste?

Lars schrieb und zeichnete: Namen, Pfeile, Fragezeichen. Und Anders … Was tat Anders Ask dort mit Gunilla?

Noch mehr Fragen, aber keine Antworten – er schrieb, überlegte und schrieb weiter. Bald war das Blatt voll, dicht beschrieben mit viel zu vielen Fragen.

Lars stand auf und betrachtete die beiden Bilder an der Wand: ein Affe im Hawaiihemd, der auf einer Toilette saß, eine Klopapierrolle im Mund. Dieses Bild hatte er schon in seinem Kinderzimmer gehabt, er hatte es überallhin mitgenommen. Neben dem Bild hing ein vergrößertes Foto von Ingo Johansson in Shorts und Boxhandschuhen, leicht vorgebeugt und kampfbereit. Das hatte Lars von seinem Vater Lennart zum achten Geburtstag bekommen. *Ingo ist keine scheiß Memme, merk dir das, Junge.* Lennart trank immer vier Rob-Roy-Cocktails vor dem Essen, boxte gern zum Spaß, aber viel zu hart, und war überzeugt, dass die Juden die Geschicke der Welt lenkten und Olof Palme Kommunist war – so ungefähr sah sein Weltbild aus.

Lars nahm den Affen und Ingo von der Wand, legte sie auf den Boden und holte sich einen dicken Filzstift vom Schreibtisch. Er stellte sich vor die weiße Wand und fing an, das, was er eben zu Papier gebracht hatte, auf die Tapete zu übertragen. Dann trat er zurück und betrachtete sein Werk. Irgendetwas fehlte noch.

Lars druckte ein Foto von Sophie aus und befestigte es genau in der Mitte. Dann trat er wieder zurück und sah sich das Ganze an. Sie starrte ihn an, er starrte zurück. Etwas, das er noch nicht ganz verstand, begann Gestalt anzunehmen. Lars' Herz schlug schneller. Er druckte weitere Bilder aus, Bilder von allen, die mit dem Fall zu tun hatten, und drapierte sie fächerförmig um das Bild von Sophie. Er schrieb dazu, wer sie waren, was sie getan und was sie nicht getan hatten. Er zog rote Verbindungslinien zwischen den Gesichtern, um einen Zusammenhang zu erkennen.

Alle Verbindungen führten zu Sophie. Das musste selbst ein Zugedröhnter wie er begreifen.

Hector hatte angerufen. Seine Stimme klang fast unterwürfig, als wollte er besonders vorsichtig sein und sie nicht beunruhigen. Er hatte sie um Hilfe gebeten, doch Sophie wusste, dass dies nur ein Vorwand war, um sie zu treffen.

Hector lag auf seinem Sofa im Wohnzimmer in Gamla Stan. Sophie saß neben ihm und untersuchte den Riss in seinem Gips. Sie drehte das Bein vorsichtig hin und her. »Du solltest es einem Arzt zeigen.«

»Nimm ihn ab«, sagte er.

»Du musst ihn noch mindestens eine Woche tragen.«

»Ich habe keine Schmerzen, ich kann das Bein im Gips bewegen, also ist es jetzt doch sowieso zu spät.«

»Wie lange bist du so herumgelaufen?«

»Seit jenem Abend«, sagte er.

Jener Abend … Niemand wollte über diesen Abend sprechen, sie selbst am allerwenigsten.

»Bist du dir sicher«, fragte sie, »dass du den Gips abhaben willst? Es können Komplikationen auftreten.«

Er nickte. »Mach ihn ab.«

»Zange, Schere?«

»In der Küche, zweite Schublade von oben. Die Zange ist in der Werkzeugkiste unter der Spüle.«

Sie stand auf und suchte in seinen Küchenschubladen. Sie fand eine scharfe Spitzzange. Aber sie war sehr klein, es würde eine Weile dauern.

Sophie setzte sich wieder neben Hector, nahm die Zange und schnitt den Gips von oben nach unten auf.

»Das hättest du selber machen können«, sagte sie.

»Du hättest nicht mit dabei sein dürfen«, sagte er.

»Das hat Aron mir bereits klargemacht«, erwiderte sie trocken.

»Er ist derjenige, der sich Sorgen macht, nicht ich.«

Sie sah Hector an. »Soll ich das glauben?«

»Ja.«

»Dass du dir keine Sorgen machst?«

»Überhaupt nicht, in gar keiner Weise.«

»Warum?«, fragte sie.

»Weil ich dich kenne.«

»Nein, das tust du nicht.«

»Okay, dann weil du mich magst«, entgegnete er.

Sophie sah ihn an. Es gefiel ihr nicht, wie er das sagte und dabei lächelte. Er musste ihre Reaktion gesehen haben, denn sein Lächeln erlosch.

»Ich bin kein schlechter Mensch«, sagte er.

Sie antwortete nicht, sondern arbeitete weiter. Zum ersten Mal glaubte sie bei ihm so etwas wie Angst zu erkennen. Da war eine leichte Panik, die er mühsam in Schach zu halten versuchte.

»Dein Mann?«, fragte er.

Sophies Zange arbeitete sich langsam durch den Gips.

»Du redest nie von ihm«, sagte Hector.

»Doch. Du hast schon einmal nach ihm gefragt.«

»Das stimmt. Aber du erzählst nichts von dir aus.«

»Er ist tot«, sagte sie und konzentrierte sich auf die Zange.

»Ja, aber irgendetwas kannst du doch über ihn erzählen?«

»Das geht dich nichts an.«

Sie hielt inne und schaute ihn an.

»Wovor hast du Angst?«, fragte er.

Ihre Irritation wurde immer größer. »Ja, wovor habe ich wohl solche Angst, Hector?«

Ihr Sarkasmus schien auf ihn nicht zu wirken.

»Hattet ihr es gut miteinander, du und David?«

Worauf wollte er hinaus? Sophie ließ die Zange sinken.

»Was ist los, Hector?«

»Wieso denn?«

»Was soll das hier? Was willst du von mir?«

»Ich möchte wissen, wer du bist, was du mitbringst und wohin das mit uns führt.«

»Wohin das mit uns führt? Ich weiß es nicht. Findest du nicht, dass sich die Voraussetzungen geändert haben?«, fragte sie.

»Nein, finde ich nicht.«

Vielleicht war er einfach nicht in der Lage, ihren Schrecken nach dem, was geschehen war, zu verstehen und ihre Angst vor Arons Drohung.

Vielleicht hatte Gunilla recht gehabt, sie vor ihm zu warnen.

Diese Gedanken erschreckten sie, und es machte ihr plötzlich Angst, hier mit ihm allein zu sein. Sie empfand das dringende Bedürfnis, aufzustehen und zu gehen. Aber sie konnte es nicht.

»Nein, wir hatten es nicht so gut miteinander«, sagte sie stattdessen. »David war sehr mit sich selbst beschäftigt. Das habe ich erst nach ein paar Jahren gemerkt. Dann stellte sich heraus, dass er mir untreu war. Ich wollte mich scheiden lassen, und da bekam er die Diagnose. Er bettelte darum, bleiben zu dürfen. Er wusste, dass ich mich um ihn kümmern würde. Sein Zustand verschlechterte sich, und er brauchte unendlich viel Aufmerksamkeit. Darunter hat vor allem Albert gelitten, der das alles nicht verstehen konnte.«

Sie blickte auf und sah Hector an. »Das ist meine Erinnerung an ihn.«

Hector wartete auf eine Fortsetzung, die kam aber nicht. Sophie bog endlich den Gips auf und nahm ihn ab.

»So, Hector, das war's.« Sie versuchte zu lächeln, als sie merkte, wie unpersönlich das klang. Dann wollte sie aufstehen.

»Warte«, sagte er und legte seine Hand auf ihren Arm.

Sein Gesichtsausdruck hatte sich verändert. Vielleicht lag auch etwas Trauriges in seinem Blick.

»Ich möchte dich um Entschuldigung bitten«, sagte er.

»Wofür?« Sie setzte sich wieder.

»Für meine Art und für mein Auftreten.«

Sophie schwieg.

»Ich habe es dir angesehen. Du warst plötzlich unsicher, wer ich bin. Ich glaube, du hattest sogar Angst vor mir. Ich möchte dich dafür wirklich um Verzeihung bitten.« Er fuhr sich mit der Hand durch das Haar. »Seit dem Abend, als das alles passierte und Aron und ich den Wagen verlassen hatten, seitdem habe ich das Gefühl, dass etwas zerbrochen ist, was ich nicht reparieren kann. Vielleicht dein Vertrauen in mich, deine Erwartungen. Ich weiß es nicht … Wahrscheinlich war ich deshalb heute so merkwürdig zu dir. Ich möchte um jeden Preis, dass du mir vertraust. Ich will, dass es zwischen uns wieder so wird, wie es war.«

Sophie schwieg. Und Hector fügte hinzu: »Du brauchst niemals Angst vor mir zu haben.«

14

Svante Carlgren verließ seine Wohnung für gewöhnlich gegen sieben Uhr morgens. Wenn er nicht gerade auf Reisen war, kam er etwa zwölf Stunden später wieder nach Hause. Er führte ein hektisches Leben, so stellte er es zumindest nach außen dar, mit Reisen, Meetings, großer Verantwortung und zahlreichen Herausforderungen. Doch die Wirklichkeit sah anders aus. Er wunderte sich selbst, dass er sich so selten gestresst fühlte und eigentlich so wenig tat. Er lebte für seine Arbeit, für seine Karriere. Das war einfach, fast zu einfach. Es war nicht seine Aufgabe, etwas voranzutreiben, er musste lediglich auf dem Laufenden darüber sein, was bei Ericsson vor sich ging. Er war auf einem Niveau angelangt, das ihm gefiel und das er sich erhalten wollte, etwas anderes interessierte ihn nicht.

Als er gerade auf sein Grundstück fahren wollte, kam ein Auto aus der entgegengesetzten Richtung und bog hinter ihm in die Auffahrt ein. Carlgren schaute in den Rückspiegel. Er kannte den Wagen nicht; ein einzelner Mann saß am Steuer.

Carlgren parkte, stieg aus und betrachtete mit gerunzelter Stirn den Besucher, der ein paar Meter hinter ihm angehalten hatte. Die Tür ging auf, und ein Mann im Anzug stieg aus. Er war schlank, hatte schwarzes Haar und markante Gesichtszüge, einen Schlips trug er nicht.

»Kann ich Ihnen helfen?«

»Sind Sie Svante Carlgren?«

Carlgren nickte. Aron trat auf ihn zu, zog ein Foto aus der Innentasche seines Jacketts und reichte es ihm. Carlgren sah eine Aufnahme von sich selbst mit weit aufgerissenen Augen.

Schlagartig verließen ihn die Kräfte, er wollte etwas sagen, wollte reagieren, aber er stand wie versteinert, unfähig, irgendetwas zu tun. Vielleicht lag es an dem Gefühl, betrogen worden zu sein, vielleicht auch an einem Gefühl von Ohnmacht oder einfach an dem überwältigenden Gefühl der Demütigung.

Aron hielt ihm ein weiteres Bild hin. Es zeigte Carlgren in knappen Unterhosen, wie er mit einem Silberröhrchen eine Line Kokain von einem Glastisch zog. Carlgren nahm das Bild nicht in die Hand, sah es nur kurz an, drehte sich um und ging auf sein Haus zu. Aron folgte ihm.

Mit dem Rücken zu seinem Gast schenkte Carlgren sich in der Küche ein Glas Wein ein. Aron saß mit übereinandergeschlagenen Beinen auf einem Stuhl, einen Arm auf den Oberschenkel gestützt.

»Es ist relativ einfach«, sagte er. »Wir sind eine Interessengruppe, die vor jedem Quartalsabschluss Informationen darüber haben möchte, wie es um die Firma steht. Und zwar vor dem Börsentag, bevor gehandelt wird. Wir wollen wissen, ob sich die Firma entwickelt oder zurückfällt, wir wollen jede große Neuigkeit, bevor sie veröffentlicht wird. Wir wollen wissen, was Sie hören und sehen und worüber intern geredet wird.«

Aron sprach leise, aber sehr nachdrücklich.

Carlgren versuchte zu lachen, aber es gelang ihm nicht besonders gut. »Sie erpressen mich, um sich an Ericsson zu bereichern?« Carlgren trank einen Schluck aus dem Weinglas. »Es tut mir leid, aber da haben Sie den falschen Mann. Ich habe keinen Zugang zu solchen Informationen.« Carlgren nahm noch einen Schluck und fuhr fort: »Sie haben ein etwas simples Bild von der Lage. Ich weiß nicht, wie Sie überhaupt darauf kommen, aber so geht es leider nicht zu im wirklichen Leben.«

Aron schwieg.

»So geht es nicht zu im wirklichen Leben«, wiederholte Carlgren und wollte eben noch einen Schluck nehmen, da fiel ihm etwas ein. »Außerdem hat jedes große Unternehmen eine ganze Abteilung, die dafür zuständig ist, ihre Chefs vor so etwas zu schützen. Sie werden sich dabei ganz schön die Finger verbrennen, mein Lieber.«

Carlgren wagte ein kleines Lächeln.

Aron sah sich in der Küche um. Sie wirkte billig, was gar nicht zum Äußeren des Hauses passte. Die Teller und Gläser in den beleuchteten Küchenregalen waren nagelneu, sollten aber antik wirken. An den Wänden hingen Kunstdrucke von Blumen in Vasen und von Jägern in roten Jacken, die in der Dämmerung durch die englische Landschaft ritten. Und der Küchentisch mit den dazugehörigen Stühlen war eine schlechte Kopie einer viktorianischen Vorlage. Er fragte sich, ob Carlgren selbst oder seine arme Frau mit einem so schlechten Geschmack gestraft war.

»Sie können sich aussuchen, wer die Bilder zuerst bekommt. Ihre Frau, Ihre Kinder oder Ihre Kollegen.«

Aron blätterte weiter in den Fotos. Bei einem hielt er inne, er drehte und wendete es, als wüsste er nicht, wo oben und unten war. Aron zeigte es ihm, und Carlgren warf einen kurzen Blick darauf.

»Das gibt es alles auch als Film, mit Ton.«

Carlgrens aufgesetzte Freundlichkeit fiel in sich zusammen.

»Also wer?«, fragte Aron.

Carlgren sah ihn fragend an.

Aron wedelte mit den Bildern.

»Ihre Frau? Ihre Kinder? Freunde? Arbeitskollegen? Wer soll es zuerst sehen?«

»Ich kann für diese Bilder bezahlen, aber ich kann nicht tun, was Sie von mir verlangen. Es geht einfach nicht.« Carlgrens Stimme klang heller als zuvor.

»Antworten Sie einfach auf meine Frage.«

»Niemand … Niemand soll sie sehen! Ich will das hier anders klären, das muss doch möglich sein.«

»Ich bin nicht hergekommen, um mit Ihnen zu verhandeln. Beantworten Sie meine Frage, dann gehe ich.«

Carlgrens Gehirn arbeitete auf Hochtouren: Wer konnte ihm helfen?

»Warum haben Sie es ausgerechnet auf mich abgesehen, ich habe doch gar nichts getan?«

Aron blätterte die Bilder durch. »Wenn Sie kooperieren wollen, dann nehmen Sie einfach Kontakt zu mir auf, sobald Sie Informationen über den nächsten Bericht oder Ähnliches haben, das die Voraussetzungen für Ihre Firma verändert. Wenn ich nichts von Ihnen höre, schicke ich die Bilder Ihren Arbeitskollegen, zuerst denjenigen, die Ihnen direkt unterstellt sind.«

Aron stand auf und legte einen Packen Fotos auf den Küchentisch, drehte das oberste um und deutete auf die dort notierte Handynummer. Dann verließ er das Haus.

Carlgren leerte sein Glas und sah durch das Küchenfenster, wie Aron sich ins Auto setzte und losfuhr. Er griff nach dem Telefon und wählte eine Nummer, eine Nummer, die man unter Umständen wie diesen anrufen konnte. Die Sicherheitsabteilung des Unternehmens hatte eine Vorgehensweise als Reaktion auf alle möglichen und unmöglichen Szenarien entwickelt, von Diebstahl und Spionage bis Erpressung und Kidnapping. Sie wurde in Gang gesetzt, sobald jemand diese Nummer wählte. Oft schon hatte er die ersten Ziffern gewählt.

Die letzte Ziffer tippte er aber nie ein.

Anders saß in seinem eigenen Auto, einem Honda Civic, das Handy am Ohr.

»Er heißt Svante Carlgren, so ein Lower-Management-Chef bei Ericsson. Er ist verheiratet, hat einen Sohn und eine Tochter, die nicht mehr zu Hause wohnen. Das ist alles, was ich herausgefunden habe.«

Am anderen Ende blieb es eine Weile still.

»Überwache ihn und finde heraus, warum Aron bei ihm war«, sagte Gunilla.

Jens rief Risto von seinem Hotelzimmer aus an. Natürlich wollten die Russen ihm Ärger machen, er hatte es doch gewusst.

»Sie kommen nicht … und sie wollen zusätzlich Granatwerfer«, sagte Risto.

»Wie bitte?«

»Sie wollen jeder einen Granatwerfer, als Zinsen, weil du verspätet bist.«

»Granatwerfer?«

»Ja.«

»Machst du Witze? Sag ihnen, sie können mich mal am Arsch lecken.«

»Ich glaube, das ist keine gute Idee.«

Jens war müde. Und wütend. Er legte die Hand über die Augen. »Doch, sag ihnen, sie können mich am Arsch lecken.«

»Normalerweise würde ich das sogar tun, aber wir reden hier von Dmitri. Er ist … wie soll ich sagen: impulsiv. Sie geben dir eine Woche.«

»Das ist unmöglich! Granatwerfer! Du weißt das, ich weiß das, alle wissen das.«

»Das spielt hier leider keine Rolle.«

Jens massierte sich die Stirn. »Vergiss es. Ich habe die Waffen, die sie bestellt haben, sie müssen sie nur noch abholen.«

»Sie werden damit nicht einverstanden sein.«

»Da scheiß ich drauf.«

Risto schwieg.

»Was würdest du denn an meiner Stelle tun, Risto?«

»Ich würde versuchen, eine finanzielle Lösung zu finden. Ihnen die Waffen geben und das Geld zurückerstatten. Das ist zwar ein Verlust, aber dann bist du raus aus der Sache.«

»Warum?«

»Weil die zu allem fähig sind. Es war von Anfang an ein Fehler, dass ich dir diesen Job vermittelt habe.«

»Nein, richte ihnen aus, dass wir eine Vereinbarung haben und dass ich bereit bin, ihnen aufgrund der Verspätung einen Preisnachlass zu gewähren. Ich bleibe dabei. Auf etwas anderes lasse ich mich nicht ein.«

»Okay«, sagte Risto und legte auf.

Jens setzte sich auf das Hotelbett. Sein Blick fiel auf ein Bild, das wohl moderne Kunst sein sollte. Ein schwarzes Dreieck, das über einem blauen Würfel schwebte. Auch dieses Bild machte ihn wütend.

Er legte sich aufs Bett und starrte an die Decke. Jens atmete tief durch und schloss die Augen. Einen Moment später erwachte er mit einem Ruck. Doch als er auf die Uhr sah, stellte er fest, dass er mehrere Stunden geschlafen hatte.

Er duschte, nahm ein schnelles Frühstück ein und machte sich auf den Heimweg. Nach einer Ewigkeit fuhr er endlich über die Öresundbrücke. Er war nervös, immerhin hatte er zwei Kisten mit Maschinenpistolen im Auto. Nach skandinavischer Art suchte er Augenkontakt mit dem bärtigen Zollbeamten in Schirmmütze. Das genügte offensichtlich, der Bartträger tippte mit zwei Fingern an den Rand seiner Schirmmütze und ließ ihn passieren. Jens war problemlos durchgekommen, aber noch bis Stockholm war ihm schlecht vor Aufregung, seine Nerven waren nicht mehr das, was sie früher einmal gewesen waren. Lag es am Stress, am Alter oder einfach an der Einsicht, dass er in seinem Leben schon so oft mit dem Feuer gespielt hatte, dass er sich irgendwann verbrennen musste?

Ein paar Stunden später brauste er über den Essingeleden. Statt Richtung Stockholm-Zentrum abzufahren, fuhr er weiter gen Norden, bog an der Kirche von Danderyd ab und fuhr am Gymnasium vorbei. Dahinter, zwischen Tannen, lichtem Nadelwald und hässlichen Bürogebäuden, hatte er vor langer Zeit einen Schuppen angemietet.

Er lud seine Waffen aus und fand dabei zu seiner großen Freude eine Taschenlampe wieder, die er seit Jahren gesucht hatte. Sie hing an einem Haken ganz hinten an der Wand. Er schloss die Tür ab und fühlte sich ein bisschen besser. Vielleicht weil er wieder zu Hause war, vielleicht auch weil seine alte Taschenlampe kühl in seiner Hand lag.

Sophie setzte zwischen den Torpfosten zurück. Dann fuhr sie zwei Runden durch ihr Viertel, um zu sehen, ob etwas anders war als sonst, aber sie bemerkte nichts. Schließlich machte sich sich auf in Richtung Innenstadt, das Fenster hatte sie heruntergelassen. Sie fuhr die Birger Jarlsgatan bis zum Engelbrektsplan hinunter. An einer Telefonzelle hielt sie an und machte einen Anruf.

»Ja?«

»Ich bin es noch mal.«

»Hallo.«

Sie wartete einen Moment, um ihm Zeit zu geben, noch etwas zu sagen. Aber es blieb still in der Leitung.

»Bist du jetzt zu Hause?«

»Ja.«

Er war einsilbig und seine Laune schwer zu deuten.

»Können wir uns sehen?«

»Ja.«

Zwanzig Minuten später trafen sie sich am Kai unten am Strandvägen. Er saß schon auf einer Bank, als sie kam. Als er sie sah, stand er auf. Keine Umarmung, nicht einmal ein Händedruck. Er hielt Abstand. Sophie war ihm dankbar dafür.

Sie setzten sich nebeneinander auf die Bank. Es war ein warmer Abend. Beide trugen Jeans, T-Shirt und Turnschuhe. Ein paar Spaziergänger kamen an ihnen vorbei. Sie holte eine neue Schachtel Zigaretten aus der Tasche, riss sie auf und nahm sich eine heraus.

»Möchtest du?«

Er bediente sich, sie zündete ihre Zigarette an und gab ihm das Feuerzeug. Nachdem sie eine Weile geraucht hatten, zeigte sie auf das Strandhotel am anderen Ufer.

»Da habe ich mal gearbeitet.«

Das Hotel war hell erleuchtet.

»Ich bin durch Asien gereist, und als ich nach Hause kam, habe ich dort an der Rezeption angefangen. Da war ich zweiundzwanzig oder dreiundzwanzig.«

Er saß breitbeinig da und schaute zum Hotel hinüber.

»Erzähl von den Männern, die bei dir zu Hause waren«, sagte er nach einer Weile.

Sie überlegte, was sie ihm erzählen sollte und was nicht. »Es waren zwei. Vor ein paar Wochen sind sie bei mir eingebrochen und haben sich als Polizisten ausgegeben. Meine Putzfrau hat sie auf frischer Tat ertappt, sie hat einen eigenen Schlüssel. Sie haben ihr gedroht, es werde ihr schlecht ergehen, wenn sie irgendwem etwas sagt.«

Jens stützte sich mit den Unterarmen auf seine Knie und sah auf seine Schuhe hinunter.

»Wie haben sie die Frau bedroht?«, fragte er.

»Keine Ahnung.«

»Warum hat sie es dir erst jetzt erzählt? Warum nicht damals schon, als es passierte?«

»Sie hatte Angst.«

Er nickte. »Haben sie etwas mitgehen lassen?«

Sophie schüttelte den Kopf.

»Was haben sie dann bei dir gesucht – was glaubst du?«

Sie überlegte, dann sah sie ihn an. »Ich weiß es nicht.«

Jens versuchte in ihren Augen zu lesen, ob sie die Wahrheit sagte. Ihre Augen hatten sich seit damals nicht verändert.

»Was ist?«, fragte sie.

»Nichts.«

Er rauchte seine Zigarette bis zum Filter, dann trat er sie aus.

»Wie hast du Hector kennengelernt?«

Sie hatte gewusst, dass diese Frage kommen würde.

»Er lag im Krankenhaus auf meiner Station. Er war in einen Autounfall verwickelt, und wir sind Freunde geworden.«

»Wie gute Freunde?«

»Gute Freunde eben.«

»Was heißt das?«

»Was ich sage: gute Freunde.«

Sie schwiegen. Sie waren sich beide bewusst, dass die Gründe für ihr überraschendes Wiedersehen im Trasten sehr viel geheimnisvoller waren, als sie je voreinander zugeben würden.

»Hat die Sache denn etwas mit Hector zu tun?«

»Ich glaube«, flüsterte sie. »Aber ich weiß es nicht. Ich weiß gar nichts.«

»Was sonst in deinem Leben könnte die Polizei zu dir nach Hause locken, wenn wir einmal davon ausgehen, dass es wirklich Polizisten waren?«

Sie dachte nach, stand dann auf und stellte sich ans Ufer. »Was hast du in den letzten Jahren gemacht, Jens?«, fragte sie unvermittelt.

Er antwortete nicht. Sie drehte sich um und betrachtete ihn einen Augenblick. Dann schlang sie die Arme um ihren Oberkörper und suchte nach den richtigen Worten.

»Es gibt da eine Polizistin, die Hector im Visier hat, er weiß nichts davon. Sie hat mich gebeten, ihr Informationen über ihn zu liefern …«

Sophie sah Jens mit einem Blick an, als hoffte sie, nicht zu viel verraten zu haben.

»Hast du ihr von dem Abend erzählt?«, fragte er.

»Nein, natürlich nicht«, antwortete sie leise.

»Was hast du ihr dann gesagt?«

Sie sah ihm in die Augen.

»Kleinigkeiten ... nichts Besonderes. Ein paar Namen, Orte, Menschen. Aber sie hat angerufen und nach dem Abend gefragt. Ich habe keine Ahnung, was sie weiß.«

Jens schien ehrlich erstaunt. »Was hat sie denn gefragt?«

»Was ich an dem Abend gemacht habe.«

»Und was hast du gesagt?«

»Dass wir essen gehen wollten, dass Hector aber kurzfristig zu einem Termin musste und ich nach Hause gefahren bin.«

»Und sonst?«

Sie antwortete nicht.

»Sophie?«

»Ja?«

»Erzähl weiter.«

Sie zögerte. »Aron hat zu mir gesagt –«

»Was hat Aron gesagt?«

»Etwas in der Richtung, dass ich für mich behalten soll, was ich gesehen habe.«

»Eine Drohung?«

Sie zuckte mit den Schultern.

»Und Hector, was hat der gesagt?«

Über Hector wollte sie nicht reden. »Nein, das genügt.« Sie warf ihm einen ernsten Blick zu. »Ich sitze in der Scheiße, Jens. Ich weiß nicht, was ich tun soll. Kannst du mir helfen?«

Er nickte kurz. »Also, wer war das, der bei dir zu Hause war? Hectors Leute oder die Bullen?«

Sie hatte die Arme immer noch um ihren Oberkörper geschlungen. »Die Polizei, wenn du mich fragst.«

»Warum bist du davon überzeugt?«

Sophie zuckte mit den Achseln. »Ich weiß nicht ...« Sie war blass und sah müde aus.

»Aber du musst doch eine Vermutung haben?«

»Vielleicht haben sie versucht, etwas über Hector herauszufinden. Etwas, was ich ihnen nicht erzählt habe.«

»Aber dich beschäftigt ein anderer Gedanke, nämlich der naheliegende, wenn sie nach Informationen suchen. Wie nah sind sie dran an ihm, und was wollen sie mit dir?«

Sie sah ihn an.

»Ja. Aber wie soll ich das herausfinden? Soll ich mein Telefon auseinanderschrauben, in der Deckenlampe suchen? Macht man das so?«

Er nickte, trotz der Ironie in ihrer Frage. »Ja, genau so macht man das.«

Sie schwiegen. Nach einer Weile blickte er auf.

»Kannst du dir morgen freinehmen?«

»Ja.«

Er sah ihr die Angst an. Sie atmete tief ein, sah ihn noch einmal an, dann drehte sie sich um und ging Richtung Nybroplan davon.

Sie bewegte sich noch genauso wie früher. Er erinnerte sich jetzt wieder, erinnerte sich an seine verdrängten Gefühle. Wie sie sich damals kennengelernt hatten, in dem Sommer. Wie sie über alles geredet hatten, worüber man reden konnte. Wie sie sich betrunken und späte Abendessen auf der Veranda genossen und morgens immer lange geschlafen hatten. Wie er sich da zum ersten und letzten Mal in seinem Leben hatte vorstellen können, in ihrem gemeinsamen Garten den Rasen zu mähen, bis er aus Altersschwäche nicht mehr dazu in der Lage sein würde. Und wie dieses Gefühl ihn zu Tode erschreckt hatte. Wie es ihm gegen seinen eigenen Willen gelungen war, sie loszuwerden. Und dass er sich an kaum etwas aus der Zeit erinnern konnte, die darauf gefolgt war.

Jens nahm sein Handy, suchte eine Nummer aus dem Adressbuch und ließ es ein paarmal klingeln. Ein älterer Mann meldete sich.

»Hallo, Harry, erinnerst du dich noch an mich?«

»Na klar! Schön, mal wieder von dir zu hören.«

»Hast du morgen früh schon etwas vor?«

»Nichts, was sich nicht verschieben ließe.«

»Dann komm um sieben bei mir zu Hause zum Frühstück vorbei. Bring deine Ausrüstung mit und deine Handwerkerhose. Hast du den Firmenwagen noch?«

»Ja, es ist alles beim Alten.«

»Also, wir sehen uns morgen früh.«

Jens legte auf und sah über die Bucht, den Nybroviken.

Warum hatte er so leichtfertig eingewilligt, ihr zu helfen? Sie hatte eine Beziehung mit Hector Guzman, sie wurde von der Polizei abgehört und war eben erst Augenzeugin eines Mordversuchs gewesen. Hector hatte Feinde wie die Hankes im Nacken, sie schmuggelten Drogen, und wer wusste schon, was sie sonst noch taten. Hatte er Ja gesagt, weil das seine Welt war? Oder weil Sophie eben Sophie war? Normalerweise wäre er abgehauen, sobald er sie gesehen hätte. Er wäre Hals über Kopf geflohen, ohne richtig zu wissen, warum. Aber jetzt saß er da wie ein Idiot und bot ihr seine Hilfe an.

Jens verbarg das Gesicht in den Händen, meine Güte, war er müde! Er lehnte sich auf der Bank zurück. Früher war ihm das leichter gefallen, es war einfacher gewesen zu schießen, ohne sich darüber Gedanken zu machen, und es war einfacher gewesen, auf alles zu pfeifen … Wahrscheinlich sagten deshalb die Leute immer, dass früher alles besser gewesen sei: weil sie auf ihre alten Tage nicht mit der Vergangenheit fertigwurden. Alles kam am Ende doch wieder hoch.

Das Handy in seiner Hosentasche vibrierte. Er atmete tief durch, um sich von dem Druck auf seiner Brust zu befreien.

»Ja?«

Er lauschte der dunklen Stimme am anderen Ende. Hector Guzman klang freundlich, als er fragte, ob Jens zu denen gehörte, die abends noch einen Kaffee tranken.

Lars Vinge schoss etwa vierzig Bilder von Jens Vall, wie er auf der Bank am Wasser saß. Als Jens sich erhob, schaute er direkt in die Kamera. Lars bekam ein paar scharfe Großaufnahmen seines Gesichts. Er verließ seinen Platz, einen Hauseingang in der Skeppargatan, und ging zurück zum Parkhaus an der David Bagares Gatan, um Sophie den Weg abzuschneiden.

Es war kurz vor elf und dämmrig. Jens ging durch die Einfahrt und dann die Treppe hinauf. An der Tür war ein Schild befestigt: *Verlag Der andalusische Hund GmbH*.

Kurz darauf saß er Hector in dessen Büro gegenüber. Ein Fenster stand offen. Es war ein warmer Abend, und von der Straße drangen Geräusche herauf.

Hectors Schreibtisch sah aus wie eine alte Werkbank, und er saß auf einem mit Leder bezogenen Bürostuhl aus den Fünfzigerjahren.

Hector schien über etwas nachzudenken.

»Bevor wir anfangen: Möchtest du irgendetwas? Du siehst müde aus«, fragte er.

»Du hast am Telefon von Kaffee gesprochen.«

Hector stand auf. Jens folgte ihm durch einen kleineren Besprechungsraum und eine eindrucksvolle Bibliothek. Hector breitete die Arme aus.

»Diese Titel sind alle in unserem Verlag erschienen. Es sind viele Übersetzungen aus dem Spanischen, aber auch schwedische Neuerscheinungen.«

Sie traten in eine Küche.

»Mein Büro ist auf dieser Etage, und meine Wohnung liegt im Stockwerk darüber.«

Die Küche war klein, aber geschmackvoll eingerichtet. Alles war von guter Qualität. Sie blieben stehen und taxierten einander. Jens war größer, aber er fand, dass Hector stattlicher wirkte.

Hector machte sich an der Espressomaschine zu schaffen.

»Und, wie ist er so, dieser Ralph Hanke?«, fragte er.

»Ich weiß nicht … eitel, selbstverliebt.«

Hector stellte zwei Tassen unter die Maschine und drückte auf einen Knopf. Mit einem unangenehmen Geräusch setzte sich die Kaffeemühle im Inneren des Apparates in Gang.

»Milch?«

»Einen kleinen Schuss.«

Hector gab ein wenig Milch in die Kaffeetassen und reichte Jens eine davon.

»Erzähl.«

»Es war so ein Reihenhaus in einem Vorort von München. Meine Kisten standen im Keller, drapiert mit einer Leiche.«

Hector zog die Augenbrauen hoch, während er einen Schluck aus seiner Tasse trank.

»Dann kam dieser große Russe, Michail, zusammen mit Ralph und dessen Sohn, den Namen habe ich vergessen.«

»Christian«, sagte Hector.

»Ralph Hanke wollte, dass ich zwischen ihnen und dir vermittle.«

»Und was hältst du davon?«

»Ich habe dazu keine Meinung.«

Hector nickte. »Es wird keine Vermittlung geben. Diese Typen haben unsere Waren geklaut, zweimal versucht, mich umzubringen, uns gedroht und weiß der Teufel noch was. Ihr Hauptanliegen ist es, uns in ihre Organisation zu zwingen.«

»Ja, so ungefähr hat er es auch ausgedrückt«, sagte Jens.

Hector spülte die Espressotasse unter dem Wasserhahn aus. Plötzlich verfinsterte sich sein Gesicht. Er stellte das Wasser ab und drehte sich zu Jens um.

»Weißt du, was ich merkwürdig finde? Jedes Mal, wenn es in letzter Zeit brenzlig wurde, bist du plötzlich aufgetaucht. Soll ich glauben, dass das ein Zufall ist? Und jetzt kommst du als eine Art Mittler zu mir. Das ist schon ein bisschen seltsam, oder nicht?«

Jens antwortete nicht. Hector musterte ihn.

»Andererseits wirkst du ausgesprochen unbefangen.«

Jens hielt es nicht für nötig, dem etwas hinzuzufügen.

»Sag den Hankes, dass wir keinesfalls auf ihren Vorschlag eingehen werden.«

Hector verließ die Küche und ging zurück in sein Arbeitszimmer.

»Wenn du uns Ärger machst, bist du tot«, sagte er, ohne sich umzudrehen.

Noch im Treppenhaus wählte Jens die Nummer, die Michail ihm gegeben hatte. Am anderen Ende meldete sich Roland Gentz.

»Ja.«

»Ich sollte diese Nummer wählen und eine Antwort aus Stockholm übermitteln. Bin ich hier richtig?«

»Ja.«

»Hector lässt ausrichten, dass ihr zu weit gegangen seid. Wenn ihr noch einmal etwas gegen ihn unternehmt, wird die Sache eskalieren.«

»Verstehe.«

Die Verbindung wurde unterbrochen.

Jens steckte das Handy ein und ging durch Gamla Stan. Er versuchte, etwas Ordnung in die Ereignisse der letzten Zeit zu bringen. Alles war verworren. Und die Gefahr schien überall gleich groß zu sein …

Jens verscheuchte die Gedanken und kaufte für das Frühstück ein. Er fand einen durchgängig geöffneten Laden, wo es frisches Brot, frischen Kaffee und Marmelade gab. Er kaufte das Beste, was er finden konnte, denn er wollte Harry ein gutes Frühstück vorsetzen.

Morgens um halb neun klingelte es an der Tür. Albert war schon in der Schule. Sophie öffnete und ließ Jens und einen älteren Mann ein, der sich als Harry vorstellte. Beide trugen Handwerkerkleidung.

»Guten Morgen, Frau Brinkmann«, sagte Jens.

Er hatte ein bestimmtes Bild davon, wie ein Handwerker zu sein hatte: positiv, rechtschaffen und mit beiden Beinen fest auf dem Boden.

»Guten Morgen, kommen Sie doch herein«, erwiderte Sophie.

Sie traten ein. Jens spielte den Handwerker, Sophie die Auftraggeberin. Harry schwieg, er ging in eine Ecke des

Wohnzimmers, hockte sich hin und öffnete seinen Werkzeugkasten. Sophie deutete auf eine Wand.

»Hier möchte ich eine Tür. Die Fenster würde ich gern gegen französische Glastüren austauschen lassen, und dann hätte ich gern noch eine Treppe in den Garten.«

Während sie miteinander redeten, hielt sich Harry eine ovale Kunststoffvorrichtung vors Auge und sah sich im Zimmer um. Er stand auf und ging mit dem Ding im Zimmer umher, während er gleichzeitig etwas von einem Messgerät in seiner Hand ablas.

Dann schrieb Harry etwas auf einen Zettel. Jens las ihn und zeigte ihn Sophie. *Keine Kameras*. Schon machten sie weiter. Jens erklärte ihr, welche Umbauten möglich wären und welche nicht. Harry suchte den Raum mit einem Instrument ab. Plötzlich schlug das Gerät aus. Er fand ein Mikrofon in der Stehlampe, drehte sich zu Jens um und hob einen Daumen. Dann holte er ein kleines Schwedenfähnchen heraus und stellte es neben die Lampe. Er ging weiter, fand noch ein Mikrofon in der Küche und markierte die Stelle ebenfalls. Im oberen Geschoss entdeckte er Mikrofone im Schlafzimmer, in Alberts Zimmer und im Flur. Überall stellte er die Fähnchen auf. Dann untersuchte er die Telefone und fand zwei weitere.

Harry holte eine winzige Kamera heraus. Sie sah aus wie die Mine eines Kugelschreibers. Er befestigte sie hinter einer fast unsichtbaren Leitung in einer Ecke zwischen Zimmerdecke und Wand und kontrollierte über einen handtellergroßen Monitor, ob sie tatsächlich funktionierte. Er sah sich selbst auf dem Bildschirm, trat zurück und kontrollierte noch einmal das Bild. Harry reichte Sophie den Handmonitor. Auf einen Zettel schrieb er:

Bewegungsmelder. Die Kamera reagiert auf Bewegung.

Kontrollieren Sie sie jeden Tag. Verstecken Sie den Monitor, aber höchstens acht Meter von der Kamera entfernt.

Bevor sie wieder gingen, gab Jens Sophie ein Prepaidhandy und einen Zettel, auf dem er sie bat, in einer halben Stunde nach draußen zu gehen und ihn anzurufen.

»Was denkst du?«, fragte Jens, als sie wieder im Wagen saßen.

»Ich denke, dass diejenigen, die sie abhören, Profis sind. Die Mikrofone sind winzig klein, also kaum zu entdecken. Und schweineteuer sind sie auch. Der Nachteil ist, dass sie eine kurze Reichweite haben, etwa zweihundert Meter. Und deutlich weniger noch in einem Wohngebiet mit vielen Häusern und Bäumen. Wahrscheinlich haben sie den Empfänger in einem geparkten Auto installiert.«

Harry steuerte den Wagen durch das Viertel und sprach weiter. »Die Leute, die diese Mikros angebracht haben, haben das nicht zum ersten Mal gemacht. Wahrscheinlich gibt es noch weitere Abhörgeräte im Haus. Mach ihr klar, dass sie auch bei der Benutzung von Computer und Handy äußerst vorsichtig sein muss ... ja, eigentlich mit allem.«

»Was denkst du, wer dahintersteckt? Die Polizei?«

Harry blickte starr geradeaus.

»Keine Ahnung.«

»Macht die Filmaufnahmen?«, fragte Anders.

Der Wachmann schüttelte den Kopf. »Nein, aber immerhin macht sie Bilder. Wie gesagt, sie ist ziemlich alt. Sie soll im Abstand von dreißig Sekunden fotografieren, wenn ein Krankenwagen vorfährt.«

»Warum?«

Der Wachmann zuckte die Schultern. »Wahrscheinlich, damit die Rezeption sieht, wenn ein Krankenwagen kommt. Aber genau weiß ich es auch nicht.«

Anders Ask und der Wachmann saßen an einem Schreibtisch und gingen die Bilder des Abends durch, an dem der Mann mit der Schusswunde aufgenommen worden war. Es waren unscharfe Großaufnahmen der Windschutzscheibe eines Autos.

»Warum ist die Kamera so eingestellt?«

»Keine Ahnung.«

Anders seufzte. Er konnte den oberen Teil eines dunklen Wagens, die Hälfte der Windschutzscheibe und einen Teil des Dachs erkennen. Am Lenkrad war undeutlich ein rechter Arm zu sehen, vermutlich von einem Mann. Anders seufzte erneut. Es gab kein Foto davon, wie das Auto wieder wegfuhr; auf den letzten Bildern war es schon nicht mehr da.

»Ich brauche alle Bilder.« Aber Anders wusste, dass er wenig mit ihnen anfangen konnte.

Eva hatte die Fotos eingescannt. Anders, Gunilla und Erik starrten auf den Bildschirm.

»Was ist das für ein Auto?«, fragte Gunilla.

Keiner antwortete.

»Vergleiche es mit …«, sagte Gunilla und schaute in ihre Papiere, »… Toyota Land Cruiser, 2001er Jahresmodell.«

Eva tippte, bekam eine Reihe Land-Cruiser-Bilder auf den Schirm. Sie fand ein geeignetes und übertrug es in ein 3-D-Programm, drehte und wendete es und verglich es mit ihrem Foto.

»Passt«, sagte sie. »Es ist mit größter Wahrscheinlichkeit ein Toyota Land Cruiser, 2001er Jahresmodell.«

»Ganz schön abgebrüht, diese Krankenschwester«, flüsterte Anders.

»Noch wissen wir es nicht mit Sicherheit«, sagte Gunilla.

»Es gibt ja auch andere, die so ein Auto fahren«, meinte Erik.

Dann wurde es still.

Gunilla beendete das Schweigen: »Was gäbe es für mögliche Szenarien, wenn das wirklich Sophies Auto wäre?«

Anders antwortete: »Der einzige Hinweis auf eine Person, den wir bei diesem Auto erkennen können, ist der Arm, den man auf Bild Nummer drei sieht. Der Arm gehört nicht Sophie, er gehört zu einem Mann, der gerade aus dem Auto steigt. Aber es kann nicht Hector sein, dafür ist die Hautfarbe der Hand zu hell. Es könnte Aron sein. Es kann auch einer der Kollegen des angeschossenen Mannes sein – oder jemand ganz anders. Wie auch immer, Sophie könnte um den Block gefahren sein und sie am Hinterausgang des Restaurants aufgegabelt haben.«

»Und Lars?«, wandte Gunilla ein. »Warum sollte Lars behaupten, dass sie nach Hause gefahren ist?«

»Vielleicht hat er das angenommen. Vielleicht hat er sie aus den Augen verloren, als sie um den Block fuhr, um die anderen abzuholen? Vielleicht hat er es auch einfach nicht mitgekriegt.«

»Aber dann hätte er gesagt, dass sie um den Block gefahren ist, und das hat er nicht. Er hat gesagt, dass sie auf die Odengatan gefahren ist und er ihr auf diesem Weg gefolgt ist.«

»Vielleicht lügt er?«

»Warum sollte er das tun?«, fragte Gunilla.

Anders antwortete nicht.

»Anders, warum sollte Lars uns anlügen?«

»Ich weiß nicht …«

Erik runzelte die Stirn. »Ich finde, wir sollten ihr Auto untersuchen, bevor wir uns in irgendwelche Theorien stürzen. Wenn wirklich ein verletzter Mann damit transportiert worden ist, dann werden wir Spuren von ihm finden.«

Gunilla wandte sich an Eva.

»Überprüfe alle Autos dieses Modells und dieser Farbe in Stockholm und Umgebung. Ich brauche die Namen aller Halter. Anders, ich möchte, dass du und Hans Berglund euch näher miteinander bekannt macht.«

»Das haben wir schon«, sagte Anders.

15

Anders Ask und Hasse Berglund waren am Nachmittag in die Polizeitechnische Abteilung gefahren. Gunilla hatte sie beauftragt, dort an der Rezeption einen Karton abzuholen. Sie bräuchten nichts zu quittieren, sie sollten ihn nur abholen. Anders klemmte sich den Karton unter den Arm und nickte im Hinausgehen den Polizisten zu, die er noch von früher kannte. Sie grüßten freundlich zurück.

Sie aßen Pizza in Hasses Lieblingslokal, der Pizzeria Colosseum in Botkyrka. Hasse nahm eine Colosseum Spezial mit Schweinefilet und Sauce béarnaise, Anders entschied sich für Pizza Hawaii. Dazu tranken sie Falcon, laut Hasse das einzige Bier, das man trinken konnte.

In einer Ecke des Lokals saßen ein paar Betrunkene und schenkten sich Rotwein aus Glaskaraffen ein. Sie schrien wild durcheinander, während sie über Ausbildung, Krankenversorgung, Direktoren und anderes schimpften.

Hasse stand auf, ging zu ihnen hinüber und bat sie, die Lautstärke etwas zu senken. Eine Frau mit roten Haaren rief, dass sie schon lange keine Befehle mehr von Männern entgegennehme, das solle er sich merken.

»Warum gehst du überhaupt in so ein Lokal?«

»Keine Ahnung«, seufzte Berglund und kaute an einem großen Pizzadreieck, von dem der Käse in Fäden herunterhing.

»Erzähl mal, wie ist die Mutti denn so«, fuhr er mit vollem Mund fort.

Anders schnitt seine Pizza.

»Da gibt es nicht viel zu erzählen. Wir kennen uns schon lange. Sie hat mich ein paarmal vor dem Schlimmsten bewahrt. Ich bin beim Geheimdienst rausgeflogen, bei der Säpo.«

Er nahm einen Bissen.

»Wieso?«

»Sie haben mich sozusagen mit der Hand in der Keksdose erwischt«, erwiderte Anders kauend.

»Was für eine Keksdose?«, fragte Hasse.

Anders kaute zu Ende.

»Es gab eine Bande Eritreer draußen in Norsborg, die wir überwachten. Ich sollte eines Abends die Abhörgeräte installieren und fand eine Papiertüte voll Bargeld unter der Spüle. Ich steckte die Hand rein und machte meine Taschen voll … Irgendein scheiß Kollege hat mich verpfiffen.«

»Und sie hat dir geholfen?«

»Ja, sozusagen. Jedenfalls wurde ich nur gefeuert, statt ins Gefängnis zu wandern.«

»Warum?«

»Warum was?«

»Warum hat sie dir geholfen?«

»Ich habe im Gegenzug den einen oder anderen Job für sie übernommen.«

Hasse nahm einen Schluck Bier. »Und was ist dann passiert?«, fragte er.

»Ich hab die Säpo verlassen wie ein scheißbegossener Pudel und bekam in den folgenden Jahren ein paar kleinere Aufträge von ihr. Und dann ging wieder etwas schief.«

Anders trank einen Schluck.

»Wir waren eine Gruppe von Leuten, die schnelles Geld machen wollten. Wir haben ein paar Pferde auf der Täby-Rennbahn gedopt. Es ging total daneben, zwei Pferde starben, und wir standen da, als die Kontrolleure reinkamen, ich hatte die Spritze noch in der Hand.« Er lachte bei dieser Erinnerung. »Gunilla hat mich wieder gerettet. Ich saß richtig in der Scheiße, aber sie scheint immer da zu sein, wenn mir so etwas passiert … Ich stehe also ein bisschen in ihrer Schuld.«

Hasse trank sein Bier aus, er hatte Schaum auf der Oberlippe, als er das Glas abstellte.

»Du hast im Auto irgendwas gequatscht, von wegen wir müssten zusammenhalten …«

Anders biss von seiner Pizza ab.

»Nee, ist nicht so wichtig.«

»Doch, erzähl mal«, sagte Hasse.

Anders schüttelte den Kopf. »War wirklich nicht wichtig.«

Er trank einen Schluck Bier und warf einen Blick über die Schulter. »Es gab eine Ermittlung, die von Gunilla und Erik geleitet wurde. Ich war sozusagen als Freelancer dabei. Wir waren drauf und dran, Zdenko, den Traberkönig, dranzukriegen, du weißt schon. Ein großer Gangster, der von Malmö aus operierte. Er hatte eine Frau, sie war Schwedin und vollkommen hohl in der Birne. Eine Blondine aus Alingsås, achtundzwanzig Jahre alt. Patricia Sowieso.«

Anders versank kurz in Gedanken, dann kam er wieder zu sich.

»Gunilla hatte sie schon ziemlich früh am Haken, sie hatte irgendetwas gegen sie in der Hand, keine Ahnung, was es war. Wir haben uns echt bemüht, ohne dass etwas dabei herauskam. Und dann war die Tussi plötzlich verschwunden. Zdenko blieb auf freiem Fuß, wurde allerdings später auf Jägersro in Malmö erschossen.«

»Wohin ist sie verschwunden?«

»Keine Ahnung, sie war einfach weg.«

»Und?«

»Nichts und. Sie wurde als vermisst gemeldet.«

»Ist sie tot?«

Anders stopfte sich noch ein Stück Pizza in den Mund, sah Hasse an und kaute. Dann zuckte er mit den Schultern.

»Wie habt ihr es geschafft, da herauszukommen?«, fragte Hasse.

»Das war gar nicht so schwierig, wir haben alles gelöscht, was mit ihr zu tun hatte, als hätte sie für uns nie existiert. So arbeitet Gunilla. Sie hat schon immer so gearbeitet, sie benutzt Menschen.« Er blickte auf. »Sie hat fast immer Erfolg, weil sie gleichzeitig diejenigen, die sie nicht braucht, außen vor lässt.«

»Und wie gelingt ihr das?«

»Schau uns an, ich, der Verräter von der Säpo und ein Pferdemörder, und du, ein gemeingefährlicher Streifenpolizist mit Stimmungsschwankungen – das reicht doch wohl als Erklärung?«

»Womit hat sie Zdenkos Blondine geködert?«, fragte Hasse.

»Ich weiß es nicht. Vielleicht hat sie ihr etwas versprochen oder sie bedroht.«

»So wie bei unserer Krankenschwester?«

»Nein, anders. Ich habe es aber nie herausgefunden.«

»Wir sind damals gerade noch davongekommen«, fuhr Anders fort.

»Was meinst du damit?«

Anders spülte die Pizza mit einem Schluck Bier herunter.

»Damit meine ich, was ich vorhin schon gesagt habe, dass wir aufpassen müssen. Wir brauchen einen Notausgang, wenn das hier schiefgeht.«

»Schiefgeht? Was sind das denn für Weicheisprüche?«

»Gunilla geht gerade ein großes Risiko ein.«

»Ich finde, sie hat alles ganz gut unter Kontrolle.« Hasse lehnte sich ein wenig zurück und fuhr sich mit der Zunge über die Zähne.

»Schon klar, aber du weißt doch, was wir tun?«

»Was denn?«

»Die Gruppe, die sie zusammengestellt hat, ist konturlos, wie ein Schatten in der großen Organisation. So will sie es haben, und so hat sie es hingekriegt. Das ist kein normaler Job, mit dem wir es hier zu tun haben. Zurzeit geht das gut, aber irgendwann wird jemand weiter oben keine Lust mehr darauf haben. Ich sage nur, wenn du irgendetwas Merkwürdiges siehst oder hörst, dann komm damit zu mir. Und ich komm umgekehrt zu dir. Okay?«

Hasse unterdrückte seinen Schluckauf, während er sagte: »Ich bin ein alter Streifenpolizist, den sie zum Flughafen abgeschoben haben. Das ist dasselbe, wie im Fundbüro zu landen. Ich hätte dort bis zu meinem fünfundsechzigsten Geburtstag rumhampeln müssen. Aber ich habe einen Anruf bekommen, der alles verändert hat. Das war meine Rettung, also habe ich vor, zu tun, was mir gesagt wird. Ich werde alles genau so machen, wie die Chefin es verlangt.«

Hasse ließ seinen Blick durch das Lokal wandern und rülpste leise. »Wann sollen wir da sein?«, fragte er dann.

»In drei Stunden ...«

»Wollen wir noch ein bisschen saufen?«

Anders sah keinen Grund, Nein zu sagen. Sie bestellten noch eine Runde. Hasse trank sein Bier in einem Zug und bestellte sich gleich noch ein neues. »Und dazu zwei Jäger!«, rief er.

Aus den Deckenlautsprechern erklang »I just called to say I love you« auf der Panflöte. Anders druckte mit dem feuchten Boden seines Bierglases olympische Ringe auf den Tisch.

»An was für einen Notausgang hattest du gedacht?«, fragte Hasse.

Das Bier und zwei Jägermeister wurden vor sie hingestellt. Sie kippten den Schnaps in einem Zug herunter.

»Noch zwei!«, rief Hasse, bevor er das Glas abgestellt hatte. Die Kellnerin im schwarzen T-Shirt war jedoch längst wieder weg.

»Sie hat das doch gehört?«

»Ich glaube, wir müssen strategisch vorgehen.« Anders wollte beim Thema bleiben.

»Red keinen Scheiß, Anders ... And ...« Hasse rülpste mitten im Satz. Er grinste breit.

Anders trank ungerührt sein Glas aus. »Wir müssen den Rücken frei haben.«

»Wie soll das aussehen?«

»Wir leugnen alles, wenn es nötig wird, aber wir müssen beide leugnen.«

»Darauf leugnen wir einen.« Hasse grinste und erhob sein Glas.

Sie verließen Botkyrka und das Colosseum, kauften an der Tankstelle ein Sixpack Bier und fuhren über den Essingeleden in die Stadt.

»Ich liebe es, Auto zu fahren, wenn ich betrunken bin«, sagte Hasse.

Anders lehnte sich aus dem offenen Fenster und ließ sich die laue Nachtluft ins Gesicht wehen.

»Dieser Lars, was ist das eigentlich für ein Vogel?«, fragte Hasse dann.

»Ein Vogel eben. Scheiß auf ihn.«

Sie fuhren ziellos durch die Innenstadt, tranken Bier, sahen sich das Nachtleben an und hörten dazu eine alte Randy-Crawford-Platte.

Hasse steuerte den Volvo am Sergelstorg-Rondell scharf in die Kurve, schaltete herunter und trat das Gaspedal durch. Er nahm das Rondell in drei Zügen, die Schwerkraft drückte die beiden Männer nach rechts.

Als es zwei Uhr schlug, fuhren sie endlich nach Stocksund raus.

Ein paar Straßen von Sophies Haus entfernt hielten sie an und blieben noch einen Moment im Auto sitzen. Sie hatten sich über eine drahtlose Verbindung ins System vom kleinen Lasse eingeloggt, der mit seinem Abhörwagen neben einem Wäldchen stand. Weit genug entfernt, um sie nicht zu bemerken. Anders setzte die Kopfhörer auf.

»Ich glaube, sie schlafen. Wollen wir?«

Sie stiegen aus und gingen zum Haus, Anders mit dem Karton von der Polizeitechnischen Abteilung unterm Arm, Hasse mit einer Bierdose in der Hand. Die Sonne hing knapp unter dem Horizont, um diese Jahreszeit wurde es niemals richtig dunkel.

»Ich hasse den Sommer«, sagte Anders.

Sie zogen ihre schwarzen Strickmützen über. Anders sah Hasse an. »Echte Sturmhauben …«

Hasse grinste. Sie schlichen über den Kiesweg, auf dem der Land Cruiser parkte, hielten kurz inne und warteten.

Anders knipste seine Taschenlampe an und ließ den Lichtkegel durch das Auto wandern. Es sah wie frisch gereinigt aus.

Anders öffnete seinen Karton, nahm ein elektronisches Gerät heraus. Eine digitale Anzeige arbeitete, während Anders das Gerät auf das Auto gerichtet hielt. Die Anzeige schwankte zwischen niedrigen Frequenzen, stieg dann aber langsam nach oben. Mit einem Mal wurde das Auto des Nachbarn entriegelt und blinkte dreißig Meter von ihnen entfernt in der Nacht auf. Sie lachten gedämpft.

Dann entriegelte sich auch Sophies Auto. Anders steckte das Gerät in seine Tasche und öffnete die hintere Seitentür. Er nahm eine ultraviolette Lampe aus dem Karton, knipste sie an und fuhr mit dem Lichtkegel über die Sitze. Er fand keine Spuren, obwohl er alles absuchte – den Boden, die Lehnen, die Sitze, das Dach – das ganze Auto. Er fand nirgendwo Blut, es war alles frisch gereinigt.

Anders schloss die Tür wieder und öffnete die Heckklappe, schaute hinein und suchte auch hier alles mit der Lampe ab. Wieder nichts. Er knipste das Licht aus und schnupperte, sog den Geruch ein. Er bemerkte einen schwachen Duft nach Chlor und etwas anderem, Chemischem, und dann einen vertrauten Duft. Er schnupperte noch einmal, war das Leim? Er sah sich die Matte an, die den Boden des Kofferraumes bedeckte. Vorsichtig hob er eine Ecke an und hielt das Gummi an seine Nase. Natürlich war das Leim!

»Hasse!«, zischte er. »Riech mal.«

Hasse bückte sich und roch. »Leim?«

Anders nickte. »Und sieh dir die Matte an, die ist nicht original, die ist zu klein.«

Hasse zuckte mit den Schultern. Ihm war fast alles egal, wenn er betrunken war. Anders nahm eine Probe von dem Klebstoff und schnitt ein Stück aus der Matte. Er legte die Probe in einen Plastikbeutel und verschloss ihn. Dann fotografierte er sorgfältig den Innenraum des Wagens und schloss ihn mit seinem digitalen Dietrich wieder ab.

Gunilla hatte Lars angerufen und gesagt, er solle die Überwachung um acht Uhr abends abbrechen und in die Stadt zum Trasten fahren. Als dort nichts los war, fuhr er wieder nach Stocksund hinaus. Er war irritiert und fragte sich nicht zum ersten Mal, was hier gespielt wurde. Lars hatte in einem nahen Wäldchen geparkt und sich dann in Sophies Nachbargarten zwischen den Büschen versteckt. Er hatte sie kommen sehen, halb betrunken und kein bisschen vorsichtig.

Dank Teleobjektiv waren ihm ein paar gute Bilder gelungen. Er wartete in seinem Versteck, bis Anders und Hasse verschwunden waren. Dann riss er einen Zettel aus seinem Notizblock und schrieb mit seiner fahrigen Schrift *Sei vorsichtig* darauf.

Schließlich warf er den Zettel in Sophies Briefkasten.

Zu Hause übertrug Lars die Bilder von Anders Ask und Hans Berglund auf seinen Computer, druckte ein paar davon aus und befestigte sie an der Wand. Er setzte sich auf seinen Schreibtischstuhl, rollte zurück und betrachtete sein Werk. Die Wand war größer geworden, als hätte sie ein Eigenleben entwickelt.

Sara erschien im Türrahmen. Sie war von ihm aufgewacht, blinzelte und schaute auf die Wand, die mit Namen, Bildern, Wörtern, Pfeilen, Zeitangaben, Linien und Fragezeichen bedeckt war. Ihr Blick fiel auf Lars, der dasaß und an die Wand starrte.

»Du brauchst Hilfe«, sagte sie.

Er drehte sich zu ihr um. »Du musst ausziehen.«

»Das werde ich auch. Ich habe mit Terese gesprochen, sie kann mir vielleicht helfen.«

Er sah sie an. »Glaubst du, das interessiert mich?«

Sie sah traurig aus. Noch einmal schaute sie auf die Wand. »Was ist das, Lars?«

Lars betrachtete zufrieden sein Werk. »Das Leben auf einer Wand … das ganze beschissene Leben auf einer einzigen Wand!«

Sie verstand ihn nicht. Dann stand er auf und ging mit unsicheren Schritten auf sie zu. Ein zufriedener Ausdruck lag in seinen Augen, Sara lächelte vorsichtig, vielleicht wollte er sie ja umarmen.

Peng!

Sie bekam einen harten Schlag ins Gesicht. Ihre Beine knickten ein, und sie fiel zu Boden. Dann setzte er sich auf sie, sein Gesicht war verzerrt. Er schrie, dass ihm der Speichel aus dem Mund flog, schrie, dass sie nie wieder sein Arbeitszimmer betreten solle. Wenn sie es noch einmal täte, würde er sie umbringen.

3. TEIL

16

»Carlos Fuentes war Samstagnacht in der Notaufnahme, um sich behandeln zu lassen.«

Gunilla stutzte. »In der gleichen Nacht …?«

Eva nickte. »In der auch der Mann mit der Schussverletzung abgeliefert wurde, genau. Fuentes hat behauptet, von einer Bande Jugendlicher überfallen worden zu sein.«

Gunilla hängte den Mantel auf einen Kleiderbügel. »Wurde er verhört?«

Eva zeigte auf einen Stoß Papiere auf ihrem Tisch.

Gunilla las das Verhör durch, das eine Streife um 01:48 Uhr in jener Nacht aufgenommen hatte. Darin stand nichts Bemerkenswertes. Carlos Fuentes hatte den Odenplan überquert und war die Norrtullsgatan entlanggegangen, als er von drei unbekannten Jugendlichen überfallen wurde. Über ihr Aussehen konnte er nichts sagen, die Jugendlichen waren anschließend geflohen. Gunilla ging das ärztliche Gutachten durch. Carlos hatte zwei Zähne im Oberkiefer verloren und Blutergüsse im Gesicht.

»Keine Verletzungen am Körper«, sagte sie.

Eva blickte von ihrem Computer auf. »Was hast du gesagt?«

»Er wurde von drei Typen überfallen, die alle auf sein

Gesicht gezielt haben. Er hat keine Verletzungen an Oberkörper, Armen oder Beinen.«

»Aber das ist doch nicht unmöglich?«, sagte Eva.

Gunilla schaute weiterhin auf den Bericht. »Doch, ist es …«

Sie setzte sich auf einen Stuhl und las die Unterlagen noch einmal durch. Als sie fertig war, stand sie auf und ging zu der weißen Tafel an der Wand. Sie nahm einen Filzstift und schrieb das Datum auf, an dem der angeschossene Mann im Krankenhaus eingeliefert worden war. Über dieses Datum schrieb sie *Zwei unbekannte Männer im Trasten*. Dann schrieb sie *Hector?* Und *Sophies Auto?* Sie schrieb *Angeschossener Mann* und *Carlos Fuentes misshandelt*. Die Sätze bildeten einen Halbmond über dem Datum. Unter das Datum schrieb sie *Unbekannter Mann in Sophies Auto? Auto frisch gereinigt?*

Sie trat einen Schritt zurück. Es gab keinen Beweis dafür, dass es wirklich Sophies Auto gewesen war, mit dem der Mann in die Ambulanz gebracht worden war. Es gab überhaupt bisher keine Beweise, dass all diese Ereignisse etwas miteinander zu tun hatten.

Aber konnte das alles wirklich Zufall sein? Es fiel ihr schwer, das zu glauben.

»Eva?«, sagte sie.

Eva Castroneves blickte auf.

»Anders hat den Angeschossenen im Krankenhaus als einen der beiden Männer identifiziert, die am frühen Abend ins Trasten gegangen waren – zu siebzig Prozent, wie er sagt. Und Carlos wurde in derselben Nacht misshandelt. Die Matte im Kofferraum von Sophies Auto ist ein bisschen zu klein und erst vor Kurzem eingeklebt worden, Anders hat auch Reinigungsmittel gerochen. Glauben wir da immer noch an einen Zufall?«

Eva betrachtete die weiße Tafel, ohne zu antworten. Gunilla wendete sich wieder ihren Aufzeichnungen zu und überlegte eine Weile. Dann stand sie auf, ging zum Schreibtisch, nahm ihre Halskette ab und schloss mit dem Schlüssel, der daran hing, die mittlere Schublade ihres Aktenschränkchens auf. Sie nahm ein schwarzes Notizbuch heraus, versperrte die Schublade wieder und verließ das Zimmer.

Gunilla trat auf die Brahegatan. Sie bog nach links ab und ging den Valhallavägen entlang, bis sie eine Bank fand, gegenüber dem Eingang zur U-Bahn-Station »Stadion«.

Inmitten des Verkehrslärms schloss sie die Augen und überließ sich ihren Gedanken. Vor ihrem inneren Auge sah sie Sophie Brinkmann, sie sah ihren Gesichtsausdruck, ihre Handbewegungen und hörte ihre Stimme. Wie sie den Kopf zurückwarf und ihre drei verschiedenen Arten zu lächeln: das ehrliche, das höfliche und das fragende Lächeln. Sie hörte drei unterschiedliche Tonfälle: den natürlichen, den zögernden und den unehrlichen. Gunilla dachte an die Autofahrt mit ihr und an Sophies Gesichtsausdruck, als sie selbst von dem Schuldgefühl erzählte, das bei Gunilla die Elternlosigkeit auslöste. Sie hörte noch einmal Sophies Stimme, ehrlich und leise, aber ausweichend. Sie erinnerte sich an Sophies Miene, als sie ihr erzählt hatte, dass sie beschattet wurde, und dann fragte: »Wie fühlt sich das an?« Da hatte Sophie anders geklungen, als sie antwortete, da hatte sie gelogen. Und wie war Sophies Stimme bei dem Telefongespräch, in dem sie beteuert hatte, sie wäre vom Trasten direkt nach Hause gefahren, nachdem Hector verschwunden war? Es war der gleiche Tonfall, Sophie hatte sie angelogen!

Gunilla sah die genaue Abfolge vor sich: Hector verschwindet aus irgendeinem Grund aus dem Restaurant. Sophie und Aron helfen ihm, was Sophie leugnet.

Gunilla kehrte in die Gegenwart zurück und hörte ihren eigenen Atem, den leichten Wind in den Bäumen, den Verkehr und die Menschen. Sie blinzelte und öffnete die Augen. Dann schlug sie ihr schwarzes Notizbuch auf und schrieb ihre Gedanken auf. Und das Bild wurde klarer: Sophie Brinkmann folgte ihrem eigenen Plan. Sie ließ sich nicht steuern, weder von Hector noch von der Polizei. Sie suchte ihren eigenen Weg. Man musste sie auf andere Weise in den Griff bekommen.

Gunilla stand auf und ging ins Büro zurück. Sie rief ihren Bruder Erik an und sagte, dass sie mit ihm eine Idee besprechen wolle.

Albert war glücklich, als er ihr Haus verließ, den Geschmack ihres Kaugummis noch im Mund. Seit zwei Wochen waren sie nun zusammen. Sie hieß Anna Moberg und hatte ihm immer schon gefallen.

Er lief die Straße hinunter und stellte fest, dass ihm ein Auto folgte. Er ging noch ein paar Schritte, dann blieb er stehen.

Das Auto fuhr noch ein Stück und hielt dann ebenfalls an. Albert überquerte die Straße und beschleunigte seine Schritte. Ein Seitenfenster wurde heruntergelassen.

»He, du!«

Albert drehte sich um und sah einen kräftigen Mann in Windjacke hinter dem Steuer.

»Albert Brinkmann?«

Albert nickte.

»Komm her, ich will mit dir reden.«

»Nein, ich muss nach Hause.« Er spürte, wie nervös er klang.

Der Mann im Auto winkte ihm mit der Hand. »Komm her, ich bin von der Polizei.« Der Mann zeigte ihm seinen Dienstausweis.

»Ich heiße Hans Berglund, setz dich nach hinten.«

Albert zögerte. »Setz dich auf den Rücksitz«, wiederholte der Polizist.

Die Sitze waren mit Velours bezogen. Es roch nach Essen, Hamburger wahrscheinlich. Hans Berglund sah Albert im Rückspiegel an.

»Du sitzt ganz schön in der Tinte.«

Albert sagte nichts. Es klickte, als Berglund die Zentralverriegelung aktivierte. Er drehte sich um und sah Albert direkt in die Augen.

»Tu nicht so, als wüsstest du nicht, wovon ich rede.«

Die Ohrfeige kam ganz unvermittelt. Hasse schlug ihm mit der flachen Hand an den Kopf, und Albert knallte gegen das Seitenfenster. Für eine Sekunde begriff er gar nichts, dann kam der Schmerz.

»Wovon reden Sie, ich habe nichts getan«, stammelte er. Ihm kamen die Tränen, und er zitterte am ganzen Körper.

»Nein, Albert, ich erwische nie den Falschen.« Hasse starrte ihn an. »Ich habe gerade eben mit einem Mädchen gesprochen, oder soll ich lieber sagen, mit einem Kind? Vierzehn Jahre alt. Sie hat erzählt, du hättest sie auf einer Party vor zwei Wochen vergewaltigt. Und weißt du was?«

Albert schwieg und hielt sich den Kopf. Es tat weh.

»Und weißt du was?« Jetzt brüllte Hasse.

Albert zwang sich, ihm in die Augen zu sehen.

»Nein?«

»Ich glaube ihr. Drei Jungs haben sich als Zeugen gemeldet, außerdem haben wir ein ärztliches Gutachten. Vierzehn bedeutet minderjährig. Das nimmt ein Richter nicht auf die leichte Schulter, das kann ich dir sagen.«

Alberts Angst legte sich ein wenig.

»Ja, aber dann haben Sie wirklich den Falschen. Ich heiße Albert Brinkmann, ich wohne hier in Stocksund, gleich da vorn.«

Er zeigte in Richtung seines Zuhauses. Hasse lehnte sich in seinem Sitz zurück.

»Warst du auf der Party auf Ekerö …«, Hasse schaute in sein Notizbuch, »Kvarnbacken, am 14. dieses Monats?«

»Ich weiß nicht mehr, wie das genau hieß.«

»Aber du warst auf dieser Party?«

Zögernd antwortete Albert. »Aber ich habe dort kein Mädchen kennengelernt. Ich bin mit einem anderen Mädchen zusammen.«

»Dann bist du also ein geiler kleiner Bock, Albert?«, fragte Hasse in vertraulichem Ton. »Das sind wir alle. Aber wenn es in die falsche Richtung geht, dann komme ich ins Spiel und sorge für Recht und Ordnung. Das ist mein Job, weißt du.«

Es war stickig im Auto.

»Aber ich habe nichts getan«, flüsterte Albert.

Hasse bleckte die Zähne, klappte den Sonnenschutz herunter und betrachtete sein Grinsen im Spiegel.

»Wir fahren in die Stadt, nach Norrmalm. Da gibt es Zeugen, die werfen einen Blick auf dich. Wenn es so ist, wie du sagst, kannst du gehen. Okay?«

Albert nahm sich zusammen. »Wie heißt denn das Mädchen?«, fragte er.

Hans Berglund knallte den Sonnenschutz wieder nach oben, ließ den Motor an und fuhr in die Stadt. Er hatte nicht vor, Alberts Frage zu beantworten.

»Ach, hier bist du, Telefon für dich, es ist Albert.«

Sophie lächelte ihrer Kollegin zu und ging in die Rezeption, setzte sich und nahm den Hörer auf, der auf dem Schreibtisch lag.

»Hallo, mein Schatz.«

Am anderen Ende hörte sie ihren Sohn weinen wie ein kleines Kind, er konnte vor Schluchzen gar nicht erzählen, was passiert war. Sie hörte zu, beruhigte ihn und sagte, sie mache sich auf den Weg.

Auf der Polizeiwache musste sie auf einem leeren Flur in einem der oberen Stockwerke warten. Sie saß ganz allein dort. Die Bürotür ihr gegenüber war angelehnt, das Zimmer leer. Dann hörte sie Schritte auf dem Flur. Ein großer, bärtiger Mann mit einer Plastikmappe in der Hand kam auf sie zu. Er stellte sich ihr als Erik Strandberg vor und setzte sich neben sie auf die Bank. Er roch nach altem Schweiß, der sich in den Kleidern festgesetzt hatte.

»Ihr Sohn Albert. Hat er Ihnen erklärt, um was es geht?«

Seine Stimme war tief und gewöhnlich.

»Das ist alles ein Missverständnis ...«

Erik rieb sich die Augen und kratzte sich ein wenig an der Stirn. Er wirkte müde und überarbeitet.

»Er hat sich anscheinend an einem Mädchen vergangen ...«

»Das kann nicht sein«, widersprach Sophie. »Und jetzt möchte ich ihn sehen.«

Erik räusperte sich. »Ja, gleich.«

»Nein, jetzt. Oder soll ich meinen Anwalt anrufen?«

»Das wird nicht nötig sein.«

Sie sah ihn fragend an. »Was soll das heißen?«

»Was ich gesagt habe: Das wird nicht nötig sein. Lassen Sie uns erst einmal reden, in Ordnung?«

Sophie sah ihn an. Sein dichter Bart machte es schwierig, seine Miene zu deuten.

»Vielleicht ist es ja so, wie Sie sagen«, begann Erik. »Dass Albert nichts getan hat. Aber es ist nicht so einfach, wie Sie denken. Wir sind Polizisten, wir wissen, was wir tun.«

Sie versuchte zu verstehen, was er meinte.

»Hier, lesen Sie … Das wird Ihnen ein Bild von der Situation geben.«

Er reichte ihr die Mappe. Sophie schlug sie auf. Es waren drei Zeugenaussagen. Sie las auszugsweise, was Albert an diesem Abend getan haben sollte.

»Das ist richtig blöd für einen so jungen Burschen, und vielleicht ist es ja auch so, wie Sie sagen, aber nun sitzt er hier, und wir haben diese Zeugenaussagen. Das sind schwerwiegende Vorwürfe.«

Erik stand auf und kontrollierte den Korridor. Sie waren nach wie vor allein.

»Sie können den Jungen jetzt mit nach Hause nehmen«, sagte er leise. »Und sprechen Sie vorläufig mit niemandem darüber, das macht es nur noch schlimmer für Sie und Ihren Sohn.«

Dann ging er. Sophie schaute ihm hinterher und wusste nicht, was sie denken sollte. Ihre Gedanken wurden vom Geräusch sich nähernder Schritte unterbrochen. Albert kam auf sie zu, er war allein, niemand begleitete ihn. Er wirkte verstört. Sein ganzer Körper schien vor Angst und Verzweiflung zu zittern.

Erik Strandberg hatte einen guten Tag gehabt. Er hatte hinter der verspiegelten Glasscheibe gestanden und Albert im Verhörraum beobachtet. Er hatte gesehen, wie der Junge versuchte, eine bequeme Position auf dem Stuhl zu finden. Denk mal an, so ein kleiner Kerl. Der verstand doch gar nicht, was er hier sollte. Zu Tode erschrocken und vollkommen panisch.

Erik hatte sich gefreut, dass Hasse Berglund eine sehr offene Einstellung zu seinem Beruf hatte. Er mochte seine direkte und ungekünstelte Art, aber auch den Humor – sie lachten über dieselben Dinge, über dieselben idiotischen Dinge, die um sie herum passierten.

Am Tag zuvor hatte er Berglund seine Idee präsentiert. Der war sofort darauf angesprungen.

»Wir fahren zu den Kanaken«, hatte er gesagt. Und so hatten sie es gemacht. Wenig später befanden sie sich zwischen trostlosen Hochhäusern, deren Wände mit farbigen Details versehen waren.

»Welcher Idiot kommt nur auf die Idee, dass es besser aussieht, wenn man die Häuser so hässlich anmalt?«

»Keine Ahnung«, antwortete Hasse.

Niemand konnte übersehen, dass sie Zivilbeamte waren: Sie trugen kurze Jacken und Jeans der Marken Apache und Workers Delight sowie bequeme Schuhe, eine geschmacklose Mischung aus Sport- und Straßenschuhen.

»Ich habe öfter mit diesen Jungs zu tun gehabt, als ich noch in der Stadt gearbeitet habe. Sie sind in Drogendealereien und andere Scheiße verwickelt, immer offen für Vorschläge«, sagte Hasse und ging auf einen der Hauseingänge zu.

Sie nahmen den Aufzug. Jemand hatte mit einem schwarzen Filzstift das Wort *Schwanz* über die ganze Breite der Wand geschrieben. Die Türklingel klang wie alle anderen Türklingeln in allen schwedischen Hochhäusern. Hasse läutete zehnmal kurz hintereinander.

Ein pickeliger Junge in T-Shirt und schwarzer Trainingshose mit weißen Streifen öffnete die Tür. Er sah ängstlich aus, aber vielleicht war das auch sein normaler Gesichtsausdruck. Pflichtschuldig lächelte er, als er Hasse erkannte.

»Großer Häuptling! Heute ohne Uniform. Was machen Sie denn in Hallunda?«

Hasse und Erik traten ein, in der Wohnung roch es nach Haschisch. Im Wohnzimmer saßen zwei weitere Jungen, die ein Videospiel spielten. Im Aschenbecher lagen Zigarettenblättchen und ausgedrückte Joints, die Jalousien waren heruntergelassen.

Der Junge, der sie hereingelassen hatte, zeigte auf ein braunes Ledersofa. Erik und Hasse entschieden sich stattdessen für zwei Stühle und prüften mit kritischem Blick die Sitzflächen, bevor sie sich niederließen.

»Istvan, alter Cowboy. Wie geht's?« Hasse machte es sich bequem.

»Geht schon«, antwortete Istvan und betrachtete seine Handflächen. Dann fing er aus irgendeinem Grund an zu lachen, dass er fast erstickte. Seine Freunde, die nach wie vor in ihr Videospiel vertieft waren, fielen prustend ein, ohne den Blick vom Bildschirm zu nehmen. Erik rutschte unbehaglich hin und her.

»Wir brauchen eure Hilfe, fünftausend für jeden.«

Istvan hörte auf zu lachen.

»Ihr seid Zeugen einer Vergewaltigung gewesen. Ein fünfzehnjähriger Junge fällt über ein vierzehnjähriges Mädchen her. Ihr wart auch auf der Party und habt das Ganze aus drei verschiedenen Perspektiven gesehen. Okay?

Istvan nickte. »Klar.«

Die anderen waren immer noch mit ihrem Spiel beschäftigt. Hasse bat sie, es auszumachen.

»Warum?«, fragte der eine.

Auf solche Fragen reagierte Hasse allergisch.

»Stell es bitte einfach ab, okay?«, sagte er laut.

Sie unterbrachen das Spiel, der Fernseher gab ein Signal von sich. Hasse nahm sich zusammen.

»Ich erklär euch die Geschichte, ihr hört zu. Ihr müsst das auswendig können. Das Geld kriegt ihr heute.«

Alle nickten.

Hasse ließ die Jungen dreimal die Geschichte aufsagen. Dann bekamen sie ihr Geld, und Hasse versprach ihnen, sie persönlich totzuschlagen, sollten sie sich nicht an seine Anweisungen halten.

Auf der Fahrt von Hallunda nach Hause rief Erik einen alten Kollegen in Norrmalm an und bat, im Laufe des Tages einen Verhörraum bei ihm benutzen zu dürfen.

»Du kriegst zwei Stunden, mehr nicht. Und nimm die Treppe, nicht den Aufzug.«

Alles war gelaufen wie geplant. Albert war kurz davor gewesen, sich in die Hosen zu machen, und seine Krankenschwestermutter war bleich gewesen wie ein Laken. Ist schon merkwürdig mit der Angst, dachte er, als er die Vasagatan hinunterspazierte. Manche Menschen ertrinken geradezu in der Scheiße.

Erik fand eine Kebabbude, ging hinein und bestellte eine große Portion. Der Türke hinter der Theke wollte über Fußballergebnisse und das Wetter reden, aber Erik antwortete nicht. Der Mann säbelte schweigend das Fleisch vom Spieß. Erik setzte sich auf einen Barhocker an einem schmalen Tisch am Fenster, seufzte und schlug die Abendzeitung auf, die er aus dem Pausenraum auf der Norrmalm-Wache hatte mitgehen lassen. Ein Promi, den er nicht kannte, hatte sich augenscheinlich als schwul geoutet. Erik hatte das Gefühl, dass er immer weniger von der Welt begriff, in der er lebte.

»Albert?«

Sie lehnte an der Arbeitsplatte in der Küche. Albert saß mit gesenktem Kopf am Tisch und weigerte sich, sie anzusehen.

Sophie konnte sich nicht zurückhalten, sie ging zu ihm hin und schlug ihm mit der flachen Hand auf die rechte Wange. Sie schlug so fest zu, dass sie selbst darüber erschrak. Dann kam sie wieder zu sich und öffnete ihre Arme. Er stand auf, und sie umarmten sich. Sophie strich ihm über das Haar.

»Mein Schatz, was hast du getan?«

»Ich habe nichts getan«, sagte Albert heiser.

Sie hörte das Kind in ihm, und sie hörte die Angst des Unschuldigen.

»Ich weiß«, flüsterte sie.

»Was war das dann?«

Sie glaubte, die Antwort zu kennen, aber sie hatte nicht vor, sie ihm zu sagen.

»Nichts … Es ist vorbei jetzt, sie haben sich geirrt.«

Sie dachte an die Mikrofone, die ihre Worte aufnahmen und sie an Gunilla übermittelten.

»Sie hatten aber doch Zeugen?! Vergewaltigung – was ist das für eine –«

»Vergiss es einfach. Jeder macht Fehler, auch die Polizei.« Sie strich ihm noch einmal über den Kopf.

»Er hat mich geschlagen«, sagte Albert leise.

Sophie blinzelte, als käme etwas auf sie zugeflogen. Sie zwang sich, ruhig zu bleiben.

»Was hast du gesagt?«

»Der Polizist im Auto, er hat mir ins Gesicht geschlagen.«

Sophie fühlte, wie etwas in ihr aufflackerte, ein glühender Zorn, wie sie ihn noch nie empfunden hatte. Sie war so wütend, dass dieses Gefühl sie bis in die letzte Faser erfüllte.

»Wir erzählen niemandem davon. Versprich mir das«, flüsterte sie.

»Warum nicht?«

»Weil ich es sage.«

Albert sah sie verwirrt an. »Warum nicht?«, fragte er noch einmal.

»Weil es hier um etwas anderes geht«, flüsterte sie.

»Um was geht es denn?«

Albert wartete auf eine Antwort, die Sophie ihm nicht geben konnte. Verwirrt und zornig drehte er sich um und verließ die Küche. Sophie spürte, wie die Hilflosigkeit in ihr wuchs.

In diesem Moment klingelte das Telefon.

»Kommt ihr am Sonntag?« Yvonne. Ihre Mutter.

Sophie versuchte, ganz gewöhnlich zu klingen, als sie antwortete: »Ja, gegen sieben … wie immer.«

»Aber ihr kommt immer um halb acht. Eigentlich macht das ja nichts, aber wir wollen doch zusammen essen …«

Ungeduldig unterbrach Sophie ihre Mutter. »Wir kommen zwischen sieben und halb acht.«

Sie verabschiedete sich und legte auf. Und dann riss etwas in ihr. Sie warf das Telefon auf den Boden und trat wütend dagegen. Aber das Gefühl der Ohnmacht ließ sich davon nicht vertreiben.

Dann bückte sie sich und sammelte Stück für Stück die zerbrochenen Teile des Telefons auf.

Die Fenster standen offen, Jens saugte Staub. Er versuchte zur Ruhe zu kommen und sich zu entspannen, das funktionierte normalerweise ganz gut. Aber er hatte schon am Tag zuvor gesaugt. Das Geräusch, das er so mochte, wenn etwas rasselnd im Staubsauger verschwand, blieb aus und damit auch die Befriedigung darüber, etwas Sinnvolles zu tun, das unmittelbar sichtbare Resultate hatte. Heute lief er sinnlos mit dem Staubsauger durch die Wohnung, als wären sie ein altes Ehepaar.

Da klingelte es an seiner Wohnungstür.

Er führte Sophie in die Küche. Sie sprach klar und deutlich und fasste sich kurz. Sie erzählte, was Albert bei der Polizei zugestoßen war. Jens konnte es kaum glauben.

»Die Polizei sagt, es gebe Zeugen und das Mädchen sei vierzehn Jahre alt«, fuhr sie fort.

Er sah ihre Angst, sie wirkte viel älter, verhärmt und vollkommen verstört.

Die Espressokanne auf dem Herd zischte, aber er hörte es nicht. Er versucht, zu begreifen, was Sophie ihm da erzählte. Schließlich musste sie ihn auf das Fauchen hinweisen, und er nahm die Kanne schnell vom Herd.

»Könnte es denn so gewesen sein, wie sie behaupten?«, fragte er und nahm zwei Tassen aus dem Regal.

Sie schüttelte den Kopf, als wäre seine Frage vollkommen abwegig.

»Bist du dir ganz sicher?«

Sophie blitzte ihn an. »Herrgott noch mal, natürlich bin ich mir sicher.«

Jens musterte sie ungerührt. »Aber kann etwas in dieser Art vorgefallen sein?«

Sophie wollte ihn unterbrechen.

»Nein, warte, Sophie. Kann irgendetwas Kleines, Ungefährliches und gar nicht Schlimmes in dieser Richtung passiert sein?«

Sophie wollte sofort mit Nein antworten, aber sie hielt sich zurück und holte tief Luft. »Ich weiß es nicht«, sagte sie müde.

Jens überließ sie eine Weile ihren Gedanken. »Komm«, sagte er dann, nahm die Tassen und ging zur Couch hinüber. Er bot ihr einen Platz an, stellte die Tassen auf den Tisch und setzte sich.

»Kann sich Albert dem Mädchen genähert haben, mit ihr geflirtet haben?«

»Ich weiß es nicht«, wiederholte sie.

»Was sagt Albert?«

Sie sah auf und senkte dann wieder den Blick. »Dass da kein Mädchen war. Er hat niemanden getroffen, hat kaum mit jemandem geredet. Eigentlich war er nur hingegangen, weil er dachte, ein anderes Mädchen käme auch.«

»Wer?«

»Sie ist inzwischen seine Freundin, sie heißt Anna.«

»Kann sie ihm ein Alibi geben?«

»Nein, er traute sich damals nicht, sie anzusprechen.«

»Was glaubt er selbst?«

»Er glaubt alles und nichts. Erst hatte er die Theorie, dass ein Typ, mit dem er Streit hat, ihm etwas einbrocken wollte. Aber es leuchtete ihm auch ein, was ich ihm gesagt habe.«

»Was hast du ihm denn gesagt?«

»Dass die Polizei sich getäuscht hat.«

»Das hat er dir abgenommen?«

Ihr gefiel diese Frage nicht.

Dann sagte Jens: »Also. Die Polizei hat Hector im Krankenhaus überwacht?«

»Ja.«

»Und du und Hector, ihr seid Freunde geworden, und das wusste die Polizei?«

Sophie nickte. Ihr war nicht klar, was er damit sagen wollte.

»Sie haben dich angesprochen und dich gebeten, über ihn zu berichten?«

Sie schwieg.

»Und dann haben sie dein ganzes Haus verwanzt?«

Sein Ton gefiel ihr nicht. Ganz und gar nicht.

»Und haben dich unter Beobachtung gestellt?«

Sie schaute auf ihre Hände und drehte an einem ihrer Ringe. Worauf wollte er hinaus?

»Und jetzt drohen sie deinem Sohn mit einer Anklage wegen Vergewaltigung?« Er lehnte sich zurück. »Es sieht so aus, als würden sie dich intensiver überwachen als Hector. Nur, warum sollten sie das tun?«

»Keine Ahnung.«

Jens wurde plötzlich ungeduldig. »Du wirst von der Polizei bedroht und überwacht, bist mit einem verdächtigen Kriminellen zusammen und musst ihn anschwärzen, weil die Polizei deinen Sohn als Köder hat?«

»Nein, so ist es nicht.«

Er warf ihr einen müden Blick zu.

»Ich bin nicht mit ihm zusammen, und ich weiß nicht, was er verbrochen hat. Und ich habe ihn auch nicht verraten«, sagte Sophie schließlich.

»Hast du noch mehr Freunde, die nachts in den Wald gefahren werden, um erschossen zu werden?«

»Hör auf, Jens.«

»Nein, hör du auf, Sophie. Was glaubst du denn, was das hier ist? Du kannst dir nicht deine eigene Welt nach deinen Wünschen zurechtzimmern. Diese Polizistin scheint etwas vorzuhaben. Und du hast etwas ausgeplaudert, auch wenn du das selbst vielleicht nicht so siehst. In dem Moment, als die Polizistin angefangen hat, dir Fragen zu stellen, bist du zur Verräterin geworden. Was du gesagt oder nicht gesagt hast, spielt für Hector und seine Leute überhaupt keine Rolle, wenn sie dahinterkommen, dass du mit der Polizei redest.« Jens wollte noch etwas hinzufügen, aber er besann sich. »Warum hat die Polizei das getan?«, fragte er stattdessen.

»Keine Ahnung.«

»Was glaubst du?«

»Kontrolle. Sie wollen mich festnageln und mich zwingen, Dinge zu tun, die ich nicht tun will? Ich weiß nicht.« Sie blickte ihn an. »Ich schaffe mir keineswegs meine eigene Wirklichkeit. Ich habe nur nicht vor, jemanden vorschnell zu verurteilen. Ich habe das Gefühl, als würde ich mich auf einem Minenfeld bewegen, der kleinste Fehltritt …« Sie schaute wieder auf ihre Hände, ihre Finger und ihre Ringe. Den Diamantring ihrer Großmutter und den Ehering, den sie immer noch trug. Langsam sagte sie: »Hector … die Polizei … Ich habe getan, was ich für richtig hielt. Ich hatte niemanden, den ich um Rat fragen konnte. Ich wusste nicht, was meine Rolle in dem Ganzen sein sollte oder wer ich überhaupt sein wollte. Ich hatte nur das Gefühl, meiner inneren Stimme folgen zu müssen. Aber jetzt geht es plötzlich um meinen Sohn, es geht nur noch um ihn, alles andere spielt überhaupt keine Rolle mehr.«

Jens entspannte sich. »Wer in deinem Umfeld weiß alles davon?«

»Niemand.«

»Niemand?«

Sie schüttelte den Kopf. »Niemand.«

»Triffst du dich denn mit niemandem? Hast du keine Freundin, wenn es hart auf hart kommt?«

»Doch …«

»Und die weiß auch von nichts?«

Sophie schüttelte den Kopf. »Nein.«

»Warum hast du niemandem etwas erzählt? Es ist doch nur natürlich, wenn man sich in so einer Situation jemandem anvertrauen möchte?«

»Das tue ich ja jetzt.«

Durch das offene Fenster war ein Propellerflugzeug zu hören.

Sophie blickte schuldbewusst nach draußen.

»Ich weiß nicht, was ich tun soll«, sagte Sophie.

»Und wenn du es dir aussuchen dürftest?«

»Dann würde ich mir wünschen, dass all das einfach verschwindet.«

»Ich verstehe. Und wie würdest du das anstellen?«

Sie zuckte mit den Achseln.

»Sophie!«

»Ich weiß es nicht. Was stellst du für idiotische Fragen?«

»Du hast doch eine Idee? Du hast doch bereits mit diesem Gedanken gespielt?«

Sie antwortete nicht, aber Jens spürte, dass er sie verstand. Schließlich antwortete sie: »Aber ich komme zu keinem Schluss, ich finde keinen Ausweg. Wie ich es auch drehe und wende, einer wird dabei sterben. Aber das will ich nicht!«

»Wer das Opfer sein wird, ist dir doch klar, oder?«

Ihre Blicke trafen sich.

»Ja … natürlich«, sagte Sophie.

»Dann tu, was die Polizei von dir verlangt. Gib ihnen so viele Informationen wie möglich, lass sie ihn schnappen. Und du und dein Sohn, ihr habt euer altes Leben zurück.«

Er sah sie fragend an, oder eher auffordernd, dachte Sophie. »Würdest du das tun?«, fragte sie.

Er schüttelte den Kopf. »Nein. Denn es wäre damit noch lange nicht weit. Ich wäre bis an mein Lebensende auf der Flucht, vor den Bullen und vor Hectors Leuten. Vor allem die Spanier würden niemals Ruhe geben.«

»Na also«, sagte sie, »es ist nicht so einfach, selbst wenn ich meine Gefühle ausblenden könnte.« Dann zog sie einen Zettel hervor und reichte ihn Jens.

Er nahm ihn und las: *Sei vorsichtig.* »Wo hast du den gefunden?«, fragte er.

»In meinem Briefkasten. Gestern früh.«

»Bevor sie Albert aufgegriffen haben?«

Sie nickte. Er sah noch einmal auf den Zettel, als versuchte er, zwischen den Zeilen zu lesen.

»Wer hat das geschrieben?«

»Keine Ahnung.«

Jens legte den Zettel auf den Wohnzimmertisch und beugte sich vor, die Ellenbogen auf die Knie gestützt.

»Du musst so viele Informationen wie möglich über deinen schärfsten Gegner sammeln, und der scheint mir zurzeit die Polizei zu sein.«

»Wie denn?«

Er zuckte die Achseln. »Man muss sie irgendwie aus der Ruhe bringen. Mit etwas, das sie belastet.«

17

Carlos Fuentes trug einen funkelnagelneuen Trainingsanzug und löffelte Suppe, er konnte momentan nur flüssige Nahrung zu sich nehmen. Mit einem Handtuch über den Knien saß er in seinem Wohnzimmersessel und sah einen Film mit Terence Hill und Bud Spencer. Begleitet von übertriebenen Geräuscheffekten, schlug Bud Spencer seine Gegner mit der flachen Hand nieder, und Terence Hills flapsige Sprüche waren schlecht synchronisiert. Carlos lachte trotzdem, bis ihm das Gesicht wehtat.

Plötzlich klingelte es an der Wohnungstür. Anders und Hasse lächelten freundlich, als Carlos ihnen öffnete.

»Carlos Fuentes?«, fragte Hasse.

Carlos nickte.

Hasse hielt seinen Dienstausweis hoch. »Ich bin Kling, und das ist Klang. Können wir reinkommen?«

»Ich habe schon mit der Polizei gesprochen, sie sind im Krankenhaus gewesen.«

Hasse und Anders drängten sich an Carlos vorbei und gingen direkt in die Küche.

»Was wollen Sie von mir?«

Kling und Klang kippelten auf ihren Küchenstühlen. Carlos lehnte an der Anrichte.

»Und Sie können sich nicht erinnern, wie die Kerle ausgesehen haben?«

Carlos schüttelte den Kopf.

»Wie alt waren sie etwa?«, fragte Anders.

Carlos dachte nach. »Teenager …«

»Dreizehn oder neunzehn?«, fragte Anders.

»Eher neunzehn, vielleicht siebzehn.«

»Siebzehn?«, sagte Hasse.

Carlos nickte.

»Und sie haben einfach so zugeschlagen, diese Siebzehnjährigen?«

Carlos nickte wieder.

»Puh«, sagte Hasse.

Carlos wusste nicht, ob der Bulle sich über ihn lustig machte.

»Aber Sie müssen doch irgendetwas erkannt haben. Ein Gesicht vielleicht …«

Carlos schüttelte den Kopf. »Es ging so schnell.«

»Waren es Schweden?«

»Ich weiß es nicht. Sie hatten Kapuzen auf.« Er kratzte sich an der Nasenspitze.

Anders blätterte der Form halber in seinem Notizblock.

»Und Sie waren auf dem Heimweg von der Arbeit?«

»Ja.«

»Wo arbeiten Sie?«

»Ich habe ein Restaurant, das Trasten.«

»Und im Trasten war alles ruhig an diesem Abend? Nichts Außergewöhnliches?«

Carlos schüttelte den Kopf, den Zeigefinger wieder an der Nase – er kratzte sich rasch, fast unmerklich. »Nein. Das Restaurant schloss um elf, und ich bin nur hingegangen, um abzusperren. Es war ein ruhiger Samstagabend.«

»Natürlich war es das.« Anders lächelte.

Carlos versuchte, sein Lächeln zu erwidern.

»Woher kommen Sie, Carlos?«, fragte Hasse.

»Aus Spanien ursprünglich, aus Málaga.«

»Heißt da nicht auch der König Carlos?«

Carlos versuchte, einen Zusammenhang zwischen den Fragen zu erkennen. »Nein, der heißt Juan Carlos«, entgegnete er.

»Ja, aber dann heißt er doch Carlos«, sagte Hasse.

Carlos fragte sich, was der Bulle von ihm wollte. Er schwieg und beschloss abzuwarten.

»Es ist also nichts Außergewöhnliches passiert?« Anders wiederholte seine Frage.

Carlos schüttelte den Kopf.

»Alles wie immer?«

Carlos' Blick ging zwischen Hasse und Anders hin und her. »Das habe ich doch schon gesagt!«

»Don Carlos! Gab es nicht mal einen Pornodarsteller, der so hieß?«

Carlos wusste nicht, ob sie eine Antwort von ihm erwarteten oder nicht. »Keine Ahnung«, sagte er.

»Haben Sie mal Psychologie studiert?«

»Was?«

»Haben Sie Psychologie studiert?«

»Nein.«

Anders zeigte auf sich und Hasse. »Aber wir. Wir sind Psychologen. Kling und Klangs Psychologieschule.«

Allmählich wurde es Carlos zu dumm. Aber natürlich musste er die Nerven behalten.

»Da lernt man unter anderem, dass es eines der deutlichsten Anzeichen für eine Lüge ist, wenn sich einer dauernd an der Nasenspitze kratzt.«

Unwillkürlich befühlte Carlos seine Nase.

»Ja, so ist das. Sie haben sich die ganze Zeit an der Nase gekratzt, Carlos, an diesem scheißkleinen Nerv ganz vorn in der Spitze, der immer dann aktiv wird, wenn wir lügen.«

»Ich lüge nicht.«

»Woher kennen Sie Hector Guzman?«

»Hector?«

Anders und Hasse sahen ihn abwartend an.

»Hector ist ein alter Bekannter, er isst ab und zu in meinem Restaurant.

»Wie würden Sie ihn beschreiben?«

»Da gibt es nichts Besonderes zu sagen, er ist ein ganz normaler Mann.«

»Wie ist denn ein ganz normaler Mann?«

Carlos kratzte sich an der Nasenspitze. »Ganz normal halt. Er arbeitet, isst, schläft … Keine Ahnung.«

»Haben Sie Hector am Samstag gesehen?

»Nein.«

»Aber er war in Ihrem Restaurant?«

»Nicht, als ich kam. Ich kam ja erst spät, wollte nur abschließen.«

»War er in Begleitung?«

Carlos schüttelte den Kopf. »Nein, keine Ahnung.«

»Eine Frau vielleicht? Sophie?«

Carlos schüttelte den Kopf, dankbar, dass er diesmal nicht lügen musste. »Ich weiß es nicht«, sagte er matt.

Anders stand auf und baute sich vor Carlos auf. Er musterte seine Gesichtsverletzungen. Auch Hasse erhob sich.

»Die haben gut gezielt«, sagte Anders ruhig.

Carlos sah ihn fragend an.

»Die Jugendlichen, als sie über Sie hergefallen sind. Haben sie Ihnen nur ins Gesicht geschlagen?«

Carlos zog die Brauen zusammen und sah Anders fragend an.

»Dies hier werden Sie in Zukunft immer bei sich tragen.« Anders hielt ein Mikrofon hoch. »Sie können es in der Tasche tragen oder wo Sie wollen, höchstens aber dreißig Meter von dem hier entfernt.« Anders zeigte ihm eine kleine Dose.

Carlos schüttelte entschlossen den Kopf.

»Das ist leider nicht Ihre Entscheidung, Carlos. Tragen Sie das Mikrofon, und halten Sie die Fresse. Schalten Sie es ein, wenn Sie sich in der Nähe von Hector oder Aron aufhalten, und nehmen Sie die Gespräche auf.«

Hasse und Anders verließen die Küche und gingen zur Tür.

»Das können Sie nicht tun«, flüsterte Carlos.

Anders drehte sich um. »Und ob wir das können. Wir können tun, was wir wollen. Und wir können auch anders.«

Ohne Vorankündigung packte Hasse Carlos am Hals und schlug ihm ein paarmal mit der Faust gegen die Schläfen. Carlos sank auf den Küchenfußboden. Verwirrt blieb er sitzen und sah die verschwommenen Umrisse von Kling und Klang durch die Tür verschwinden.

Sein Puls raste. Carlos spürte plötzlich einen Druck auf der Brust, sein Atem ging heftiger, das Herz schlug schneller, und ihm war schwindlig. Es gelang ihm, aufzustehen und langsam ins Bad zu gehen. Mit zitternden Händen nahm er drei Pillen aus der Schachtel mit dem Herzmedikament. Er schluckte sie und stützte sich mit beiden Händen auf das Waschbecken, atmete tief ein und aus, und sein Herzschlag fiel in einen ruhigeren Rhythmus zurück. Carlos betrachtete sein Spiegelbild. Er war ein in jeder Hinsicht geschlagener Mann.

Es gab nur zwei Möglichkeiten: Hector oder die Hankes. Er musste jetzt auf der Hut sein, durfte keine Fehler machen. Carlos wog Hector gegen die Hankes ab: Wer war der Stärkere, wer würde gewinnen? Er hatte keine Ahnung, er wusste nicht einmal, worum es bei dem Streit eigentlich ging. Er wusste nur, dass er seinen Chef verkauft hatte, von ihm verprügelt worden war und jetzt von der Polizei, die mehr zu wissen schien, als sie zugeben wollte, auf ihn angesetzt wurde.

Carlos betrachtete sein zerschlagenes Gesicht. Das war Hector gewesen. Jetzt waren sie eigentlich quitt.

Er verließ das Badezimmer. Nein, sie waren nicht quitt, das war auch ihm klar. Aber es ging jetzt nicht um ihn, es ging um sehr viel mehr. Im Moment würde er niemanden anrufen, er würde sich ein bisschen Zeit lassen und schauen, wie sich die Dinge entwickelten. Dann würde er entscheiden, wessen Schoßhund er künftig sein wollte.

Auf dem Tisch lag eine Menge Papier. Hector las. Ihm gegenüber saß Lundwall und am kurzen Ende des Tisches Aron.

»Ich habe die Unternehmen in Westindien und Macao als Investmentgesellschaften registriert«, sagte Lundwall. »Als Besitzer habe ich dich, Thierry, Daphne und deinen Vater eingetragen. Du hältst einundfünfzig Prozent und Adalberto fünfundvierzig, die dir zufallen, wenn er stirbt. Deine Prozente gehen im umgekehrten Fall auf ihn über. Thierry und Daphne besitzen zusammen vier Prozent und fungieren als Zeichner. Sie haben Vollmachten unterschrieben, die habe ich hier …« Lundwall schob vier Blätter über den Tisch. »Das gibt dir die Verfügungsgewalt über die Einlagen und Ausgaben der Unternehmen.«

Hector unterschrieb. »Was geschieht, wenn sowohl mein Vater als auch ich sterben sollten?«

»Dann erbt jemand anders die Anteile, das kannst du bei Gelegenheit noch festlegen. Ich habe die Papiere hier, du musst sie nur noch ausfüllen und unterschreiben, wenn du dich entschieden hast.«

Hector überflog die Dokumente. Er nahm sie, faltete sie zusammen, steckte sie in einen Umschlag, den er in seine Aktentasche legte.

Arons Handy klingelte. Er nahm das Gespräch an. »Ja?«

»Wir können unsere Ziele nicht erfüllen«, erklärte Svante Carlgren.

Er hatte die Nummer gewählt, die ihm dieser Typ dagelassen hatte, und er hatte ihnen Informationen weitergegeben. Unwichtige Informationen. Er hatte es getan, um Zeit zu gewinnen.

Svante Carlgren ärgerte sich über diese scheiß Hure, die ihn so eiskalt verraten hatte. Am liebsten würde er ihren Kopf packen und ihn gegen die Wand schlagen. Er wollte ihr sagen, dass niemand es je geschafft hatte, ihn hinters Licht zu führen.

Nur leider war es ihr eben doch gelungen.

Er seufzte. Er wollte auch den Mann töten, der ihn bedroht hatte. In den letzten Tagen waren seine Gedanken vor allem darum gekreist, wie er aus dieser Geschichte wieder herauskommen konnte. Er hatte überlegt, den Mann selbst mit seiner Schrotflinte zu erschießen, der

Purdey, mit der er immer auf Fasanenjagd ging und die in seinem Waffenschrank im Keller stand. Diesem Scheißkerl ins Gesicht schießen – zwei Schüsse würden genügen. Aber Carlgren wusste, dass das nicht funktionierte, man würde ihn festnehmen, das taten sie immer, wenn einer im Affekt handelte.

Er wählte die interne Nummer von Östensson in der Sicherheitsabteilung. Östensson ging sofort dran.

»Jepp?«

»Hier ist Svante Carlgren.«

»Guten Tag.«

»Ich habe eine Frage. Es geht um einen Freund von mir, der Hilfe braucht. Sie waren doch bei einem privaten Sicherheitsdienst angestellt, bevor Sie zu uns gekommen sind?«

»Ja, das stimmt.«

»Und wie funktionierte das da?«

»Kommt darauf an, wie Sie das meinen.«

»Gab es dort auch Leute, die damit beauftragt waren, Personen zu finden?«

»Unter anderem, ja.«

»Waren Sie flexibel?«

»Was meinen Sie genau?«

»Waren Sie flexibel – genauer kann ich mich nicht ausdrücken.«

Östensson schwieg eine Weile.

»Ja, das könnte man so sagen«, meinte er schließlich.

»Ich habe einen Freund, der Hilfe braucht.«

»Das sagten Sie bereits.«

»Können Sie mir einen Namen nennen?«

»Zivkovic, Håkan Zivkovic.«

»Danke.«

Carlgren legte grußlos auf, rief Håkan Zivkovic an und

meldete sich als Carl XVI Gustaf. Er sagte, er brauche Hilfe, um einen Mann zu finden, dessen Namen er nicht kenne. Er gab ihm Informationen zu seinem Aussehen und zu dem Auto, das er fuhr.

»Wir werden versuchen, Ihnen zu helfen, aber das kostet Sie 'ne Stange.« Zivkovic gab Carlgren eine Kontonummer.

Carlgren versprach, ihm das Geld bis zum nächsten Tag zu überweisen.

In einer leeren Wohnung in Farsta saßen sieben vertrauenswürdige Personen vor ihren Computern und zeichneten über verschlüsselte Verbindungen Ericsson-Aktien von sechsunddreißig verschiedenen Depots. Obendrein setzten sie verschiedene andere finanzielle Instrumente als Hebel für einen fallenden Ericsson-Kurs ein. Gegen fünf Uhr nachmittags waren sie fertig. Kurz darauf schloss die Börse, die Ericsson-Aktien hatten sich den ganzen Tag über kaum bewegt.

Aron und Hector hatten die Aktion überwacht. Anschließend trennten sie sich und trafen sich am nächsten Morgen mit den sieben Vertrauten noch einmal.

Im Fernsehen liefen die Morgennachrichten. Die Nachrichtensprecherin klang ernst, als sie von falschen Prognosen in Asien sprach. Die leichte Nervosität, die die beiden Männer seit dem vergangenen Tag erfüllte, verging allmählich. Sie konzentrierten sich auf die Aufgabe, die jetzt vor ihnen lag. Als die Börse um neun Uhr öffnete, legten sie los, kauften Aktien zurück und stießen Optionen und Optionsscheine ab, die sie tags zuvor gekauft hatten.

Die Börse reagierte bald, und sie blickten zufrieden auf

ihre Bildschirme, die die Bewegungen des Ericsson-Kurses anzeigten – die Kurve sah aus wie die Fieberkurve eines Todkranken.

18

Es war bereits neun Uhr abends, als es an Sophies Tür klingelte. Draußen stand Hector mit einer Papiertüte aus der Markthalle in der einen und einer Flasche Champagner in der anderen Hand. Er lächelte. »Ich habe uns etwas zu essen mitgebracht«, sagte er und hielt die Papiertüte hoch.

Sie versuchte zu lächeln. »Komm rein.«

»Ich hatte keine Lust, alleine zu essen«, sagte Hector und schloss die Tür hinter sich.

Sie setzten sich in die Küche. Sophie deckte Gläser, Teller und Besteck auf, und Hector stellte das Essen auf den Tisch. Sie aßen die frischen Kleinigkeiten vom Markt und tranken Champagner. Sophie musste ständig an das Mikrofon in der Küchenlampe über ihnen denken. Sie versuchte sich die Nervosität nicht anmerken zu lassen, aber Hector war so aufgekratzt, dass es ihm sowieso nicht auffiel. Er wirkte wie ein Freund, der regelmäßig auf einen Sprung zum Essen vorbeikam. Irgendwann übertrug sich diese Ruhe auch auf sie, und sie konnte sich entspannen.

Hector schaute mehr auf ihren Mund als in ihre Augen, wenn sie sprach. »Siehst du, wie einfach das ist?«, sagte er.

Sie aß einen Bissen. »Was ist einfach, Hector?«

»Hier zu sitzen, du und ich.« Sein Tonfall hatte sich verändert, er wirkte ernst.

Sophie wurde hellhörig und lächelte.

»Ja … es ist einfach.«

»Sophie?«

»Ja?«

Er suchte nach den richtigen Worten. »Ich wollte dir ein Geschenk kaufen, einen Ring …«

Abwehrend hob sie die Hand, aber er bedeutete ihr, dass er noch nicht fertig war.

»Ich wollte dich zu etwas einladen, zu einer Reise, einem Theaterbesuch, einem Spaziergang mit anschließendem Essen, irgendetwas. Aber jedes Mal, wenn ich mich für etwas entschieden hatte, kamen mir Zweifel. Mir schien dann immer, dass dieser Schmuck oder jenes Theater oder was auch immer gar nicht zu dir passen würde. Ich habe Angst, einen Fehler zu machen.«

Sie schaute auf ihren Teller, aß einen Bissen und wich Hectors Blick aus.

Er flüsterte, um ihre Aufmerksamkeit zu gewinnen.

»Wann reden wir ernsthaft? Wann reden wir über uns und über das, was passiert ist?«

»Hallo«, sagte eine Stimme hinter ihnen. Sie kam Sophie sehr laut vor. Albert stand plötzlich in der Küche und schaute Sophie und Hector fragend an.

»Hallo, Albert.«

»Hallo.«

»Das ist Hector«, sagte Sophie.

»Hallo, Hector«, sagte Albert leichthin und nahm sich einen Teller aus dem Schrank und Besteck aus der Schublade. Hector sah ihm dabei zu. Albert setzte sich ungeniert an den Tisch und begegnete kurz Hectors Blick.

»Hector? Ist das nicht eher ein Hundename?«, fragte er

grinsend, während er sich etwas zu essen nahm. Seine Augen glitzerten provozierend, er hatte die Episode mit der Polizei schon vollkommen vergessen.

»Doch«, sagte Hector. »Ist es. Es ist ein Hundename. Und Albert? Ich glaube, wir hatten mal einen Esel, der so hieß.«

Sie plauderten miteinander und machten Späße, als ob sie einander schon immer gekannt hätten. Sophie verfolgte diese Szene mit einem Lächeln – und einem unbestimmten Gefühl von Angst.

Es war ein warmer Abend. Jens saß auf einer Bank am Marktplatz von Stocksund. Ein paar festlich gekleidete Jugendliche mit Studentenmützen liefen vorüber. Einem Mädchen mit einer Flasche Alcopop in der Hand fiel es schwer, auf ihren hohen Absätzen die Balance zu halten. Jens blieb sitzen, bis die angetrunkenen Jugendlichen verschwunden waren, dann nahm er seinen Rucksack und ging über Umwege zu Sophies Haus. Von einem angrenzenden Garten aus konnte er die Umgebung überblicken.

Er legte sich unter einem Strauch auf den Bauch. Dann nahm er sein Fernglas aus dem Rucksack und suchte die Umgebung ab.

Er entdeckte den Saab, stellte scharf und sah einen Mann auf dem Fahrersitz. Das Auto stand etwas abseits von Bäumen verdeckt, und Jens hätte es sicherlich nicht bemerkt, wenn er nicht danach gesucht hätte. Der Fahrer schien allein zu sein.

Jens' Plan war einfach. Er wollte den Mann fotografieren und ihn dann mit Harrys Hilfe identifizieren. Das wäre ein Anfang.

Der Typ in dem Auto war aller Wahrscheinlichkeit nach Polizist. Aber Jens wollte sich nicht mit Wahrscheinlichkeiten abgeben. Er brauchte Klarheit, um Ordnung in diese Geschichte bringen zu können. Er nahm das Fernglas herunter und schaute zu Sophies Haus hinüber. Er sah Bewegungen in der Küche und hob das Fernglas wieder an die Augen.

In der Linse erschien Hector Guzman. Den hatte Jens als Letzten dort erwartet. Hector, Sophie und Albert saßen zusammen am Küchentisch. Dann war sicherlich auch Aron in der Nähe. Wenn Aron hier war, dann war das eine heikle Situation.

Und er war da. Jens sah ihn durch das Fernglas auf sich zukommen. Er war im Spaziertempo auf Kollisionskurs mit dem Bullen im Saab. Es gab nur eine Möglichkeit. Er schaute zu Aron und dann zum Saab und überlegte, wie viel Zeit ihm noch blieb. Jens kroch aus dem Gebüsch hervor und rannte parallel zu Aron oberhalb der Straße, er musste ihm zuvorkommen. Und er musste sich um jeden Preis dem Saab von hinten nähern, um den Fahrer zu überraschen. Jens rannte über das taunasse Gras den Abhang hinab. Er stolperte und rutschte, duckte sich und war nun fast an der Heckklappe. Er hoffte, dass der Mann im Wagen mit irgendetwas beschäftigt war und nicht in den Rückspiegel schaute.

Jens erreichte die hintere Wagentür und betete zu Gott, dass sie nicht abgeschlossen war. Er fasste nach dem Griff und riss sie auf. Danke! Er warf sich auf den Rücksitz.

»Fahr los, sofort!«, zischte er den Fahrer an.

Der Mann starrte ihn entgeistert an. »Was?«

»Mach den Motor an, und fahr los, Guzmans Leibwächter ist auf dem Weg hierher!«

Jens sah Aron näher kommen. Der Mann hinter dem Steuer wirkte schwer von Begriff.

»Schau nach links!«

Plötzlich schien er zu verstehen, was vor sich ging. Er startete den Saab und fuhr mit einem Ruck los. Jens öffnete den Rucksack, nahm seine 92er Beretta heraus und drückte sie dem Mann zwischen die Rippen.

»Klapp den Rückspiegel hoch.«

Es dauerte eine Weile, bis der Fahrer begriff, was er tun sollte. Schließlich bog er den Spiegel zur Seite. Er wirkte seltsam gelassen, fast als stünde er unter Drogen.

»Gib mir dein Portemonnaie«, sagte Jens.

»Ich bin Polizist«, erwiderte der Fahrer.

»Wie heißt du?«

»Lars.«

»Lars, und weiter?«

»Vinge.«

Jens hielt ihm den Lauf von hinten ans Ohr. »Das Portemonnaie und dein Handy.«

Lars reichte sie nach hinten, und Jens steckte beides in seinen Rucksack. Dann verlangte er Lars' Dienstwaffe und entlud sie. Das Magazin schob er in die Hosentasche, und die Pistole ließ er auf den Boden fallen.

»Wohin fahren wir eigentlich?«, fragte Lars.

»Fahr einfach.«

Eine Weile schwiegen beide, während Lars den Wagen durch das dunkle Wohngebiet lenkte.

»Warum haben Sie mich gewarnt?«, fragte Lars schließlich.

»Halt die Fresse.«

Sie fuhren eine Viertelstunde weiter durch die Gegend, bevor Jens ihm befahl anzuhalten. Lars fuhr an den Straßenrand und stellte den Motor ab.

Jens beugte sich vor und nahm den Autoschlüssel an sich. »Schau geradeaus«, befahl er und ließ den verdatterten Lars Vinge mit tausend Fragen im Auto zurück.

Als er außer Sichtweite war, blieb er stehen und schaute sich um. Sophies Haus lag nur zwei Straßen entfernt. Der Bulle war einfach im Kreis gefahren.

Jens kehrte zu seinem Auto am Marktplatz zurück. Er wollte so schnell wie möglich weg, wollte weder Aron noch Hector begegnen. Er fuhr hinunter zur Zufahrt nach Inverness und nahm den Ausweis aus dem Portemonnaie. Ein Dienstausweis, ausgestellt auf den Polizisten Lars Vinge. Jens betrachtete das Foto und steckte den Ausweis wieder in das Portemonnaie.

Anschließend holte er Vinges Handy aus dem Rucksack. Das Adressbuch war fast leer. Er fand lediglich ein paar Vornamen: *Anders, Doktor, Gunilla, Mama, Sara*. Ungewöhnlich wenige Einträge. Jens sah sich die zuletzt gewählten Nummern und angenommenen Gespräche an. Lars war kein besonders fleißiger Anrufer, es gab nur ein paar Gespräche mit *Gunilla*. Er wechselte zu den unbeantworteten Anrufen, da gab es zwei von *Sara* und zwei von *Unbekannt*.

Jens fuhr über die Brücke, die Stocksund und Kungshamra miteinander verband, öffnete das Fenster und warf die Autoschlüssel und das Pistolenmagazin über das Brückengeländer.

Albert hatte sich ins Wohnzimmer zurückgezogen.

»Was für einen netten Sohn du hast«, sagte Hector.

Sophie unterbrach ihn. »Ich möchte, dass du jetzt gehst, Hector.«

Verwirrt schaute er sie an. »Warum?«

Sie nickte, und er suchte in ihrem Gesicht nach einer Erklärung.

»Weil ich es möchte. Und ich will nicht, dass du noch einmal hierherkommst.«

»Okay«, sagte er stirnrunzelnd. Er nahm sich zusammen und erhob sich. Neben dem Tisch blieb er stehen.

»Was habe ich dir getan?«

Sie wich seinem Blick aus. »Du hast mir nichts getan. Ich möchte einfach nur, dass du jetzt gehst.«

Er rief jemanden an, sagte etwas auf Spanisch und verließ bedrückt das Haus. Sophie blieb am Küchentisch sitzen, sehr lange offenbar, denn plötzlich hörte sie Alberts Stimme: »Willst du alleine sterben, Mama?«

Albert sah enttäuscht aus, als er in die Küche kam und sich ihr gegenübersetzte. Sie antwortete nicht, stand auf und räumte das Geschirr ab.

»Wovor hast du solche Angst?«

»Ich habe keine Angst, Albert. Ich entscheide selbst über mein Leben, okay?«

Sie hörte selbst, wie scharf das klang und wie falsch.

»Wer ist Hector denn überhaupt?«

»Das habe ich dir doch gesagt.«

Am liebsten hätte sie gesagt: *Um Gottes willen, Albert, sei still! Ich kann dir das hier nicht erklären.* Aber sie zeigte lediglich mit dem Finger Richtung Wohnzimmer. Es war ein vollkommen unangebrachter Versuch, ihn zurechtzuweisen. Dafür war er zu alt, und Sophie wusste es genauso gut wie er selbst. Albert seufzte, stand auf und verließ die Küche.

Sophie goss den perlenden Rest Champagner in die Spüle.

Die Wohnung sah aus wie ein alter Lagerraum, sie war groß, offen und spartanisch eingerichtet. Ein paar Balken stützten die hohe Decke. Harry wohnte in einer renovierungsbedürftigen Dachwohnung in Kungsholmen. Solange Jens ihn kannte, wohnte er schon dort, knapp fünfzehn Jahre. Harry war Autodidakt und hatte sein ganzes Erwachsenenleben als Privatdetektiv gearbeitet. Einen Großteil der Siebzigerjahre und die Hälfte der Achtziger hatte er von London aus operiert, dann war er aus irgendeinem Grund wieder nach Hause zurückgekehrt.

Als Jens ankam, war Harry eben erst aufgewacht und schlurfte in Filzpantoffeln und kariertem Morgenmantel vor ihm her. Sein dünnes, widerspenstiges Haar stand ihm in alle Richtungen vom Kopf ab.

»Der Kaffee läuft schon durch, aber es dauert noch ein bisschen.« Harrys Stimme war belegt.

Die Kaffeemaschine in der Kochnische fauchte.

Harry schlurfte zu ihr hinüber und kratzte sich am Kopf.

»Was hast du dabei?« Er hustete.

Dann setzten sie sich an den Schreibtisch.

»Den Ausweis und ein Handy.«

Harry hielt die Hand auf. »Ausweis.«

Jens reichte ihm den Ausweis. Harry untersuchte ihn. Er hielt ihn gegen das Licht.

»Der ist echt, also ist der Typ ziemlich sicher ein Bulle. Hast du sein Gesicht gesehen?«

»Von der Seite, aber das ist er, der auf dem Foto.«

Harry gähnte und tippte etwas in den Computer ein, dabei schaute er auf den Ausweis.

»Wie bist du überhaupt da rangekommen? Wolltest du ihn nicht fotografieren?«

»Es hat sich was anderes ergeben.«

»Ja, das passiert«, sagte Harry trocken und tippte weiter. Er öffnete eine Schublade und holte einen abgewetzten Lederordner hervor, ließ die Lesebrille von der Stirn auf seine Nase gleiten und fing an zu blättern. Der Ordner war voller Aufzeichnungen in sehr kleiner Schrift. Harry drehte sich zu Jens um und nickte in Richtung Kaffeemaschine, die nicht mehr fauchte. Jens stand auf und ging hinüber zur Kochnische.

Harry fand, was er gesucht hatte, gab Benutzernamen und Passwort ein und drückte auf *Enter*. Dann schrieb er »Lars Vinge« und die dazugehörige Ausweisnummer. Eine Seite öffnete sich, und kurz darauf erschien Lars Vinges Passfoto. Jens kam mit zwei Tassen zurück.

»Lars Christer Vinge. Streife, Polizeiwache Husby«, sagte Harry.

Jens beugte sich vor und las vom Bildschirm ab.

»Was ist das für eine Seite?«

»Das Personalregister der Bullen.«

Jens setzte sich, und Harry las weiter.

»Bis vor Kurzem war er Streifenpolizist in Västerort, jetzt ist er Kriminalbeamter und dem Reichskriminalamt unterstellt.«

»Ich kenne mich ja nicht aus bei der Polizei, aber kann man da einfach so hin- und herspringen?«, fragte Jens.

»Keine Ahnung«, brummte Harry, trank einen Schluck Kaffee, stellte seine Tasse ab und begann wieder, seine Tastatur zu bearbeiten.

»Das wird einen Moment dauern«, sagte er. Jens blieb sitzen. Harry tippte, schaute zu Jens, tippte weiter und drehte sich wieder zu ihm. »Da in der Ecke gibt es Spielzeug, geh spielen.«

Jens begriff, dass Harry sich nicht in die Karten schauen lassen wollte.

An der Wand stand eine zusammengeklappte Tischtennisplatte. Er stellte eine Hälfte auf und spielte gegen sich selbst. Das Klacken des Tischtennisballs auf der Platte war ein schönes Geräusch, es wirkte sehr beruhigend. Jens dachte an gar nichts mehr, er ließ einfach nur den Ball hin- und herspringen. Dabei war er ganz bei sich selbst, seine Konzentration war nur darauf gerichtet, diesen Tischtennisball zu kontrollieren. Als Harry nach ihm rief, ließ Jens sich ablenken, und der Ball versprang. Er fluchte und legte den Schläger auf die Platte.

Harry hatte mehrere Seiten gleichzeitig geöffnet und in kleine Fenster auf dem Bildschirm sortiert. Jens setzte sich wieder neben ihn.

»Lars Vinge ist ein ziemlich unauffälliger Typ, ich habe nichts Interessantes über ihn herausgefunden. In seinen Krankendaten ist ein Besuch aus jüngerer Zeit notiert. Die alten Daten werden nicht aufgehoben oder aktualisiert. Wie auch immer, er war jedenfalls vor Kurzem wegen Rückenschmerzen und Schlafproblemen beim Arzt. Soweit ich das hier erkennen kann, nimmt er Oxazepam und Lonarid.«

»Was ist das?«

»Oxazepam ist ein sehr starkes Beruhigungsmittel. Es zählt zu den sogenannten Benzodiazepinen, ist auch bei Junkies beliebt.«

»Und das andere?«

»Lonarid ist eine Schmerztablette mit dem Wirkstoff Paracetamol. Zusätzlich ist aber noch Codein drin, das wirkt im Körper wie Morphium.«

»Woher diese Kenntnisse, Harry?«

»Mein Geheimnis«, brummte er, klickte mit der Maus und vertiefte sich wieder in die Seite auf dem Bildschirm.

Doch er schien seine unfreundliche Antwort zu bereuen. »Meine Ex war tablettensüchtig«, erklärte er. »Sie hatte eine ganze Apotheke zu Hause.«

»Und dann?«

»Zum Schluss erkannten sie und ich sie nicht mehr wieder.«

»Das tut mir leid.«

Harry sah Jens an. »Ja, das war schwierig«, antwortete er und konzentrierte sich wieder auf seinen Computer.

Jens betrachtete Harry aus den Augenwinkeln. Harry war normalerweise sehr verschlossen, wenn es um Privates ging.

»Also haben wir es wahrscheinlich mit einem tablettensüchtigen Kriminalbeamten zu tun?«, fragte er.

Harry schüttelte den Kopf. »Nein, nicht unbedingt. Du wirst ja nicht gleich abhängig, wenn du eine Pille nimmst. Die meisten kommen gut damit zurecht, wenn sie es für kurze Zeit einnehmen.«

»Was gibt es sonst?«

»Nichts, außer dass er ledig ist, in Söder wohnt und einen Aufsatz über ethnische Probleme in Husby geschrieben hat, während er dort als Streifen- oder Bereitschaftspolizist tätig war. Er hat einen Taxiführerschein, relativ begrenzte finanzielle Möglichkeiten, und seiner EC-Karte zufolge kauft er ab und zu Filme im Internet und Essen bei einem Discounter.«

Jens las die spärlichen Informationen auf dem Bildschirm. »Ich brauche mehr Details. Kannst du herausfinden, woran er zurzeit arbeitet und mit wem – oder für wen?«

»Du musst nur anrufen und fragen«, sagte Harry ironisch.

»Okay. Kannst du noch etwas über eine Frau herausfinden, eine Polizistin namens Gunilla Strandberg?«

Harry machte sich an die Arbeit, seine Finger tanzten über die Tastatur. »Wer ist das?«

»Die Chefin, glaube ich. Sophies Kontakt.«

Harry fand eine Seite, scrollte und las vor: »Gunilla Strandberg, Polizistin seit 1978. Sie scheint die übliche Karriere gemacht zu haben – Streifenpolizistin in Stockholm, Inspektorin in einem Polizeibüro in Karlstad Mitte der Achtzigerjahre, dann war sie wieder in Stockholm und fing beim Reichskriminalamt an, sie wurde Kommissarin. 2002 wurde sie zwei Monate suspendiert, weil man die Ergebnisse einer Ermittlung gegen sie abwarten wollte, danach kehrte sie in ihren Job zurück.«

»Was war das für eine Ermittlung?«

»Keine Ahnung, das hier ist das Personalregister der Polizei, da stehen nur die harten Fakten.«

»Kommst du an irgendeine andere Datenbank, in der es mehr Informationen gibt?«

Harry öffnete ein weiteres Fenster auf dem Bildschirm und suchte erneut nach Gunilla Strandberg. Er fand ein paar Seiten, verkleinerte sie und stellte sie auf dem Bildschirm nebeneinander.

»Sie ist unverheiratet und wohnt auf Lidingö, hat einen Bruder, der Erik heißt. Nichts Interessantes in den Krankendaten. Sie scheint nie krank gewesen zu sein.«

Harry tippte weiter.

»Sie ist Mitglied bei Amnesty und spendet regelmäßig an Human Rights Watch und UNICEF. Möglicherweise ist sie auch Mitglied bei den ›Freunden der Pfingstrosen‹. Ihr Name taucht jedenfalls in einem Mitgliederverzeichnis auf.«

Harry streckte sich.

»Sie ist eine recht wohlhabende Frau, die mit Rechnungen eher schlampig umgeht, hat ein soziales Gewissen, ist selten krank. Und sie mag Pfingstrosen. Das ist alles.«

Lars stand nicht unter Schock, er zitterte noch nicht einmal. So war das seit Neuestem, wenn er sein Tramadol in Reichweite hatte. Er empfand gar nichts mehr, selbst als man ihm das kalte Metall der Pistolenmündung gegen den Hinterkopf gedrückt hatte. *Nichts*.

Er wusste nicht, wie er seinen Zustand bezeichnen sollte. Vielleicht verblüfft? Ja, das traf es wohl am besten. Er war verblüfft darüber, dass ein unbekannter bewaffneter Mann zu ihm ins Auto gestiegen war und ihm Handy, Ausweis und Autoschlüssel abgenommen hatte.

Er starrte mit offenem Mund in die Nacht hinaus, dann zupfte er an seiner Unterlippe. Plötzlich spürte er, wie fertig er war. Vor allem wegen der Tabletten, aber auch wegen all der Ereignisse der letzten Zeit. Innerhalb weniger Wochen hatte er alles versaut. Die kleine Chance, die er gehabt hatte, war dahin. Seine Beziehung war im Eimer, sein Gefühlsleben befand sich im totalen Ausnahmezustand, und seine Motorik fing an, ihm üble Streiche zu spielen. Seine Seele war tot und irgendwo in seiner eigenen inneren Hölle vergraben. Nicht einmal seine Gedanken waren mehr seine eigenen. Er spürte sich selbst nicht mehr.

Er musste einfach ganz am Ende anfangen. Also, wer war der Typ gewesen, der zu ihm ins Auto gestiegen war? Jedenfalls keiner aus Hectors Truppe. Vielleicht ein Freund von ihr? Ein Freund, der Sophie helfen wollte? Aber warum sollte er das tun? Und wie viel wusste er? In diesem

Moment tauchte in seinem zugedröhnten Kopf ein Gefühl von Sinn und Zusammenhang auf: Sein Handy war weg, sein Portemonnaie, das Magazin seiner Pistole, die Autoschlüssel, alles weg, genau wie seine Persönlichkeit und seine Seele und sein früheres Leben.

Vielleicht war das ein Zeichen? Ein Zeichen für Veränderung? Das ihm bedeutete, dass er jetzt von vorn anfangen und herausfinden musste, was hier wirklich geschah, dass er sich entscheiden musste, auf welcher Seite er stand?

Und in dem Moment ging ihm auf, dass er ganz frei war, dass er selbst entscheiden konnte, in welche Richtung es weitergehen sollte.

Er langte hinter sich in den Fußraum und hob seine Dienstwaffe auf. Dann sprang er aus dem Auto, ging nach hinten und öffnete die Heckklappe. Er schloss die Klettverschlüsse der kleinen Tasche seiner Abhörausrüstung, hob sie aus dem Auto und ging ein kleines Stück. In einem Garten stellte er sie hinter einer Birke ab. Dann setzte er sich hin und zog die Schnürsenkel aus seinen Turnschuhen, band sie zu einer langen Schnur zusammen, stand auf und ging wieder zum Saab zurück. Er öffnete den Tankdeckel, tauchte die Schnur hinein, so tief es ging, zog sie wieder heraus und roch daran. *Benzin – was für ein phantastischer Geruch.*

Er steckte das andere Ende in den Tank, und die Schnur hing ein paar Zentimeter aus dem Tank heraus. Er schaute zu den Bäumen hinüber und versuchte zu schätzen, wie viel Zeit ihm für die Flucht bleiben würde. Drei, vier Sekunden.

Er fand ein Feuerzeug im Handschuhfach und zündete das benzingetränkte Ende der Schnur an. Sie brannte schnell ab, schneller, als er gedacht hatte. Lars rannte mit großen Schritten und Panik im Hinterkopf auf die Birke zu.

Die Explosion war dumpf, als hätte jemand einen schweren Teppich auf die Umgebung fallen lassen. Die Druckwelle fühlte sich in seinem Rücken an wie ein heißer Fallwind. Lars warf sich über seine Abhörausrüstung und rollte noch ein Stück weit. Für ein paar Sekunden war eine hohe, sehr gerade Feuersäule zu sehen, deren Spitze sich pilzförmig ausdehnte. Dann verging sie im Halbdunkel der Nacht. Der Saab stand jetzt in hellen Flammen. Es knisterte und fauchte. Die Heckscheibe war geborsten, die Kofferraumklappe hatte sich an einer Seite gelöst. Das Plastik begann zu schmelzen, die Scheiben zersprangen, und der linke Hinterreifen spuckte brennende Gummifetzen. Mit großen Augen bestaunte Lars das Feuerwerk.

Sophie hatte schlecht geträumt und war mit einem Ruck aus dem Schlaf hochgefahren. Sie stand auf und traf vor ihrem Schlafzimmer auf Albert.

»Was war das?«, fragte er.

»Keine Ahnung.«

Als sie aus dem Fenster sahen, blickten sie in einen hellen Schein über den Bäumen, ein grelles gelbes Licht.

Sie liefen vors Haus. Eine größere Gruppe Menschen stand da und starrte in die Flammen. Sophie sah, dass ein Auto brannte, ein alter Saab. Sie hörte das Fauchen und Knacken von Plastik, Gummi und Metall und von ferne die Sirenen der Feuerwehr.

Er stand genau hinter ihr. Lars war nach der Explosion aufgestanden und wollte sich gerade davonmachen, als ihm einfiel, dass sie vielleicht herkommen würde, um zu sehen, was passiert war. Also hatte er die Tasche unter einen Busch geschoben, sich das Haar zerwühlt und war zum Wagen zurückgegangen.

Jetzt war auch er ein Hausbesitzer, der von einer Explosion geweckt worden und nach draußen gegangen war, um nach dem Rechten zu sehen. Er stand genau hinter ihr und starrte auf ihren Nacken. Sie hatte das Haar zurückgebunden, ihr Nacken war entblößt. Er wollte die Hand ausstrecken und ihn streicheln, den Finger in die kleine Wölbung unter dem Hinterkopf legen.

»Sophie?«

Eine Frau im Morgenrock kam auf sie zu.

»Das ist doch Wahnsinn! Was ist passiert?«

»Hallo, Cissi, ich weiß es auch nicht, ich bin von der Explosion aufgewacht.«

»Ich auch ...«

Lars hatte sie so lange über seine Kopfhörer belauscht und sie durch sein Teleobjektiv beobachtet, er war ihr nahe gewesen, wenn sie schlief, aber nie hatte er sie so gesehen, so normal und wach. *Sophie*. Er musste lächeln.

Cissi zog eine Schachtel Zigaretten aus der Tasche ihres Morgenmantels.

»Möchtest du?«

»Danke.«

Sie zündeten sich ihre Zigaretten an und schauten auf das brennende Auto. Dann riss sich Cissi von dem Anblick los, nahm einen Zug, drehte sich um – und blickte in Lars' seltsames Lächeln. Sie musterte ihn von oben bis unten.

»Was gibt es denn da zu grinsen?«

Sophie drehte sich ebenfalls um. Für einen kurzen Moment sahen sie einander in die Augen. Dann blickte

Lars zu Boden, wandte sich ab und verschwand in der Menge.

»Was war das denn für ein Irrer?«, fragte Cissi.

Sophie wusste es … Sie wusste, wer er war. Und er machte ihr Angst mit seinem bleichen Gesicht, seinem suchenden Blick und den leeren Augen.

»Keine Ahnung«, sagte sie und suchte ihn in der Menge. Doch Lars Vinge war verschwunden.

Die Wand. Dieser Wirrwarr aus Bildern, Namen, Linien und Anmerkungen. Lars wartete, bis sein Atem sich ein wenig beruhigt hatte, dann konzentrierte er sich auf die Bilder von Sophie. Er trat zurück und sah plötzlich einen Zusammenhang, er wollte danach greifen, verlor ihn jedoch gleich wieder.

Er schrieb an die Wand: »Ein Mann, 35–40, Schwede, bewaffnet, ruhig.« Er zog eine Linie zu Sophie, trat zurück, betrachtete sein Werk und versuchte sich zu erinnern. Hatte er die Stimme des Mannes im Auto wiedererkannt? Sein Blick blieb an dem Foto des Mannes hängen, den Sophie am Strandvägen getroffen hatte. Die Gedanken wirbelten in seinem Kopf umher, sein Konzentrationsvermögen ließ ihn im Stich.

Lars ging ins Bad und legte nach. Er schüttete die Pillen in sich hinein, betrachtete sich im Spiegel und summte »New York, New York« vor sich hin. Seine Wangen waren bleich und schlaff, und er hatte gelbe Pusteln um den Mund – aber ihm gefiel, was er da sah.

Dann kehrte er zu seiner Wand zurück. Seine Beine waren die ganze Zeit in Bewegung, und er knirschte mit den Zähnen wie ein wiederkäuender Elch.

Gab es ein Muster, das er nicht sah? Einen versteckten Code in dem, was er schon an die Wand geschrieben hatte? Hatte er unbewusst eine Chiffre erschaffen, in der die Antwort auf alles lag, was er nur noch nicht verstand? Vielleicht fand sich sogar die göttliche Antwort auf alle Fragen in diesem Chaos an der Wand? Vielleicht gab es da ja auch noch andere Antworten?

Und dann war plötzlich Schluss. Als wäre Ingo Johansson, der Boxliebling seines Vaters, aus seinem Foto geklettert und hätte ihm eine ordentliche Rechte ins Gesicht verpasst.

Lars setzte sich mit vorgerecktem Hals auf den Schreibtischstuhl, unfähig, einen neuen Gedanken zu fassen. Es war ein mentaler Knock-out, das Morphium lähmte sein Gehirn. Ein Speichelfaden hing in seinem Mundwinkel. Er starrte auf seine Beine und sah die Grasflecken auf den Knien seiner Jeans … wie damals, als er ein kleiner Junge war! Lars musste lachen, Grasflecken an den Knien! Die Dosierung war wohl doch zu hoch gewesen. Müdigkeit kroch ihm in den Nacken, über die Schultern und weiter den Körper hinunter, in Brust, Bauch, Beine und Füße – bis in den letzten Winkel seines Körpers. Er rutschte vom Stuhl und landete auf den Knien, fiel vornüber und fing sich mit den Händen ab. Ein jäher Schmerz schoss ihm durch Handgelenke und Unterarme, als er aufschlug.

Er sah einen einzelnen Stecker unter dem Schreibtisch, der nicht eingesteckt war. Lars starrte ihn an. Ein paar verschwommene Assoziationen flackerten durch sein Hirn.

Er legte Tramadol und Oxazepam nach. Eine Überdosis namens *Du-schaffst-es*. Aber die Dosis versetzte ihn nicht in den erhofften Zustand. Stattdessen spürte er, wie ihn etwas umklammerte. Er konnte sich nicht bewegen, nicht denken, er war schwerer als die Masse eines implodierenden Sterns. Und da tauchte plötzlich Ingo wieder auf. Diesmal riss er irgendeinen Göteborg-Witz, hob die Linke, täuschte kurz an und verpasste ihm dann einen rechten Schwinger aufs Kinn.

Lars wurde schwarz vor Augen.

Das Läuten des Telefons holte ihn aus der geräuschlosen Finsternis zurück. Lars sah auf die Uhr, er musste einige Stunden weg gewesen sein. Wieder hörte er das Telefon, es klang ausdauernd und schrill. Er kniete sich hin. Es läutete weiter. Lars zog sich mühsam am Tisch hoch und kam auf die Füße. Auf unsicheren Beinen wankte er über das Parkett zum Telefon.

»Hallo?«

»Lars Vinge?«

»Ja?«

»Mein Name ist Gunnel Nordin, ich rufe aus dem Altersheim Lyckoslanten an. Ich muss Ihnen leider mitteilen, dass Ihre Mutter heute früh verstorben ist.«

»Aha ... Das ist ja traurig ...«

Lars legte einfach auf und ging in die Küche, ohne zu wissen, warum. Vielleicht suchte er etwas. Das Telefon klingelte wieder. Er sah sich um und versuchte sich zu erinnern, was er in der Küche wollte. Das schrille Läuten machte ihn nervös und ärgerlich. Er schaute an die Decke, dann auf den Boden, drehte sich um die eigene Achse. Das Telefon klingelte. Nein, er wusste nicht, wonach er suchte. Wieder nahm er den Hörer ab. »Hallo?«

»Lyckoslanten noch einmal. Gunnel Nordin ...«

»Ja?«

»Ich weiß nicht, ob Sie verstanden haben, was ich eben gesagt habe.«

»Meine Mutter ist gestorben.«

Seine Wange juckte, als hätte ihn eine Mücke gestochen. Er kratzte sich hektisch.

»Wollen Sie nicht herkommen? Sie noch einmal sehen, bevor wir sie wegbringen?«

Lars betrachtete seine Fingernägel.

»Nein, nein, es ist gut so. Bringen Sie sie ruhig weg.«

Gunnel Nordin schwieg einen Augenblick. Dann sagte sie: »Ich muss Sie leider bitten, herzukommen und gewisse Dinge zu regeln, ein paar Dokumente zu unterschreiben und die Sachen Ihrer Mutter abzuholen. Ginge es noch diese Woche?«

»Ja.«

»Da ist noch etwas, was ich Ihnen sagen muss …«

»Ja?«

»Ihre Mutter hat sich das Leben genommen.«

»Danke.«

Lars legte wieder auf. Verflucht, wonach suchte er nur? Er öffnete den Kühlschrank. Die Kälte, die ihm entgegenschlug, war angenehm. Er stand eine Weile davor, wie lange, wusste er nicht. Das Telefon klingelte wieder, es klang lauter als zuvor. Er stand da und lauschte, wie das Kühlaggregat knackte.

Dann hörte er sich selbst laut schreien, einen wütenden Schrei ausstoßen, der tief aus seinem Inneren kam.

»Ja?«

»Lars, was ist gestern passiert?«

Das war Gunillas Stimme.

»Gestern? Nichts, soweit ich weiß.«

»Dein Auto ist ausgebrannt.«

»Mein Auto?«

»Der Saab draußen in Stocksund, er ist heute Nacht ausgebrannt.«

»Wie denn das?«

»Das wissen wir auch nicht. Laut Zeugen ist er explodiert. Wann bist du nach Hause gefahren?«

»Gegen elf.«

»Und die Ausrüstung?«

»War noch im Saab. Wo ist das Auto jetzt?«

»Das wurde abgeschleppt und steht draußen auf dem Sammelplatz bei der Polizei von Täby. Sie werden ihn untersuchen, aber du weißt ja, wie lange so etwas dauert.«

Nein, das wusste er nicht.

»Wer könnte das getan haben, Lars?«

»Ich weiß es nicht, Gunilla.«

»Wie viel von den Aufnahmen haben wir verloren?«

»Nichts von Bedeutung, ich habe dir ja alles aufgeschrieben.«

Gunilla blieb noch eine Weile in der Leitung, sagte aber nichts mehr, dann legte sie auf.

Jens wollte weiterschlafen, aber das Telefon hörte einfach nicht auf zu klingeln. Er schlug die Augen auf. Nach dem Licht zu urteilen, musste es schon Mittag sein.

»Ja?«

»Habe ich dich geweckt?«

»Nein, nein, ich war schon wach.«

»Können wir reden?«

Jens versuchte, die Gedanken in seinem Kopf zu ordnen. »Rufst du von dem Handy aus an, das ich dir gegeben habe?«

»Ja.«

»Leg auf, ich rufe dich zurück.«

Er schlug die Daunendecke zur Seite und stellte seine

Füße auf den weichen Teppichboden. Sein Schlafzimmer war hell wie das Innere einer Kumuluswolke. Alles war weiß, bis auf ein Bild in dunklen Rottönen: eine Mark-Rothko-Kopie, die er sehr mochte. Jens streckte sich, stand auf und ging aus dem Zimmer. Er war nur mit weißen Baumwollboxershorts bekleidet, handgenäht in der Türkei. Er hatte dem Schneider zwanzig Stück davon abgekauft. Es waren die besten Kleidungsstücke, die er je besessen hatte.

Jens ging in die Küche, öffnete eine Schublade und nahm eine neue SIM-Karte heraus, entfernte die Folie und steckte die Karte in sein Handy, dann rief er Sophie zurück.

»Hier ist heute Nacht ein Auto abgebrannt«, sagte sie.

Jens war noch nicht ganz wach und ein wenig langsam.

»Abgebrannt?«

»Ich bin gegen halb eins von einer Explosion aufgewacht. Albert und ich sind rausgegangen, da stand ein Auto in Flammen, ein Saab. Dann kam die Feuerwehr.«

»Ein Saab?«

»Ja.«

»Seltsam.«

»Das kann man wohl sagen … Hast du etwas damit zu tun?«

»Nein.«

Jens dachte an den vergangenen Abend.

»Aber ich war ein paar Stunden vorher da. Das weißt du ja. Da saß ein Mann in dem Saab, ein Polizist. Ich wollte ihn heimlich fotografieren.«

»Aber?«

»Dann habe ich Hector in deiner Küche gesehen und Aron, der durch das Viertel spazierte. Er ging genau auf den Mann im Saab zu.«

Sophie schwieg.

»Also musste ich den Polizisten da wegschaffen. Wenn Aron Verdacht gegen ihn geschöpft und die Ausrüstung in seinem Kofferraum gefunden hätte, dann wäre das alles eskaliert.«

»Und dann?«

»Ich bin in den Saab gesprungen und habe den Typen gezwungen wegzufahren.«

»Und weiter?«

»Ich bin ein paar Straßen weiter ausgestiegen und mit meinem Wagen wieder in die Stadt gefahren.«

»Einfach so?«

»Ja, einfach so. Ich habe seinen Namen«, sagte Jens.

»Wie heißt er?«

»Lars Vinge.«

»Wie sieht er aus?«

»Warte ...«

Jens holte Lars Vinges Führerschein, fotografierte ihn mit dem Handy und schickte das Bild an Sophie.

Er hörte ihren Atem, dann piepte es in ihrem Handy. Sie nahm es kurz vom Ohr.

»Das ist er. Ich habe ihn gestern gesehen, er stand unter den Leuten, die schauten, wie das Auto brannte.«

Diese Antwort überraschte ihn. »Bist du sicher?«

»Ja. Und er war es auch, der an dem Abend, an dem Hector gekidnappt wurde, den Volvo fuhr. Ich habe ihn auch noch woanders gesehen, ich glaube, im Djurgården. Hat er dich gesehen?«

»Nein, ich saß hinter ihm auf der Rückbank.« Jens überlegte. »Er muss das Auto selbst angezündet haben.«

»Aber warum?«

»Vielleicht hat er sich enttarnt gefühlt, nachdem ich ihm seine Sachen weggenommen hatte.«

»Was hast du ihm denn abgenommen?«

»Handy, Portemonnaie, das Magazin seiner Pistole und die Autoschlüssel.«

»Und jetzt?«

Jens hörte die Angst in ihrer Stimme.

»Ist die Polizei jetzt gefährlicher für mich?«, fragte sie.

»Keine Ahnung. Vielleicht haben wir Glück.«

»Wieso?«

»Vielleicht vertuscht er es, dieser Polizisten-Lars. Vielleicht behält er es für sich, weil er sich schämt. Das muss auch der Grund dafür sein, warum er das Auto abgefackelt hat.«

»Oder auch nicht. Diese Aktion macht vielleicht alles noch schlimmer, vor allem für Albert. Hast du mal darüber nachgedacht?«

»Ja, das habe ich. Aber ich habe es deiner möglichen Enttarnung vor Hector und Aron vorgezogen. Das wäre noch schlimmer gewesen.«

Er hörte ihre Schritte auf dem Asphalt. Er wusste nicht, was er sagen sollte. »Was machst du heute?«, stieß er schließlich hervor. Er bereute es sofort.

»Ich muss arbeiten.«

Er überlegte, was er noch sagen könnte, aber ihm fiel nichts ein.

»Tschüss, Sophie.«

Sie legte wortlos auf.

19

Sara hatte in einem Café auf der gegenüberliegenden Straßenseite gewartet. Sie sah, wie Lars aus dem Haus kam. Er bewegte sich steif und sah krank aus.

Sara wartete, bis er außer Sichtweite war. Dann stand sie auf und überquerte die Swedenborgsgatan. Im Aufzug nahm sie die Sonnenbrille ab und betrachtete ihr Gesicht. Das Veilchen, das er ihr verpasst hatte, entstellte immer noch ihr rechtes Auge. Stellenweise ging das Blau schon in Grün über – sie sah furchtbar aus.

Sara öffnete die Tür und trat in die Wohnung. Auf dem Boden lagen ungeöffnete Briefe, es roch muffig und dumpf.

Sie ging ins Arbeitszimmer. Dort war es dunkel und unordentlich. Auf dem Boden lagen eine Matratze und ein fleckiges Kissen ohne Bezug, neben der Matratze eine Wolldecke. Ein paar Teller mit Essensresten und Gläser standen herum, daneben lag benutztes Küchenpapier. Mein Gott!, dachte sie.

Und dann diese Wand, die vollgekritzelte Wand. Sara holte tief Luft, zog sich einen Stuhl heran und betrachtete das Durcheinander. Es machte sie plötzlich unendlich traurig, dass der Mann, den sie geliebt hatte, so vollkommen den Halt verloren hatte. Dass dies nun sein Leben war. Aber ihre Trauer und ihr Mitleid hielten nicht lange an. Stattdessen spürte sie, wie Hass in ihr hochstieg. Sie hasste ihn für das, was er ihr angetan hatte.

Sara sah das Foto einer Frau namens Sophie, das Bild eines Mannes, Hector. Und weitere Namen neben weiteren Fotos: Gunilla, Anders, Hasse, Albert, Aron. Und einen Mann ohne Namen, der auf einer Bank am Wasser saß, wie es aussah, am Strandvägen. Sara ließ den Blick über die Wand gleiten und verstand überhaupt nichts mehr. Auf jedem freien Zentimeter stand etwas in kleiner Schrift, vieles durchgestrichen, manisch durchgestrichen, wie ihr schien. Daneben gab es Text in großen, fahrigen Buchstaben, als hätte Lars es in weggetretenem Zustand geschrieben.

Sie startete seinen Computer, das Passwort kannte sie noch aus der Zeit, als sie ihn gemeinsam benutzt hatten. Während sie darauf wartete, dass der Computer hochfuhr, zog sie nacheinander die Schreibtischschubladen auf. In der untersten entdeckte sie einen Ordner, auf den jemand eine Blume gemalt hatte. Sie schlug ihn auf und fand ausgedruckte Fotos auf A4-Papier, der ganze Ordner war voll davon und immer die gleiche Frau. Sie drehte sich um und schaute wieder auf die Wand. *Sophie*. Sophie auf dem Fahrrad, Sophie in der Küche – das Bild war durch das Fenster aufgenommen worden. Sophie beim Spazierengehen, Sophie bei der Gartenarbeit, Sophie, die durch eine große Eingangstür ging. Sophie im Schlaf. *Was sollte das?* Es war eine Großaufnahme ihres schlafenden Gesichts. Das Foto musste in ihrem Schlafzimmer und aus großer Nähe aufgenommen worden sein. *Das war ja krank, der war ja vollkommen besessen!*

Sie suchte weiter in den Schubladen und fand zwei Höschen aus Seide. Sie legte sie angeekelt zurück und fand ein Notizbuch. Vorsichtig öffnete sie es. Es enthielt Verse in Lars' unleserlicher Schrift. *Sommerwiese … nach den tiefsten Quellen der Liebe dürstend … Dein schönes Haar, das in der Wärme über das Böse dieser Welt weht … Du und ich, Sophie, gegen die ganze Welt …*

Der Computer war jetzt hochgefahren. Auf dem Bildschirm lagen zahlreiche Ordner, die mit Kalenderdaten beschriftet waren. Sie öffnete einen davon. Er enthielt Tonaufnahmen. Sie klickte die erste an, und die Geräusche erklangen aus dem Lautsprecher des Computers. Sara lauschte. Anfangs war es nur ein atmosphärisches Rauschen, aber dann hörte sie Schritte auf Parkettboden, eine Tür, die sich irgendwo öffnete. Nach einer Weile wurde ein Fernseher eingeschaltet, und man hörte die Stimme der Nachrichtensprecherin, die Sara kannte. Sie ließ das Band weiterlaufen, stand auf und betrachtete die Gesichter an der Wand.

Sie wusste, dass Gunilla Lars' Chefin war, aber die anderen? Anders und Hasse waren vermutlich Kollegen. Und alles schien sich um diese Sophie zu drehen. Sara folgte den Linien und las die Anmerkungen, die Lars dazugekritzelt hatte. Ganz allmählich ergab sich daraus ein Bild.

Komm, Albert, lass uns essen.

Sara erschrak. Die Stimme kam vom Computer, sie war klar und klang ganz nah. Sara lauschte und hörte, wie jemand Teller aus einem Schrank holte. War das Sophie? Dann folgte Stille, das Band war zu Ende. Sie ging zum Computer, klickte eine andere Tonspur an und lauschte einem Telefongespräch. Sophie sprach, sie lachte und stellte kurze Fragen. Sophie schien mit einer Freundin über jemanden zu reden, der sich auf einer Party danebenbenommen hatte. Sara klickte die nächste Tonspur an.

Sophie hörte einen Jungen über den Zweiten Weltkrieg ab. Er antwortete sicher auf alle Fragen, bis auf die nach dem Molotow-Ribbentrop-Pakt. Sara betrachtete das Foto eines Teenagers an der Wand, das war wohl Albert. Er sah zufrieden aus, frisch und munter. Sie klickte weiter, hörte entfernte Musik aus einer Stereoanlage. Noch ein Klick. Wieder kamen anfangs nur atmosphärische Geräusche, doch dann etwas, das wie eine Ohrfeige klang. Ein Gespräch zwischen dem Jungen und Sophie. Sie hörte die Worte *Vergewaltigung, Beweis, Streife, Verhör.* Sara hörte konzentriert zu, sie ließ diese Stelle fünfmal laufen. *Meine Güte!*

Sie kopierte so viel Tonmaterial wie möglich auf ihren USB-Stick. Dann nahm sie ihre Kamera aus der Tasche und fotografierte die Wand, die Bilder, die Texte, bevor sie leise die Wohnungstür hinter sich schloss.

Lars nahm den Volvo V70. Der stand noch dort, wo er ihn eine Woche zuvor hatte stehen lassen, auf einem Parkplatz draußen in Aspudden.

Als er vor dem Altersheim bremste, geriet er leicht ins Schleudern, er war wohl schneller gewesen, als er gedacht hatte, und musste hart in die Eisen gehen. Missmutig stieg er aus dem Wagen und ging auf das Gebäude zu.

Drinnen fand er eine Pflegehelferin, stellte sich vor und sagte, er sei hier, um die Sachen seiner Mutter durchzusehen. Die Frau nickte und bot an, ihm die Apartmenttür aufzuschließen. Er folgte ihr, sie hatte einen großen Hintern, von dem er den Blick nicht abwenden konnte. Sie schloss das Zimmer auf, und Lars ging hinein.

»Kommen Sie zur Rezeption runter, wenn Sie fertig

sind. Sie müssen noch ein paar Papiere unterschreiben«, erklärte sie.

Lars zog die Tür hinter sich zu und ging direkt ins Schlafzimmer. Schnell öffnete er die Schublade, in der sie ihre Rezepte aufbewahrt hatte, und holte das ganze Bündel heraus. Er blätterte sie rasch durch: Xanor, Lyrica, Oxazepam, Stesolid, Tramadol.

Er stopfte sich die Rezepte in die Tasche und ging ins Bad. Im Spiegelschrank fand er Depolan und Ritalin, Letzteres noch ungeöffnet, und dann Halcion und Rohypnol in losen Blistern. Im obersten Fach stand eine Dose, er las, was auf dem Etikett stand: *Chlorpromazin.* Er erkannte die Dose wieder, es war nicht gerade das neueste Design. *Chlorpromazin* … Eine Erinnerung flatterte vorbei und war schon wieder verschwunden. Er steckte alles ein. Da war noch etwas im mittleren Fach, hinter dem Zahnputzbecher, auch eine ältere Dose. Lithiumtabletten – der Klassiker …

Es klopfte an der Tür. Lars schloss den Spiegelschrank und betätigte etwas hektisch die Toilettenspülung.

Draußen stand ein Mann mit Bart und einem schwarzen Hemd mit kleinem weißen Viereck am Kragen.

»Lars Vinge? Ich bin Johan Rydén, der Pfarrer.«

Lars starrte ihn an.

»Kann ich reinkommen?«

Lars trat zur Seite und schloss die Tür hinter dem Mann.

Der Pfarrer sah ihn freundlich an. »Mein Beileid«, sagte er.

Es dauerte eine Weile, bis Lars verstand, was er meinte.

»Danke …«

»Wie fühlen Sie sich?«

Wie fühlte er sich? Wie fühlte er sich …

Lars spürte nichts, er hatte keine Gefühle. Aber das konnte er ja schlecht sagen. Er sah dem Pfarrer in die Augen.

»Ja, wie fühlt man sich, wenn ein nahestehender Mensch gestorben ist … Leer, traurig, allein.«

Johan Rydén nickte langsam, als verstünde er ihn nur zu gut.

Mit gesenktem Kopf fuhr Lars fort. »Es ist ein merkwürdiges Gefühl, seine Mutter zu verlieren.«

Der Pfarrer nickte heftig, und Lars schüttelte den Kopf. Er sah in das Gesicht des Pfarrers, das Menschlichkeit, Würde und Zuversicht ausstrahlen wollte.

»Ihre Mutter hat sich entschieden, ihrem Leben selbst ein Ende zu setzen … Das ist nichts, was Sie auf sich nehmen müssen. Sie war krank, sie war müde, sie hatte mit ihrem Leben abgeschlossen.«

»Arme Mama«, flüsterte Lars. Er schaute den Mann vor sich an und sah, dass er Lars seine Schauspielerei abnahm.

Nach dieser Meisterleistung verließ Lars das Lyckoslanten, ohne sich noch einmal umzusehen. Er fuhr zur nächsten Apotheke und löste sämtliche Rezepte ein.

Sein Name war Alfonse. Er war jung, vielleicht fünfundzwanzig, und wirkte sehr selbstsicher. Er schien gewissermaßen auf der Sonnenseite des Lebens zu stehen.

»Hector«, stellte Hector sich vor, als Alfonse ihm die Hand schüttelte.

Alfonse sah sich im Büro um. »Bücher?«

»Ich habe einen Verlag, ich bin Verleger.«

Alfonse pfiff anerkennend und lächelte. »Verleger«, sagte er wie zu sich selbst.

Hector musterte Alfonse. »Du siehst deinem Onkel ähnlich.«

Alfonse sah Hector mit gespielter Empörung an, als ob ihn diese Feststellung verletzte. »Das will ich nicht hoffen.«

Sie lächelten beide.

»Wie geht es Don Ignacio?«, fragte Hector.

»Hervorragend. Er hat sich gerade ein neues Flugzeug gekauft und freut sich darüber wie ein Kind.«

»Schön. Grüß ihn von mir, und richte ihm herzliche Glückwünsche aus.«

Hector setzte sich auf seinem Stuhl zurecht. »Lass uns über dein Anliegen sprechen. Und anschließend lade ich dich zum Essen ein, wenn du noch nichts anderes vorhast.«

»Danke, Hector, aber heute geht es leider nicht. Stockholm ist voller Landsleute, die ich treffen muss.«

»Wie lange bleibst du?«

»Es gibt eine Frau in dieser Stadt, für die ich eine große Schwäche habe. Heute früh fiel mir auf, wie schön es ist, neben ihr aufzuwachen und mit ihr zu frühstücken. Deshalb werde ich wohl länger bleiben als geplant.«

Sie sahen einander fest in die Augen, und Alfonses Ton änderte sich ganz unvermittelt.

»Don Ignacio ist beunruhigt«, sagte er leise. »Er fragt sich, warum ihr nichts mehr bei ihm bestellt. Wir denken, eure Lager in Paraguay müssten inzwischen leer sein, aber wir haben lange nichts von dir oder deinem Vater gehört. Wir wollen sichergehen, dass alles in Ordnung ist und ihr keine Schwierigkeiten habt.«

Hector nahm einen Zigarillo aus der Schachtel. »Wir hatten Probleme mit unserer Route.«

Alfonse wartete auf die Fortsetzung, während Hector an seinem Zigarillo sog.

»Sie wurde gekapert.«

»Von wem?«

»Deutsche.«

Alfonse sah Hector an. »Und?«

Hector stieß den Rauch aus. »Das ist eine komplizierte Geschichte, wir sind gerade dabei, die Kontrolle wieder zu übernehmen, werden die Route aber eine Weile nicht benutzen können, bis sich alles ein bisschen beruhigt hat.«

»Kannst du sagen, wie lange?«

»Nein, leider nicht.«

Alfonse nickte. »Don Ignacio wird sich freuen zu hören, dass sonst alles in Ordnung ist bei euch. Aber jetzt, wo ich weiß, dass es euch gut geht … Nun, lass es mich so ausdrücken: Don Ignacio ist der Meinung, dass es eine Vereinbarung gibt. Diese Vereinbarung besagt, dass wir euch mit Vitaminen versorgen und diese nach Ciudad del Este transportieren. Das ist ein laufendes Geschäft. Jetzt hat es aus irgendeinem Grund eine Unterbrechung gegeben. Don Ignacio will nicht so weit gehen, es Vertragsbruch zu nennen, aber … Nun ja, du verstehst schon.«

»Ich betrachte unser Geschäft nicht als Vereinbarung. Wir haben keinen Zeitraum und keine Abnahmemenge festgelegt, sondern lediglich einen Preis. Don Ignacio hat immer sein Geld von uns bekommen, oder nicht?«

»Und dafür ist er euch auch dankbar, sehr dankbar sogar.«

»Und wir sind dankbar, dass es so unkompliziert ist, mit euch zusammenzuarbeiten«, erwiderte Hector und blickte Alfonse aufmerksam an. Er war elegant und höflich. Er sah gut aus, hatte markante Züge und das dicke schwarze Haar der Südamerikaner. Trotz seines Lächelns, das die ganze Zeit auf seinem Gesicht stand, machte er einen besonnenen Eindruck. Doch hinter dieser Fassade sah Hector etwas aufblitzen. Er konnte den Irrsinn eines Menschen aus großer Entfernung erkennen. Schon als Alfonse zur Tür hereingekommen war, hatte Hector diesen Irrsinn bei ihm bemerkt. Es war genau wie bei Don Ignacio Ramirez und ihrem ersten Treffen vor Jahrzehnten. Erstaunlicherweise aber mochte Hector diesen Zug an anderen Menschen, er gab ihm ein Gefühl der Zusammengehörigkeit, ja fast Seelenverwandtschaft. Hector beschloss deshalb, Alfonse zu mögen.

»Dann haben wir ein Problem«, erklärte Alfonse.

Hector zuckte mit den Schultern. »Ich weiß nicht, ob das wirklich ein Problem ist – nennen wir es lieber Unterbrechung.«

»Das Wort gibt es in unserer Sprache nicht. Don Ignacio rechnet mit eurem Geld für seine Dienste. Wenn ihr eine Unterbrechung einlegt, wie du sagst, dann hat das keinen Einfluss auf unsere Vereinbarung.«

»Aber wir haben keine solche Vereinbarung, lieber Alfonse.«

»Don Ignacio ist da anderer Meinung.«

Hector überlegte. »Kann ich dir etwas anbieten?«

Alfonse schüttelte den Kopf. »Was sind das für Probleme? Können wir euch dabei helfen? Diese Deutschen – vielleicht können wir euch behilflich sein?«

Hector wusste, dass Alfonses Hilfe ihn auf Dauer teuer zu stehen kommen konnte. »Nein, wir kommen schon zurecht. Es sind keine bedeutenden Probleme.«

»Erzähl.«

Hector nahm einen tiefen Zug aus dem Zigarillo.

»Aus irgendeinem Grund sind sie ins Geschäft eingestiegen und haben dann unsere Route an sich gerissen. Sie haben unsere Leute bedroht und Schmiergelder gezahlt. Wir haben uns alles zurückgeholt, aber der Kapitän des Schiffes, das wir benutzt haben, will es vorerst einmal ein bisschen ruhiger angehen lassen.«

Alfonse überlegte kurz. »Dann gibt es zwei Möglichkeiten«, sagte er.

Hector blickte ihn an.

»Entweder seht ihr zu, dass ihr bezahlt, wir füllen eure Lager in Paraguay, und ihr bringt unsere Lieferung dann irgendwie auf den Markt.«

»Oder?«

»Oder wir nehmen Kontakt zu euren deutschen Freunden auf. Sie scheinen mehr an dem Geschäft interessiert zu sein als ihr.«

Hector und Alfonse maßen einander mit Blicken. Hector musste lächeln, dass er diesem Burschen so leicht in die Falle gegangen war.

»Wir machen weiter wie gehabt«, erklärte er. »Ihr füllt unser Lager auf, und ich schicke Geld – gebt mir nur ein bisschen Zeit.«

Alfonse bedankte sich mit einem Kopfnicken.

»Und was hast du heute noch vor mit deinen Landsleuten in Stockholm?«, fragte Hector.

»Wir werden irgendwo essen gehen.«

Alfonse schaute auf seine Armbanduhr.

»Anschließend wollen wir noch in einem Club Salsa tanzen, den Namen habe ich vergessen. Willst du vielleicht mitkommen?«

»Danke, aber ich habe schon etwas anderes vor.«

»Dann machen wir unsere Vereinbarung fest, bevor ich nach Hause fliege?«

»Wann immer es dir passt.«

Alfonse verließ Hectors Büro, trat auf die Straße und wandte sich nach links. Hasse Berglund wartete einen Moment, dann stand er auf, rollte seine Zeitung zusammen und folgte dem eleganten Kolumbianer.

Gunillas Handy summte. Die Nummer, die im Display angezeigt wurde, kannte sie nicht.

»Ja?«

»Ist da Gunilla Strandberg?«

»Wer will das wissen?«

»Ich heiße Sara Jonsson und würde Sie gern treffen.«

»Kennen wir uns?«

»Eigentlich nicht. Mein Exfreund arbeitet für Sie.«

»Ach ja?«

»Lars Vinge.«

Jetzt fiel der Groschen. Sara Jonsson, Gunilla wusste, dass sie als freie Kulturjournalistin arbeitete. Lars hatte beim Vorstellungsgespräch von ihr erzählt. Gunilla hatte sich über sie informiert: Sara veröffentlichte selten etwas.

»Natürlich. Geht es um etwas Bestimmtes?«

»Das werde ich Ihnen persönlich sagen.«

Gunilla hörte mehr auf die Stimme als auf den Wortlaut. Die Frau war angespannt und nervös und versuchte, das durch ihren harschen Ton zu kaschieren.

»Wo wollen Sie mich treffen, Sara?«

»Wir können uns im Djurgården treffen, am Djurgårdsbrunnen. In einer Stunde.«

»So dringend ist es?«

»Ja.«

Gunilla lächelte kurz, als sie das Gespräch beendete.

Erik und Gunilla parkten vor dem Djurgårdsbrunnen. Sara Jonsson wartete am Eingang. Ihr zerzaustes Haar hatte sie zu einem nachlässigen Zopf zusammengebunden. Sie trug eine billige, verwaschene Bluse, eine dunkle Sonnenbrille und einen knielangen Rock.

Ihr Händedruck bei der Begrüßung war kalt und feucht, und die Sonnenbrille konnte die Angst in ihrem Blick nur notdürftig verbergen.

»Gut, Sara, wollen wir ein Stück gehen, oder sollen wir uns lieber hinsetzen?«, fragte Gunilla.

»Nein, ich möchte, dass wir ein Stück gehen.«

»Gerne, es ist ja auch schönes Wetter heute.«

Sie spazierten zu der kleinen Brücke über den Kanal.

»Wie lange leben Sie und Lars schon zusammen?«

»Wir leben nicht mehr zusammen.«

»Das tut mir leid.«

Sara war in Gedanken woanders. Gunilla und Erik bemerkten es und wechselten einen kurzen Blick.

»Lars hat sich verändert«, erklärte Sara schließlich.

»Inwiefern?«

»Ich weiß es nicht. Aber ich habe angefangen, nach den Gründen zu suchen.« Sara war sichtlich nervös. »Er arbeitet noch für Sie, oder?«

Gunilla nickte.

»Dann wissen Sie ja, dass er viel unterwegs war, abends gearbeitet und tagsüber geschlafen hat.«

»Wenn Sie wollen, kann ich seinen Dienstplan ändern.«

Sara schüttelte den Kopf. »Darum geht es gar nicht, wir leben ja schon nicht mehr zusammen, wie gesagt.« Sie klang verletzt.

»Warum nicht, wenn ich fragen darf?«

Sara wandte sich Gunilla zu, blieb stehen und nahm

ihre Sonnenbrille ab. Gunilla bemerkte Saras blaues Auge.

»Was ist passiert?«

»Was glauben Sie?«

Gunilla betrachtete die blutunterlaufene Schwellung. »Lars?«

Sara antwortete nicht, setzte die Sonnenbrille wieder auf und ging weiter.

»Ich habe angefangen, seine Sachen zu durchsuchen«, sagte sie, »seine privaten Sachen. Ich wollte herausfinden, warum er sich so verändert hat.«

Jetzt hörte Gunilla ihr aufmerksam zu.

»Je mehr ich fand, desto klarer wurde mir, dass er mit etwas außerhalb seiner … wie soll ich sagen, außerhalb seiner eigentlichen Aufgaben beschäftigt ist.«

»Wie meinen Sie das?«

»Ich meine damit, dass ich ein Bild von dem habe, was bei Ihnen vor sich geht.«

»Ach. Und was geht da vor sich?«

Sara war mit gesenktem Kopf neben ihr hergegangen, aber jetzt schaute sie auf. »Ich bin Journalistin.«

»Ja, das weiß ich.«

»Als Journalistin habe ich die Pflicht, über Machtmissbrauch zu berichten.«

Gunilla hob eine Augenbraue. »Oh, das klingt aber entschieden.«

Sara ging zum Angriff über. »Ich weiß, was Sie tun. Sie überwachen, bedrohen und verfolgen unschuldige Leute.«

»Ich verstehe nicht ganz, was Sie damit meinen«, sagte Gunilla.

»Ich meine damit Sophie, und ich meine Hector.«

Sara hatte noch keine Ahnung, wie das alles zusammenhing. Sie hatte lediglich die Namen und ein paar vage

Informationen, die sie aus Lars' Computer gezogen hatte. Sie wusste, dass da eine Art Überwachung stattfand, außerdem hatte sie ein paar Informationen über Gunillas frühere Ermittlungen, die sie dem Polizeiregister entnommen hatte – mehr wusste sie nicht. Aber das würde sie vor Gunilla nicht zugeben. Das hier war ihre Story, sie würde endlich aus dem Schattendasein der Kulturseiten heraustreten.

Gunilla gelang es nur mühsam, ihre Verwunderung zu verbergen. »Ich kann dazu nur sagen, dass wir gerade eine Menge verschiedener Fälle untersuchen, von denen manche in der derzeitigen Untersuchungsphase einer starken Geheimhaltung unterliegen, und dass es geradezu sträflich wäre, etwas über diese Ermittlungen zu berichten. Wenn Sie Informationen benötigen, können Sie diese bekommen, aber erst, wenn wir es für richtig halten, und nicht, solange dies unsere Ermittlungen oder unsere Mitarbeiter gefährden würde, die mit diesen Untersuchungen befasst sind.«

»Was ist mit Albert und diesem Verhör durch die städtische Polizei? Der Junge ist fünfzehn Jahre alt!«

Gunilla starrte sie an. Sara las jede Reaktion von ihrem Gesicht ab. Hatte sie ins Schwarze getroffen?

»Was haben Sie gesagt?«

»Sie haben gehört, was ich gesagt habe.«

»Wir stecken mitten in den Ermittlungen«, übernahm Erik das Wort, »wir arbeiten unter strenger Geheimhaltung. Es gibt da einige empfindliche Details. Was Sie gesehen oder gehört haben, sollten Sie unbedingt für sich behalten, bis wir Ihnen ein Zeichen geben. Dann können Sie es gern veröffentlichen.«

Sara spürte, dass sie einen Nerv getroffen hatte, und sah Gunilla forschend in die Augen.

»Die verwanzte Wohnung, das unerlaubte Abhören von Sophie … Wohin soll das eigentlich führen?«

Gunilla starrte Sara an. »Bitte?«

»Patricia Nordström. Sagt Ihnen der Name etwas?« Sara ließ sich jetzt nicht mehr beirren.

Gunillas Lächeln missglückte, es wirkte steif und unnatürlich.

»Patricia Nordström ist vor fünf Jahren verschwunden«, fuhr Sara fort. »Sie verschwand, als Sie mit ihr gearbeitet haben. Es gibt nichts, was darauf hindeutet, dass ihr Verschwinden etwas mit dem Traberkönig zu tun hat, sie verschwand, als *Sie* mit ihr gearbeitet haben. Gilt das Gleiche für Sophie? Soll auch sie bald verschwinden?«

Sara setzte alles auf eine Karte. Sie hatte keine Ahnung, worum es hier eigentlich ging, sie wusste nur, dass da irgendetwas faul war. Sie hatte sich von Anfang an gefragt, warum Lars von einem Tag auf den anderen von der Streife zur Kriminalpolizei versetzt worden war, das kam ihr ziemlich ungewöhnlich vor.

Gunilla starrte Sara nur an. Dann blieb sie stehen, drehte sich unvermittelt um und ging davon. Auch Erik schien überrascht und konnte nichts anderes tun, als ihr hinterherzugehen.

Sara hatte ins Schwarze getroffen, das war ihr jetzt klar. Und sie hatte Gunilla nicht zum letzten Mal gesehen.

Auf der Fahrt zurück in die Stadt wirkte Gunilla nachdenklich. »Dummes, dummes Mädchen«, murmelte sie.

Erik saß hinter dem Lenkrad und schwieg.

»Warum ausgerechnet jetzt?«, fragte sie.

Er wusste, dass sie keine Antwort von ihm erwartete.

»Begreift sie denn gar nichts? Ist es schon wieder das

gleiche Lied?«, sagte sie düster. »Wie konnte sie das alles herausfinden?«

»Wie ist sie überhaupt auf Patricia Nordström gekommen?«, fragte Erik.

Gunilla klappte den Sonnenschutz herunter und schaute sich im Spiegel an. »Ich weiß nicht, wie sie es herausgefunden hat, vielleicht hat sie einfach nur bei der Polizei danach gefragt. Aber das spielt auch keine Rolle. Sie hat etwas begriffen, was sie nicht hätte begreifen dürfen.«

»Hat Lars ihr dabei geholfen?«

»Keine Ahnung. Aber ich glaube kaum. Du hast ja gesehen, wie er sie zugerichtet hat.« Gunilla überlegte einen Moment. »Was hat sie gesagt, bevor sie von Patricia geredet hat?«

»Unerlaubtes Abhören …«

»Davor.«

»Albert …«

»Wie kann sie von Albert wissen?«, fragte sie.

Erik hatte keine Ahnung.

Gunilla seufzte und klappte den Sonnenschutz wieder hoch. »Wir warten noch mit Lars. Wir halten ihn bloß auf Abstand, wie immer. Aber Sara –«

Erik bog in den Strandvägen ein.

»Vielleicht ist es an der Zeit, Hans einzuweihen«, sagte Gunilla schließlich.

Von seinem Panoramafenster im siebten Stock aus schaute Ralph Hanke auf die Innenstadt von München. Der Himmel war trüb. Die grauen Wolken hingen beinahe auf Höhe der Fenster.

Er stand oft dort, wenn er mit seinen Gedanken nicht weiterkam. Er konnte einfach besser denken, wenn er das Gefühl hatte, die Welt läge ein gutes Stück unter ihm. Heute trug er eine Strickjacke. Das kam im Büro eher selten vor, aber er mochte dieses Kleidungsstück. Er fühlte sich freier darin als in seinem Anzug. Er konnte klarer denken, wenn er sie trug, bewahrte einen kühleren Kopf und wurde paradoxerweise dennoch angriffslustiger, so wie heute. Das machte es für ihn einfacher, Entscheidungen zu treffen.

Es knisterte in der internen Sprechanlage.

»Herr Hanke?«

Die ruhige Stimme seiner Sekretärin erfüllte den Raum.

»Ja, Frau Wagner?«

»Herr Gentz ist jetzt da.«

»Er soll hereinkommen.«

Die Tür zu seinem Büro öffnete sich, und Roland Gentz trat ein. Er setzte sich in einen Sessel und holte einige Unterlagen aus seiner Tasche. Sie grüßten einander nicht, das hatten sie nie getan, wie in stiller Übereinkunft: Wenn sie arbeiteten, waren sie nichtgrüßende Männer.

Ralph Hanke stand immer noch am Fenster. Das trübe Wetter in Kombination mit all seinen Problemen weckte in ihm das Bedürfnis, etwas zu trinken. Er schaute auf die Stadt hinunter. »Willst du einen Drink?«

Roland Gentz blickte überrascht auf.

»Wann haben wir eigentlich damit aufgehört, tagsüber zu trinken?«, fragte Ralph Hanke.

Gentz überlegte. »Irgendwann in den Neunzigern … zur gleichen Zeit, als die Krawatten verschwanden.«

Ralph Hanke lächelte und ging zu seinem Schreibtisch.

»Zwei Dinge weniger, die das Leben so angenehm gemacht haben«, seufzte er. Er setzte sich. »Also?«

»Ja, warum eigentlich nicht.«

Ralph Hanke drückte auf den Knopf der Sprechanlage. »Frau Wagner. Zwei Single Malt ohne Eis.«

Er faltete die Hände und wartete. Roland blätterte in seinen Papieren.

»Wir haben das Geld für die drei Einkaufspassagen in Großbritannien bekommen. Aber wir haben immer noch Probleme mit Hamburg und dem Brückenbau. Es geht um die Hydraulik, das braucht seine Zeit. Wir werden den Vertrag mit den Amerikanern bekommen, aber auch da müssen wir Geduld haben, alle wollen mit dabei sein.«

Ralph Hanke hörte kaum zu, er hatte sich auf seinem Stuhl herumgedreht und schaute wieder aus dem Fenster.

»Das kann alles warten. Was passiert in Schweden?«

Gentz blickte von seinen Papieren auf. »In Schweden? Nichts Neues.«

»Wo stehen wir?«

Roland Gentz sammelte sich. »Michails Helfer liegt im Krankenhaus.«

»Wird er reden?«

Roland Gentz schüttelte den Kopf. »Nein.«

»Und der Vermittler? Der mit den Waffen?«

Gentz setzte sich auf seinem Stuhl zurecht. »Darf ich dir meine Meinung sagen, Ralph?«

Ralph Hanke schaute weiter aus dem Fenster.

»Bitte.«

»Warum lassen wir die Sache nicht auf sich beruhen? Es ist schlecht für unser Geschäft, es ist ein Risiko, das mit jedem Tag größer wird. Und es ist ein verschwindend kleines Projekt. Lassen wir die Finger davon, und kümmern wir uns um die wirklich wichtigen Dinge.«

Ralph Hanke drehte sich mit dem Stuhl zu Gentz um.

»Wie hieß der Mann, den wir gekauft haben?«

Gentz fragte sich, ob Ralph Hanke ihm überhaupt zugehört hatte. »Carlos. Carlos Fuentes«, erwiderte er.

»Was ist das für einer?«

»Ein Spanier, der in Stockholm ein paar Restaurants besitzt. Eine Art Leibwächter von Hector.«

»Was ist mit dem?«

»Ich glaube, der ist durch. Er hat Hector dazu gebracht, ins Restaurant zu kommen, um dort von Michail und seinem Kumpel gefasst zu werden. Keiner von denen wird an einen Zufall glauben.«

»Ist er tot?«

Roland Gentz zuckte mit den Achseln. »Möglich.«

Es klopfte an der Tür. Frau Wagner kam mit einem Tablett und zwei Whiskeygläsern herein. Sie bediente die Männer und verließ dann wieder den Raum.

Sie tranken nicht sofort, sondern rochen erst an ihren Gläsern. Dann nehmen sie einen Schluck und behielten den Whiskey einen Moment im Mund. Das war doch immer noch das Beste, dieser Nachgeschmack, der falsche Erinnerungen und den sehnlichen Wunsch nach etwas weckte, das unerreichbar geworden war.

Sie stellten ihre Gläser ab.

»Haben wir jemanden in Spanien?«, fragte Ralph Hanke.

Roland Gentz schüttelte den Kopf. »Nein.«

»Sieh zu, dass du das hinkriegst. Ich will dort ein paar Männer haben, die wir bei Bedarf kurzfristig einsetzen können.«

»Ist das so eine gute Idee?«, fragte Roland Gentz leise.

Hanke ignorierte ihn. »Und diese Frau? Was wissen wir über sie?«, fragte er.

»Nichts. Willst du, dass ich sie mir näher anschaue?«

Ralph Hanke überlegte und führte das Glas an seine Lippen.

»Ja, tu das.«

20

Die weiße Pfingstrose musste eben aufgegangen sein. Sie war unglaublich schön, groß und symmetrisch. Tommy Jansson schaute sie lange an. Er saß bequem zurückgelehnt auf einem von Gunillas weiß gestrichenen Holzstühlen. Der Tisch in der Laube war gedeckt, vom Garten her duftete es nach alten Rosensorten und Clematis.

Tommy Jansson war Chef des Reichskriminalamts und stand damit der Abteilung vor, bei der Gunilla seit vierzehn Jahren angestellt war. Formal gesehen, war er also ihr Chef; geradlinig und unnachsichtig, er fuhr amerikanische Autos und trug eine 357er Pistole im Holster. Wenn es um die alltäglichen Dinge ging, war er ein Kind, doch bei der Arbeit war er ein absoluter Profi. Gunilla schätzte ihn sehr.

Sie stellte einen Teller frischer Zimtschnecken auf den Tisch. Tommy wartete, bis sie sich ihm gegenüber hingesetzt hatte.

»Ich habe gehört, sie sagen Mutti zu dir.«

Gunilla lächelte. »Wer sagt das?«

»Dein Bruder. Ich habe ihn von unterwegs angerufen, um zu hören, wie es bei euch läuft.«

Sie straffte die Schultern. »Warum hast du ihn angerufen?«

»Routine.«

Gunilla schenkte Tommy englischen Tee ein. Er trank einen Schluck, bevor er weitersprach.

»Ihr seid ja schon eine ganze Weile an dem Fall dran. Die Leute fangen an, Fragen zu stellen.«

»Ach ja?«, sagte Gunilla.

»Der Staatsanwalt wartet auf Ermittlungsberichte von euch.«

»Du weißt, wie ich arbeite, Tommy. Du weißt, dass ich nichts herausgebe, was nicht wasserdicht ist und was ein gestresster Staatsanwalt missverstehen und falsch verwenden könnte.«

»Diese Leute sitzen mir im Nacken. Ich kann dir nicht ewig den Rücken freihalten.«

Vogelgezwitscher drang aus dem Garten zu ihnen, sonst war es still. Gunilla kniff die Augen ein wenig zusammen.

»Mir den Rücken freihalten?«

»Du weißt, was ich meine.«

»Nein, das weiß ich nicht.«

Tommy musterte sie. »Nicht nur der Staatsanwalt fragt«, fuhr er fort. »Auch sie kommt mit irgendwelchen Theorien, das verunsichert die Leute.«

»Berit Ståhl?«

Tommy nickte.

»Was sagt sie?«

»Willst du das wirklich wissen?«

Gunilla antwortete nicht.

Tommy rutschte auf seinem Stuhl hin und her. »Sie sagt, sie versteht nicht, warum wir dir freie Hand lassen.«

»Und was antwortest du ihr, Tommy?«

»Ich sage, was ich immer sage, dass du zu meinen besten Leuten gehörst.«

»Und was sagt sie dann?«

Tommy trank einen Schluck und stellte die Tasse auf seinem Oberschenkel ab. »Dass es nichts gibt, was das bestätigen würde. Sie ist alle deine Fälle aus den letzten fünfzehn Jahren durchgegangen und meint, dass die Anzahl deiner Ermittlungsergebnisse weit unter dem Durchschnitt liegt.«

Gunilla seufzte. »Den Grund dafür habe ich dir gerade zu erklären versucht. Was sagt sie noch?«

»Das ist alles.«

»Nein, ist es nicht, das spüre ich doch.« Gunilla sah Tommy unbeirrt an.

Er senkte den Blick. »Sie sagt auch, dass der Grund für deine Arbeitsweise der ist, dass du dir etwas Eigenes aufbauen willst für den Fall, dass die Polizei in ein paar Jahren umstrukturiert wird.«

»Aha. Und?«

Tommy zuckte mit den Achseln. »Das sagt sie eben.«

»Dass ich ehrgeizig bin?«

Tommy seufzte. »Wenn du im Dunkeln tappst, Gunilla, wenn du nicht so viel hast, wie du gerne hättest, dann möchte ich, dass du mir das sagst. Ich habe dich früher geschützt, und ich werde es auch künftig tun. Aber wenn ich merke, dass du nicht offen und ehrlich zu mir bist …«

»Mach dir keine Sorgen«, erwiderte sie ruhig.

Er rieb sich die Augen. »Das tue ich aber.«

»Halt dich an unsere Vereinbarung, Tommy …«

»Welche Vereinbarung?«

»Dass ich nicht zwischendurch Bericht erstatten muss«, erklärte Gunilla.

»Wer hat gesagt, dass ich deshalb zu dir gekommen bin?«

»Weshalb solltest du sonst hier sein? Wegen der Zimtschnecken?«

»Natürlich wegen der Zimtschnecken.«

Keiner von beiden lächelte. Es gab vieles, worüber sie nicht erst sprechen mussten. Sie wussten einfach, dass sie in den meisten Dingen einer Meinung waren.

»Ich möchte wissen, wie weit du bist und wann du mit handfesten Beweisen bei deinen Ermittlungen rechnest«, sagte Tommy schließlich. »Und ich möchte wissen, ob du irgendetwas brauchst.«

»Ich weiß, worauf du hinauswillst, aber das wird dir nicht gelingen.«

»Wovon redest du, Gunilla?«

»Wenn du glaubst, du kannst hier Informationen bekommen, um dann jemand anderem den Fall zu übertragen, dann hast du dich geschnitten.«

Tommy schüttelte den Kopf. »Ich bin nicht gekommen, um dich rauszuschmeißen.«

»Das habe ich auch nicht gesagt. Aber du sicherst dich ab, sammelst Informationen, und wenn du merkst, dass es nicht so läuft, wie du es dir wünschst, dann tauschst du mich aus. Wir haben eine Vereinbarung. Niemand kann daran etwas ändern, am allerwenigsten Berit Ståhl.«

»Scheiß auf Berit Ståhl«, sagte Tommy.

Gunilla entspannte sich.

»Danke ...«

Er musterte Gunilla. »Du sitzt in der Scheiße«, sagte er schließlich.

»Was ist das denn für ein Vokabular?«

»Hab ich recht?«

Sie schüttelte den Kopf.

Sie hatten im Lauf der Jahre Hunderte solcher Gespräche geführt. Tommy wollte die Kontrolle, und Gunilla weigerte sich, sie ihm zu überlassen – es war immer dasselbe.

»Wie geht es Monica?«, fragte Gunilla.

Tommy ließ den Blick über den Garten schweifen. »Ganz gut, sie hat noch keine spürbaren Symptome.«

»Was sagen die Ärzte?«

Jetzt trafen sich ihre Blicke.

»Dass sie nichts Genaues wissen. Aber dass sie es wissen. Irgendwie so.«

»Was heißt das?«

»Dass sie ALS hat, eine Erkrankung des Nervensystems, die sich immer mehr verschlimmern wird. Unheilbar, und Monica wird wohl schon bald die ersten Symptome zeigen.«

Gunilla sah seine Besorgnis. Er drehte seine Tasse in den Händen.

»Weißt du, was das Schlimmste ist?«, fragte er sie.

Gunilla schüttelte den Kopf.

»Ich habe mehr Angst als sie.«

Nur das Summen der Insekten war zu hören und der Wind in den Bäumen. Tommy trank seinen Tee aus, stellte die Tasse auf den Tisch und erhob sich. Jetzt war er wieder Tomas Jansson, Chef des Reichskriminalamts.

»Ich halte an dir fest, Gunilla. Aber versprich mir, dass du dir Hilfe holst, wenn du sie brauchst.«

Es war halb drei in der Nacht. Lars öffnete die Verandatür mit seinem Dietrich. Er zog seine Schuhe aus und machte zwei Schritte in das Wohnzimmer hinein. Alles war still, Sophie und Albert schliefen. Er schlich zu der Stehlampe neben dem Sofa und drehte sie um. Er fand das kleine, haarfeine Mikrofon, das Anders dort installiert hatte, und zog es vorsichtig mit Daumen und Zeigefinger heraus. Dann ließ er es in ein Plastiktütchen gleiten und steckte es in seine Tasche. Anschließend ging er zur Verandatür zurück. Plötzlich blieb er stehen. Sie liegt doch da oben … *Mist.*

Lars ging zur Treppe, sie zog ihn geradezu magisch an. Vorsichtig schlich er sich hinauf.

Die Tür zu ihrem Zimmer war wieder nur angelehnt. Lars legte sein Ohr an den Spalt und lauschte. Leise, weiche Atemzüge waren zu hören. Langsam und geräuschlos schob er die Tür auf und trat vorsichtig ein.

Da lag sie, fast so wie beim letzten Mal: auf dem Rücken, das Haar auf dem Kissen ausgebreitet, nur ein paar Meter von ihm entfernt. Er zögerte. Er starrte sie an, sah ihre Schönheit und spürte, wie das Verlangen in ihm wuchs. Lars wollte zu ihr ins Bett kriechen, ihr erzählen, dass es ihm nicht gut ging. Vielleicht würde sie ihn trösten.

Ein Geräusch riss ihn aus seiner Phantasie, ein leises Surren und Flattern hinter der Gardine. Ein Nachtfalter. Seine Flügel schlugen gegen die Fensterscheibe, er flog in den schwachen Schein der Straßenlaterne hinaus.

Lars' Puls ging ruhig, genau wie sein Atem. Vorsichtig ließ er sich auf die Knie sinken und kroch zu Sophie hinüber. Er wurde hart, er wollte ihr die Hand auf den Mund legen, sich auf sie legen. *Nein, nicht so.*

Er kniete am Bett, als er seine Hose öffnete, den Reißverschluss ganz herunterzog und die linke Hand hineinschob. Er schloss die Augen, in seiner Phantasie schlief er mit ihr. Sie stöhnte seinen Namen und bat um mehr, sie streichelte seinen Rücken und sagte, dass sie ihn liebe. Ein friedlicher Ausdruck erschien auf seinem Gesicht, als er in seiner Hose kam.

Sie saßen in Anders' Honda, der in der Bastugatan parkte. Schließlich brach Hasse das Schweigen.

»Hast du das schon mal gemacht?«

Anders starrte in die Nacht hinaus, dann nickte er.

Er wühlte in seiner Tasche und hielt Hasse seine Handfläche hin. Weiße Pillen.

»Was ist das?«

»Das hilft. Nimm zwei.«

»Ich nehme keine Pillen.«

»Bist du bekloppt?«

Hasse sah ihn verständnislos an.

»Nimm sie!«, blaffte Anders ihn an. Dann seufzte er und starrte weiter durch die Windschutzscheibe. Hasse nahm die Pillen und schluckte sie.

Die Zeit verging quälend langsam. Als wollte sie ihnen die Möglichkeit geben, es sich noch anders zu überlegen.

Anders hasste dieses Gefühl. Er sah auf die Uhr. Fünf Minuten vor der vereinbarten Zeit öffnete er die Wagentür. »Komm«, sagte er. »Es geht los.«

Sie gingen zum Hauseingang. Dort gaben sie einen Code ein und liefen die Treppe hinauf.

An der Tür stand der Name Dahl, darunter war mit Klebeband ein Zettel befestigt, *S. Jonsson* hatte jemand daraufgeschrieben.

Sie lauschten. Anders öffnete das Schloss mit einem Dietrich. Er zitterte nicht, die Tabletten schienen zu wirken. Das Schloss sprang auf. Sie standen vollkommen still und lauschten auf das kleinste Geräusch. Nichts.

Anders legte die Hand auf die Klinke und drückte sie vorsichtig herunter, bis die Tür sich einen Spaltbreit öffnete und sie beide hindurchschlüpfen konnten.

Rechts ging es vom Flur in eine kleine, schmale Küche. Ein Klapptisch und zwei Stühle standen am Fenster.

Es war eine kleine Einzimmerwohnung. Anders trat einen Schritt vor. Ein Fernseher, ein Sofa, ein Wohnzimmertisch, ein Bild, eine Stehlampe ... und ein Bett hinter einem Vorhang. Dort lag sie, er konnte ihren leisen Atem hören.

Sie zogen ihre Schuhe aus und schlichen lautlos zu ihr hin. Anders ging in die Hocke und schlug eine Stoffmappe aus Goretex auf. Eine Spritze kam zum Vorschein. Er nahm sie behutsam heraus und zog die Plastikkappe ab, die die Kanüle schützte.

Anders richtete sich auf. Er begegnete Hasses Blick, *jetzt*. Lautlos bewegten sie sich auf das Bett zu.

Sara schlief auf dem Bauch und schnarchte leise. Hasse trat an das Kopfende des Bettes und schob vorsichtig den Vorhang zur Seite. Er stellte sich neben ihren Oberkörper, um reagieren zu können, falls sie aufwachte. Anders hockte sich leise neben das Fußende. Er würde die Decke anheben müssen. Reflexartig bewegte Sara im Schlaf ihre Beine, Anders zuckte zusammen. Ein Fuß rieb über den anderen, sie murmelte etwas, es klang wie eine Ermahnung, als würde sie jemanden auffordern, sich zusammenzureißen. Dann war es wieder still. Anders und Hasse sahen sich an. Anders holte Luft, nahm die Spritze in die rechte Hand, Zeigefinger und Mittelfinger an den Plastikflügeln, den Daumen auf dem Stempel. Dann setzte er die dünne Nadel auf Saras rechter Fußsohle auf und stach hinein. Sie reagierte auf den Stich. Anders hielt ihren Fuß fest, während Hasse ihren Oberkörper auf das Bett drückte. Sie schrie ins Kopfkissen, als Anders ihr die Flüssigkeit injizierte. Sie kämpfte und zitterte, instinktiv schlug sie mit beiden Beinen aus. Die Spritze rutschte heraus und flog durchs Zimmer. Hasse versuchte mit aller Kraft, Sara festzuhalten.

Es dauerte ein paar Sekunden, bevor das Gift wirkte und einen Herzstillstand verursachte.

In der Wohnung wurde es stiller, als die beiden Männer es sich hätten vorstellen können.

Sie starrten auf die Frau vor ihnen. Hasse ließ sie los und trat einen Schritt zurück.

»Scheiße«, flüsterte er. »Sie ist plötzlich total weich!« Er schluckte. »Total weich …«

Sie lag fast genauso da wie vorhin, als sie gekommen waren. Den Kopf auf dem Kissen, das Haar ein wenig zerzaust, das Gesicht nach rechts gewandt. Aber sie blickte starr in den Vorhang.

Eine Weile blieben sie unbeweglich stehen. Es war, als wollten sie noch nicht gehen, als wollten sie die Zeit anhalten. Hasse schluckte noch einmal.

Schließlich riss Anders sich zusammen. »Such die Spritze, die muss hier irgendwo liegen.«

Hasse sah Anders fragend an.

»Die Spritze, wir müssen die Spritze finden!«

Anders hockte sich hin, eine Minitaschenlampe im Mund. Er zog seinen Handschuh aus und strich vorsichtig mit der Hand über die Fußsohle. Er fand die abgebrochene Kanüle und zog sie mit Daumen und Zeigefinger heraus, wie man einem Kind einen Splitter aus dem Fuß zieht. Hasse fand die Spritze und steckte sie ein.

Anschließend gingen sie durch die Wohnung und durchsuchten vorsichtig alle Kisten und Schränke. In einem Schmuckkästchen fand Anders Saras Kamera, außerdem Notizen und ein Tagebuch. Er steckte alles in seine Jacke.

Dann verließen sie die Wohnung, setzten sich in den Wagen und fuhren durch das nächtliche Stockholm. Anders rief Gunilla an. »Alles erledigt«, sagte er.

Sie spürte seine Zweifel.

»Du weißt, dass das hier einem höheren Zweck dient. Viel höher, als du dir vielleicht gerade vorstellen kannst.«

Anders schwieg.

»Wie fühlst du dich?«

Sie klang wirklich wie eine Mutter. Nicht wie seine eigene Mutter, aber wie eine Mutter.

»Wie beim letzten Mal.«

»Da gab es auch einen höheren Zweck. Und diese Zwecke hängen zusammen, das weißt du doch? Es war notwendig, alles stand auf dem Spiel.«

Anders schwieg beharrlich.

»Die Frage war: sie oder wir, Anders. Sie wusste von Patricia Nordström.«

Er zuckte zusammen. »Ja, aber woher?«

»Ich weiß es nicht. Sie hat wohl in den Registern herumgeschnüffelt.«

»Und Lars? Was weiß der?«

»Keine Ahnung. Vielleicht mehr, als wir ahnen.«

Sie fuhren ziellos in der Stadt herum. Keiner der beiden wollte jetzt allein sein. Hasse starrte verbissen vor sich hin. Anders klopfte ihm auf die Schulter.

»Das geht vorüber.«

»Aber wann?«, murmelte Hasse. »Erzähl mir jetzt die ganze Geschichte!«, sagte er.

»Was willst du wissen?«

»Fang damit an, warum ihr die Blondine getötet habt, die Tussi vom Traberkönig.«

Anders merkte, dass sein rechtes Bein nervös zuckte.

»Wir hatten keine Wahl. Sie hatte gesehen, wie einer unserer Leute einen aus der Truppe des Traberkönigs erledigt hat. Es war alles ein totales Chaos …« Anders sah aus dem Fenster. Die Häuser wirkten plötzlich bedrohlich. »Da war ein Typ, der Zdenko nahestand und auf den wir uns vorerst einschossen. Wir wollten ihn umdrehen, er sollte seinen Chef verraten, aber er spielte ein doppeltes Spiel. Er hat uns so was von verarscht. Ich habe ihm vollkommen vertraut, Gunilla und Erik auch … Er war seinem Boss treu. Als wir es endlich begriffen, drohte uns der ganze Mist um die Ohren zu fliegen. Also fingen wir an, Patricia Nordström zu bearbeiten, Zdenkos Freundin. Sie gab uns, was wir wollten. Und ich bereitete den Selbstmord des Verräters vor.« Anders räusperte sich. »Aber sie hat alles gesehen. Sie wurde hysterisch und fing an zu heulen und zu toben, dass sie zur Polizei gehen würde …«

»Aber ihr seid die Polizei, verdammt noch mal!«

Anders sah Hasse an und ließ das Schweigen für sich sprechen.

»Wie bei der Journalistin«, sagte er schließlich. »Das war ein beschissenes Déjà-vu heute Abend … Aber vorher habe ich diesem Aas von Zdenko auf Jägersro eine Kugel in den Kopf gejagt. Was du damals in den Abendzeitungen über Bandenkrieg und anderen Scheiß gelesen hast, war vollkommener Bullshit. Wir haben einen Großteil seines Vermögens genommen, alles, was wir kriegen konnten.«

»Und was geschah mit der Blondine?«

»Die liegt tief unten auf dem Meeresgrund«, sagte Anders wie zu sich selbst.

Sophie machte sich eine Tasse Tee, ging zur Kellertreppe, holte den Monitor aus seinem Versteck und schaltete ihn ein. Es war jeden Morgen das gleiche Spiel. Sie hielt ihn noch in der Hand, als sie zurück in die Küche ging und an ihrem Tee nippte. Plötzlich erschien ein Bild. Es war Nacht, die Straßenlaterne vor dem Haus warf Licht ins Wohnzimmer. Ein dunkel gekleideter Mann ging an der Kamera vorbei zur Treppe, dann war der Film zu Ende. Er war nur vier Sekunden lang. Sophie erstarrte und stellte die Teetasse ab. Es folgte ein weiterer Film, derselbe Mann ging von der Treppe ins Wohnzimmer, dann verschwand er aus dem Bild.

Es war keine gewöhnliche Angst, die sich in ihr breitmachte, sondern etwas ganz anderes. Ihr war übel und schwindlig, und sie fühlte sich unendlich verletzlich. Noch einmal sah sie sich die Filme an. Die Aufnahme war dunkel und körnig. Sie spulte zurück und hielt das Bild an. Der Mann erstarrte in seiner Bewegung, ein Bein vor dem anderen. Sein Haar war schweißnass.

Lars. Lars, der Polizist.

Svante Carlgren rasierte sich, als sein neues Handy klingelte. Er wusste, wer das war, denn nur eine Person kannte diese Nummer. »Carl Gustaf«, meldete er sich.

»Hier ist Zivkovic.«

Carlgren zog die Klinge über die Wange.

»Was haben Sie auf dem Herzen?«

»Ich brauche mehr Infos zu Ihrem Typen.«

»Warum?«

»Weil ich alle üblichen Kanäle benutzt und mich überall nach ihm umgehört habe, ohne etwas zu finden. Wir hatten gehofft, es wäre jemand, den wir kennen. Aber so scheint es nicht zu sein.«

»Ich habe Sie bezahlt, und Sie sagen, Sie haben nichts in der Hand?«

»Das habe ich nicht gesagt.«

Carlgren rasierte sich zwischen Nase und Oberlippe.

»Ich brauche genauere Angaben von Ihnen.«

»Ich habe Ihnen alles gesagt, was ich weiß.«

»Wir müssen uns treffen. Ich möchte, dass Sie sich ein paar Bilder anschauen.«

Carlgren saß im Auto auf dem Parkplatz des Restaurants Källhagen. Er hatte die Scheibe heruntergelassen und beobachtete ein paar Spaziergänger auf dem Weg zum Seehistorischen Museum. Ungeduldig trommelte er mit den Fingern auf das Lenkrad, er hasste es zu warten. Da bog ein Geländewagen auf den Parkplatz ein. Zivkovic stieg aus. Er trug ein graues Hemd und eine Igelfrisur, die über den Ohren ausrasiert war. Seine Augen lagen tief in den Höhlen. Ein etwas älterer, kleinerer Mann mit gleicher Frisur begleitete ihn.

»Nehmen wir mein Auto«, sagte Carlgren.

Zivkovic schüttelte den Kopf. »Gehen wir lieber ein Stück.«

Carlgren stieg aus und streckte ihm die Hand entgegen. Zivkovic wirkte nervös und schüttelte sie hastig.

»Das ist mein Kollege Leif Rydbäck«, sagte er und zeigte auf den Mann neben sich. Carlgren gab auch ihm die Hand. Langsam ging das Trio vom Parkplatz aus in Richtung Kanal.

Die drei Männer waren klar und deutlich im Teleobjektiv zu erkennen. Anders schoss von der Rückbank seines Wagens aus etwa ein Dutzend Bilder. Er wusste, wer dieser kahl geschorene Typ im grauen Hemd war, und er kannte auch den Kleineren, aber ihm wollte einfach nicht mehr einfallen, wie sie hießen. Es war lange her, dass Anders mit dem größeren zu tun gehabt hatte. Sein Name lag ihm auf der Zunge. Er rief Reutersvärd an, einen alten Freund bei der Säpo. Reutersvärd hatte ein ausgezeichnetes Gedächtnis und kam gleich mit der Antwort: »Zivkovic, Håkan Zivkovic. Er ist inzwischen sauber, betreibt einen eigenen Sicherheitsservice und arbeitet als Privatdetektiv für verschiedene Versicherungsgesellschaften. Übernimmt außerdem Überwachungsaufträge von Privatleuten, bei denen es vor allem um eifersüchtige Ehepartner geht, die Beweisfotos haben wollen. Natürlich hat er weiterhin sporadisch Kontakt zu dem Gesindel, mit dem er sich früher herumgetrieben hat, und vergibt ab und zu kleinere Aufträge an diese Leute. Aber alles in einem akzeptablen Rahmen.«

»Was für Gesindel meinst du?«

»Leute, die wir nie richtig überprüft haben, die aber ungefährlich sind. Conny Blomberg, Tony Ledin, Leif Rydbäck und dieser hässliche Typ mit der Hasenscharte, Calle Schewens.«

»Wer von denen ist klein, mit Igelfrisur, etwa fünfzig und hat eine Kartoffelnase?«

»Das muss Rydbäck sein.«

»Redet einer von denen?«

»Ja, Rydbäck lässt gegen etwas Bargeld und andere Dienste schon mal etwas durchsickern. Von Ledin und Schewens solltest du dich fernhalten, das sind aggressive Typen, die auch schon mal die Pistole benutzen. Über Conny Blomberg kann ich dir nichts sagen, außer dass er seine ADHS mit Haschisch selbst behandelt und auf Transvestiten mit Brüsten steht.«

»Gut, danke, ich glaube, das reicht mir.«

Er schaute den drei Männern nach, die langsam Richtung Seehistorisches Museum gingen. Er beobachtete, wie sie gestenreich miteinander diskutierten. Zivkovic schien etwas zu erklären, Carlgren hörte ihm reserviert zu, dann kehrte sich das Ganze um, Carlgren erklärte etwas, und Zivkovic hörte zu. Rydbäck beteiligte sich nicht, blieb jedoch ständig dicht bei Zivkovic.

Svante Carlgren, Håkan Zivkovic und Leif Rydbäck, die im Djurgården spazieren gingen. Was gab es zwischen ihnen zu besprechen? Hatte Carlgren Zivkovic und Rydbäck aufgesucht, nachdem Aron Geisler bei ihm gewesen war? Arbeiteten Aron und Svante Carlgren in irgendeiner Weise zusammen? Aber was war dann mit Zivkovic und Rydbäck? Die Männer verschwanden aus seinem Blickfeld.

Anders fuhr sich über die Bartstoppeln. Oder hatte Aron Geisler Carlgren erpresst? Dann musste er richtig was gegen Carlgren in der Hand haben, sonst hätte Carlgren sich an die Sicherheitsabteilung von Ericsson oder direkt an die Polizei gewandt. Das jedoch hatte er nicht getan. Sollte also Zivkovic ihm jetzt helfen, Aron zu finden? Vielleicht. Aber das würde ihm nicht gelingen, so viel konnte Anders sagen.

Er zupfte an ein paar widerspenstigen Barthaaren und dachte über seine Theorie nach. Sie schien nicht ganz abwegig.

Schließlich startete er den Honda und fuhr wieder Richtung Innenstadt. Als er auf dem Strandvägen im Stau stecken blieb, widmete er sich dem mühsamen Unterfangen, eine Telefonnummer von Leif Rydbäck zu bekommen, ohne dabei seine üblichen Kanäle zu benutzen. Es kostete Zeit und einige Gegenleistungen.

Er ließ es ein paarmal klingeln. Rydbäck antwortete mit einem kurzen Laut, den Anders nicht zu deuten wusste.

»Rydbäck?«

»Ja, bitte?«

»Anders Ask hier.«

Es blieb kurz still.

»Kenne keinen Anders … Task.«

Anders hörte, dass Rydbäck im Auto saß, wahrscheinlich zusammen mit Zivkovic.

»Doch, tust du. Ich war bei der Säpo, als du dich mit diesen Syrern und ihren Restaurants blamiert hast. Ich war mit dabei, als man euch eingesperrt hat, dich und diesen Trottel, Håkan Irgendwas.«

»Keine Ahnung, wovon Sie reden. Was wollen Sie?«, brummte Rydbäck.

»Ich habe eine Frage. Du kriegst Geld für deine Antwort.«

»Einen Versuch ist es wert.«

»In der Stadt haben ein paar Typen begonnen, Wirtschaftsbosse zu erpressen. Aron Geisler und Hector Guzman. Guzman ist eine Art Verleger in Gamla Stan. Kennst du die beiden?«

Anders hörte, wie Rydbäck die Hand auf das Telefon legte und etwas flüsterte. Dann gab die Hand das Mikrofon wieder frei. Er versuchte, ruhig zu klingen.

»Nein, ich glaube nicht. Wie heißen sie noch mal?«

»Hector Guzman, Verleger in Gamla Stan. Der andere heißt Aron Geisler.« Anders buchstabierte beide Namen. Er hörte, wie Rydbäcks Bleistift über das Papier kratzte.

»Keine Ahnung, sorry … Und jetzt, Task?«

»Ja?«

»Gehen Sie aus der Leitung!«

»Geht klar.« Anders lächelte zufrieden.

Und damit legte Rydbäck auf.

Erik Strandberg war niedergeschlagen. Das passierte manchmal. Dann wurde er plötzlich still und zog sich zurück, und es war schwierig, an ihn heranzukommen. Es war vielleicht nicht ungewöhnlich, so auf die Unannehmlichkeiten des nahenden Alters zu reagieren. Aber Erik hatte schon als Kind an dieser Niedergeschlagenheit gelitten, genauer gesagt, seit seine und Gunillas Eltern gestorben waren. Er hatte nie richtig um sie trauern können und wusste wohl auch nicht, wie man das tat. Das wusste Gunilla auch nicht, aber irgendetwas gab ihr Halt und hielt die Dunkelheit von ihr fern. Deshalb hatte Gunilla sich immer für Erik verantwortlich gefühlt – sie wollte ihn vor etwas schützen, das sie selbst nicht kannte. Und sie tat es, so gut sie konnte, schon ihr ganzes Leben lang.

Es war eine Ewigkeit her, dass ihre Eltern, Siv und Carl-Adam Strandberg, gestorben waren. Sie waren beim Camping an einem See in Värmland erschossen worden. Ihr Mörder, Ivar Gamlin, war betrunken gewesen und mit seiner Schrotflinte in den Wald gegangen, nachdem er seine Frau verprügelt hatte. Aus unerfindlichen Gründen hatte er das Ehepaar Strandberg einfach durch die Zeltwand erschossen. Gamlin hatte daraufhin versucht, sich das Leben zu nehmen, hatte dabei jedoch nur sein Sprachvermögen und sein Gesicht ruiniert. Mitte der Achtzigerjahre wurde er von einem Mitgefangenen erschlagen. Seine Arme und Beine waren gebrochen, niemand im Gefängnis hatte gesehen, was passiert war.

Gunilla sah ihren Bruder an, der in der dunkelsten Ecke des Wohnzimmers saß. Draußen schien die Sonne, und er suchte die Dunkelheit.

Sie ging in die Küche und bereitete ein leichtes Mittagessen zu. Hering und Kartoffeln, Knäckebrot, dunkles Bier und einen Schnaps direkt aus dem Eisfach. Dazu einen

Kaffee, ein Stück Kuchen und, wenn er so deprimiert war wie heute, eine Zeitung. Dann konnte er so tun, als läse er, und musste sich nicht verpflichtet fühlen, sich zu unterhalten. Vorsichtig und geduldig bestrich sie das Knäckebrot, damit es nicht in Stücke zerbrach. Erik wollte Butter auf dem ganzen Brot haben, bis in die letzte Ecke. Sie stellte den Teller mit dem Hering, das Bierglas und den eiskalten, öligen Schnaps auf ein Tablett, trug es ins Wohnzimmer hinüber und platzierte es auf dem kleinen Tisch neben Eriks Sessel. Gunilla strich ihrem Bruder über die Wange. Er brummte nur.

Das Telefon klingelte, und Anders gab ihr ein paar knappe Informationen über das Treffen zwischen Zivkovic, Rydbäck und Svante Carlgren. Er legte ihr auch seine Erpressungstheorie dar und erzählte, dass er Rydbäck angerufen habe. Er habe Rydbäck einen Wink gegeben, wo Guzman und Geisler zu finden seien.

»Jetzt müssen wir nur noch abwarten und sehen, ob ich recht hatte«, sagte er und legte auf.

Sie erzählte ihrem Bruder die Neuigkeiten. Er antwortete nicht, sondern kaute nur sein Knäckebrot. Gunilla trat ans Fenster. Im Garten leuchtete alles in frischem Grün.

»Wir müssen uns vorbereiten«, sagte sie und ließ ihren Blick über die Pflanzen schweifen. »Ich werde die Blumen vermissen, Erik. Die Pfingstrosen und die Rosen … den ganzen Garten.«

Er hatte gerade nach dem beschlagenen Schnapsglas gegriffen. »Du musst die Krankenschwester mundtot machen«, sagte er heiser und trank den Schnaps in einem Zug aus.

Ihr Blick ruhte auf den Rosen drüben am Gartenzaun. »Und woran denkst du da?«

Er stellte das Glas ab und antwortete mit kratziger Stimme. »Sieh einfach zu, dass sie nicht auf dumme Gedanken kommt. Sie muss nur schön stillhalten, bis wir hier fertig sind und abhauen können.«

Lars hatte sich rasiert, gekämmt und frische Kleidung angezogen. Er hatte sich für seine Verhältnisse beinahe fein gemacht.

Das Mikrofon, das er aus Sophies Wohnung mitgenommen hatte, lag in einem kleinen, versiegelten Plastikbeutel. Er steckte ihn vorsichtig in die Tasche, ging ins Badezimmer und versorgte sich mit einer perfekten Kombination aus Morphium, Benzodiazepinen und Lyrica für die Nervenbahnen. Im Badezimmerspiegel sah er ruhig, gepflegt und lässig aus. Die gelben Pusteln waren verschwunden. Er beugte sich zu seinem Spiegelbild vor, der Schmelz seiner Schneidezähne sah aus wie frische Schlangenhaut. Er öffnete den Badezimmerschrank, drückte Zahncreme auf die Bürste und fing an zu putzen, während die Wirkung des Medikamentencocktails langsam einsetzte. Die Bürste fühlte sich an seinen Zähnen wie Watte an, er genoss es, er wollte heute alles genießen. Komplizierte Gefühle und Probleme befanden sich gerade auf der anderen Seite des Universums. Er spülte sich mit lauwarmem Wasser den Mund aus, alles war perfekt. Im Badezimmerschrank vor ihm stand die Dose Chlorpromazin. Er nahm sie in die Hand, schaute sie an und schüttelte sie ein wenig. Sie klang wie ein Paar Maracas. Er stellte die Dose wieder zurück, für später.

Lars lief das Treppenhaus hinunter und fuhr mit dem Wagen in die Brahegatan. Dann ging er in die nächste

Mietwagenzentrale und nahm sich einen unauffälligen Renault. Er verstaute die Abhörausrüstung im Kofferraum, stieg ein, fuhr in die Nähe der Brahegatan und stellte das Auto dort ab. Er war zufrieden mit sich, als er beschwingt durch die Polizeiwache ging, die Treppen hinauf und ins Büro hinein.

Er nickte den anderen zu und schaute sich um. Hasse und Anders lümmelten abwartend auf ihren Stühlen. Erik saß an seinem Tisch und sah müde aus, er massierte mit geschlossenen Augen seine Nasenwurzel, als hätte er starke Kopfschmerzen. *Hasse und Anders*. Lars sah noch einmal zu ihnen hin, auch sie sahen müde aus, aber auf eine andere Art als Erik. Hasse wirkte geradezu ausgebrannt und leer. Sein Kinn hing auf seiner Brust. Anders hatte die Arme verschränkt, die Beine ausgestreckt und starrte vor sich hin.

Lars setzte sich auf einen Stuhl, das Polster fühlte sich weich an. Eva Castroneves kam mit einer Tasse Kaffee zu ihm herüber.

»Ich wusste nicht, ob du Milch nimmst?«

Er sah sie überrascht an, doch sie hielt ihm einfach die Tasse hin.

»Hier.«

Er nahm den Kaffee, ohne sich zu bedanken.

»Bitte sehr«, sagte sie leise.

»Danke«, sagte er.

Sie setzte sich neben ihn. »Wie läuft es bei dir?«

Er sah sie an. Hatte sie sich verändert? Sah sie glücklicher aus? Warum setzte sie sich ausgerechnet neben ihn?

»Ganz gut, finde ich. Es geht langsam, aber stetig voran. Ich glaube, wir sind auf einem guten Weg.«

Sie nickte. »Das glaube ich auch.«

Sein Blick blieb an ihr hängen. Unruhig fing sie an, auf dem Stuhl hin und her zu rutschen.

»Ich nehme doch ein bisschen Milch«, sagte er, stand auf und ging in die Küche.

Lars öffnete den Kühlschrank und zog das Plastiktütchen aus seiner Tasche. Er nahm das Mikrofon zwischen Daumen und Zeigefinger und schenkte sich mit der anderen Hand Milch ein. Dann ging er wieder ins Büro zurück. Prüfend sah er sich um. Erik blätterte zerstreut in der Abendzeitung, Eva schaute auf den Bildschirm, Anders und Hasse hatten sich nicht gerührt.

Lars trat an die fahrbare Tafel, an der sie das Material zu den Ermittlungen im Fall Guzman befestigt hatten. Er tat, als würde er die Aufzeichnungen lesen, während er das haarfeine Mikrofon tief in den weichen Bezug der Tafel drückte. Er drehte sich um und schlenderte durch den Raum, sah sich verschiedene Dinge an und trank seinen Kaffee aus, bevor die Besprechung anfing.

Die Bürotür ging auf, Gunilla kam gehetzt herein und bat um Entschuldigung für ihre Verspätung. Eva Castroneves stand auf, nahm ihre Handtasche und ging zu ihr. Lars beobachtete sie, wie sie leise an der Tür miteinander redeten. Er sah ihr Lächeln, und dann lachten die beiden sogar laut. Überrascht beobachtete er, wie Eva sich vorbeugte und Gunilla auf beide Wangen küsste. Dann ging sie zu Erik, lächelte ihm zu und strich ihm über die Wange. Erik sagte heiser »Bon voyage«, und Eva verließ das Büro.

Gunilla ergriff das Wort: »Ich werde euch in zwei Gruppen aufteilen. Anders und Hasse in Gruppe eins und Erik und Lars in Gruppe zwei.« Sie las nun von einem Papier ab. »Erik und Lars besuchen Carlos Fuentes; ihr könnt gleich losfahren. Anders und Hasse, ihr bleibt hier.«

Erik erhob sich mühsam und ging hinaus, Lars folgte ihm. Was ging hier vor sich?

Als Lars und Erik das Büro verlassen hatten, stellte sich Gunilla an die weiße Tafel und schrieb *Albert Brinkmann* und *Lars Vinge* darauf.

»Es gibt zwei Themen, über die wir heute reden müssen.«

Es war ein perfekter Tag für das Ende des Schuljahres. Die Sonne schien, die Birken trugen helles Grün, es war windstill, und langsam erwärmte sich der Asphalt.

Einige seiner Schulkameraden hatten sich bereits am frühen Morgen in einem Park am See getroffen. Sie hatten Sekt getrunken. Jetzt waren sie fast alle beschwipst, einer weinte, während sich ein anderer übergeben musste. Gemeinsam gingen sie nun zur Schule. Albert lief mit Anna. Bevor sie in die Aula kamen, trennten sie sich. Still saß er in seiner Bankreihe und lauschte dem Sommerlied »Blomstertiden«, begleitet von mäßiger Querflötenmusik. Der Direktor hielt eine Rede und erklärte, dass Mobbing, Drogen und Rassismus verwerflich seien. Damit war seine Ansprache beendet, und Albert und sein Freund Ludvig gingen hinaus auf den Schulhof. Das große, stattliche Schulgebäude hinter ihm leuchtete rostrot, was ihm besonders an diesem letzten Schultag auffiel. Ein Stück entfernt sah er Anna in einer Traube von Mädchen und lächelte ihr zu. Sie lächelte zurück.

Es piepte in seiner Tasche, als Ludvig und er ihre Fahrräder aufschlossen. Er las die Nachricht: *Heute Abend! xxx.*

Albert schaute sich um, aber Anna war schon weg. Er

steckte das Handy wieder in die Tasche und konnte gar nicht aufhören zu lächeln. Sie radelten den Hügel hinunter, der Wind fuhr ihnen durchs Haar, und es war endlich Sommer. Nebeneinander traten sie in die Pedale. Dann bog Ludvig nach Hause ab. Er rief Albert noch zu, dass es bei Gustav etwas zu essen gebe, die Getränke müsse man selbst mitbringen.

Albert winkte und fuhr weiter geradeaus. Er kämpfte sich einen Hügel hinauf und bog in einen Kiesweg ein, um eine Abkürzung zu nehmen. Er hörte ein Auto hinter sich und wollte es vorbeilassen. Es blieb hinter ihm, und Albert warf einen Blick über die Schulter. Ein Volvo, am Steuer saß dieser Polizist, Hasse Berglund.

Er würde den schönsten Abend seines Lebens verpassen, das war der erste Gedanke, der Albert durch den Kopf schoss. Er erinnerte sich nur zu gut daran, was das letzte Mal geschehen war, als er diesem Mann begegnet war, und ihm wurde klar, dass er fliehen musste.

Das Fahrrad wurde immer schneller, und er hörte, wie der Volvo hinter ihm beschleunigte. Auf halber Strecke den Hügel hinunter, bog Albert scharf ab und fuhr in einen Garten. Er rollte über den Rasen, sprang vom Fahrrad und begann zu laufen. Albert hörte, wie der Wagen scharf bremste. Eine Tür flog auf. Albert drehte sich um und sah einen Mann vom Beifahrersitz springen und ihm folgen. Dann fuhr der Wagen stark, offenbar versuchte er Albert den Weg abzuschneiden.

»Stehen bleiben! Polizei!«, rief der Mann hinter ihm und kam rasch näher.

Albert nahm Anlauf und sprang über einen Zaun in einen anderen Garten. Ein Junge und ein Mädchen winkten ihm fröhlich zu. Keuchend drehte er sich um, der Mann war nicht zu sehen. Albert sah eine Art Laube vor sich. Ihm tat alles weh. Er sprang über den Zaun und stolperte hinein.

Still lag er da und atmete flach. Sein Puls dröhnte ihm in den Ohren. Albert schloss die Augen und presste sein Gesicht an den Boden. Er nahm ein paar tiefe Atemzüge, um zur Ruhe zu kommen. Er horchte auf die Schritte des Mannes. Er hob vorsichtig den Kopf. Der Volvo fuhr die Straße vor ihm hinunter. Dann hörte er Schritte, der Mann kam näher.

»Er ist irgendwo in der Nähe«, rief er Berglund zu.

Albert presste sein Gesicht wieder auf den Boden. Was hatte er sich nur gedacht? Dass er ihnen davonlaufen könnte?

Die Schritte auf dem Asphalt kamen näher, sehr nah. Dann zögerten sie und entfernten sich wieder.

Albert lauschte mit gespitzten Ohren und hörte, wie die Schritte erneut näher kamen. Der Mann ging suchend auf und ab.

»Albert?«

Es war eine ruhige Stimme, ganz in der Nähe. Albert versuchte, nicht zu atmen.

»Albert, du bist doch hier irgendwo. Du kannst rauskommen. Deiner Mutter ist etwas passiert. Wir sind hier, um dich abzuholen. Hab keine Angst, komm einfach raus. Deine Mutter braucht dich.«

Albert rührte sich nicht.

»Albert!«, rief der Mann noch einmal.

»Komm jetzt, Anders.« Das war Hasse Berglunds Stimme.

»Er kann es nicht über die ganze Wiese geschafft haben. Er muss hier irgendwo sein«, beharrte der andere.

»Steig ein!« Berglund wurde ungeduldig.

Eine Autotür schlug zu, und der Volvo verschwand.

Albert lag ganz still, sie würden sicher zurückkommen. Vielleicht waren sie nur ein kleines Stück gefahren, um ihn abzufangen, wenn er sich zeigte? Oder hatten sie tatsächlich aufgegeben?

Eine Ewigkeit verging. Vorsichtig blickte Albert auf, zog sein Handy aus der Hosentasche und stellte es auf »lautlos«. Mit zitternden Fingern schrieb er eine SMS an seine Mutter: *die polizei verfolgt mich ich habe mich versteckt der polizist von neulich ist dabei.*

Dann schickte er sie ab und fühlte sich plötzlich so elend, dass er beinahe geweint hätte. Während der Verfolgungsjagd selbst hatte er keine Angst gehabt. Aber jetzt kam die Angst und mit ihr das Gefühl, vollkommen allein zu sein.

Da hörte er wieder ein Auto. Er lauschte auf das Motorengeräusch, ob es wieder der Volvo war, aber er konnte es nicht erkennen. Das Auto kam näher. Albert schaute auf sein Handy: keine neue Nachricht.

Erik hatte gemeint, sie könnten noch eine Wurst essen, bevor sie zu Carlos gingen. Das hatten sie dann am Valhallavägen an der Östra Station getan. Dass sie beide allein unterwegs waren, Erik und Lars, das hatte es noch nie gegeben und schon gar nicht, dass sie zusammen Wurst aßen.

Erik stellte eine Menge Fragen. Ob es ihm gefalle, für sie zu arbeiten, was er für einen Eindruck von den Fortschritten der Ermittlungen habe. Lars begriff sehr wohl, was Erik von ihm wollte. Er hasste diesen alten Sack dafür. Er hasste sie alle dafür, wie sie ihn behandelten. Da er nichts Konkretes wusste, hatte er keine Schwierigkeiten, wahrheitsgemäß zu antworten. Als Erik sich wieder ins Auto setzte, warf Lars den Rest seiner Wurst in den Mülleimer. Er setzte sich hinter das Steuer des Volvos und bog links in die Odengatan ein. Erik schloss die Augen und massierte sich wieder die Nasenwurzel. Er seufzte über seinen Schmerz und blinzelte ins Tageslicht.

»Und die Krankenschwester, wie läuft es mit der? Glaubst du, sie weiß etwas?«

»Nein«, sagte Lars.

»Wieso bist du dir da so sicher?«

»Weil nichts darauf hindeutet. Ich habe sie endlos abgehört und nicht den kleinsten Hinweis gefunden.«

»Weiß sie vielleicht, dass wir sie abhören?«

Lars drehte sich zu ihm um. »Woher sollte sie das wissen? Vielleicht hat sie einfach nichts zu verbergen?«

Erik zuckte die Achseln.

Sie parkten im absoluten Halteverbot vor Carlos Fuentes' Wohnung im Karlbergsvägen. Bevor Erik ausstieg, sah er Lars ins Gesicht und musterte ihn eindringlich.

»Was ist?«, murmelte Lars.

Erik schien sich in seiner Position zu gefallen. »Du bist ein elender Idiot, Lars Vinge, das weißt du hoffentlich?«

Lars antwortete nicht. Die Wirkung seines auf Rezept besorgten Dopings hielt ihn aufrecht, er war immer ein bisschen selbstbewusster, wenn er etwas genommen hatte, und konnte so Eriks Blick standhalten.

»Gunilla hat gesagt, du willst deine Kompetenzen erweitern und anspruchsvollere Aufgaben übernehmen. Hier hättest du die Möglichkeit dazu. Bist du bereit?«

Lars nickte.

»Na, dann. Sieh zu, und halt die Klappe. Halt vor allem die Klappe.«

Er stieg aus. Lars blieb sitzen, atmete tief durch und folgte ihm dann.

Der Aufzug funktionierte nicht. Carlos Fuentes wohnte in der fünften Etage. Sie stiegen die Treppen hinauf. Erik ächzte und schnaufte. Im dritten Stock blieb er mit hochrotem Gesicht stehen, hielt sich am Geländer fest und keuchte. Er bedeutete Lars mit einem genervten Winken weiterzugehen.

Erik hatte die Kopfhörer aufgesetzt und hörte das kleine Aufnahmegerät ab, das Hasse und Anders Carlos Fuentes bei ihrem letzten Besuch gegeben hatten.

»Da ist ja gar nichts drauf! Nur Rauschen und irgendein Scheiß!« Er sah Fuentes an. »Warum?«

Fuentes leckte sich die Lippen. »Was weiß ich. Ich hatte das Ding bei mir, aber Hector hat nicht mit mir geredet.«

Lars saß auf einem Küchenstuhl und verfolgte das Gespräch.

»Er wird schon noch stolpern und du mit ihm. Ich gebe dir hier eine Chance, Carlos. Eine Chance, als freier Mann aus dieser Sache herauszukommen. Aber du musst uns helfen, verstehst du?«

Eriks Tonfall war herablassend, als redete er mit einem Kind. Lars sah die blauen Flecken in Fuentes' Gesicht.

»Sind Sie verprügelt worden?«, fragte er.

Fuentes sah Lars fragend an.

»Du sollst die Klappe halten, Lars«, schnauzte Erik. Er hielt wieder das Aufnahmegerät hoch. »Trag das immer bei dir. In zwei Tagen kommen wir wieder, dann ist es randvoll mit Informationen.«

Fuentes sah das Mikro an, das Erik ihm entgegenstreckte. Dann blickte er zu Boden, er suchte einen Ausweg. Er schüttelte den Kopf.

Erik war am Ende seiner Geduld. »Mensch, nimm das endlich!« Eriks Stimme versagte.

Lars stand auf. »Sind wir jetzt fertig?«

Erik drehte sich zu ihm um. »Habe ich dir nicht gesagt, du sollst die Klappe halten?«

Lars lächelte höhnisch. »Halt selbst die Klappe. Du kriegst ja gar nichts auf die Reihe. Meinst du wirklich, dass das hier eine gute Aktion ist?«

Erik sah Lars erstaunt an. Sein Blutdruck stieg, sein Gesicht färbte sich dunkelrot. »Du mieser kleiner Schwanzlutscher«, sagte er leise und wollte noch ein paar Nettigkeiten hinzufügen, begann aber zu taumeln. Seine Stimme war heiser und brüchig. Die beiden anderen sahen ihn erstaunt an. Erik versuchte etwas zu sagen und blinzelte, als wäre ihm das Tageslicht plötzlich zu hell. Er fuhr sich mit der Hand über die Stirn, blinzelte wieder, schwankte und hielt sich an der Lehne eines Küchenstuhls fest.

»Ich sehe so schlecht«, krächzte er.

»Was?«

Eriks linker Arm begann zu zittern, und er sah Lars erstaunt an. »Was ist das denn?«, flüsterte Lars.

Da stieß Erik einen gutturalen Schrei aus und übergab sich in einem Schwall. Ein Bein knickte unter ihm weg. Er kippte nach links, riss den Stuhl mit sich und fiel hart auf den Boden. Dort blieb er in seinem Erbrochenen liegen, seine Augenlider flatterten.

Fuentes starrte ihn an. Lars beugte sich vorsichtig über ihn.

»Was ist los, Erik?«

Keine Antwort.

»Wir müssen einen Krankenwagen rufen«, sagte Fuentes.

Lars hob abwehrend die Hand. »Erik?«, sagte er.

Aber sein Kollege blieb auf dem Boden liegen und röchelte. Carlos griff nach dem Telefon an der Wand und wollte die Nummer der Notrufzentrale wählen. Doch Lars zog seine Pistole und richtete sie auf ihn.

»Ist gut, ist gut. Leg wieder auf.«

Fuentes blickte in die Pistolenmündung, hängte den Hörer wieder ein und trat einen Schritt zurück. »Er kann doch nicht hier auf meinem Fußboden krepieren!«, rief er.

»Doch, das kann er.«

Lars ging neben Erik in die Hocke. Er schaute Erik fasziniert an und fuchtelte mit der Hand vor dessen Augen herum.

»Erik?«

Erik hob die Lider und sah Lars an.

Lars stand auf und drehte sich zu Fuentes um. »Welche Polizisten waren letztes Mal hier?«

Fuentes blickte ihn fragend an. »Es waren zwei, ein großer und ein bulliger. Sie stellten Fragen und drohten mir.«

»Warum?«

Fuentes schaute auf die Waffe in Lars' Hand.

»Was haben sie gewollt?«, fragte Lars.

»Sie haben nach Hector gefragt … Ob ich ihn an jenem Abend im Restaurant gesehen habe.«

»An welchem Abend?«

Fuentes zeigte auf sein zerschlagenes Gesicht.

»Und, haben Sie?«

Fuentes schüttelte den Kopf. »Die beiden haben mich geschlagen.«

»Und weiter?«

Fuentes sah ihn verwirrt an.

Lars wurde deutlicher: »Haben sie noch jemanden erwähnt? Eine Frau vielleicht?«

»Was für eine Frau?«

»Sophie Brinkmann?«

Fuentes dachte nach, dann nickte er. »Ja, sie haben gefragt, ob ich sie an dem Abend gesehen hätte.«

»Und, haben Sie?«

Fuentes schüttelte wieder den Kopf.

»Was ist dann im Restaurant passiert?«

»Keine Ahnung«, sagte er, und es klang, als wäre er es leid, immer und immer wieder das Gleiche sagen zu müssen.

»Ich möchte, dass Sie mir Bescheid geben, wenn wieder jemand mit Ihnen Kontakt aufnimmt.«

»Wieso?«

Lars richtete träge die Pistole auf ihn. »Sie könnten dadurch vermeiden, wieder verprügelt zu werden, würde ich sagen.«

»Ich will lieber beschützt werden, wenn ich in der Klemme stecke.«

»Warum nicht. Aber das bedeutet auch, dass niemand erfährt, was in der Zeit zwischen dem Zusammenbruch dieses alten Sackes und unserem Anruf bei der Ambulanz passiert ist.«

Dann zog er sich einen Stuhl heran, setzte sich und musterte Erik Strandbergs krampfenden Körper. Dieser alte Knochen erstickte langsam. Lars bückte sich und schaute ihm in die Augen, um ganz sicherzugehen, dass das Letzte, was Erik Strandberg in seinem Leben sah, Lars Vinge war.

Endlich hatte Albert eine Nachricht von seiner Mutter bekommen: *Bleib, wo du bist. Halt dich versteckt.*

Er hörte wieder Schritte auf dem Weg und sah den anderen Typen, den, der Anders hieß. Wo Hasse und der Volvo waren, konnte er nicht ausmachen.

Albert hatte keine Wahl. Schnell sprang er auf, stürzte aus der Laube und rannte los. Er kam keine zehn Meter weit, prallte gegen einen ausgestreckten Arm, bekam einen Schlag gegen den Kehlkopf und wurde zu Boden geworfen. Starke Hände hielten ihn fest, und ein schweres Knie auf seiner Brust drückte ihm die Luft ab. Albert sah Hasse Berglunds verzerrtes Gesicht über sich. Er schimpfte, dass ihm die Spucke aus dem Mund flog. Mit einem festen Griff um Alberts Hals schlug Berglund ihm mehrfach mit der Faust ins Gesicht. Die Schläge trafen ihn an Auge, Nase und Mund.

Kurz bevor er das Bewusstsein verlor, ließ Hasse Berglund ihn los.

Dann riss er ihn hoch und packte Albert fest am Arm. »Ich habe ihn«, rief er.

Doch es gelang Albert, sich loszureißen. Er spürte seine Beine kaum. Er schmeckte Blut, und alles tat ihm weh. Als er die Straße erreicht hatte, hörte er, wie hinter ihm ein Auto beschleunigte. Seine Schritte wurden langsamer und schwerer. Und die ganze Zeit sah er aus dem Augenwinkel den großen, schwerfälligen Polizisten, der hinter ihm lief. Und dann kam der Volvo von links. Er traf ihn zuerst an den Kniescheiben, Albert wurde durch die Luft geschleudert. Er flog über das Autodach und schlug mit dem Rücken auf der Straße auf. Sein Kopf prallte heftig auf den Asphalt. Albert verlor das Bewusstsein.

Sophie hatte angerufen und ihn um Hilfe gebeten. Sie hatte sehr aufgeregt geklungen und wirres Zeug geredet. Es hatte eine Weile gedauert, bis Jens begriffen hatte, was sie sagte, und ins Auto sprang.

Jetzt war er nicht mehr weit von Sophies Haus entfernt, als er mit hoher Geschwindigkeit von einem Krankenwagen überholt wurde. Jens folgte ihm instinktiv, bis er ein paar Häuser weiter neben dem blutenden Körper hielt, der einsam auf der Straße lag.

Seit Sophie Alberts SMS bekommen hatte, war sie ratlos durch das Krankenhaus geirrt. Jetzt stand sie in einem leeren Krankenzimmer herum und wartete.

Ein Bild tauchte kurz vor ihrem inneren Auge auf, sie sah Albert im Garten, wie er mit ihrem Hund Rainer spielte. Das Bild verschwand ebenso schnell, wie es gekommen war. Sie wusste nicht, wie sie ausgerechnet jetzt auf den Hund kam. Rainer war ihr blonder Labrador gewesen, Albert hatte ihn geliebt. Sie hatten Rainer gekauft, als Albert zwei geworden war, vielleicht war es ein Ersatz für das ausbleibende Geschwisterkind gewesen. Albert hatte mit Rainer jeden Tag auf der Wiese gespielt, im Sommer wie im Winter. Sophie hatte am Fenster gestanden und ihm zugesehen. Albert war immer hoch konzentriert gewesen.

Als Rainer starb, war Albert zwölf gewesen. Es schien eine Ewigkeit her.

Das Handyklingeln riss Sophie aus ihren Gedanken.

»Ja?«

Sie hörte, was Jens sagte, und lauschte seinen Erklärungen. Dann gaben ihre Beine nach, Verzweiflung und Entsetzen nahmen ihr die Luft. Sie bekam das Fenstersims zu fassen, als könnte es sie vor dem Sturz ins Nichts retten. Dann wurde alles schwarz.

Als sie kurz darauf wieder zu Bewusstsein kam, rannte sie durch den Korridor. Sie nahm die Treppen, lief über die Verbindungsgänge und durch die Eingangshalle bis hinunter in die Notaufnahme. Gleichzeitig mit dem Krankenwagen kam sie dort an und stieß die Rettungssanitäter weg, die gerade die Türen öffneten.

Sie sah Albert mit blutigem Gesicht auf der Trage liegen. Sein Kopf war mit einem breiten Band über der Stirn fixiert, und sein Hals steckte in einem Plastikkragen. Auch seine Kleidung war blutig. Sophie wollte eben in den Krankenwagen klettern, da bekam ein Sanitäter sie zu fassen und zog sie weg von ihrem Sohn.

Gunilla saß bei heruntergelassenem Fenster in ihrem Peugeot im Hötorgs-Parkhaus und wartete. Sie sah im Rückspiegel, wie Anders' Honda heranfuhr und hinter ihr hielt. Anders stieg aus, öffnete Gunillas Beifahrertür und ließ sich schwer auf den Sitz neben ihr fallen.

»Es ist total schiefgegangen«, sagte er leise.

»Wird er durchkommen?«

Anders zog die Augenbrauen hoch, er wirkte betroffen. »Ich weiß nicht. Der Aufprall war hart, er ist auf dem Rücken gelandet.«

»Hat euch jemand gesehen?«

»Nein.«

»Bist du sicher?«

»Ja.«

Gunilla saß vollkommen still. »Und das Auto?«

»Haben wir im Griff, alle Spuren beseitigt.«

Gunilla stützte den Kopf in die Hand. Ihr Schweigen machte Anders nervös.

»Ich habe das Handy des Jungen. Er hat Sophie eine SMS geschickt. Sie weiß, dass wir das waren.«

Gunilla sagte immer noch nichts. So hatte er sie noch nie erlebt.

»Du weißt genau, was wir tun müssen«, sagte er.

Sie schaute auf und verbarg dann ihr Gesicht in den Händen.

»Gunilla?«

Sie antwortete nicht.

»Du weißt, was wir tun müssen!«

»Lasst den Jungen in Ruhe«, sagte sie.

Anders hatte schon die Hand am Türgriff. »Wieso?«, fragte er.

»Weil ich es sage.«

Er überlegte einen Moment. »Sollte er wieder aufwachen, muss er weg, das ist dir doch klar?«

Gunilla starrte noch immer vor sich hin, als Anders aus dem Auto sprang. Sie hörte das Quietschen der Reifen auf dem polierten Beton, als Anders' Honda das Parkhaus verließ. Dann wurde es still.

Gunilla versuchte zu denken, eine Linie, eine Richtung zu finden, doch das Handyklingeln unterbrach sie. Gunilla nahm das Gespräch an. Es war Lars Vinge, der ihr erklärte, dass Erik soeben gestorben war. Sie hörte, was er sagte. Dann fragte sie: »Welcher Erik?«

21

Sophie saß an Alberts Bett und hielt seine Hand. Sein Körper war fixiert, stärker noch als im Krankenwagen, mit Riemen, Halskrause und Gurten, und auf seinem Kopf saß eine surreale Metallkrone, die ihn vollkommen still hielt. Beide Beine waren vom Oberschenkel bis zu den Knöcheln eingegipst.

Die Ärztin betrat das Zimmer, sie hieß Elisabeth, Sophie kannte sie flüchtig.

»Albert hat sich am zweiten Lendenwirbel verletzt, der in das Rückenmark hineingedrückt worden ist, und wir wissen noch nicht, was das für Folgen hat.«

Albert sah aus, als schliefe er.

»Sein Schädel ist gebrochen. Weil wir ihn im Moment nicht bewegen wollen, können wir auch dazu noch nichts Genaues sagen. Wir wissen nur, dass sein Gehirn einem starken Druck ausgesetzt ist. Diesen Druck müssen wir senken. Sobald das passiert ist, können wir ihn ins Karolinska-Krankenhaus verlegen.«

Während all ihrer Jahre als Krankenschwester hatte Sophie die Angehörigen von Patienten immer damit beruhigt, dass Verletzungen oft schlimmer aussahen, als sie waren. Und meistens war es wirklich so. Aber Alberts Verletzungen waren schlimmer, als sie aussahen. Sehr viel schlimmer.

In diesem Augenblick kam ihre Schwester Jane herein und sah erschrocken auf Albert. Sie nahm Sophie in den Arm.

Doch sie hatten kaum Zeit füreinander, denn Sophies Handy klingelte.

Es war Jens. Er klang gestresst.

»Du musst sofort verschwinden!«

»Ich kann Albert doch nicht alleine lassen.«

»Doch, du musst. Ich habe mit dem Krankenwagenpersonal gesprochen. Albert hatte kein Handy dabei. Wahrscheinlich hat es die Polizei, und dann haben sie eure Nachrichten gelesen. Sie wissen, dass du weißt, wer es war. Sie dürfen dich nicht finden.«

»Nein, Jens, ich lasse Albert nicht allein.«

»Ich habe herumtelefoniert und alles organisiert. Zwei Freunde kommen und werden abwechselnd bei Albert sitzen. Sie werden ihn bewachen und beschützen.«

Jane stand neben ihr, als Sophie das Gespräch beendete.

»Was ist hier los, Sophie?«

Sie antwortete nicht.

»Da ist noch etwas anderes, oder? Es ist nicht nur Alberts Unfall?«

Sophie überlegte kurz, ihr alles zu erzählen. Sie hatte Jane immer alles erzählt. Vertrauen und Offenheit waren das Band, das sie zusammenhielt. Sie schaute ihrer Schwester in die Augen und kämpfte gegen den Wunsch an, sie einzuweihen.

»Nicht jetzt, Jane. Ich muss weg hier, frag mich nicht, warum. Gib acht auf Albert. Zwei Männer werden mit dir auf ihn aufpassen. Lass sie bitte rein.«

Dann drehte sie sich um und verschwand. Sie schaffte es nicht, sich von Albert zu verabschieden, sie ging einfach aus dem Krankenzimmer, und Jane sah ihr fassungslos nach.

Sophie packte ihre Tasche. Sie warf ihr Handy in ihre Handtasche, lief ins Bad und füllte ihren Kulturbeutel. Da hörte sie Geräusche aus dem Wohnzimmer. Sie erstarrte und lauschte. Nichts. Sie packte weiter, Zahncreme, Zahnbürste – alles, was sich in Reichweite befand. Da hörte sie wieder ein Geräusch. Es klickte. Eine Tür wurde geschlossen. Ihr stockte der Atem, sie lauschte. Hatte sie es sich nur eingebildet?

Sie schlich zum Badezimmerfenster und schaute hinaus. Ein Honda stand auf der Straße. Sie trat vom Fenster weg. Jetzt hörte sie das Parkett unten knarren. Eiseskälte durchfuhr sie, sie stand vollkommen still.

»Schau oben nach«, sagte eine Männerstimme leise.

Sie hörte Schritte, die sich der Treppe näherten, und stand einfach nur da. Die Schritte kamen die Treppe herauf. Sie suchte nach etwas, womit sie sich verteidigen konnte. Da fiel ihr die Feuerleiter vor Alberts Fenster ein. Sophie huschte in sein Zimmer hinüber. Sie hängte sich die Handtasche diagonal über die Brust, öffnete das Fenster, kletterte auf den wackligen Schreibtisch und wollte gerade hinaussteigen, als die Tür hinter ihr aufgerissen wurde. Eine starke Hand packte sie am Kragen und riss sie zurück, sie landete hart auf dem Rücken. Hasse Berglund setzte ihr das Knie auf die Brust, eine Hand an ihrem Hals. Seine Wangen hingen herab, als er sich so über sie beugte. Er sah aus wie ein Hund. Sie schaute ihm in die wässrigen Augen und sah, dass er die Situation genoss.

»Anders!«, rief er.

Sophie fuhr mit der Hand über den Teppich unter

Alberts Bett und bekam das alte Teleskop zu fassen. Sie packte es wie einen Baseballschläger.

»Anders!«, rief der Mann über ihr noch einmal und drehte für einen Moment den Kopf zur Seite.

Sophie schlug mit aller Kraft zu. Das Fernrohr traf Berglund an der Schläfe. Der Schlag war so hart, dass er ihren Hals losließ und zur Seite kippte. Sophie wand sich unter ihm hervor und trat mit ihrem linken Bein nach ihm, um ihren Fuß von seinem schweren Körper zu befreien. Auf der Treppe waren schnelle Schritte zu hören. Endlich kam Sophie los. Aus dem Augenwinkel sah sie, dass der Kerl wieder zu sich kam. Sie sprang auf den Schreibtisch und warf sich aus dem Fenster. Mit der rechten Hand griff sie nach der rostigen Leiter und riss sich dabei die Handfläche auf. Dann verlor sie den Halt und fiel in die Tiefe. Sie landete mit dem Rücken auf dem Rasen. Ihr blieb die Luft weg, für einen Moment lag sie regungslos da. Dann zwang sie sich aufzustehen, obwohl sie immer noch nach Luft rang. Mit steifen Gliedern lief sie zu ihrem Auto, das auf dem Kiesweg vor dem Haus stand. Sie schaffte es gerade noch, sich hineinzusetzen und die Türen zu verschließen, bevor die Männer aus der Küchentür gerannt kamen.

Sie drehte den Zündschlüssel um. Der Motor startete. Der Jungenhafte zog eine Pistole und zielte auf sie. Der Fette rief ihr zu, sie solle sofort aus dem Wagen steigen.

Sophie legte den Rückwärtsgang ein und trat das Gaspedal durch. Der Kies spritzte unter den Reifen nach allen Seiten, als sie die Einfahrt hinunter auf die Straße schoss. Sie fuhr rückwärts auf den parkenden Honda zu und machte sich auf den harten Aufprall gefasst. Der Land Cruiser zerdrückte die Motorhaube des Hondas problemlos. Sophie wurde nach vorn geschleudert und stieß hart gegen das Lenkrad. Dann legte sie den Gang ein und gab wieder Gas. Im Rückspiegel sah sie die vollkommen demolierte Motorhaube des Hondas.

Die Männer standen mitten auf der Straße vor ihr, mit gezogenen Waffen. Sophie trat das Gaspedal durch und duckte sich. Sie hielt genau auf die beiden zu.

Anders Ask und Hasse Berglund warfen sich im letzten Augenblick zur Seite.

In der Einkaufspassage Mörby Centrum fuhr Sophie ins Parkhaus und stellte ihr Auto auf dem oberen Deck ab. Sollte sie jetzt zur U-Bahn hinuntergehen oder hinaus zu den Bussen? Die U-Bahn hatte hier Endstation, es gab also nur einen Aufgang. Wenn der Zug nicht kam und die Männer ihr gefolgt waren, hatte sie keine Möglichkeit mehr zu entkommen.

Sie zog eine Fahrkarte am Automaten und lief zu den Bushaltestellen. Dort versteckte sie sich in der wartenden Menschenmenge und schaute immer wieder in die Richtung, aus der die Busse kamen. Zwischendurch sah sie auch zu dem Eingang hinüber, aus dem jeden Moment die Polizisten kommen konnten. Das Herz schlug ihr bis zum Hals.

Dann kam endlich ein großer roter Gelenkbus, bog in die T-Kreuzung ein und rollte langsam auf sie zu. Schnaufend hielt er vor den wartenden Fahrgästen. Die Nummer des Busses sagte ihr überhaupt nichts, aber das spielte im Augenblick auch keine Rolle. Sie reihte sich in die Schlange ein und stieg ein, zeigte dem Fahrer ihre Fahrkarte und wurde durchgewinkt. Sophie setzte sich weit hinten auf einen Zweiersitz und betete zu Gott, dass sie bald abfahren würden. Aber der Bus stand mit geöffneten Türen da und hielt sich strikt an die Abfahrtzeiten.

Ihr Atem ging flach. Sie fühlte, wie immer wieder Panik in ihr aufstieg, und musste all ihre Kraft aufbieten, um sitzen zu bleiben und nicht ihrem Instinkt zu gehorchen und einfach loszulaufen.

Endlich wurden die Türen geschlossen, und der Bus fuhr ab. Sophie atmete auf. Der Bus brachte sie fort von Danderyd und in Richtung Sollentuna. An der Haltestelle Sjöberg stieg sie aus, lief zwischen den Häusern entlang, die alle gleich aussahen, und rief ein Taxi. Eine Viertelstunde später war es da. Sie bat den Fahrer, sie in die Stadt zum Sergelstorg zu fahren.

Sophie bezahlte bar, stieg an der Klarabergsgatan aus und ging hinunter zum Plattan, dem etwas tiefer gelegenen Platz am Sergelstorg. Dort verschwand sie in der Menschenmenge, fuhr die Rolltreppe hinunter und sprang in eine U-Bahn Richtung Slussen. Am Slussen wechselte sie den Bahnsteig und fuhr zurück nach Gamla Stan. Von dort lief sie schließlich zu Fuß nach Östermalm.

Er hatte im Hauseingang auf sie gewartet und kam ihr nun auf der Straße entgegen. Sie weinte nicht, ließ sich aber von ihm in den Arm nehmen und legte ihren Kopf an seine Schulter.

Mit dem Aufzug fuhren sie in die oberste Etage. Jens betrachtete sie im Spiegel und war sich nicht sicher, wie er sie trösten konnte und ob er es überhaupt durfte. Sophie konnte sehr pragmatisch sein. Sie bat ihn sofort um Desinfektionsmittel. Dann legte sie einen Verband um ihre blutende Hand und ging nach nebenan. Er hörte, wie sie mit ihrer Schwester telefonierte.

Jens richtete ihr etwas zu essen her. Sie war still und in sich gekehrt, und er ließ sie in Ruhe.

Es roch nach Formalin. Gunilla schaute auf ihren toten Bruder hinunter. Erik Strandberg lag auf einer der metallisch glänzenden Bahren des Leichenkellers und sah aus, als schliefe er. Sie wollte ihn wecken und ihm sagen, dass er zur Arbeit müsse, dass es ein ganz normaler Tag sei und sie später irgendwo essen gehen könnten.

Gunilla suchte nach Erinnerungen an ihren Bruder, aber ihr Kopf war leer. Nichts wollte ihr einfallen.

Vor dem Krankenhaus saß sie noch eine Weile in ihrem Auto und schaute mit leerem Blick durch die Windschutzscheibe. Dann stieg ein Schrei in ihr auf. Sie schrie aus Leibeskräften, bis die Luft aus ihren Lungen gewichen war. Dann kamen die Tränen, die ihr nur so die Wangen hinunterliefen. Der Schmerz erstickte sie förmlich. Und mit einem Schlag wurde ihr bewusst, dass sie jetzt vollkommen allein war, dass sie nichts mehr zu verlieren hatte. Und dass es nicht weitergehen konnte wie bisher.

Dann öffnete sie das Fenster, um frische Luft in den Wagen zu lassen, atmete tief durch und wischte sich das zerlaufene Make-up aus dem Gesicht. Sie schminkte sich im Spiegel ihrer Sonnenblende nach, streckte sich, atmete noch einmal tief durch und startete den Motor.

In der Nacht kam sie zu ihm. Sie legte sich neben ihn auf das Sofa, auf dem er sich sein Bett gemacht hatte, und schmiegte sich an ihn. Sie blieben eine Weile so liegen. Dann löste sie sich von ihm und kehrte in ihr Bett zurück. Jens sah ihr nach und versuchte wieder einzuschlafen, aber es gelang ihm nicht. Er stand auf und rief Jonas an, der bei Albert im Krankenhaus war. Keine Vorkommnisse.

In der Küche zündete er sich eine Zigarette an und rauchte am offenen Fenster. Irgendwann vibrierte sein Handy auf der Anrichte. Er sah eine Moskauer Nummer im Display und nahm ab.

»Ja?«

»Deine Freunde sind unterwegs nach Schweden.«

Ristos Stimme klang dumpf, wie immer.

»Nach Stockholm?«

»Ja.«

»Wann sind sie losgefahren?«

»Ich glaube, gestern. Und sie wissen, wie du heißt.«

»Sie kennen nur meinen Vornamen, sonst haben sie nichts.«

»Du bist unter deinem richtigen Namen nach Prag gereist, zu eurem ersten Treffen.«

»Scheiße! Danke, Risto, ich melde mich wieder.« Jens legte auf. »Scheiße«, fluchte er leise.

»Was ist los?«

Er drehte sich um. Sophie stand in der Tür und sah ihn an. Er versuchte zu lächeln.

Um zwanzig nach drei in der Nacht schloss Lars den Mietwagen in der Brahegatan auf.

Er fuhr durch die ausgestorbenen Straßen, nur sehr vereinzelt waren noch Menschen unterwegs.

Er parkte das Auto ein paar Häuser von seiner Wohnung entfernt, nahm die Abhöranlage aus dem Kofferraum, klemmte sie unter den Arm und ging in seine Wohnung.

In seinem Arbeitszimmer übertrug er die Tonspuren auf seinen Computer, setzte die Kopfhörer auf und lauschte der Sequenz in der Brahegatan. Er hörte, wie Gunilla ihn und Erik bat, Carlos Fuentes zu besuchen. Der Ton war schlecht. Lars hörte Schritte und eine Tür, die geschlossen wurde. Seine und Eriks Schritte. Dann hörte er das unmissverständliche Quietschen eines Filzstifts auf der weißen Tafel.

»Es gibt zwei Themen, über die wir heute reden müssen.«

Das war Gunillas Stimme.

Schweigen. Dann wieder Gunillas Stimme.

»Bevor wir über den Jungen sprechen, will ich, dass wir noch einmal auf die Nacht zurückkommen. Lars weiß mehr, als wir gedacht haben. Erik wird jetzt versuchen, ihn auszufragen.«

»Weiß er etwas über Patricia Nordström?« Anders.

Lars schrieb sich den Frauennamen auf.

»Ich weiß nicht. Ich glaube nicht.«

»Aber sie *wusste etwas?«*

»Ja«, sagte Gunilla kurz.

Sie? – Lars versuchte, die Zusammenhänge zu verstehen.

»Hat man sie schon gefunden?«

»Ja, eine Freundin hat sie gefunden«, erklärte Gunilla.

»Todesursache?«

»Herzstillstand, so wie wir uns das gewünscht haben.«

Lars verstand gar nichts mehr.

»Keine Fragezeichen?«, fragte Anders.

»Keine Fragezeichen – bis jetzt.«

Hasse hustete, und Gunilla fuhr fort: *»Es ist wichtig, dass er erst einmal nichts davon erfährt. Ich würde ihn gern ganz außen vor lassen, aber solange er noch an etwas arbeitet, ist es mir lieber, ihn ahnungslos zu lassen.«*

Ein paar Sekunden vergingen. Gunilla klopfte offenbar mit dem Stift auf die Tafel.

Lars presste die Hände auf die Kopfhörer und konzentrierte sich.

»Wir müssen den Jungen finden und noch einmal verhören«, sagte Gunilla.

Lars wunderte sich – den Jungen?

»Warum?«, fragte Anders.

»Wir müssen Sophie zum Schweigen bringen. Ich habe das Gefühl, sie wird bald etwas unternehmen. Sie steht unter enormem Druck.« Gunillas Stimme war tonlos.

Lars grübelte. Den Jungen? Albert! Was wollten sie denn mit ihm?

»Heute ist doch letzter Schultag«, sagte Hasse.

Dann hörte Lars ein undeutliches Murmeln von Anders und Gunilla, er konnte kein Wort verstehen. Danach war nur noch das Kratzen der Stuhlbeine auf dem Boden zu hören, als Hasse und Anders sich erhoben.

Was um Himmels willen hatten sie mit Albert vor? Zur selben Zeit, als er und Erik zu Carlos Fuentes gefahren waren, hatten Anders und Hasse sich auf die Suche nach dem Jungen gemacht. Waren sie erfolgreich gewesen? Und was wollten sie von ihm? Gab es in dem Abhörmaterial über Sophie etwas Auffälliges über Albert?

Lars schloss die Augen und durchforstete seine Erinnerung. Eine schwache, undeutliche Erinnerung flatterte vorbei und verschwand wieder, aber nicht ganz … etwas blieb haften, wenn auch undeutlich und schwach. Er blinzelte und ging nachdenklich zu seinem Computer, um den Erinnerungsfetzen nicht gleich wieder zu verlieren. Er gab die Suchbegriffe »Albert«, »Sophie« und »Küche« ein. Eine Reihe von Dateien erschien im Suchfenster. Lars sortierte sie nach Datum und fing ganz oben an. Es waren Gespräche am Frühstückstisch, Gespräche beim Abendessen und Gespräche, während derer Albert am Tisch saß und Hausaufgaben machte. Dann Gespräche am Abend, Sophie am Telefon, Albert am Telefon. Und eine Menge Hintergrundgeräusche, die die Stimmaktivierung auslösten. Lars hörte alle Tonspuren ab, er spulte vor und suchte. Da war doch etwas, woran er sich dunkel erinnerte, er wusste nur nicht mehr, was genau es war. Nur sein Unterbewusstsein hatte es registriert.

Nach zweieinhalb Stunden hatte er nicht einmal die Hälfte der Dateien abgearbeitet. Ein Kühlschrank wurde geöffnet und wieder geschlossen, Sophies Stimme, die *»Albert«* sagte. Dann Schweigen. Und dann das überdeutliche Geräusch einer Ohrfeige.

Lars drückte leicht auf die Kopfhörer, und der Ton wurde besser, er hörte mehr Details. Schritte auf dem Holzfußboden, jemand stand von einem Stuhl auf.

»Mein Schatz, was hast du getan?«

Lars lauschte.

»Ich habe nichts getan.«

Alberts Stimme klang dumpf, als verberge er das Gesicht an der Schulter seiner Mutter.

»Nichts … Es ist vorbei jetzt, sie haben sich geirrt.«

Lars konnte sich nicht daran erinnern, dass er das so schon einmal gehört hatte. Er wusste, dass er dieses Gespräch abgehört hatte, aber er konnte sich nicht daran erinnern, dass es so verlaufen war.

»Sie hatten aber doch Zeugen?! Vergewaltigung – was ist das für eine –«

Lars hörte, wie Sophie beruhigend murmelte.

»Vergiss es einfach. Jeder macht Fehler, auch die Polizei.«

Es war wieder still, Lars lauschte.

»Er hat mich geschlagen.«

»Was hast du gesagt?«

»Der Polizist im Auto, er hat mir ins Gesicht geschlagen.«

Eine lange, ausgedehnte Stille folgte, das Band war zu Ende.

Lars stand auf, sammelte sich und schrieb an die Wand, was er eben gehört hatte. Allmählich kamen die Puzzleteile an ihren Platz.

Im Morgengrauen wurde Lars vom Klingeln des Telefons geweckt. Gunilla wollte sich mit ihm treffen.

Er starrte sich im Badezimmerspiegel an und studierte Gesichtsausdrucke ein, die für das bevorstehende Treffen passen könnten. Mit den Tabletten hielt er sich diesmal nicht zurück, schließlich war er dabei gewesen, als Gunillas Bruder starb, und da konnte man schon ein bisschen neben sich stehen.

»Was genau ist passiert?«

Sie saßen im Freien in einem Straßenlokal am Östermalmstorg. Es war warm, fünfundzwanzig Grad im Schatten. Gunilla war angespannt, als müsste sie sich innerlich wappnen für das, was sie nun zu hören bekommen würde. Lars blickte auf das Tischtuch und schaute dann zu ihr auf.

»Wir kamen in Fuentes' Wohnung, Erik übernahm das Reden, und plötzlich kippte er um …«

Eine Brise wehte über den Platz, Gunilla knetete ihre Hände. »Wie?«

»Spielt das eine Rolle?«

»Würde ich sonst fragen?«

Lars holte tief Luft. »Er sagte, er würde schlecht sehen. Sein Arm fing an zu zittern. Er sagte etwas Unzusammenhängendes und brach dann zusammen.«

»Was hat er gesagt?«

»Ich habe es nicht verstanden.«

»Was hast du dann gemacht?«

»Ich bin zu ihm hin und habe seinen Puls gefühlt.«

»Und?«

»Ich habe den Krankenwagen gerufen.«

»Und dann? Lass dir doch nicht alles aus der Nase ziehen, verflucht!«

»Dann habe ich mich neben ihn gesetzt.«

»Hat er etwas gesagt? Hast du etwas gesagt?«

»Er war bewusstlos. Ich habe beruhigend auf ihn eingeredet.«

»Was hast du ihm gesagt?«

»Dass alles gut werden würde, dass der Krankenwagen unterwegs sei und dass er keine Angst haben müsse.«

Gunilla schaute zur Seite. »Danke.« Sie sammelte sich und fragte: »Und der Mann, dieser Carlos Fuentes? Was tat der?«

»Der bekam es wohl mit der Angst zu tun und machte, dass er aus der Küche rauskam.«

»Wie weit seid ihr mit ihm gekommen?«

»Nicht besonders weit. Erik sagte, er wolle Resultate. Weiter sind wir nicht gekommen.«

Gunilla richtete ihren Blick in die Ferne. »Wir sind kurz vor dem Ziel«, erklärte sie. »Die Beweislage wird immer klarer. Wir müssen jetzt alle an einem Strang ziehen, konsequent weitermachen und dürfen keine Fehler mehr zulassen.«

Lars trank einen Schluck aus seinem Wasserglas. »Ist in der Zwischenzeit etwas Wichtiges passiert, das eine Rolle für unsere Arbeit spielt?«

Gunilla schüttelte den Kopf. »Es ist schrecklich, Sophies Sohn, Albert, wurde gestern überfahren. Jetzt liegt er mit gebrochenem Rücken auf der Intensivstation, es sieht sehr schlecht aus für ihn.«

Lars musste sich bemühen, ruhig zu bleiben. »Wer macht denn so was?«, sagte er und klang erstaunlich gleichgültig.

»Ich weiß es nicht. Es war ein Unfall. Fahrerflucht.«

Gunilla sah Lars Vinge hinterher, als er Richtung Humlegårdsgatan davonging. Sie fand, dass er sich verändert hatte. Er wirkte förmlicher und stiller. Irgendwie in sich gekehrt.

Sie wartete, bis er außer Sichtweite war. Dann nahm sie ihr Handy und wählte die Kurzwahlnummer von Hans Berglund.

»Kannst du bitte bei der Krankenschwester aufräumen? Anders kann dir sagen, wo die Mikrofone versteckt sind. Wir dürfen keine Spuren hinterlassen.«

Sie legte auf und lächelte einem lockenköpfigen Jungen in weißem Hemd und schwarzer Hose zu, der erst nach einer ganzen Weile begriff, dass sie eigentlich zahlen wollte.

Lars fuhr von Östermalm zu seiner Bank im Stadtteil Söder. Dort bat er einen jungen Angestellten, ihm sein Bankfach aufzuschließen. Er zog die Box heraus und legte mehrere Speichermedien mit kopierten Tonaufnahmen aus Sophies Wohnung und aus der Polizeiwache hinein, außerdem Bilder, Texte und Notizen – alles, was er hatte. Dann verließ er die Bank wieder und fuhr nach Stocksund, um auf Sophie aufzupassen.

Er versicherte sich, dass sie nicht zu Hause war, und parkte ein paar Straßen von ihrem Haus entfernt. Eine Viertelstunde später hupte jemand neben ihm. Lars schaute nach links. Hasse Berglund fuhr an ihm vorüber und zeigte ihm den Mittelfinger. Lars legte den Kopf in den Nacken und atmete langsam aus. Nach einer Weile kam Hasse wieder zurück. Er musste in Sophies Haus gewesen sein. Als er an ihm vorbeifuhr, verlangsamte er das Tempo, ließ das Seitenfenster herunter. Sein linker Arm hing lässig aus dem Fenster.

»Sobald du sie siehst, rufst du mich, Anders oder Gunilla an. Du unternimmst nichts auf eigene Faust, kapiert?«

Lars nickte.

Hasse klopfte mit der Hand auf das Türblech und zeigte ihm noch einmal den Mittelfinger.

Lars blieb eine ganze Weile reglos sitzen. Plötzlich klingelte das Handy in seiner Tasche.

»Hallo?«, murmelte er.

»Lars?«

»Ja?«

»Hier ist Terese.«

Saras Freundin schluchzte ins Telefon.

»Können wir kurz reden? Ich komme damit alleine nicht klar …«

Lars verstand nicht, was sie meinte. »Was ist los, Terese?«

»Weißt du es denn noch gar nicht?« Schluchzend erzählte ihm Terese, Sara sei tot, sie habe neulich nachts einen Herzstillstand erlitten.

Die ganze Welt blieb stehen, alles wurde still. Lars stieß die Autotür auf und übergab sich auf den Asphalt.

Michail hatte den Anruf mitten in der Nacht entgegengenommen. Klaus klang müde, aber zuversichtlich.

»Kannst du kommen und mich abholen?«

»Wie geht es dir?«

»Wie soll es einem schon gehen, wenn man eine Kugel in den Bauch gekriegt hat?«, fragte Klaus.

»Keine Ahnung. Ich weiß nur, wie es einem geht, wenn man eine Kugel in den Oberschenkel oder in die Brust kriegt.«

Sie mussten lachen. Michail legte auf, packte eine Tasche und fuhr am nächsten Morgen zum Flughafen. Er nahm den ersten Flug nach Skandinavien und landete in Kopenhagen, von wo er nach Stockholm weiterflog.

Und dann wiederholte sich das gleiche Spiel wie beim letzten Mal: Er mietete in Arlanda unter falschem Namen einen Wagen und fuhr zu dem Waffennarren in Enskede. Dort verschaffte er sich eine neue, nichtregistrierte Pistole und begab sich anschließend zum Karolinska-Krankenhaus.

Michail hatte endgültig genug von Volvos, blonden Menschen und sozialer Wohlfahrtskulisse. Er hatte genug von Schweden.

Hector sprach über eine sichere Verbindung mit seinem Vater. Adalberto berichtete ihm, dass das Geld aus der Ericsson-Aktion in Sicherheit war. Hector überschlug die Summen im Kopf. Es hatte sich gelohnt.

»Hector, die Hankes haben versucht, Kontakt aufzunehmen. Ein Roland Gentz hat sich gemeldet und gefragt, wie ich zu ihrem Vorschlag stehe. Sie geben nicht auf.«

»Wie stehen wir dazu?«

Adalberto schwieg. Hector hörte, wie er einen Schluck aus einem Glas nahm und einen Eiswürfel zerkaute.

»Ich habe ein paar Anwälte beauftragt, sie unter die Lupe zu nehmen – ich will den Kampf lieber auf dieser Ebene führen. Sei trotzdem vorsichtig. Ich glaube, sie haben wieder etwas vor. Dieser Gentz hat uns gedroht, und zwar ziemlich unverhohlen.«

»Früher oder später müssen wir uns dem stellen, Papa.«

»Lieber später. Wir warten erst einmal ab, was die Anwälte ausrichten können.«

Hector zündete sich einen Zigarillo an.

Dann sagte Adalberto: »Ich habe mit Don Ignacio gesprochen. Er hat sich beruhigt. Du scheinst gut mit Alfonse übereingekommen zu sein?«

»Wir treffen uns noch einmal, bevor er wieder nach Hause fliegt, und besprechen dann die Details.«

»Leszek und ich sind auch gut vorangekommen, die Pipeline wird bald wieder offen sein. Unser Kapitän hat nur das Schiff gewechselt.«

Hector überlegte kurz. »Was meinst du damit, er hat das Schiff gewechselt?«

»So, wie ich es gesagt habe. Er hat jetzt ein anderes Schiff. Das alte hat er verkauft. Es gelten die gleichen Bedingungen. Die Ware wird über Land von Ciudad del Este nach Paranaguá gebracht, wo er sie in einer Woche an Bord nimmt. Ende des Monats ist die erste Ladung in Rotterdam. Wir sind wieder im Spiel.«

»Ist das gut oder schlecht?«

»Das weiß ich noch nicht … Aber wir haben keine andere Wahl, oder?«

Hector ging darauf nicht ein. »Wie geht es Sonya?«, fragte er stattdessen.

»Sie ist viel für sich allein.«

»Und wie geht es dir, Papa?«

Adalberto schwieg, als hätte ihn die Frage aus dem

Gleichgewicht gebracht. »So, wie ich es verdiene …«, sagte er schließlich.

Hector nahm einen Zug von seinem Zigarillo, und Adalberto nippte an seinem Drink. So verharrten sie einen Moment schweigend, jeder für sich und doch in Gesellschaft des anderen.

Dann beendeten sie das Telefongespräch. Hector hing eine Weile seinen Gedanken nach. Ein Klingeln an der Wohnungstür riss ihn aus seinen Gedanken.

Aron schaute zu ihm ins Zimmer. »Erwarten wir jemanden?«

Hector schüttelte den Kopf und zog einen Revolver aus der Schreibtischschublade. Aron nahm seine mit Schalldämpfer versehene Waffe aus dem Bücherregal. Sie gingen zur Tür.

Durch den Spion sah Aron zwei Männer. Er kannte keinen von ihnen, Hector warf auch einen Blick durch den Spion und schüttelte dann den Kopf.

Aron steckte sich die Waffe hinten in den Hosenbund, öffnete die Tür und lächelte Håkan Zivkovic und Leif Rydbäck freundlich an.

»Ja?«

Die schussicheren Westen spannten unter ihren Jacken, der Kleinere war furchtbar nervös und versuchte es mit einem zornigen Blick zu kaschieren.

»Wir suchen einen Aron Geisler oder Hector Guzman.« Die Stimme des Größeren klang aggressiv.

»Worum geht es?«

»Um einen Vorschlag.«

»Dann richten Sie ihn bitte schriftlich an uns, wir setzen uns dann mit Ihnen in Verbindung.«

Aron wollte die Tür schon wieder schließen, doch einer der zwei Besucher schob seinen Fuß dazwischen.

Rydbäck zog eine Pistole und hielt sie nervös in der Hand.

»Setzt euch hin, und haltet die Klappe. Wir wollen mit euch reden«, sagte der Große.

Aron und Hector gingen ins Wohnzimmer voraus und setzten sich auf das Sofa. »Ihr habt einen meiner Klienten bedroht«, sagte der Große.

Aron und Hector betrachteten ihn. Was für eine traurige Figur er abgab in seinen billigen Klamotten und geschmacklosen Turnschuhen.

»Nehmt eure Drohung zurück, sonst müssen wir deutlicher werden.«

Es gefiel den beiden offenbar nicht, dass Hector und Aron die ganze Zeit über lächelten.

Hector hob die Hand. »Sie gehen jetzt vielleicht besser wieder, meine Herren«, sagte er, während er sich langsam erhob.

»Setz dich, du Arschloch!«, brüllte der Größere.

Aron stellte sich neben Hector. Sie lächelten über die Großmäuligkeit dieses Amateurs und darüber, dass er keine Ahnung zu haben schien, mit wem er es zu tun hatte. Aron zog den Revolver aus dem Hosenbund. Der Schalldämpfer puffte, als Aron zwei Schüsse in Leif Rydbäcks kugelsichere Weste abgab. Rydbäck wurde nach hinten geschleudert und ließ dabei seine Waffe fallen. Hector packte den Großen mit einer Hand am Hals und zog ihn zu Boden, dann schlug er ihm zweimal ins Gesicht. »Das passiert, wenn Leute wie du mit der Waffe in der Hand zu mir kommen«, flüsterte er dem Großen ins Ohr.

Aron riss dem Kleineren die Schutzweste herunter und schob sie ihm unter den Rücken. Rydbäck begriff nicht, was mit ihm geschah.

Aron drückte seine Pistole auf Rydbäcks Brust und gab

zwei Schüsse ab. Die Kugeln gingen durch seinen Körper hindurch und blieben in der Schutzweste stecken. Sein Kumpel brüllte und fing an zu heulen wie ein Kind.

»Wer bist du?«, fragte Hector kalt.

»Håkan Zivkovic.«

Hector nahm sein Knie von Zivkovics Rücken und drehte ihn um.

»Und jetzt hast du Schiss, Håkan, oder?«

Zivkovic brachte kein Wort heraus.

»Das war eben noch anders, da warst du ganz schön mutig und hast uns gedroht. Wie schnell sich das ändern kann.«

Hector packte ihn mit beiden Händen am Hals. »Wer schickt euch?«

»Er hat mir seinen Namen nicht gesagt«, keuchte Zivkovic.

»Wie sah er aus?«

Zivkovic lieferte eine Beschreibung von Svante Carlgren.

»Und was wolltet ihr mit dieser Aktion hier bezwecken?«

»Wir wollten euch einschüchtern. Damit ihr ihn in Ruhe lasst.«

Hector sah Zivkovic an, dem die Farbe aus dem Gesicht gewichen war.

»Erzähle ihm genau, was hier passiert ist. Mach ihm klar, dass wir den Moment bestimmen, wann wir mit ihm fertig sind.«

Hector ließ ihn los, und Zivkovic rappelte sich auf. Ohne sich noch einmal nach seinem toten Kumpel umzudrehen, verließ er schleunigst die Wohnung.

Håkan Zivkovic trat aus dem Hauseingang und lief die Själagårdsgatan hinunter. Er war blass und hatte Nasenbluten. Er war allein und sah ziemlich fertig aus.

Anders rief Gunilla an und erzählte ihr, was er eben beobachtet hatte.

»Allein?«, fragte sie, als wollte sie Zeit zum Nachdenken gewinnen.

»Ja.«

»Dann geht dein Plan vielleicht auf?«

Anders antwortete nicht.

»Und der andere ist immer noch oben?«

»In welchem Zustand, wage ich mir nicht vorzustellen.«

»Na, dann … Dann ist es wohl an der Zeit. Nicht wahr, Anders?«

»Das sehe ich auch so.«

22

Vor einer halben Stunde war der Deutsche aufgewacht, das hatte die ganze Station in Aufregung versetzt.

Der behandelnde Arzt hieß Patrik Bergkvist. Er war achtunddreißig Jahre alt und trug einen Helm, wenn er morgens mit dem Fahrrad zur Arbeit fuhr. Dr. Bergkvist saß auf der Bettkante und leuchtete seinem Patienten mit einer kleinen Taschenlampe in die Augen. Eine Krankenschwester wartete im Hintergrund. Bergkvist versuchte es mit seinem Schuldeutsch.

»Erinnern Sie sich, wie Sie heißen?«

Der Patient sah ihn irritiert an. »Ja.«

»Wie heißen Sie?«

»Das kann Ihnen scheißegal sein.«

Der Arzt war nicht gefasst auf solche Antworten. Die Patienten begegneten ihm in der Regel respektvoll; außerdem gefiel es ihm nicht, vor den Augen der Krankenschwester so heruntergeputzt zu werden. Er knipste die Taschenlampe aus.

»Wir haben die Kugel entfernt. Sie haben Glück gehabt, es sind keine bleibenden Schäden an Ihren Organen entstanden. Sie werden aber noch eine Weile Schmerzen haben.«

»Danke«, sagte der Patient.

Patrik Bergkvist nickte. »Die Polizei möchte mit Ihnen reden. Fühlen Sie sich dazu in der Lage?«

»Nein.«

»Ich werde sie trotzdem anrufen. Ich glaube, Sie schaffen das ganz gut.«

Dr. Bergkvist verließ das Zimmer und ging in das kleine Büro, das zwischen zwei Krankenzimmern lag. Er wählte die Nummer, die die Polizei hinterlassen hatte. Eine Frau namens Gunilla Strandberg antwortete. Sie wirkte sehr freundlich.

»Wie geht es ihm?«, fragte sie.

Patrik Bergkvist wartete mit seinem schönsten Medizinervokabular auf. Sie ließ ihn eine Weile reden und brach das Gespräch ab, als sie der Meinung war, dass er genug geglänzt hatte.

Klaus Köhler hatte sich im Bett aufgesetzt und blätterte in einer schwedischen Klatschzeitschrift. Er betrachtete die Bilder von König Carl Gustaf, Königin Silvia, Carl Philip und Madeleine, die winkend auf dem Rasen vor irgendeinem Schloss standen. Victoria und ihr Mann waren nicht dabei. Vielleicht waren sie gerade auf Reisen. Er kannte sie alle, er war vollkommen verrückt nach europäischen Königshäusern.

Die Tür ging auf. Ein Mann trat ein und nickte ihm zu. Klaus musterte ihn und seinen Begleiter, der dicht hinter ihm folgte.

»Wie geht es Ihnen?«

Der Besucher sprach gut Deutsch. Er zog sich einen Stuhl heran und setzte sich vor das Bett.

»Wer sind Sie?«, fragte Klaus.

Einer der Männer zog seinen Dienstausweis aus der Jacke und hielt ihn Klaus hin. *Hans Berglund*.

»Sie sind angeschossen worden?«, fragte der andere, der sich als Anders Ask auswies.

Klaus blätterte weiter in seiner Zeitschrift. Ein Bild von Kikki Danielsson zu Hause an einem Kiefernholztisch.

»Wie heißen Sie?«

Klaus blickte auf. Er hatte nicht vor, diese Frage zu beantworten.

»Wir können Ihnen helfen, dazu sind wir da.«

Anders Ask zeigte sich sehr geduldig, während Klaus unbeirrt in seinem Magazin blätterte. Irgendein Christer Sjögren hielt seine zarte, kleine Frau im Arm. Anders beugte sich vor und nahm Klaus sacht die Zeitschrift aus der Hand. »Es gibt andere Dinge, die Sie sich mal anschauen sollten.«

Ask legte das Magazin zur Seite und zog einen gefalteten A4-Umschlag aus der Jacke. Er öffnete ihn und blätterte in einem Packen Fotos. Klaus warf einen kurzen Blick auf Hasse Berglund, der am Fenster stand. Ask zog ein Bild von Hector heraus und hielt es Klaus hin.

»Kennen Sie diesen Mann?«

Klaus schüttelte den Kopf. »Nein.«

Ask hielt ein Bild von Aron Geisler hoch, Klaus schüttelte wieder den Kopf. Sophie Brinkmann. Kopfschütteln. Dann hielt er das Bild eines Kleinkriminellen aus dem Polizeiarchiv hoch. Und Klaus überlegte eine Mikrosekunde zu lange, dann schüttelte er den Kopf.

»Er ist unser Mann«, sagte Ask auf Schwedisch zu Berglund. Dann wechselte er wieder ins Deutsche. »Sie liegen hier mit einer Schusswunde. Wir wissen, dass jemand Sie hierhergebracht hat. Wer war das?«

Klaus zuckte mit den Schultern.

»Wer hat Sie angeschossen?«

Als Klaus beharrlich schwieg, wechselte der Polizist seine Strategie. »Wir fangen noch einmal von vorn an. Wer hat Sie hier am Krankenhaus abgesetzt?«

Klaus starrte ihn mit leerem Blick an.

»Wenn Sie uns sagen, wie Sie hier gelandet sind und was Sie über Hector Guzman wissen, lassen wir Sie laufen – unter der Bedingung, dass Sie als Zeuge zur Verfügung stellen.«

Klaus gähnte ausgiebig, streckte sich nach der Klatschzeitung und begann wieder darin zu blättern. Dann schaute er auf und lächelte Ask an.

»Wie Sie wollen. Wenn der Arzt sagt, dass Sie stabil genug sind, nehmen wir Sie fest, bis Sie sich dazu durchringen, mit uns zu reden«, sagte Ask ruhig.

Klaus lächelte stoisch, und die beiden Polizisten verließen schweigend das Zimmer.

Anders und Hasse gingen den Flur hinunter. Am anderen Ende wurde eine Tür geöffnet, und ein großer Mann trat heraus. Mit wiegenden Schritten kam er ihnen entgegen; der Flur wirkte zu klein für ihn.

Sie begegneten sich auf halber Strecke. Der große Mann schenkte ihnen keinen Blick, sondern ging zielstrebig weiter.

Anders blieb nach ein paar Schritten stehen, drehte sich um und schaute ihm nach.

»Anders?«, fragte Hasse.

Anders drehte sich zu ihm um und wirkte wie in Gedanken.

»Was ist los, Anders?«

Anders blickte sich noch einmal um und sah, wie der Mann die Tür zu dem Zimmer des Deutschen öffnete.

»Das war er …«

»Wer?«

»Der Große, das war sein Kumpel, mit dem er ins Trasten gegangen ist.«

»Bist du sicher?«

»Nein, nicht hundertprozentig.«

»Aber?«

»Ach, scheiße …«

Anders zog seine Pistole und rannte zu dem Zimmer zurück. Hasse folgte ihm mit langen, entschlossenen Schritten.

Michail hatte eben den Schrank geöffnet, Klaus' Sachen herausgerissen und auf das Bett geworfen. Da flog hinter ihm die Tür auf. Er drehte sich um und sah einen Mann, der eine Pistole auf ihn richtete. Michail reagierte sofort. Er packte Anders am Arm und zog ihn zu sich heran. Ein Schuss löste sich. Klaus schrie auf. Aus dem Augenwinkel sah Michail einen zweiten Mann, ebenfalls mit gezogener Waffe. Er drehte sich mit seinem Gegner herum, es sah aus wie ein tödlicher Tanz, riss ihm die Pistole aus der Hand und richtete sie auf den anderen, den Zeigefinger am Abzug.

»Michail«, sagte Klaus. »Das sind Polizisten!«

Michail nahm den Finger vom Abzug. »Waffe runter.«

Hasse zögerte nicht lange und ließ die Waffe fallen. Michail befahl den beiden, sich auf den Boden zu setzen.

»Er hat mich angeschossen, der Scheißkerl«, sagte Klaus und hielt sich die Schulter, aus der das Blut in sein Nachthemd sickerte.

Michail betrachtete die Wunde und dachte nach. Dann warf er Klaus Anders' Pistole zu, hob Hasses Waffe vom Boden auf und verließ mit der Pistole in der Hand das Zimmer.

Er ging den Flur hinunter und durchsuchte jeden Raum und jede Kammer.

Im Stationszimmer fand er Patrik Bergkvist. Michail packte ihn am Kragen und zog ihn zu sich heran.

»Ich brauche Betäubungsmittel, außerdem brauche ich Verbandszeug, Nadel und Faden und was sonst noch nötig ist, um eine Kugel aus einer Schulter zu entfernen.«

Patrik Bergkvist nickte, und Michail zerrte ihn auf den Gang. Zusammen liefen sie zurück zu Klaus' Zimmer, und Michail zeigte auf Klaus und seinen blutenden Arm. Der Arzt untersuchte die Schusswunde. Michail öffnete einen dünnen blauen Müllbeutel, nahm eine Flasche Thiopental heraus und zog zwei Spritzen auf. Er stieß die eine in Anders' Oberschenkel und spritzte ihm das Betäubungsmittel. Anders beschimpfte ihn wütend, bevor er in sich zusammensackte. Hasse zuckte nicht mit der Wimper, als ihm die Spritze in den Oberschenkel drang. Innerhalb weniger Minuten waren beide bewusstlos.

Patrik hatte die Blutung vorläufig mit einem Druckverband gestillt.

»Er muss sofort operiert werden«, erklärte er.

»Wie lange dauert das?«

»Ungefähr eine Stunde.«

»Vergessen Sie's.«

Michail zog eine weitere Spritze auf und verabreichte sie Dr. Bergkvist. Dann half er Klaus aus dem Bett und stützte ihn, als sie das Krankenhaus verließen. Sie setzten sich in den Mietwagen, der vor dem Haupteingang parkte, und Michail fuhr Richtung Innenstadt.

»Wo willst du hin? Wir müssen zum Flughafen!«, sagte Klaus.

»Ja, aber nicht sofort, sonst stirbst du mir noch im Auto weg.« Dann holte Michail sein Handy heraus und wählte eine Stockholmer Nummer.

Das Telefon klingelte. Er erkannte die Stimme des anderen sofort. Michail wirkte angespannt und bot ihm einen Deal an. »Wenn du mir jetzt einen Gefallen tust, schulde ich dir später einen.« Jens lehnte ab. »Tut mir leid, aber es geht nicht.«

Für einen Moment herrschte Stille. Dann wiederholte Michail: »Ich bitte dich … Du bist der Einzige, der uns helfen kann. Mein Freund hier verblutet gleich.«

Hörte Jens da etwas Menschliches in Michails Stimme?

Er sah Sophie an, die auf dem Sofa saß. *Scheiße!*

Er gab Michail seine Adresse, legte auf und bereute es sofort.

Zehn Minuten später klopfte es an der Tür. Michail trug Klaus hinein.

»Was ist passiert?«, fragte Sophie.

»Er hat einen Schuss in die Schulter abbekommen«, antwortete Michail.

Sie legten den Verletzten auf das Sofa.

»Schnell, Jens, hol warmes Wasser und Handtücher und alles, was du an Medikamenten dahast.«

Jens ging hinaus, und Michail schüttete den Inhalt seiner Plastiktüte auf den Wohnzimmertisch. Spritzen, Nadel und Faden, Thiopental, Desinfektionsmittel und Verbandsmaterial. Sophie setzte sich neben Klaus, löste den Druckverband um seinen Oberarm und besah sich die Wunde.

»Ich brauche eine Pinzette oder eine kleine Zange«, rief sie Jens nach. Sie fühlte Klaus den Puls, er war schwach und ging sehr schnell. »Wo hast du das her?«, fragte sie

Michail und zeigte auf die Sachen auf dem Wohnzimmertisch.

»Klinik.« Sophie zog eine Spritze mit Thiopental auf. »Du musst das jetzt entscheiden«, sagte sie zu Michail. »Entweder operieren wir ihn ohne Betäubung, oder ich gebe ihm eine kleine Dosis hiervon, das ist aber nicht ohne Risiko, ich kenne mich damit nicht aus.«

»Gib es ihm«, sagte Michail.

Jens kam mit Wasser, Medikamenten und Handtüchern zurück.

Eine halbe Stunde später war es Sophie gelungen, die Kugel zu entfernen und die Blutung zu stoppen. Die Kugel hatte einen Muskel im Oberarm verletzt, aber der Knochen schien unversehrt zu sein. Sophie reinigte die Wunde und nähte sie. Michail verfolgte Klaus' Atmung.

»Das hier ist nur provisorisch, er braucht dringend einen Arzt, der sich den Arm ansieht und sich anständig um den verletzten Muskel kümmert«, sagte Sophie. Dann ging sie ins Bad, um sich zu waschen. Jens' Blick begegnete Michails.

»Wir fahren, sobald er aufgewacht ist«, murmelte der Russe.

Die Männer hörten, wie Sophie im Bad das Wasser aufdrehte. Keiner von ihnen sagte etwas.

»Ich habe Hunger.« Jens wusste nicht, warum er das sagte. »Du auch?«

Aber Michail nickte. Sie setzten sich an den Küchentisch und aßen Brot und kalten Aufschnitt. Michail saß vornübergebeugt mit dem linken Arm um den Teller und stopfte mit der rechten Hand das Essen in sich hinein.

»Was macht ihr eigentlich hier?«, fragte Jens.

Michail kaute und zeigte mit dem Messer in Klaus' Richtung. »Ich wollte ihn abholen. Er ist gestern aufgewacht und hat mich vom Krankenhaus aus angerufen. Ich bin sofort hergeflogen.«

»Was ist passiert?«

Michail streckte sich. »Die Polizei kam, und wir mussten abhauen.«

»Wer hat auf ihn geschossen?«

»Ein Polizist.«

Sophie trat in die Küche und schaute Jens und Michail an, die schweigend weiteraßen. Es gefiel ihr nicht, dass sie hier so einträchtig saßen. »Wird er wieder auf Hector losgehen?«

»Er steht jetzt in meiner Schuld«, sagte Jens. Sophie sah Michail an, während sie zu Jens sagte: »Ich möchte, dass du ihn um etwas bittest.«

Carlos Fuentes war außer Atem. Nachdem Hector ihn angerufen hatte, war er sofort zu ihm gekommen. Jetzt stand er in Hectors Badezimmer und blickte auf Leif Rydbäcks Leiche, die zusammengesackt vor ihm in der Badewanne lag.

»Du musst ihn zerteilen und ins Restaurant mitnehmen. Dort wirst du ihn durch den Fleischwolf drehen«, sagte Hector nüchtern.

Aron kam mit zwei großen Papiertüten ins Bad, drängte sich an ihm vorbei und breitete ein Handtuch auf dem Boden aus. Aus den Tüten holte er Handsägen in verschiedenen Größen heraus und legte sie auf das Handtuch. Es folgten Gummihandschuhe, eine Plastikschürze, eine Bademütze, Branntweinessig, Desinfektionsmittel, eine Rolle Gefrierbeutel, eine Akkukreissäge, eine Schutzbrille, Chlorpulver, ein weißer Plastikeimer und ein Hammer. Zuletzt zog Aron ein Duftbäumchen mit Vanillegeruch heraus, riss die Verpackung auf und hängte es in die Dusche.

»Du solltest jetzt anfangen«, sagte er nur.

Carlos zögerte. Er bückte sich, legte Schürze, Bademütze und Gummihandschuhe an und begann, die Werkzeuge zu sortieren. Aron zog ein Taschenmesser aus der Hosentasche und klappte es auf. »Das ist schön scharf«, sagte er und reichte Carlos das Messer mit dem Griff voran. »Und kotz in die Toilette, nicht in den Eimer«, fügte er hinzu, als er und Hector das Badezimmer verließen.

Carlos blieb allein zurück, er richtete seinen Blick auf Leif Rydbäck in der Wanne. Dann atmete er ein paarmal tief durch, bevor er sich auf den Wannenrand setzte und die rechte Hand des Toten ergriff. Sie war kalt und weich. Er setzte die scharfe Klinge an Rydbäcks kleinem Finger an und tat den ersten Schnitt. Es ging leicht, der Finger löste sich und fiel auf den Badewannenrand. Das Blut, das aus der Wunde drang, floss träge und zäh. Dann nahm sich Carlos das Handgelenk vor.

Hector saß mit einer Zeitung auf dem Sofa, Aron in einem Sessel. Aus dem Bad hörten sie, wie Carlos sich in die Toilette übergab.

Die Zeit verging. Hector las, und Aron starrte vor sich hin. Plötzlich hörten sie Schritte auf der Wendeltreppe, die zum Büro führte. Aron stand auf und zog seine Waffe. Die Schritte waren langsam und vorsichtig, aber leicht.

Eine Frau um die fünfzig kam herauf.

»Ihre Pistolen können Sie wegstecken«, sagte sie.

Aron senkte die Waffe.

»Ich bitte um Entschuldigung«, sagte die Frau. »Aber Sie hätten mich sicher nicht hereingelassen, wenn ich an der Tür geklingelt hätte. Also war ich gezwungen, über Ihr Büro hier einzudringen.«

Sie legte einen Finger ans Ohr. Carlos hatte die Kreissäge eingeschaltet.

»Renovieren Sie gerade?« Sie lauschte weiter. »Ist das möglicherweise Leif Rydbäck, den Sie da im Badezimmer bearbeiten?«

Die Frau zeigte Aron ihren Dienstausweis.

»Ich bin Polizistin. Ich heiße Gunilla Strandberg, und Sie sind bitte so freundlich, die Pistole wegzulegen. Meine Leute wissen, dass ich hier bin.«

Aron zögerte, dann ging er ans Fenster. Er spähte hinaus. Dort war niemand zu sehen.

»Nein, ich bin allein gekommen, um mit Ihnen zu reden. Aber meine Leute wissen natürlich, dass ich hier bin.«

Gunilla sah Hector an. Er faltete seine Zeitung zusammen und bedeutete ihr, sich zu setzen.

Gunilla nahm Platz.

Hector betrachtete Gunilla eingehend. »Wir kennen uns aber nicht, oder?«, fragte er.

»Ich kenne Sie, Hector Guzman. Aber Sie kennen mich noch nicht. Und Sie fragen sich sicher, warum ich hier bin?« Sie sah Hector fest in die Augen. »Aus reiner Neugier, glaube ich.«

Im Bad übergab sich Carlos erneut.

»Ich bin neugierig darauf, wie viel Geld Sie durch die Erpressung von Svante Carlgren sowie durch Ihre Geschäfte mit Alfonse Ramirez gemacht haben, der meines Wissens in der Stadt ist und Sie besucht hat.«

Hector musterte sie noch immer. »Was wollen Sie wirklich?«, fragte er.

Gunilla sah ihn lächelnd an. Sie ließ ihn zappeln.

»Sie wollen etwas von mir. Vielleicht eine Antwort? Sie als Polizistin lieben doch Antworten, oder?«

»Nein, die Antworten kenne ich bereits. Und sie interessieren mich eigentlich auch nicht weiter.«

Hector schaute Aron an und zog die Brauen hoch. »Was wollen Sie dann?«

»Ich will das, was Sie haben.«

»Wie bitte?«

»Wie viel haben Sie durch Ramirez und Carlgren verdient?«, fragte Gunilla noch einmal. »Davon will ich meinen Anteil.«

»Und warum sollte ich mit Ihnen teilen?«, fragte Hector.

»Weil Sie dann ungestört Ihren Geschäften nachgehen können, solange ich bei der Polizei bin.«

4. TEIL

23

Er war unfähig zu weinen. Schweigend trug er mit einer Rolle Farbe auf die Wand auf. Die Aufzeichnungen, seine Überlegungen, die Pfeile, mögliche Zusammenhänge – alles verschwand hinter einer Schicht dicker weißer Wandfarbe.

Sara musste bei ihm zu Hause gewesen sein. Dabei hatte sie die Wand gesehen und beschlossen, Kontakt zu Gunilla aufzunehmen. Jetzt war sie tot, und aller Voraussicht nach würden sie bald auch ihn töten.

Er hatte alles zweimal kopiert. Die eine Kopie lag sicher im Bankfach, die andere auf einem USB-Stick in seiner Sporttasche auf dem Fußboden. Er kontrollierte seine Waffe: Das Magazin war voll, und er hatte noch ein zweites in der Jackentasche. Obwohl er normalerweise seine Pistole immer in einem Holster am Gürtel trug, steckte sie jetzt in einem Schulterholster, das an Rücken und Schulter spannte. Aber so war es unauffälliger.

Lars ließ den Blick noch einmal durch sein Arbeitszimmer schweifen. Die Wand war weiß wie frisch gefallener Schnee, der Raum geputzt und aufgeräumt. Es gab keine Spuren seiner Arbeit mehr. Er hob die schwere Sporttasche auf, nahm seinen Laptop und die Abhörausrüstung und verließ die Wohnung.

Er trat aus der Haustür und ging zu seinem Leihwagen. Wäre er aufmerksamer gewesen, hätte er den Mann am Steuer des Wagens einige Meter weiter gesehen. Aber er hatte es eilig und achtete nicht auf seine Umgebung.

Es herrschte nicht viel Verkehr, denn die Sommerferien hatten begonnen, und die meisten Stockholmer verbrachten die freie Zeit in ihren Sommerhäusern auf dem Land. Er parkte in der Nähe der Polizeiwache, nahm die Abhöranlage auf den Schoß und kontrollierte, ob die Mikrofone im Büro Kontakt hatten. Dann verstaute er die Ausrüstung im Kofferraum und ließ den Wagen stehen, um in Richtung Stureplan zu gehen. Er trug die Tasche über der Schulter und hatte den Laptop unter dem Arm.

Lars ging mit gesenktem Kopf, und plötzlich rempelte ihn jemand von der Seite an. Es war nur ein ganz leichter Stoß. Als Lars den Kopf hob, bemerkte er einen groß gewachsenen Mann neben sich.

»Walk with me«, sagte der Mann auf Englisch mit slawischem Akzent. Er zeigte ihm nur die Pistole in seiner Hand und forderte Lars auf, ihm seine Waffe zu geben. Alles ging sehr schnell, und dann drückte der Mann ihn in ein Auto, das am Bordstein stand. »Sitz still und halt die Klappe«, sagte der Schwede, der hinter dem Steuer saß, und fuhr an.

Das Zimmer ähnelte einer Schiffskabine, und das konstante Brausen der Autobahn war trotz der mehrfach verglasten Fenster deutlich zu hören.

Nachdem Jens und Michail gegangen waren, hatte Sophie sich in ein Taxi gesetzt und war über den Essingeleden und dann weiter auf der E 4 in Richtung der südlichen Vororte Stockholms gefahren. Das Motel lag an der Autobahn am Midsommarkransen. Es gab keine Rezeption, sondern nur eine Lobby, in der man mit Kreditkarte einchecken konnte.

Sie setzte sich auf das Bett und wartete. Es war eher eine Pritsche als ein Bett, hart und unbequem. Sie rief Jane an, die ihr immer nur das Gleiche sagen konnte: keine Veränderung. Sophie sah ihr Gesicht im Spiegel an. Und es blickte ihr eine niedergeschlagene und erschöpfte Frau entgegen.

Nach einer halben Ewigkeit klopfte es an der Tür. Sophie stand auf und öffnete. Jens stieß Lars Vinge ins Zimmer und zog die Tür hinter sich zu.

Vinge schien verwirrt und desorientiert. Sophie schaute ihn an. Er sah blass aus und hatte dunkle Ringe unter den Augen. An der Nase hatte er einen Bluterguss, und an einem Nasenflügel hing geronnenes Blut. Jens drückte ihn auf den Stuhl am Schreibtisch.

»Kann ich etwas zu trinken bekommen?«, fragte Vinge.

»Nein«, sagte Jens.

Vinge rieb sich die Augen.

»Weißt du, warum du hier bist?«, fragte Jens.

Lars Vinge antwortete nicht. Stattdessen schaute er Sophie an und lächelte, als wären sie enge Freunde. Sie hatte ihn immer nur flüchtig gesehen. Jetzt ahnte sie, was er für ein Typ war. Sie mochte ihn nicht, er strahlte eine merkwürdige Mischung aus Selbsthass und falscher Überheblichkeit aus. Und er hatte offensichtlich Angst.

»Das wäre gar nicht nötig gewesen«, sagte er.

»Was wäre nicht nötig gewesen?«

Er schaute Sophie an, sein linkes Bein zuckte auf und ab, ohne dass er sich wohl dessen bewusst war.

»Sie hätten mich nicht einfangen müssen. Ich hätte sowieso Kontakt zu Ihnen aufgenommen.«

»Wieso das denn?«, fragte Sophie.

Vinge schaute auf die Tischplatte. »Ich habe von Albert gehört. Es tut mir leid. Wie geht es ihm?«

Entweder war dieser Polizist unendlich naiv oder ziemlich einfältig, dachte Sophie. Oder vollkommen taktlos. Sofort spürte sie einen Kloß im Hals. Sie würde ihm nie eine Antwort geben. Einen Moment lang blieb es still.

»Gunilla wollte, dass Anders und Hasse ihn holen.«

»Warum sollte sie das tun? Das glaubst du doch wohl selbst nicht.« Auch Jens war fassungslos.

»Ich weiß es auch nicht. Irgendwas muss passiert sein. Sie wollten Sie zum Schweigen bringen, Sophie, so haben sie es jedenfalls ausgedrückt. Sie wollten sichergehen, dass Sie keine Dummheiten machen.«

»Was für Dummheiten sollte ich denn machen?«

»Ich weiß nicht, sie hatten auf jeden Fall Angst vor Ihnen, dass Sie etwas Unüberlegtes tun könnten, schließlich haben sie Sie bedroht.«

Für Sophie war das alles unbegreiflich Schließlich redeten sie hier von der Polizei. »Aber warum ausgerechnet jetzt?«

Vinge überlegte. »Sie planen irgendwas, aber ich weiß nicht genau, was oder wozu.«

Vinge sah von Sophie zu Jens. Er schien nach einer Art Anfang zu suchen. Dann erzählte er, erst zögernd und tastend, dann immer klarer. Er schilderte, wie Gunilla Strandberg ihn angerufen hatte und wie er angefangen hatte, für sie zu arbeiten. Er erzählte, wie er Sophie überwacht hatte, sprach von den Mikrofonen in ihrem Haus und über seine Berichte für Gunilla. Und wie sie Alberts Entführung vor ihm geheim gehalten hatte.

Für Sophie hörte sich das alles vollkommen irrsinnig an. Da saß der Mann, der sie die letzten Wochen über abgehört und bespitzelt hatte, ein Polizist, und sagte ihr Dinge, die sie nie für möglich gehalten hätte. Aber sie begriff nun, wie sie in den Augen von Gunilla Strandberg nach und nach zur zentralen Figur in einer unbegreiflichen Geschichte geworden war.

Vinge berichtete, wie Gunilla Strandberg arbeitete und dass der Mann, den Sophie auf der Polizeiwache getroffen hatte, Erik Strandberg war, Gunillas Bruder. Er schilderte Gunillas Versuche, die Menschen in Hectors Umgebung zu erpressen, ihre Besessenheit, Hector auf die Schliche zu kommen. Und schließlich erwähnte er Anders Ask, einen Ermittler, der inoffiziell für Gunilla arbeitete und gemeinsam mit dem Schläger Hans Berglund auf Albert angesetzt worden war.

Lars Vinge machte eine Pause und rieb mit dem Zeigefinger über einen unsichtbaren Fleck auf der Tischplatte.

»Und jetzt haben Sie sich ein Bild gemacht von dem, was Gunilla vorhat ... Worauf läuft das alles hinaus?«, fragte Sophie. »Warum all diese Morde?«

»Ich weiß es nicht genau.« Vinge kratzte sich an der Stirn. »Aber wir schweben in Lebensgefahr, Sie und ich. Und Albert auch, aber das wissen Sie ja schon.«

»Dann haben Sie mir den Zettel in den Briefkasten geworfen?«, fragte Sophie.

Er nickte.

»Und Sie waren auch in meinem Haus?«

Lars schüttelte den Kopf und sah zu Boden. »Nein«, murmelte er.

»Was, nein?«

»Nein, darauf muss ich nicht antworten«, flüsterte er.

Jens und Sophie sahen einander an. Was für ein durchgeknallter Typ!

»Und warum hast du den Saab angezündet?«, fragte Jens.

»Als Sie mir meinen Ausweis und die anderen Dinge weggenommen haben, bin ich auf eine Idee gekommen. Ich habe die Abhörausrüstung aus dem Auto genommen, den Wagen angezündet und behauptet, die Ausrüstung wäre verbrannt.«

Vinge zeichnete mit dem Finger seiner rechten Hand Kreise auf die Tischplatte.

»Ich habe angefangen, sie abzuhören.«

»Wen?«, fragte Jens.

»Gunilla, meine Kollegen.«

»Aber warum?«

Lars hörte auf mit seinen Kreisen. »Wie bitte?«, fragte er, als hätte er plötzlich vergessen, worüber sie gerade gesprochen hatten.

»Warum hast du angefangen, deine Kollegen abzuhören?«, fragte Jens langsam.

Vinge schluckte. »Weil sie mich ausgeschlossen haben und mich nicht dabeihaben wollten. Außerdem wollte ich nicht, dass ihr etwas zustößt.« Er zeigte auf Sophie.

»Aber wovon denn ausgeschlossen?«, fragte Jens ungeduldig.

»Das weiß ich nicht genau, aber ich will es auf jeden Fall rausfinden!«

Jens und Sophie schauten einander prüfend an.

»Und sie haben meine Freundin ermordet.« Vinge sah zu Sophie und Jens auf. »Sie haben Sara ermordet, meine Freundin«, wiederholte er.

Michail und Klaus Köhler waren endlich aus seiner Wohnung verschwunden, der Abschied war kurz gewesen. Jens und Sophie hatten es eilig, aus der Wohnung zu kommen. Sie nahmen ihre Sachen und liefen nach unten vors Haus, wo der Mietwagen stand.

Im selben Moment, als Jens den Wagen startete, kam Dmitri wie aus dem Nichts auf ihn zugeschossen. Jens trat das Gaspedal durch und raste an ihm vorbei. Dmitri und seine zwei Landsleute rannten zu ihrem Auto.

Sophie zog ihr Handy heraus und wählte eine Nummer.

»Hallo … Ich bin's.«

»Das höre ich.«

»Was machst du?«

Was für eine Frage, sagte sich Sophie, aber sie wusste nicht wie sie anfangen sollte. Hectors Antwort half ihr nicht gerade weiter: »Ich mache gar nichts.«

»Können wir uns treffen?« Sophie wurde ungeduldiger, und angesichts des durch die Straßen rasenden Wagens wuchs ihre Angst vor den Verfolgern.

»Das ist ein bisschen plötzlich. Aber gut, ich bin im Restaurant«, sagte Hector ruhig.

»Bist du dir sicher?«, fragte Jens Sophie gepresst. Er schaute in den Rückspiegel. Von Dmitris Auto war nichts zu sehen.

»Nein«, flüsterte sie. »Aber haben wir eine andere Wahl?«

Hasse saß im Auto, das er am Straßenrand vor dem Trasten geparkt hatte, und starrte gelangweilt nach vorn. Er hatte die klare Anweisung bekommen, vor dem Restaurant zu warten. Vielleicht würde Aron Geisler herauskommen und ihn ansprechen, vielleicht auch ein Mann namens Ernst Lundwall. Hasse sollte einfach warten und dann mit hineingehen. Danach sollte er Gunilla anrufen und erzählen, wie es gelaufen war und was die Männer zu ihm gesagt hatten. Vor allem aber ging es Gunilla darum, die Geldübergabe zu kontrollieren. Sie würde aus der Entfernung alles überwachen. Hans Berglund sollte, wenn irgend möglich, Hector Guzman und Aron Geisler erschießen und es nach Notwehr aussehen lassen. Damit wäre der Fall endlich erledigt.

Sie wollte sich auf keinen Fall mit den beiden auf einen Deal einlassen, der ihr jede Minute Stress machen konnte. Ein letztes Mal kassieren, und dann sollte Ruhe sein. Dazu musste vor allem auch Sophie aus dem Weg geräumt werden. Das sollte Anders erledigen, der jetzt in der Stadt unterwegs war und sie suchte. Gunilla hatte den Eindruck, dass er nach dem Mord an Vinges Freundin Blut geleckt hatte. Er schien geradezu begierig, wieder zu töten.

Ein Auto glitt ein Stück von ihm entfernt in eine Parklücke. Ein Mann stieg aus und wartete auf die Frau auf dem Beifahrersitz. Es dauerte einen Moment, bevor Hasse begriff, wer es war. Er hatte sie ja nur kurz und auf dem Rücken liegend gesehen.

Die beiden verschwanden im Restaurant.

Hasse wählte Anders' Handynummer. Anders befahl ihm, zu warten und nichts zu unternehmen, bis er da war.

Doch kurz darauf fuhr ein weiteres Auto an Hasse vorbei und parkte direkt hinter ihm. Es war ein Wagen mit russischem Kennzeichen. Hasse entsicherte seine Waffe und wartete, was nun passieren würde.

Hector Guzman saß mit Aron Geisler, Ernst Lundwall und Alfonse Ramirez an einem Tisch. Alfonse hatte einen Laptop vor sich stehen, Ernst ging eine Reihe von Dokumenten durch. Sie tranken Kaffee, und Alfonse hatte ein Glas Wein vor sich stehen.

Hector wirkte erstaunt, dass Sophie in Begleitung von Jens erschien. Er wollte etwas sagen, doch Sophie schnitt ihm das Wort ab.

»Wir müssen reden. Jetzt sofort.«

Hector stand auf und führte sie an einen anderen Tisch. Sie setzte sich, und er nahm ihr gegenüber Platz. Hector zeigte kurz auf Jens. »Was macht der hier?«

»Das erkläre ich dir später«, sagte sie und suchte nach einem Punkt, an dem sie beginnen konnte. Dann legte sie die Hände in den Schoß und atmete tief durch.

»Mein Sohn Albert liegt im Krankenhaus. Er ist überfahren worden und hat sich den Rücken gebrochen.«

In Hectors Gesicht flackerte Zorn auf, er öffnete den Mund, doch Sophie hob die Hand und nahm noch einmal Anlauf. »Vor einem guten Monat wurde ich von –«

Weiter kam sie nicht. Die Eingangstür zum Restaurant flog auf.

»Jeans!«, rief eine laute Stimme, und Dmitri stürmte herein. Hinter ihm erschienen Goscha und Vitali. Sie waren alle drei bewaffnet.

»Hab ich dir gefehlt?«, fragte Jens ironisch.

Hector und Aron wechselten einen fragenden Blick.

»Was willst du?«, fragte Jens.

»Was ich will? Das spielt keine Rolle. Ich bin hier, und das war eine scheißlange Reise.«

Sophie sah, dass Jens unter dem Tisch eine Nummer in sein Handy eingab.

Aron saß aufmerksam da, der Unbekannte schaukelte auf seinem Stuhl und nahm einen Schluck aus seinem Weinglas.

Hector lächelte sie beruhigend an.

Dann stand Jens auf.

»Ich habe Risto gesagt, was ich dazu zu sagen habe, er hat es an dich weitergegeben. Wenn du den ganzen Weg in der Hoffnung gefahren bist, dass wir uns in Stockholm anders einigen, dann hast du die Reise vergeblich gemacht.«

Dmitri glotzte ihn an. Er gab Goscha einen Wink, der daraufhin Jens mit einem Totschläger auf den Kopf schlug. Jens ging zu Boden. Dmitri und Goscha schlugen noch ein paarmal auf Jens ein.

»Jetzt reicht es aber!« Hector stand von seinem Platz auf.

Dmitri hielt inne, sah Hector an und schnappte nach Luft. »Wer bist du denn … ein *Nigger?*«

Sophie sah etwas in Hectors Augen aufflackern, eine kleine Flamme. Dmitri hatte eine Grenze überschritten. Und Sophie spürte, dass Hector nun handeln würde. Aron sah es auch und schüttelte ruhig den Kopf. Selbst der Unbekannte, der sich bisher so entspannt gezeigt hatte, verzog das Gesicht.

Dmitri packte Jens, zog ihn hoch und blickte ihm in sein zerschlagenes Gesicht. »Du glaubst gar nicht, wie ich mich danach gesehnt habe.«

»Schluss jetzt!«, hörte Sophie sich rufen. Tränen der Ohnmacht liefen ihr über die Wangen.

Dmitri drehte sich zu ihr um, als hätte er sie bis dahin gar nicht wahrgenommen. Er ging zu ihr hin, schaute sie an und drückte ihr Kinn hoch.

»Du bist also sein Flittchen …«

Dmitri sah zu seinen Freunden hinüber und lachte

stolz, als hätte er eben einen unglaublich guten Witz gemacht.

Hector bebte vor Wut. Er schaute auf die Tischplatte vor sich.

Dmitri wurde schlagartig wieder ernst. »Wer seid ihr eigentlich?«, rief er. »Was macht ihr hier? Was wollt ihr von diesem Scheißkerl?« Er zeigte mit der Pistole auf Jens, doch niemand antwortete ihm. Dmitri trat an Arons Tisch und drückte den Lauf seiner Pistole an Alfonses Stirn. Alfonse blieb ganz ruhig.

»Nimm die Waffe runter«, sagte Hector leise.

Dmitri drehte sich wieder von Alfonse weg und sah auf Jens herunter.

»Risto hat gesagt, dass in Moskau niemand mehr etwas mit dir zu tun haben will …«, flüsterte Jens. »Es gibt Menschen, die einen Fehler nach dem anderen machen. So einer bist du, Dmitri, und alle wissen das.«

Jens lächelte schmerzverzerrt. Er sah, wie Dmitri die Waffe auf ihn richtete, er schaute direkt in die schwarze Mündung.

Da war ein Räuspern vom Eingang des Restaurants zu hören. Der Russe drehte sich um. Er sah zwei Männer, einen Schrank von einem Kerl und einen sehnigen Typen mit dünnem Haar, der den rechten Arm in einer Schlinge trug. Sie hatten beide die Waffen im Anschlag. Für einen Moment schien es, als würde die Szene hier anhalten und einfrieren, als hätte Gott die Stopptaste gedrückt.

Hector begriff als Erster, was jetzt geschehen würde. Er zog Sophie mit sich zu Boden. Im selben Augenblick eröffneten Michail und Klaus Köhler das Feuer. Goscha und Vitali wurden auf der Stelle getroffen, ihr Blut voller hausgemachter Ostblockdrogen spritzte durch das Restaurant.

Sophie sah die beiden Männer zu Boden gehen, und sie sah Dmitri, der noch immer nicht zu begreifen schien, was gerade mit ihm und seinen Freunden geschah. Mit einer letzten, adrenalingesteuerten Bewegung riss Jens Dmitri zu Boden und nahm ihm die Waffe ab. Er schlug ihm mit dem Pistolenkolben auf die Schläfe, einmal, zweimal, bis Dmitri bewusstlos war.

Aron nutzte den Moment, um seine Waffe zu ziehen und auf Michail zu zielen. Der bemerkte es im selben Moment und schrie: »Wir sind nicht wegen euch hier! Wir legen unsere Waffen ab!«

Er und Köhler legten ihre Waffen vor sich auf den Boden. Aron wartete einen Augenblick und trat dann hervor, den Revolver auf Michail gerichtet. »Warum seid ihr dann hier?«

Michail deutete mit dem Kopf zu Jens hinüber.

Aron ließ die Waffe noch immer nicht sinken. »Erklär es mir genauer.«

»*Ich* kann es erklären«, rief Sophie dazwischen.

Ein Schuss fiel, und erneut brach Verwirrung aus. Hasse Berglund und Anders Ask betraten mit gezückten Waffen das Restaurant. Michail erkannte die Männer aus dem Krankenhaus wieder. »Polizei!«, schrie Hasse.

Anders sah sich um und entdeckte Hector und Sophie am Boden zwischen den Tischen. »Hector Guzman! Wir hatten eine Vereinbarung!«, rief er.

Aron sah Hector an. Ihre Blicke trafen sich, und Hector schüttelte den Kopf. Aron nickte zur Bestätigung, dass er verstanden hatte. Er hob seine Pistole und zielte auf Anders.

Anders begriff, dass hier für ihn nichts mehr zu holen war, und reagierte sofort: »Wir gehen hier rückwärts raus, und niemandem passiert etwas.«

»Wenn ihr den Raum verlasst, seid ihr tot.« Arons Stimme war ebenso ruhig wie seine Hand.

Endlich legte Hasse seine Pistole vor sich auf den Boden, stieß sie in den Raum und nahm die Hände in die Luft. Jetzt richtete sich alle Aufmerksamkeit auf Anders. Er lächelte kurz, gab einen Fluchtgedanken wieder auf und legte seine Pistole auf den Boden.

Sophie spürte, wie Hector sich von ihr löste und aufstand. Sie sah den Zorn in seinen Augen, als er sich dem ohnmächtigen Dmitri näherte. Zusammen mit Alfonse Ramirez packte er ihn, und die beiden verschwanden mit dem Russen in der Küche.

Aron schob Anders und Hasse mit gezückter Waffe vor sich her in Richtung Küche und Büro.

Sophie ging hinüber zu Jens und legte seinen Kopf in ihren Schoß. Er war übel zugerichtet. Sein Gesicht war zerschlagen, sein Atem ging pfeifend.

Sophie wollte nur fort von hier, fort von sich selbst. Aber sie blieb in dem verwüsteten Raum sitzen und streichelte Jens über das Haar, während Köhler und Michail ihre Waffen vom Boden aufnahmen. Sie sah die Leichen der Russen daliegen und beobachtete, wie Ernst Lundwall blass und ängstlich mit der Aktentasche in der Hand und dem Laptop unter dem Arm verschwand. Vielleicht war es ihre Hand, die über Jens' Haar strich, die sie daran hinderte davonzulaufen. Vor und zurück, immer die gleiche Bewegung. Sie konzentrierte sich auf das Haar unter ihrer Hand. Es war warm. Sie schloss die Augen und versuchte, ganz bei dem zu bleiben, was sie tat, und dabei den Raum und all das, was geschehen war, auszublenden. Ihre Hand strich über Jens' Haar, in langsamen, weichen Bewegungen.

Plötzlich war Michail neben ihr. »Wir hauen ab«, sagte

er leise. Ohne ein weiteres Wort lief er zum Ausgang. Klaus Köhler nahm sich einen Stift und schrieb etwas auf eine Serviette, die er Sophie gab. Sie las den Namen Klaus Köhler und eine Telefonnummer. Stumm erwiderte sie seinen Blick, bevor er sich umdrehte und Michail aus dem Restaurant folgte.

Sophie legte Jens' Kopf vorsichtig auf den Boden, stand auf und ging zur Küche. Dmitri war tot, er saß auf einem Stuhl, den Kopf nach hinten gelegt. Ein Tranchiermesser steckte in seiner Brust.

»Hector Guzman!«, hörte sie Anders Asks Stimme aus dem Büro hinter der Küche. Die Tür war nur angelehnt. Durch den Spalt konnte sie Anders Ask erkennen, der an einem Heizkörper neben dem Schreibtisch festgebunden war, Hasse Berglund saß neben ihm.

Hector stand vor den beiden. Er deutete ins Restaurant hinüber. »Die Dinge haben sich geändert. Es wird keine Überweisung zu euren Gunsten geben. Das verstehst du sicherlich, nach allem, was hier passiert ist.«

»Okay. Wir verschwinden, und wir haben nichts gesehen«, schlug Ask vor. Er schien noch immer zu hoffen, dass er heil aus dieser Sache rauskommen würde. Hector machte sich nicht einmal die Mühe, ihm zu antworten.

»Seien Sie doch vernünftig, Hector Guzman!« Asks Worte klangen hohl. »Wir können Ihnen hier raushelfen … Wir nehmen die Zeugen mit, verlassen das Restaurant, und Sie sind raus.«

Sophie hielt den Atem an.

»Welche Zeugen?«, fragte Hector.

»Die Frau, diese Sophie, und ihren Freund. Die haben nichts mit dem Ganzen zu tun.«

Hector sah Anders an. »Woher weißt du das?«

»Das ist mein Job.«

Sophie hörte ein Geräusch und zuckte zusammen. Carlos Fuentes stand in der Tür zum Restaurant und starrte sie an. Er sah klein aus, als wäre er in den letzten Stunden geschrumpft. Sophie schüttelte den Kopf, sie durften die da drin jetzt nicht stören. Fuentes sah sie ausdruckslos an und schloss wieder die Tür hinter sich.

Sophie saß wieder bei Jens, als Hector und Aron in den Gastraum kamen. Hector trug eine Aktentasche unter dem Arm.

»Sophie?« Er flüsterte beinahe. »Du musst mit mir kommen.«

»Warum?«

Hector hatte keine Zeit für Fragen. »Die Polizei wird jeden Moment hier sein, und die Polizisten im Büro haben dich gesehen.«

Es schien, als rede er mit einer Fremden.

»Und Jens?«, fragte Sophie.

»Aron wird ihm helfen.«

Sie wusste, dass sie keine Wahl hatte. Die Polizei wollte sie aus dem Weg haben und erpresste Hector. Sie hatte keine Chance, allein aus der Sache herauszukommen. Sie fragte sich plötzlich, ob Anders Ask Hector von ihr erzählt hatte. Dann wäre es ein tödlicher Fehler, ihm zu folgen.

Sophie blickte Hector und Aron an und versuchte, in ihren Gesichtern zu lesen. Sie sah nichts als Ungeduld.

Sie beugte sich zu Jens hinunter und küsste ihn auf die Stirn. Für einen Moment wünschte sie sich, er würde aufstehen, sie an die Hand nehmen und mit ihr von hier verschwinden.

Sophie stand auf, nahm ihre Handtasche und folgte Hector auf die Straße.

Carlos sah sich um. Er war in der Küche gewesen und hatte sich um die sterblichen Überreste von Leif Rydbäck gekümmert, als die ersten Schüsse fielen. Er hatte seine Arbeit unterbrochen und sich hinter einem Küchenschrank versteckt. Als aber Hector und der Kolumbianer mit dem Russen hereinkamen und ihn töteten, schlich Carlos sich hinaus und versteckte sich im Büro. Er hatte ein Telefongespräch zwischen Hector und seinem Vater belauscht und mitbekommen, dass Hector ihn bat, ein Charterflugzeug zum Flughafen in Bromma zu schicken. Dann war Carlos wieder ins Restaurant gegangen und hatte sich hinter der Bar versteckt.

Es war schwer zu sagen, was hier geschehen war, aber irgendwann war er wieder in die Küche gegangen und hatte Sophie gesehen, wie sie vom Büro aus Hector belauschte. Dann waren Hector und Sophie zusammen verschwunden. Aron war ins Restaurant gekommen, hatte den verletzten Mann namens Jens geholt.

Nun war es still, niemand war mehr da, nur noch die zwei Toten und die beiden Polizisten, die an die Heizung angebunden waren.

Carlos tippte mit unruhiger Hand eine Nummer in sein Mobiltelefon.

»*Gentz.*«

»Hier ist Carlos Fuentes … Ich brauche Hilfe. Ich kann euch dafür Informationen liefern.«

Gentz schwieg.

»Ich weiß, wo Hector Guzman sich befindet.«

»Das wissen wir schon. In Stockholm.«

»Nein. Er ist auf dem Weg nach Málaga.«

»Wobei brauchst du Hilfe, Carlos?«

»Ich brauche Schutz.«

»Wo bist du jetzt?«

»In meinem Restaurant.«

»Such dir einen sicheren Ort und ruf mich wieder an, ich will sehen, was ich tun kann.«

24

Das Haus lag ein wenig abseits und sah aus wie ein idyllisches Sommerhäuschen, nicht wie die Wohnung einer Kommissarin wie Gunilla Strandberg. Lars parkte ein paar Straßen weiter. Dann lief er zurück und kletterte über den Zaun in ihren Garten. Er ging an den Apfelbäumen vorbei über den Rasen und den schmalen Kiesweg zur Veranda hinauf.

Das Türschloss ließ sich mit einem Dietrich nicht öffnen. Er überprüfte die Fenster. Alle waren verschlossen und von innen mit einem Haken verriegelt. Eine Treppe führte zu einer massiv wirkenden Kellertür hinunter. Die Tür hatte ein altes Milchglasfenster und war möglicherweise nur von innen mit einem Drehschloss versperrt. Er zog sich den Ärmel über die Hand und schlug die Scheibe ein, dann tastete er nach dem Schloss. Tatsächlich, ein Drehschloss. Er öffnete die Tür und betrat den Keller.

Lars schaute sich gründlich um. Es gab eine Putzkammer, einen Vorratskeller, eine frisch installierte Erdwärmeanlage und eine Treppe, die nach oben in die Wohnräume führte. Mit ein paar langen Sätzen sprang er die Stufen hinauf, öffnete die Tür und landete in einer Küche, die aus einer englischen Version von *Schöner Wohnen* zu stammen schien: ein neuer Herd in altem Design, schöne alte Schränke und dazu ein Holzfußboden aus geölten Dielen. Im Arbeitszimmer standen ein Schreibtisch, eine Lampe mit grünem Glasschirm und ein abgeschlossener Aktenschrank. Lars brach das Schloss auf. Dabei machte er ziemlich viel Lärm, das Metall knirschte, doch schließlich gab es nach. Registermappen hingen in einer Reihe. Alles war alphabetisch geordnet.

Er suchte nach Sophie Brinkmann, fand aber nichts. Er ging weiter zum Buchstaben G, Hector Guzman. Wieder nichts. Lediglich eine Menge Namen von Polizisten, die ihm nichts sagten. Er blätterte weiter. Moment, da war etwas: Berglund, Hans Berglund. Ein Passfoto von Hasse, diesem Schwein, außerdem ein Dienstzeugnis. In der rechten Ecke fand er eine Bleistiftnotiz: *gewalttätig* stand dort. Lars blätterte weiter und fand Eva Castroneves – zu ihr gab es keine Bleistiftnotiz, lediglich ein kleines Sternchen, wie von einer Lehrerin ins Hausaufgabenheft gemalt. Er suchte unter dem Buchstaben V und fand seine eigene Akte. Er zog sie heraus und schlug sie auf. Das Foto war alt, es war dasselbe wie in seinem Dienstausweis. Das Wort, das hier mit Bleistift in die Ecke rechts oben eingetragen worden war, kam in seiner Bedeutung nicht vollständig bei ihm an, als weigerte er sich, es zu verstehen. *Labil.*

Lars schlug die Akte wieder zu und hängte sie zurück in den Schrank. Einen Moment lang starrte er vor sich hin, dann kam wieder Leben in ihn.

Er setzte sich auf den Schreibtischstuhl und öffnete die Schubladen: Papier, Büroklammern, Stifte, eine Lesebrille, ein Maßband, außerdem ein paar Münzen und Scheine. Die unterste Schublade war abgeschlossen, er brach sie auf und fand darin weitere Mappen, Aufzeichnungen und Briefe und stopfte alles in seine Tasche.

Dann sah er sich noch einmal um, bevor er wieder in den Keller hinunterging, den er gründlich durchsuchte, Heizungsraum, Putzkammer und schließlich den Vorratskeller, der voller Konserven stand. Gunilla würde hier unten einen Atomkrieg überstehen, so viel war sicher. Lars ließ den Lichtkegel seiner Taschenlampe über die Decke gleiten, dann setzte er sich auf den Boden und fuhr mit der Lampe die Fußbodenleiste entlang. Er stand auf und schaute hinter den Konservendosen nach – dort glänzte etwas. Ganz hinten auf dem Bord, hinter Bohnen, Mais und Eintopf in jeder Geschmacksrichtung glänzte etwas. Er schob die Dosen beiseite, und dann hatte er es endlich vor sich: einen Zylinder aus solidem Stahl mit geprägten Ziffern auf der Front – ein alter, in die Wand eingelassener Tresor, dreißig mal dreißig Zentimeter groß. Lars' Freude hielt nicht lange an: Wie um Himmels willen sollte er den öffnen? Er schaute auf die Uhr, ihm blieb vielleicht noch eine Stunde, vielleicht weniger. Er versuchte einen klaren Gedanken zu fassen …

Er hatte doch Gunillas Aufzeichnungen in seiner Tasche! Lars setzte sich auf den Boden und breitete sie vor sich aus. Er fand Unmengen Wörter und Fragestellungen, aber keine Ziffern. Er prüfte die Rechnungen, fand Gunillas Personen-Identifikationsnummer, stand auf und gab sie in jeweils zweistelliger Folge ein, die beiden ersten gegen den Uhrzeigersinn, die zwei folgenden im Uhrzeigersinn und so weiter. Der Tresor blieb verschlossen. Lars wiederholte die ganze Prozedur, fing jedoch im Uhrzeigersinn an. Nichts. Er versuchte es mit ihrer Telefonnummer. Telefonnummer und Geburtsdatum. Die Zeit verstrich. Er schwitzte, gleichzeitig war ihm kalt, und er wurde müde. Die Wirkung der Medikamente ließ nach, ihm klapperten die Zähne.

Er musste sich noch einmal die Registermappen vornehmen. Er rannte wieder nach oben und holte so viele, wie er tragen konnte. Dann setzte er sich wieder im Vorratsraum auf den Boden und schlug die erste Mappe auf. Er blätterte und fand Informationen über einen Streifenpolizisten mit dem Vornamen Sven. *Rückwärtsgewandt* stand da. Lars legte die Akte zur Seite und die nächste und die übernächste: wieder Polizisten, Inspektoren, Kriminalbeamte, dazu Passfotos mit Gesichtern, die Lars nichts sagten. Und bei jedem fand sich in der Ecke rechts oben eine Bleistiftnotiz von Gunilla. *Einsam, umweltabhängig, passiv, aggressiv* …

Alle Mappen waren identisch angelegt: das Foto in der Ecke, ein Ausdruck aus dem Personalbüro, Aufzeichnungen und Arbeitszeugnisse. Er versuchte ein Muster zu sehen, etwas zu erkennen, das herausstach, aber er fand nichts.

So wird das nichts, dachte er.

Dann stand er auf, trat einen Schritt zurück und schaute auf die Akte hinunter. Jetzt konnte er die Unterschiede erkennen. Im Aktenschrank hatten sie alle nur braun ausgesehen, nun wurden die verschiedenen Farbnuancen sichtbar, die darauf hinwiesen, dass sie unterschiedlich alt waren. Er griff sich die Mappe, die am blassesten war – das musste die älteste sein. Sie war dicker als die anderen. Die Mappe enthielt zahlreiche alte Zeitungsausschnitte, mit Schreibmaschine beschriebene Blätter und verblichene Fotografien. Er las ein Datum: August 1968. Und dann die Namen Siv und Carl-Adam Strandberg, ermordet während eines Campingurlaubes in Norrbotten am 19. August 1968. *Strandberg? Ihre Eltern?* Er probierte die Zahlen am Tresorschloss aus: 68 08 19, nichts, 1968 08 19, nichts. Er versuchte es mit und gegen den Uhrzeigersinn, vorwärts und rückwärts. Der Tresor blieb verschlossen. Lars fand die Personen-Identifikationsnummern von Gunillas Eltern und probierte sie aus, die Zeit zerrann ihm zwischen den Fingern, er war schon vierzig Minuten hier, Gunilla konnte jederzeit auftauchen.

Nichts, nichts, wieder nichts.

Der kalte Schweiß stand ihm auf der Stirn. Er hätte jetzt gern etwas genommen, um die Stiche in seinem Herzen zu dämpfen. Aber er musste mit den Akten weitermachen. Ein Foto von Siv und Carl-Adam Strandberg mit ihren beiden Kindern, Erik und Gunilla. Sie standen vor dem Eingang des Vergnügungsparks Skansen. Carl-Adam Strandberg trug einen kleinen Hut und ein kariertes Hemd. Seine Frau hatte ihr Haar hoch gesteckt. Sie alle lächelten. Lars konnte Gunilla in den Zügen des kleinen Mädchens erkennen. Sie sah glücklich aus. Er sah Erik an, einen blonden Jungen, der mit seiner Familie in den Skansen gehen durfte. Auch er strahlte vor Glück. Lars wurde von einem überwältigenden Schuldgefühl ergriffen. Diesen unschuldigen kleinen Jungen hatte er auf dem Boden von Carlos Fuentes' Wohnung sterben lassen! Er starrte das Foto an, von dem ihm Erik entgegenblickte. Lars las die Ermittlungsnotizen. Die Eltern waren mit einer Schrotflinte durch die Zeltplane hindurch erschossen worden. Der Mörder hieß Ivar Gamlin und war zu diesem Zeitpunkt einunddreißig Jahre alt. Er war schwer betrunken gewesen, hatte seine Frau geschlagen und sich dann ins Auto gesetzt. Das Gewehr lag zufällig im Kofferraum, hatte er behauptet. Er hatte es tags zuvor benutzt, als er auf Entenjagd gegangen war. Lars blätterte vor bis zu einem Verhör. Gamlin behauptete, sich an nichts erinnern zu können. Etwas weiter unten auf der Seite stand: *Gamlin wird 1969 zu lebenslanger Haft verurteilt,* 23. November 1969. Lars gab die Ziffern in jeder nur möglichen Reihenfolge ein, ohne Erfolg. Er sah erneut auf die Uhr, gleich halb sechs. *1975, Gamlin stellt ein Gnadengesuch. Es wird abgelehnt. 1979, Gamlins Strafe wird verkürzt, er wird im November 1982 freikommen.* Lars blätterte weiter … 1981, *Ivar Gamlin wird von einem Mitinsassen ermordet.* Jemand hatte sich in der Nacht Zugang zu Gamlins Zelle verschafft. Die Todesursache war Ersticken durch Fremdeinwirkung. Wahrscheinlich mittels einer Plastiktüte, wie der obduzierende Pathologe vermerkt hatte. Lars überlegte. Er las den Text noch einmal, und dann fand er es: das Todesdatum, 21.03.1981. Lars gab die Ziffern ein. Von draußen war ein Auto zu hören, Reifen rollten über den Kies. 19 gegen den Uhrzeigersinn, 81 mit dem Uhrzeigersinn, eine Autotür schlug zu. 03 gegen den Uhrzeigersinn, 21 mit ihm. Er zog am Griff.

Nichts.

Jemand steckte den Schlüssel ins Türschloss. Lars gab die Ziffern im Uhrzeigersinn ein. Oben wurde die Haustür geöffnet und wieder geschlossen. Schritte im Flur. Er drehte langsam, 21 gegen den Uhrzeigersinn. Schnelle Schritte von oben. Er drehte bis zum Anschlag. Klick!

Der Tresor öffnete sich. Andere Menschen hätten es Gottes Hilfe genannt und ihm gedankt, Lars nahm dieses Geschenk schweigend entgegen.

Gunillas Stimme klang dumpf durch die Holzdecke des Kellers zu ihm herunter. Sie schien mit jemandem zu telefonieren und wirkte sehr erregt. Lars steckte die Hand in den Tresor. Zwei Plastikordner, ein Notizbuch, zwei Bündel Tausenderscheine, eine Pistole und ein dicker Ordner mit grünem Filzrücken. Er packte alles zusammen in seine Tasche. Dann zog er leise den Reißverschluss zu und ging vorsichtig aus dem Vorratskeller und an der

Treppe nach oben vorbei. Jetzt hörte er Gunilla viel deutlicher. Sie war kurz angebunden und klang irritiert, sie sagte, es sei eingebrochen worden, und verlangte, ein Techniker solle freigestellt werden und zu ihr nach Hause kommen.

Lars bewegte sich langsam zum Kellerausgang, als plötzlich Schritte die Treppe herunterkamen. Lars fand die Tür zum Garten und sprang die kleine Treppe hinauf.

Er hielt sich links und flüchtete zwischen die Bäume. Zweige peitschten ihm ins Gesicht. Er war schon ein ganzes Stück weit gekommen, als er hörte, wie die Haustür geöffnet wurde. Lars hielt sein Tempo, bis er Minuten später bei seinem Auto anlangte. Er fuhr sofort los, weg von ihrem Haus, weg von Gunilla, nur noch weg.

Sie saßen in der Flughafenlounge. Es war kühl und menschenleer, außer ihnen gab es keine Gäste. Stumm warteten sie in ihren Sesseln und schauten einander an. Hector wollte etwas sagen, unterließ es aber und nahm Blickkontakt zu einer Frau hinter dem Tresen auf. Er winkte ihr und bat um Wasser.

Sie tranken schweigend. Draußen starteten und landeten Flugzeuge, an das Dröhnen der Jetmotoren hatten sie sich mittlerweile gewöhnt.

»Wie geht es deinem Sohn?«, fragte Hector vorsichtig.

»Nicht gut.«

»Was sagen die Ärzte?«

»Nichts Neues.«

»Was wolltest du mir im Restaurant erzählen?«, fragte Hector.

»Es spielt keine Rolle mehr.«

Hector musterte sie. »Bitte, sag es mir.«

Sophie beugte sich nach vorn. »Ich wollte dir sagen, dass Michail und sein Freund Jens um Hilfe gebeten haben. Als die Russen dann das Lokal stürmten, hatte Jens Michail nur um einen Gegengefallen gebeten. Michail war nicht gekommen, um dir etwas anzutun. Jens hatte ihnen eine SMS aus dem Restaurant geschrieben.«

»Woher wusstest du das?«

»Weil ich bei Jens war, als sie kamen.«

»Was wolltest du bei ihm?«

»Wir kennen uns von früher.«

Hector hob eine Augenbraue.

Eine Turbo-Prop-Maschine flog über sie hinweg.

»Weißt du noch, wie ich im Restaurant auf dich gewartet habe, als Michail und sein Kumpel das erste Mal kamen? Wir wollten zusammen essen, du und ich, aber du kamst lange nicht zurück an den Tisch. Ich ging ins Büro und sah Jens bewusstlos am Boden liegen. Da hatte ich ihn seit über zwanzig Jahren nicht mehr gesehen, es war ein wahnsinniger Zufall.«

Hector betrachtete sie. Er verzog keine Miene.

»Gestern kam Michail wieder nach Schweden, um den Deutschen im Karolinska-Krankenhaus abzuholen«, fuhr Sophie fort. »Die Polizei kam dazu und schoss ihm in den Arm. Michail hatte Jens' Nummer, rief ihn an und bat ihn um Hilfe. Ich habe ihnen beim Versorgen der Wunde geholfen.«

Hector sah sie abwartend an. »Und dann?«

»Dann bin ich zum Restaurant gefahren, ich wollte zu dir.«

»Um mir das zu erzählen?«

»Nein. Wir brauchten Hilfe, weil die drei Russen hinter

uns her waren. Wir wussten nicht, wo wir sonst hätten hinfahren sollen.«

Diese Antwort schien Hector zu gefallen. »Wer waren diese Russen?«, fragte er.

»Kunden von Jens.«

Hector dachte nach.

»Hast du eine Affäre mit ihm? Was ist da zwischen euch?«, fragte er schließlich.

Sophie schüttelte den Kopf. Aber sie spürte, dass es in dieser Situation kaum eine Rolle spielte, wie sie antwortete. Hector war misstrauisch und eifersüchtig. Was wollte Hector nur von ihr?, fragte sie sich nicht zum ersten Mal. Warum hatten sie sich überhaupt kennengelernt? War es doch kein Zufall, dass sie sich im Krankenhaus begegnet waren?

Hector unterbrach ihre Gedanken. »Ich traue ihm nicht. Er ist ein Mann des Zufalls, das war er schon, als wir uns zum ersten Mal begegnet sind.«

»Er hat uns im Trasten das Leben gerettet.«

Hector wollte jetzt der Sache auf den Grund gehen. Er dachte über Jens nach, aber Sophie unterbrach seine Gedanken mit einer sehr direkten Frage: »Wer bist du eigentlich, Hector? Was willst du von mir?«

In dem Augenblick kam der Aufruf, dass ihr Flug zum Einsteigen bereit sei. Sie sahen einander in die Augen. Hector senkte als Erster den Blick und stand auf. Vor einem großen Fenster stand jetzt die Gulfstream.

Wenig später saß Sophie in einem beigefarbenen Ledersessel neben Hector. Das Flugzeug rollte auf die Startbahn, Sophie wurde von der Beschleunigung in den Sitz gedrückt. Sie stiegen steil nach oben und waren schnell zwischen den Wolken.

Was würde mit Albert geschehen, dachte Sophie in

diesem ersten Moment der Ruhe. Sie saß in einem Flugzeug, das sie von ihm fortbrachte, es gab nichts, was sich verkehrter anfühlen konnte. Ein übergroßes Schuldgefühl erfüllte sie. Sie wusste, dass sie es sich nie verzeihen würde, ihren Sohn jetzt allein gelassen zu haben. Sie hatte ihn unabsichtlich in die Sache mit hineingezogen und trug Schuld an dem, was ihm zugestoßen war.

Aber hatte sie überhaupt die Wahl gehabt, in Stockholm zu bleiben?

Sophie sah Inseln und Wasser zwischen den Wolken durchblitzen. Hector löste seinen Gurt, stand auf und ging nach hinten. Mit zwei Gläsern und zwei Flaschen Bier kam er zurück. Sophie war nicht nach Bier, und sie lehnte ab. Er setzte sich wieder und nahm einen Schluck direkt aus der Flasche.

»Wir werden in Málaga landen. Ich bringe dich zu meinem Vater, dann muss ich weiter.«

»Wohin?«

»Die Polizei wird eine internationale Fahndung nach mir herausgeben. Mein Vater wird sich um dich kümmern.«

»Sich um mich kümmern?«

Es dauerte einen Augenblick, bevor Hector antwortete: »Auch du musst für eine Weile untertauchen, bis sich die Dinge geklärt haben. Mein Vater wird dir dabei helfen.«

»Aber ich muss so schnell wie möglich wieder nach Hause …«

Hector legte den Kopf gegen die Scheibe, er wich ihr aus, das spürte sie. Natürlich fragte er sich, ob er ihr vertrauen konnte. Sie fragte sich ja selbst, wo sie stand und warum sie der Polizistin Informationen gegeben hatte. Von Jens ganz zu schweigen. Wie es ihm wohl jetzt ging?

Sie sah Hector an. Er schaute immer noch aus dem Fenster. Ob er ihre Gedanken lesen konnte? Sie hatte diesen Gesichtsausdruck schon oft an ihm gesehen, Konzentriertheit, ein Eingeschlossensein in sich selbst. Dieser Ausdruck war schon auf dem Bild des kleinen Jungen in seinem Fotoalbum zu sehen gewesen. War das sein wahres Gesicht, war das der echte Hector?

Ihn zu lieben würde gefährlich sein, das hatte Sophie begriffen, denn spätestens seit heute kannte sie auch den Blick, aus dem ein anderer Hector sprach. Wohin führte das alles?

25

Tommy Jansson stand mitten im Restaurant, zwei Leichen vor sich, eine weitere in der Küche, überall war Blut. Es war ein richtiges Schlachtfeld, die Spurensicherung hatte alle Hände voll zu tun.

Der Kollege Anders Ask und ein groß gewachsener Mann saßen stumm auf ihren Stühlen. Tommy hatte ihnen befohlen, sich zur Verfügung zu halten. Sie weigerten sich, etwas zu sagen, kein Wort bekam er aus ihnen heraus. Was, um Himmels willen, hatte Anders Ask hier zu suchen?

Tommy rieb sich mit dem Fingerknöchel das Ohr.

»Wer war zuerst vor Ort?«, fragte er in den Raum hinein.

Kriminalinspekteurin Antonia Miller, die gerade etwas in ihr Notizbuch schrieb, schaute auf. »Wie bitte?«

»Wer war zuerst hier?«

Antonia zeigte ihm deutlich, dass er sie bei der Arbeit störte. »Eine Streife, ich habe sie vor einer halben Stunde gehen lassen«, sagte sie.

»Und die Beamten haben diese beiden da gefunden?«, fragte er und zeigte auf Ask und seinen Kollegen.

»Ja, im Büro hinter der Küche, sie waren an einen Heizkörper gebunden.«

»Und was ist passiert?«

Miller seufzte, schlug ihr Notizbuch zu und klickte die Spitze ihres Kugelschreibers zurück. »Es gab einen Notruf aus dem Haus, jemand hat wiederholt Schüsse gehört. Die Streife kam, fand die Leichen hier im Restaurant, rief uns an und sicherte den Tatort.«

»Und?«

»Sie haben noch eine Leiche in der Küche gefunden und die beiden da«, erklärte Antonia Miller, »der Große ist ein Kollege. Er heißt Hans Berglund und hat der Streife seinen Dienstausweis gezeigt, die ihn über die Landeskommunikationszentrale abgeglichen hat. Der andere hat keinen Ausweis bei sich.«

Tommy Jansson sah sich im Lokal um, als Anders Asks Handy klingelte. Nach einem kurzen Blick auf das Display ließ er es einfach klingeln. Doch Tommy ging zu ihm, nahm es ihm aus der Hand und drückte die grüne Taste.

»Ja?«

»Was ist los, warum höre ich nichts von euch?«

Tommy erkannte Gunillas Stimme, sie klang gehetzt.

»Hallo, Gunilla.«

Es herrschte einen Moment lang Stille.

»Tommy?«

»Was ist hier los, Gunilla?«

»Das frage ich mich auch.«

»Ich möchte, dass du in das Restaurant Trasten in Vasastan kommst, ich glaube, du weißt, wo das ist.«

Er beendete das Gespräch und steckte sich das Handy in die Jackentasche, dabei schaute er Anders Ask an und zuckte mit den Schultern. Dann sah er sich das Lokal näher an. Ein bärtiger Techniker saß neben einer der Leichen.

»Hallo, Classe«, sagte Tommy.

Der Techniker blickte auf und nickte ihm zu.

Tommy inspizierte die Einschusslöcher und sah die Patronenhülsen auf dem Boden – alles war von der Spurensicherung markiert worden. Die umgestürzten Möbel deuteten darauf hin, dass sich einige Leute in großer Eile davongemacht hatten. Und mitten in dem Chaos saßen Berglund und Ask und schwiegen?

Tommy schaute die beiden an, er konnte sich nicht helfen und musste an Laurel und Hardy denken.

»Ihr zwei seid ziemliche Idioten, wisst ihr das?«, sagte er. »Ihr solltet schleunigst den Mund aufmachen.«

Die beiden reagierten nicht. Tommy schüttelte den Kopf und ging nach hinten in die Küche.

Auf einem Stuhl mitten im Raum saß ein blutüberströmter Mann mit einem Tranchiermesser in der Brust. Er hatte keine Zähne mehr, sein Gesicht war heftig bearbeitet worden. Selbst für einen so erfahrenen Polizisten wie Tommy Jansson kein schöner Anblick.

Eine Technikerin nahm Fingerabdrücke an etwas, das aussah wie tiefgefrorenes Essen.

»Das haben wir in der Gefriertruhe gefunden«, sagte sie und zeigte auf die Tiefkühlbeutel vor ihr.

Der Inhalt sah aus wie ein paar Filetstücke.

»Was ist damit?«

»Schauen Sie mal genauer hin.«

Tommy beugte sich vor und erkannte, worum es sich handelte. »Ach du Scheiße! Zu wem gehört das denn?«

»Jedenfalls zu keinem der Herren hier, die haben ihre Füße und Arme alle noch.«

»Wo haben Sie die gefunden?«

»In der Tiefkühltruhe.«

»Also haben wir insgesamt vier Tote«, resümierte Tommy Jansson trocken.

Eine halbe Stunde später stand Gunilla vor ihm.

»Was ist passiert?«, fragte Tommy Jansson nur.

Sie sah kalt aus, kalt und starr. »Was soll ich sagen? Du hast ja gesehen, wie es hier aussieht. Wir haben Hector Guzman schon eine ganze Weile im Visier.«

»Was macht Anders Ask hier?«

»Wieso?«

Er sah sie müde an. Gunilla unterschätzte immer noch alle, die mit ihr arbeiteten. »Es liegen drei Leichen hier im Restaurant, oder vier, wenn wir den Fuß und den Arm mitzählen, die wir in der Gefriertruhe gefunden haben. Was, zum Teufel, macht Ask hier?« Unwillkürlich war er lauter geworden. Er war neugierig auf ihre Erklärung.

»Er arbeitet für mich, auf freiberuflicher Basis.«

»Wie bitte?«

»Ja.«

»Seit wann kann man auf freiberuflicher Basis für die schwedische Polizei arbeiten?«

»Tommy, bitte. Das scheint mir gerade unser geringstes Problem zu sein, meinst du nicht?«

Er beugte sich ein wenig vor. »Und warum reden die zwei Clowns dann nicht mit mir?«, fragte er.

»Weil wir das so vereinbart haben.«

Tommy schüttelte nur den Kopf: »Komm mir nicht mit so einem Unsinn, Gunilla!«

»Wir wissen nicht, wer die Opfer sind. Diese toten Männer sind uns vollkommen unbekannt.«

»Was sagen Ask und der andere dazu?«

»Hans Berglund hat das Restaurant überwacht. Als die Schießerei begann, hat er Anders gerufen. Sie kamen rein, als alle schon tot waren, wurden dann von Hector Guzmans Leuten überwältigt und angebunden.«

Tommy Jansson überlegte. »Was willst du jetzt tun?«

»Ich will weitermachen wie bisher, aber erst müssen wir den Tatort sichern.«

»Aber du hältst dich im Hintergrund. Antonia Miller leitet diese Mordermittlung, ihr werdet also zusammenarbeiten. Sie ist die Chefin in diesem Fall.«

Gunilla stand auf. »Ich halte dich auf dem Laufenden«, sagte sie nur und verließ das Büro des Trasten, um Hasse und Anders einzusammeln.

»Gunilla!«

Sie blieb stehen.

»Ja?«

Tommy bemühte sich um Ruhe und Gelassenheit. Das hier konnte auch ihm selbst auf die Füße fallen. »Anders Ask geht auf deine Kappe, ich weiß nichts von ihm.«

Das Hotel Diplomat war in helles Sonnenlicht getaucht. Lars Vinge hatte dort um die Mittagszeit unter falschem Namen eingecheckt.

Das Hotel war viel zu teuer für ihn, niemand würde ihn hier vermuten. Weiße Laken, Daunenkissen und ein weiter Blick über den Nybroviken. Vor seinem Fenster flatterte eine Fahne, und das Badezimmer war ein Traum. Doch Lars empfand nicht die geringste Freude darüber, diesen Luxus genießen zu können. Seine ganze Energie richtete sich auf zwei Dinge: sein Bedürfnis nach Tramadol und seine Wut auf Gunilla, die ihn aus allem rausgehalten hatte. Das sollte sie nicht ungestraft getan haben.

Er war am Nachmittag in die Brahegatan gefahren und hatte die Abhörausrüstung aus dem Mietwagen geholt. Jetzt lag sie zusammen mit den Dingen, die er aus Gunillas Tresor gestohlen hatte, auf dem weißen Doppelbett.

Er hatte das Geld gezählt, es waren zwei Bündel mit jeweils fünfzig Tausenderscheinen. Die Pistole war eine Makarow mit ausgefeilter Seriennummer. Das Magazin enthielt acht Patronen. Lars legte die Waffe neben sich auf das Bett. Außerdem waren da noch zwei dünne Plastikmappen mit jeweils etwa zwanzig A4-Seiten Bankpapiere aus Liechtenstein, der dicke Ordner und das schwarze Notizbuch. Er las zuerst das Notizbuch, das viele Seiten Kommentare und Überlegungen in Bleistiftschrift enthielt. Es war recht unübersichtlich, als hätte Gunilla einfach aufgeschrieben, was ihr gerade durch den Kopf ging. Er öffnete den Ordner, es ging um Hector Guzman. Lars las von einer Schmuggelroute von Paraguay nach Europa, über die Erpressung eines Ericsson-Angestellten, über Guzmans Kontakte. Es gab Bilder, Gesprächsnotizen, Beweise. Eine Geschichte ging weit zurück bis in die Neunzigerjahre. Hier stand alles über Hector und Adalberto Guzmans Geschäfte, es gab genügend Beweise, um diesen Mann vor Gericht zu bringen.

Gunilla hatte mit einem Füller Summen an den Rand geschrieben, hohe achtstellige Summen, als hätte sie etwas ausgerechnet. Er legte den Ordner zur Seite und nahm noch einmal das Notizbuch zur Hand.

Er las, was sie zu Sophie geschrieben hatte. Gunilla fragte sich, ob Sophie der Schlüssel sei. Gunilla schätzte Sophie ganz falsch ein, sie wusste ja nicht, wer Sophie wirklich war. Dann entdeckte er ein paar Zeilen über sich: *Er ist formbar.* Er war ein Nichts für Gunilla, das begriff Lars jetzt endgültig, und ihm sollte auch die Schuld in die Schuhe geschoben werden, wenn der Plan schiefging. Lars' Wut wuchs.

Er atmete tief durch. *Tommy ahnt, dass ich nicht weiterweiß.* Tommy? Tommy Jansson vom Reichskriminalamt?

Er notierte sich Janssons Namen. Dann schaltete er die Abhöranlage ein, setzte die Kopfhörer auf und drehte den Ton herunter. Es waren nur leise kratzende Geräusche zu hören. Er wartete, lauschte und wippte dabei ungeduldig mit dem rechten Fuß. Er hörte, wie die Tür zu ihrem Büro aufging. Er schaute auf die Zeitanzeige des Geräts – das musste vor vier Stunden gewesen sein. Er hörte Schritte und Stimmen, die er kannte. Es waren Gunilla, Anders und Hasse, und er hörte, wie sie sich Stühle heranzogen. Gunillas Stimme klang angestrengt, sie sprach von dem Einbruch. Dann hörte er Hasse murmeln. Lars konzentrierte sich. Es ging um das Trasten, Hasse hatte dort auf eine Gelegenheit gewartet hineinzugehen. Doch dann war Sophie mit einem unbekannten Mann aufgetaucht. Drei weitere Unbekannte waren kurz darauf erschienen und ihnen in das Restaurant gefolgt.

Der Ton war schlecht, vielleicht lag das an der Lüftung. Lars drückte die Kopfhörer an seine Ohren, konnte aber nicht genau verstehen, was Hasse sagte.

»Und dann?« Das war Gunillas Stimme.

Hasse: *»Zwei Männer lagen tot auf dem Boden, als wir hereinkamen. Im Restaurant befanden sich außerdem noch der Deutsche aus dem Krankenhaus und der große Russe.«*

»Und Sophie?«

»Saß neben Guzman.«

»Und Alfonse Ramirez hat inzwischen das Land verlassen, nehme ich an?«

»Ja.«

Lars hörte Gunilla seufzen.

»Und was ist mit der Geldübergabe?«

Einen Moment blieb es ganz still. Dann räusperte Anders sich und sagte: *»Hector weigerte sich zu zahlen. Er sagte, die Dinge hätten sich angesichts der Toten geändert …«*

»Und was ist mit Lundwall?«

»Keine Ahnung«, sagte Anders.

»Was wissen Antonia Miller und Tommy?«

»Nichts«, antwortete Hasse. *»Wir haben jedenfalls nichts gesagt, zu niemandem.«*

Lars drückte die Pause-Taste, stand vom Bett auf und ging zu seinem Laptop an den Schreibtisch. Er loggte sich ins Internet ein und gab die Adresse von *Dagens Nyheter* ein. Gleich erschien ein großformatiges Foto vom Trasten. Er las, fand aber nichts Interessantes, »die Polizei hüllt sich in Schweigen. Nach unbestätigten Aussagen gab es mindestens drei Tote.« Lars wechselte zu *Expressen*. »Gemetzel«, lautete die Überschrift dort, »Abrechnung in der Unterwelt«. Auch hier gab es keine näheren Informationen.

Lars klappte den Laptop wieder zu. Natürlich würden sie versuchen, auch ihn umzubringen. Seine Panik verstärkte den Wunsch nach Medikamenten.

Er stand auf und holte sich eine Tafel Schokolade aus der Minibar, dann ging er im Zimmer auf und ab. Die Schokolade schmeckte nicht nach Schokolade, sondern nach Zucker und Fett. Er aß sie dennoch auf, der Zucker half wenigstens für ein paar Momente gegen die Entzugserscheinungen.

Lars blieb am Fenster stehen und schaute über das Wasser des Nybroviken. Er sah die Bank, auf der Sophie und Jens gesessen und sich unterhalten hatten. Es kam ihm vor wie eine Szene aus einem anderen Leben. Ein Vaxholm-Dampfer tutete dreimal und legte vom Kai ab. Lars ging zum Bett zurück und begann noch einmal ganz von vorn: Er nahm sich Gunillas Notizen vor.

Vor fünf Jahren hatte sie mit Bleistift *Uppsala Handelsbank, drei Millionen Kronen* geschrieben. *Christer Ekström* und mehrere Summen in Millionenhöhe. Ein paar

Seiten weiter stand *Zdenko,* der Traberkönig … Jeder Polizist wusste, wer Zdenko war, der vor fünf Jahren in Malmö auf der Trabrennbahn erschossen worden war. Lars fand weitere Namen und weitere Summen.

Das war die Antwort auf alle Fragen, die sich gestellt hatten, seit er die ersten Zeilen auf die Tapete seines Arbeitszimmers geschrieben hatte.

Mit zwei Schritten war er am Schreibtisch.

Er ging wieder ins Internet, loggte sich auf dem polizeiinternen Server ein und tippte Begriffe aus dem Notizbuch in die Suchmaske ein. Auf dem Bildschirm las er: *Handelsbank Uppsala … Raubüberfall … Zwei Männer verurteilt … der dritte Tatverdächtige wurde drei Jahre später ermordet aufgefunden … von der Beute werden immer noch acht Millionen vermisst* … Ermittler: Erik Sandberg.

Lars tippte den Namen Christer Ekström ein. Dort stand, dass der Finanzbeamte Christer Ekström aus Mangel an Beweisen einer Verurteilung entgangen sei. Leiterin der Vorermittlungen: Gunilla Strandberg.

Lars tippte den Namen Zdenko ein. Dazu gab es jede Menge Ergebnisse. Er fand eine Ermittlung, die sich über mehrere Jahre hingezogen hatte, wieder war Gunilla Strandberg die verantwortliche Ermittlerin gewesen.

Er lehnte sich zurück und starrte auf den Nybroviken hinaus.

26

Sie landeten in Málaga und traten hinaus in die Hitze. Hector steuerte auf das Parkhaus für Dauerparker zu.

Ihre Schritte hallten unter dem niedrigen Betondach. Sie gingen zu einem kleinen Peugeot, der einsam zwischen den Pfeilern stand. Hector zog die Autoschlüssel aus seiner Aktentasche und reichte sie Sophie.

»Kannst du bitte fahren?«

Sophie setzte sich auf den Fahrersitz und startete den Motor. Die Sonne blendete sie, als sie aus dem Parkhaus kamen. Sophie folgte den Schildern zur Autobahnauffahrt und fädelte sich auf die rechte Seite ein.

Sie blickte zu Hector hinüber und wollte ihn fragen, wie es weitergehen sollte, als plötzlich ein Knall die Stille zerriss.

Hector reagierte sofort. »Fahr schneller!«

Wie ferngesteuert trat sie aufs Gaspedal. Sie fuhr in einem irrwitzigen Tempo und wechselte immer wieder die Spur. Noch einmal knallten Schüsse, sie duckte sich, und ein Regen aus Glassplittern ergoss sich auf die Rückbank. Sie sah das Motorrad neben sich, riss das Lenkrad herum, und der Wagen schrammte ein paar Meter an der Leitplanke entlang.

Hector lehnte sich hinaus und schoss auf den Fahrer.

Das Motorrad war zurückgefallen, und Hector zielte durch das offene Heck.

Dann zog er sein Handy heraus und tippte ein paar Nummern ein. Niemand meldete sich. Dann gab er Arons Nummer ein. Es schien eine Ewigkeit zu dauern. Endlich nahm Aron ab.

»Aron, hör zu. Ich kann weder meinen Vater noch Leszek erreichen. Sophie und ich sind auf dem Weg vom Flughafen nach Marbella, wir werden beschossen.«

Hector lauschte auf Arons Fragen.

»Ich weiß es nicht. Zwei Männer auf einem Motorrad ... Hör mir jetzt zu. Sag Ernst, dass ich alle Vollmachten auf Sophie übertrage.«

Hector hörte wieder zu und wurde dann ärgerlich. »Das ist meine Entscheidung! Die Vollmacht geht auf Sophie Brinkmann über, und du bist mein Zeuge.«

Hector beendete das Gespräch. Sophie sah ihn fragend an, doch er hustete nur und winkte ab. Dann drehte er sich wieder um. Das Motorrad war immer noch hinter ihnen.

»Geh ein bisschen vom Gas. Und wenn ich es sage, trittst du fest auf die Bremse.« Er war heiser, es war unglaublich laut im Wagen, zwei Scheiben fehlten.

»Jetzt!«

Sophie trat heftig auf die Bremse, die Reifen quietschten, der Wagen drohte sich quer zu stellen.

Für einen kurzen Augenblick blieb die Welt stehen, ihre Gedanken schwiegen, ihre Ängste legten sich, und sie sahen einander in die Augen. Doch dann wurde Sophie in die Wirklichkeit zurückgeholt.

»Fahr!«, schrie Hector.

Sie waren jetzt hinter dem Motorrad. Der Schütze auf dem Sozius drehte sich immer wieder um, Hector lehnte sich aus dem Seitenfenster und schoss zweimal, der zweite Schuss traf den Hinterreifen.

Das Motorrad brach aus und drehte sich einmal um die eigene Achse, überschlug sich und warf Fahrer und Schützen ab. In einer harten Linksbewegung steuerte Sophie den Wagen an dem Motorrad vorbei. Die beiden Männer blieben regungslos an der Leitplanke liegen.

Sie erwischten die Abfahrt im letzten Moment, Sophies Hände zitterten, und ihr Atem ging flach. Selbst Hector schien erleichtert aufzuatmen.

Lars hatte alle Berichte und das transkribierte Abhörmaterial fein säuberlich gestapelt. Dazu gab es jede Menge Fotos von Sophie, Hasse, Anders und den anderen. Er hatte die Bankpapiere aus Liechtenstein zu Gunillas Ermittlungsakten und Notizen gelegt.

Jetzt kopierte er noch das Abhörmaterial aus der Brahegatan auf einen USB-Stick.

Lars war sehr zufrieden mit sich. Dieses Gefühl hatte er schon lange nicht mehr gehabt. Er machte sich ein Bier auf. Es war kalt und rann seine trockene Kehle hinunter. Er arbeitete sich durch den ganzen Kühlschrank: Schnapsfläschchen, Rotwein, ein halber Liter Weißwein, dazu ein Champagner. Partytime.

Wenig später blickte er glasig auf die Bucht hinaus. Die Minibar war leer. Doch der Rausch gab ihm nicht das, was er brauchte. Alkohol wurde vollkommen überbewertet. Er knirschte mit den Zähnen, und seine Hände zitterten. Lars ging im Zimmer auf und ab und kratzte sich am Kopf, ihn juckte es so furchtbar in diesem Zimmer, er wollte weg hier, wollte raus.

Die Sporttasche in der Hand, lief er mit schnellen Schritten den Strandvägen entlang, bog in die Sibyllegatan ein und ging weiter bis zu seinem Mietwagen in der Brahegatan. Er verstaute seine Ausrüstung im Kofferraum, überprüfte den Empfang der Mikrofone im Büro, schloss das Auto ab und lief zurück. Doch statt auf dem Strandvägen zum Hotel zurückzugehen, nahm Lars den Nybrokai, ging die Stallgatan hinauf, am Grand Hôtel vorbei und auf die Skeppsbron-Brücke. Zielstrebig lief er Richtung Söder.

Es war dunkel in der Wohnung und roch nach frischer Wandfarbe. Er ging geradewegs ins Arbeitszimmer, schloss die Schublade auf und holte heraus, was er brauchte. Dann zog er die Hose herunter und verpasste sich ein paar Zäpfchen. Alles wurde wieder weich und verlor seine Ecken und Kanten, an denen seine Gefühle sich hätten verletzen können.

Lars stand vom Stuhl auf und legte sich auf den Boden. Er schlief nicht ein, er wollte sich nur für eine Weile ausruhen.

Als sie sich Marbella näherten, bemerkte Sophie, dass Hector sehr blass war. Ein glänzender Schweißfilm lag auf seinem Gesicht. Er atmete angestrengt und schnell. Sie legte ihre Hand auf seine Stirn, die sich kalt anfühlte und feucht.

»Hector?«

Er nickte, ohne sie anzusehen. Sie ließ ihre Hand über seinen Nacken gleiten, er war schweißnass.

»Was ist los, Hector?«

»Nichts, fahr einfach.«

Sie bat ihn, sich vorzubeugen. Er zögerte, dann lehnte er sich ein paar Zentimeter nach vorn. Da sah sie das Blut auf seinem Rücken, auch der Sitz und der Boden waren voller Blut.

»Oh Gott!«, rief sie. »Du musst dich behandeln lassen!«

Er hustete. »Nicht ins Krankenhaus. Fahr nach Hause, dort gibt es einen Arzt.«

»Nein, du musst ins Krankenhaus. Hör mir gut zu, du hast viel Blut verloren, du musst dich behandeln lassen.«

»Es gibt einen Arzt bei meinem Vater zu Hause, der wird sich um mich kümmern. Wenn ich ins Krankenhaus gehe, komme ich ins Gefängnis. Du fährst, und ich sage dir, wo wir hinfahren.«

Es ging an Marbella vorbei, ein Stück die Berge hinauf und dann wieder hinunter zum Meer. Hector hatte ihr anfangs Anweisungen gegeben, doch jetzt nickte er immer wieder ein. Sophie wusste, was das bedeutete.

»Hector!«

Er drehte den Kopf zu ihr, er hörte sie noch.

»Du darfst nicht einschlafen! Hörst du mich?«

Er nickte schwach, dann war er wieder weg.

Sie rüttelte Hector immer wieder an der Schulter, redete laut auf ihn ein und versuchte ihn dazu zu bringen, ihr zu antworten.

Es dämmerte bereits, als sie einen langen Weg hinauffuhr, der sich zwischen Rasenflächen auf das Haus zu schlängelte. Der Garten war größer, als sie es sich vorgestellt hatte, das Grundstück war ein endlos wirkender Park, links von ihm lag das Meer. Vor dem Haus parkten mehrere Autos und ein Krankenwagen, die Haustür stand weit offen. Sie hupte, stieg aus und rief sofort um Hilfe.

Ein Mann kam ihr entgegengerannt.

»Hector liegt mit einer Schusswunde im Auto«, sagte Sophie atemlos auf Englisch.

Der Mann drehte sich auf der Treppe um und rief etwas auf Spanisch. Ein zweiter Mann erschien, und sie rannten zum Krankenwagen. Sie zogen die Trage heraus und liefen zu Hectors Peugeot, hoben Hector heraus und trugen ihn ins Haus.

Sophie folgte ihnen die Treppe hinauf. Das Erste, was sie sah, waren die zerborstenen Fenster des Esszimmers. Überall auf dem Boden lagen Scherben. Ein weißes Tuch verbarg einen Körper.

Während sie sich erschrocken umsah, riss einer ihrer Helfer Hectors Kleider auf, der andere suchte in seiner großen Tasche nach Plasmabeuteln und überprüfte die Blutgruppen. Sie arbeiteten schnell und routiniert. Der Mann war Arzt, das erkannte Sophie sofort, und es beruhigte sie.

»Ich bin Krankenschwester«, sagte sie zu ihm. Er sah sie an, dann glitt sein Blick durch das Zimmer. Er zeigte auf einen Verletzten, der auf der Couch lag: »Das ist Leszek, bitte versorgen Sie ihn, ich komme hier alleine zurecht.«

Leszek hatte eine tiefe Fleischwunde an der Schulter. Eine Frau entfernte mit einer Pinzette Kugelsplitter aus seiner Wunde, während ein Mann die Wunde säuberte.

»Da ist ein Bad, waschen Sie sich zuerst die Hände«, sagte der Arzt. Sophie ging hinein und drehte den Wasserhahn auf. Sie vermied es, sich im Spiegel zu betrachten.

Sie arbeiteten konzentriert, durch die offenen Fenster drang salzige Seeluft herein. Sophie bewegte sich zwischen Hector und Leszek hin und her, wenn einer der Ärzte oder die Pfleger etwas brauchten, half sie.

»Hector hat sehr viel Blut verloren«, sagte der Arzt. »Er

hat zwei Kugeln im Rücken, und es ist schwierig, eine Prognose über seinen Zustand abzugeben.«

Sophie nähte Leszeks Wunde und verband seine Schulter. Im Zimmer war es still. Hectors Arzt operierte schweigend, und sein Mitarbeiter assistierte.

Sophie nahm all ihre Kraft zusammen und ging zu dem Toten unter dem Laken. Sie wusste, wer dort lag, und sie wusste, dass sein Sohn noch nichts davon ahnte. Sie hob das Tuch vorsichtig an und schaute in Adalbertos friedvolles Gesicht. »Was ist passiert?«, fragte sie den Arzt.

Er zuckte nur mit den Achseln.

»Als wir kamen, war Adalberto Guzman schon tot. Leszek war verletzt, aber noch bei Bewusstsein. Ich weiß nicht, was passiert ist. Aber der Teufel ist hier gewesen, so viel ist sicher.«

Er stand jetzt am offenen Fenster und nahm einen Zug, die Glut seiner Zigarette knisterte.

»Wer sind Sie?«, fragte Sophie ihn unvermittelt.

Er stieß den Rauch aus. »Und wer sind Sie?«

»Ich bin eine Freundin von Hector.«

Aus irgendeinem Grund konnte ihr der Arzt nicht in die Augen sehen.

»Wir sind Ärzte und Krankenpfleger, gestern noch Angestellte, heute freiberuflich unterwegs. Vor ein paar Jahren haben wir eine Absprache mit Adalberto Guzman getroffen, für den Fall, dass ein Ereignis wie dieses hier eintreffen sollte.«

Sie wurden von einem Geräusch an der Treppe unterbrochen. Schritte waren zu hören. Es waren Schritte, die zögernd näher kamen. Im Türrahmen erschien eine dünne Frau: Sonya Alizadeh.

»Sind sie tot?«, fragte Sonya. »Sie haben einfach durchs Fenster geschossen. Adalberto wurde getroffen, als er dasaß und aß … Dann sind sie ins Haus eingedrungen und haben um sich geschossen. Leszek hat einen von ihnen getötet. Dann wurde er selbst getroffen.«

»Und du?«, fragte Sophie.

»Ich habe mich im Keller versteckt.«

Sophie ging zu ihr, zog sich einen Stuhl heran, setzte sich neben Sonya und streichelte ihre Hand.

Eine laue Meeresbrise wehte durch das Fenster herein und streichelte sie.

Ein kleiner weißer Hund trippelte ins Zimmer. Er sah sich um und schien etwas zu suchen. Sonya streckte beide Hände aus, und der Hund lief zu ihr. Er suchte und schnupperte. Sonya hockte sich auf den Boden. Der Hund wedelte mit dem Schwanz und sprang in ihre Arme. Sie setzte sich wieder, mit ihm auf dem Schoß, und streichelte dem Tier das Fell.

»Das ist Piño.«

Sophie merkte, dass sie lächelte, vielleicht weil sie Hunde immer anlächelte, vielleicht aber auch, weil die Anwesenheit des Hundes so etwas wie Normalität in das Zimmer brachte.

»Er wacht nicht aus der Bewusstlosigkeit auf.« Die Stimme des Arztes klang angespannt.

Er bat um Instrumente, schließlich fluchte er auf Spanisch und stellte eine Frage an den Pfleger, auf die er offenbar keine Antwort erwartete, denn gleich darauf meinte er: »Er braucht künstliche Beatmung.«

»Wo fahren Sie ihn hin?«

»An einen sicheren Ort.«

»Und Leszek?«

»Machen Sie sich keine Sorgen um ihn«, sagte der Arzt, »er wird das sicher überstehen.«

Sophie saß mit Sonya und Piño hinten im Krankenwagen neben Hector. Sie fuhren durch Marbella, die Stadt leuchtete in der Dunkelheit, aber Sophie konnte durch das Fenster nur wenig erkennen. Neonlicht, glänzende Autos, Restaurants, Straßencafés, Motorräder, Mopeds, Hitze und Musik.

Sie hielt Hectors Hand. Sie wollte glauben, dass er sie hören konnte, wollte glauben, dass er spürte, wie sie seine Hand hielt. Nach einer Weile ließ sie ihn los und nahm ihr Handy aus der Tasche. Sie rief Jane an, um zu hören, wie es Albert ging. Jane nahm schlaftrunken ab. Sie sagte, sie sei im Krankenhaus und schlafe neben Albert auf einem Stuhl. Die beiden Männer seien ebenfalls noch dort. Albert gehe es gut. Er schlafe ganz friedlich und werde wieder gesund werden.

Sophie dankte Jane und legte wieder auf. Albert war alles, was sie hatte, niemand war ihr wichtiger, auch der Mann neben ihr nicht, Hector, obwohl ihre Gefühle zu ihm sie mehr und mehr verwirrten.

Sie verließen die Stadt und fuhren aufs Land, in die Berge. In der Dunkelheit passierten sie die Stadt Ojén, eine Stunde später hielt der Krankenwagen. Sophie hörte, wie die Autotüren geöffnet und wieder zugeschlagen wurden. Dann zog der Arzt die hintere Tür auf. Warme Abendluft schlug ihr entgegen. Er reichte ihr die Hand, und Sophie stieg aus dem Wagen.

Sie befanden sich vor einem alten, restaurierten Hof, weiß wie eine Finca, mit rotem Dach und hell erleuchteten Fenstern. Die Haustür ging auf, und eine Frau trat heraus.

Hector wurde hineingetragen, Sophie und Sonya folgten der Trage. Die Frau, die sie in Empfang nahm, bat den Arzt, Hector ins Wohnzimmer zu bringen.

Es war ein großer Raum mit weiß getünchten Steinwänden, Terrakottaboden und spanischen Möbeln, elegant auf eine sehr schlichte Art. Sophie sah einen Defibrillator, zwei Tropfe, ein Beatmungsgerät und ein großes Krankenhausbett.

Hector wurde auf das Bett gehoben. Die Frau legte den Tropf an. Der Arzt und der Pfleger schlossen das Beatmungsgerät an, redeten kurz mit der Frau und gingen zurück zu ihrem Krankenwagen. Sie drehte sich zu Sophie und Sonya um.

»Ich heiße Raimunda, und ich werde mich um Hector kümmern. Von heute Abend an arbeite ich hier. Ich bin Ärztin in einem Privatkrankenhaus, aber ich werde mich um Hector kümmern.« Sie sprach leise und deutlich. »Dieser Ort ist sicher, nur ganz wenige wissen von ihm, und so soll es auch bleiben.«

Sophie sah Raimunda an. Sie war zart, um die dreißig und hatte schwarzes, schulterlanges Haar. Ihr Auftreten hatte etwas sehr Korrektes an sich. Sie wirkte freundlich und loyal. Das spürte Sophie sofort.

Die Grillen zirpten, als Sophie sich später schlafen legte. Sie hörte ein Surren in ihrer Handtasche. Das Handy, das Jens ihr gegeben hatte, leuchtete in ihrer Tasche zwischen Portemonnaie, Schmuck, Make-up und Kassenbons.

»Jens?«

»Nein, hier ist Aron.«

»Hector ist etwas zugestoßen«, sagte Sophie.

»Ich weiß. Wo bist du jetzt?«

»Auf dem Hof in den Bergen mit Raimunda, Hector und Sonya.«

»Die Polizei hat Adalbertos Haus abgesperrt. Leszek ist auf dem Weg zu euch.«

»Und du?«

»Ich komme, sobald ich kann. Die Polizei sucht mich, ich muss vorsichtig sein.«

»Was ist mit Jens?«

»Er wird es überleben.«

Sie schwiegen beide.

Dann sagte Aron: »Sophie. Wenn ich da bin, müssen wir reden.«

27

Gunilla sah zu, wie die Sonnenstrahlen über das Parkett wanderten. Er lag ohne Decke auf dem Boden, die Knie angezogen wie ein kleines Kind im Mutterleib. Ganz langsam spazierte der Lichtstrahl über seine Schulter hinauf, bis er auf sein Kinn traf.

Der Weg des Lichts über Lars Vinges Körper war wie eine Symphonie, fand sie, eine geräuschlose Symphonie. Sie wartete geduldig. Die Sonnenstrahlen liefen über seine Wangen und trafen schließlich eines seiner geschlossenen Augen. Gunilla sah die Bewegung hinter den Lidern, Lars schluckte und öffnete dann die Augen. Er blinzelte und schluckte noch einmal.

»Guten Morgen«, sagte sie sanft.

Lars sah Gunilla auf einem Stuhl sitzen und auf ihn herunterblicken. Schlaftrunken und verkatert, richtete er sich auf. Er fühlte sich beschissen.

»Was machst du denn hier?«, fragte er heiser.

»Ich habe dich gesucht. Du hast nicht auf meine Anrufe geantwortet, und ich wollte sehen, wie es dir geht.«

Er sah sie mit trübem Blick an. »Wie es mir geht?«

»Ja?«

Lars versuchte, klar zu denken. Wie war sie hereingekommen, war er gestern Nacht verfolgt worden?

»Lars?«

Er blickte zu ihr auf und wünschte, er hätte mehr Zeit. »Mir geht es nicht so gut«, sagte er leise.

»Warum nicht?«

»Ich weiß nicht. Vielleicht habe ich zu viel gearbeitet.«

Sie musterte ihn und hielt eine Packung Tabletten hoch, die auf ihrem Schoß lag.

»Was ist das?«

»Nur ein bisschen Medizin«, sagte er.

»Du hast eine ganze Schublade voll davon.«

Was ging sie das an?

»Das sind keine gewöhnlichen Medikamente, Lars. Bist du krank?«

Er wollte sagen, dass er tun dürfe, was er wolle. »Nein.«

»Warum nimmst du dann Morphium?«

»Das geht nur mich etwas an.« Endlich brachte er den Mut zum Widerspruch auf.

Sie schüttelte den Kopf. »Nein, nicht solange du für mich arbeitest.«

Jetzt sah er ihr in die Augen. Sie waren wie erloschen, wirkten tot und leer. Als wäre jemand in sie hineingekrochen und hätte sie von innen ausgehöhlt. Hatte sie schon immer solche Augen gehabt? Er konnte sich nicht mehr erinnern. Er wusste nur, dass sie jetzt hier war und dass sie vermutlich nicht allein gekommen war. Und ihm war klar, dass sie wusste, was er wusste. Vielleicht hatten sie sogar die Mikrofone in der Brahegatan entdeckt.

Lars schaute auf die Tablettenpackung in ihrer Hand. Er erinnerte sich, wie er den Priester im Altersheim Lyckoslanten angelogen hatte und wie leicht es war, zu lügen. Die Erwartungen zu bestätigen war doch immer noch die beste Lüge.

»Lars? Antworte auf meine Frage.«

Er saß auf dem Boden und rieb sich die Augen.

»Was willst du wissen?«

»Ich will wissen, was du in den letzten Tagen gemacht hast, und ich will wissen, warum du Morphium, Benzodiazepine und Nervenmedikamente nimmst.«

Er schwieg eine Weile. »Verzeih mir, Gunilla ...«

Sie musterte ihn. »Was soll ich dir verzeihen, Lars?«

»Verzeih mir, dass ich dich enttäuscht habe.«

»Wieso hast du mich enttäuscht?«

Lars seufzte. Vielleicht mochte sie ihn ja doch. »Als ich klein war«, begann er, »vielleicht zehn oder elf Jahre alt, bekam ich Medizin, um besser einzuschlafen. Richtige Drogen waren das. Meiner Mutter wurden sie verschrieben ... und ich wurde davon abhängig. Später, gegen Ende meiner Teenagerzeit, bekam ich Hilfe und nahm keine Tabletten mehr. Ich habe es geschafft, den Großteil meines Erwachsenenlebens ohne Pillen zu bleiben. Ich bin jeder Form von Alkohol aus dem Weg gegangen und habe keine starken Medikamente genommen. Aber dann habe ich neulich wegen meiner Rückenschmerzen einen Arzt aufgesucht. Und als er nachfragte, habe ich auch von meinen Schlafstörungen erzählt. Er hat mir etwas Schmerzstillendes verschrieben, und ich habe es genommen.«

Er sah zu ihr auf, sie hörte ihm tatsächlich immer noch zu.

»Es waren keine besonders gefährlichen Sachen, aber es war, als hätte jemand einen Hebel umgelegt. Ich habe es genossen ... ich habe es so sehr genossen. Mein ganzer Körper reagierte auf diese Tabletten. Und dann ging alles ganz schnell. Innerhalb von wenigen Tagen war ich wieder abhängig.«

»Du hast gesagt, du hättest mich enttäuscht?«

Er sah zu Boden und nickte kaum merklich. »Ich habe meine Arbeit vernachlässigt. Die ganzen letzten Tage habe ich nur hier herumgelegen. Ich habe dich von hier aus angerufen, als ich sagte, ich würde Sophie suchen. Ich habe dich angelogen.«

Gunilla versuchte zu erkennen, ob das die Wahrheit war. Dann entspannte sie sich. »Das macht nichts, Lars«, sagte sie. »Das macht gar nichts …«

Sie stand auf und verließ wortlos das Zimmer.

»Gunilla!«

Sie drehte sich zu ihm um.

»Entschuldige«, sagte Lars. »Ich will diesen Job nicht verlieren. Du hast mir eine Chance gegeben, gib mir noch eine, bitte.«

Sie antwortete nicht. Lars hörte, wie die Tür geöffnet wurde. Anders Ask erschien im Türrahmen. Er lächelte im Vorbeigehen und tat so, als würde er Lars mit dem Zeigefinger erschießen, dann folgte er Gunilla ins Treppenhaus. Die Wohnungstür fiel ins Schloss, und es wurde still in der Wohnung.

Lars blieb reglos liegen, bis er ihre Schritte nicht mehr hören konnte. Dann stand er auf, sammelte seine Tabletten zusammen, wartete einen Moment, verließ die Wohnung und ging zur U-Bahn-Station.

Er fuhr eine Weile durch die Stadt. Als er sicher war, dass niemand ihm folgte, kehrte er in sein Hotel am Strandvägen zurück und hängte das *Do-not-disturb*-Schild an die Klinke. Er fiel schwer aufs Bett und zitterte am ganzen Körper, denn ihm war klar, dass er dem Tod nur um Haaresbreite entkommen war. Warum auch immer Gunilla ihn diesmal hatte davonkommen lassen. Lars wusste, dass jetzt jede Minute zählte.

Leszek stand am Herd und briet Speck. Sein rechter Arm war verbunden, doch er erledigte alles problemlos mit der linken Hand. Raimunda saß auf einem Sessel und las einen Roman von Annie Proulx, und Hector lag noch immer reglos in seinem Bett. Aus der Stereoanlage klang leise Chopin, Hectors Lieblingsmusik – das war Raimundas Idee gewesen. Sophie saß auf der Sofakante und lauschte. Es war eine Bernstein-Einspielung, das zweite Klavierkonzert, f-Moll. Als Kind hatte sie sich selbst daran versucht.

Sophie stand auf und ging zu Leszek an die Anrichte hinüber. Er wendete den Speck in der Pfanne. Er sah niedergeschlagen aus. »Möchtest du, dass ich für dich weitermache?«, fragte sie.

Er schüttelte den Kopf.

Sie nahm Teller aus dem Schrank und fing an, den Tisch zu decken. Draußen fuhr ein Auto vor. Leszek reagierte schnell. Er nahm die Pfanne vom Herd, zog seine Pistole und lief zu einem der Fenster. Als er sah, wie Aron aus dem Wagen stieg, entspannte er sich wieder und ging hinaus, um Aron zu begrüßen. Sophie sah durch das Fenster, wie sich die beiden Männer kurz umarmten und dann miteinander sprachen.

Aron betrat als Erster das Haus, umarmte Sonya und redete kurz mit ihr. Dann stellte er sich Raimunda vor und setzte sich neben Hector. Er redete leise mit ihm und strich ihm mit der Hand über das Haar. Dann blickte er Sophie an.

»Lass uns ein Stück spazieren gehen.«

Sie verließen das Haus und gingen einen ausgetretenen Pfad hinauf, der in die Berge führte. Aron hatte die Hände in den Hosentaschen vergraben. Sophie schaute auf den Boden. Die Steine sahen hier anders aus, brauner als auf den Wegen daheim in Schweden.

»Gibt es etwas Neues von deinem Sohn?«

Sie schüttelte den Kopf.

»Was sagen die Ärzte?

»Ich weiß es nicht. Ich habe nicht mit ihnen sprechen können.«

Aron schwieg einen Moment, bevor er zur Sache kam: »Hector sagte am Telefon, dass du die Vollmachten bekommen sollst. Weißt du, warum?«

Sie zuckte mit den Achseln. »Ich habe keine Ahnung, ehrlich.«

»Ich auch nicht«, sagte Aron. »Zumindest bin ich nicht sofort darauf gekommen.«

Sie schaute ihn an.

»Mit etwas Nachdenken sind mir dann zwei Gründe eingefallen.«

Sie gingen ein Stück, bevor er fortfuhr: »Du hast viel gesehen und gehört und vielleicht Dinge begriffen, die du nicht begreifen solltest. Ich weiß es nicht. Vielleicht war Hector auch klar, dass wir dich nicht einfach so gehen lassen können, vielleicht sieht er die Vollmacht als ein Mittel, um dich an uns zu binden.«

Er sah rasch zu ihr hin.

»Das ist das Erste, worauf ich gekommen bin. Als wir telefonierten, wusste Hector, dass er schwer verletzt war …«

Aron schwieg eine Weile.

»Aber vielleicht gibt es auch noch einen zweiten Grund«, sagte er dann.

Ein leichter Wind fuhr Sophie durch das Haar. Sie strich es sich aus dem Gesicht.

»Hector hat viel von dir geredet, bevor das alles passiert ist. Über dich und über deine Art. Er schätzte dich sehr, ich glaube sogar, wie noch keine Frau zuvor. Ich glaube, er hält dich für etwas ganz Besonderes.«

Aber was sah er in ihr, warum hatte er nicht mit ihr darüber gesprochen?

Sie waren ein ganzes Stück weit gekommen und blickten auf ein grünes Tal, das sich vor ihnen erstreckte. Aron blieb stehen und blickte hinunter.

»Er sagte, du wüsstest selbst nicht, was für ein Mensch du bist, was alles in dir steckt.«

»Das ist doch alles Unsinn, Aron«, sagte sie, »ich bin Krankenschwester und alleinerziehende Mutter, mehr nicht.«

»Doch, wenn Hector es sagt.« Er fixierte einen Punkt in der Ferne. »Er hatte etwas mit dir vor. Aber ich bin mir nicht sicher, was er mir in unserem letzten Gespräch sagen wollte.« Sein Blick schärfte sich, er schien einen Entschluss zu fassen. »Ich mache dir einen Vorschlag, Sophie. Ich stelle dich unter eine Art Quarantäne, bis die Dinge klarer sind oder bis Hector aufwacht und seine Entscheidung erklären kann.«

»Und was bedeutet das?«

»Die Vollmacht gibt dir Entscheidungsgewalt, die unsere unmittelbare Arbeit betrifft. Das heißt, dass du an dem, was wir tun, teilhast und mitwirkst.«

»Und für mich, was bedeutet das für mich?«

»Das bedeutet, dass du mir helfen wirst. Ich muss hierbleiben, bis sich alles ein wenig beruhigt hat.«

»Was muss ich tun?«

»Wir können die Welt nicht in dem Glauben lassen, dass Hector aus dem Spiel ist, das wäre verheerend für uns und einige andere Menschen, die von ihm abhängig sind. Du kennst ihn doch jetzt ein bisschen.« Sie nickte. »Dann weißt du auch, was er tun würde.«

»Vielleicht. Aber du kennst ihn doch auch, Aron.«

»Ja, und deshalb machen wir das zusammen.«

»Was ist mit Hectors Sohn?«, fragte sie.

»Lothar Manuel?« Aron schüttelte nachdenklich den Kopf.

»Warum nicht er? Warum nicht Sonya, Leszek oder Ernst?«

Aron schaute ihr in die Augen. »Weil dich keiner kennt? Weil du keine eigenen Interessen hast, weil er dir deshalb voll und ganz vertraut? Ich kann mir vieles vorstellen.«

Sophie wusste nicht, was sie ihm antworten sollte. Sie wollte ihr Leben in Stockholm zurück. Sie musste zu ihrem Sohn Albert. »Und wenn ich mich weigere? Wenn ich hier weggehe und nie wieder zurückkomme?«

»Das geht leider nicht«, sagte Aron.

»Warum nicht?«

»Weil du die Vollmacht bekommen sollst. Und mit der Vollmacht ändert sich dein Leben. Du bist jetzt nicht mehr die Krankenschwester, von der du gerade geredet hast.«

»Die Polizei weiß, wer ich bin«, sagte sie. »Sie haben mich im Restaurant gesehen.«

»Diese Polizisten wollten an unser Geld. Du bist ihnen im Grunde vollkommen egal. Wenn sie erkannt haben, dass du nichts mit uns zu tun hattest, werden sie dich in Ruhe lassen. Leszek wird dich nach Hause begleiten, er wird dich beschützen, wenn es nötig ist.«

»Und du?«, fragte sie.

»Ich werde dir sagen, was du tun musst. Ich werde dich in unsere Arbeit einführen. Wir werden ein paar Tage hier in den Bergen darauf verwenden, dann sehen wir, wie sich die Dinge in Stockholm entwickelt haben.« Er drehte sich um und begann mit dem Abstieg.

Sie folgte ihm langsam. Aron blieb stehen und wartete,

bis sie ihn eingeholt hatte. Er sah sie ernst an und reichte ihr die Hand.

Anders Ask zu beschatten war nicht weiter schwierig gewesen. Nach der Arbeit machte er immer einen Abstecher zum Seven-Eleven an der Ecke Odengatan und Sveavägen, kaufte eine Abendzeitung, Getränke und Süßigkeiten und redete ein bisschen mit der jungen Verkäuferin an der Kasse. Dann legte er einen kurzen Zwischenstopp bei dem Italiener mit den karierten Tischdecken ein, um sich eine Pizza zu holen, und kehrte schließlich zu seiner Wohnung gegenüber dem Vanadislunden-Park zurück.

Lars hatte sich Zutritt zu dem Gebäude verschafft und das Schloss von Anders' Wohnungstür fotografiert. Es war ein etwas in die Jahre gekommenes Sicherheitsschloss der Marke ASSA. Dann hatte er dasselbe Modell bei einem Schlosser in Kungsholmen gefunden und anschließend im Hotelzimmer geübt, es zu knacken. Er probierte bis tief in die Nacht und wünschte sich, er wäre mit drei Händen geboren worden.

Als die Sonne schon wieder über Djurgården aufging, gelang es ihm zum ersten Mal, das Schloss zu knacken. Lars trainierte bis in den Nachmittag hinein und schaffte es schließlich in weniger als drei Minuten.

Er verließ das Hotel und ging zu Fuß zum Sveavägen. Um halb vier trat er in den Hauseingang, nahm den klapprigen Aufzug in die dritte Etage, schob das Gitter zur Seite und stand vor Anders Asks Wohnungstür.

Anders hatte zwei Nachbarn. Norin und Grevelius stand auf den Namensschildern. Bei Norin war alles ruhig, bei Grevelius lief ein Fernseher. Lars zog sich eine Mütze über den Kopf und holte seinen Dietrich heraus. Er kniete sich auf den kalten Steinboden hin, atmete ein paarmal tief durch und begann mit der Arbeit.

Ein Stockwerk höher wurde eine Wohnungstür geöffnet und wieder geschlossen, der Aufzug fuhr langsam nach oben. Lars musste seine Arbeit unterbrechen und versteckte sich auf der Treppe, als der Aufzug wieder nach unten fuhr. Es dauerte knapp drei Minuten, dann hatte er das Schloss geknackt.

Lars zog sich Schuhüberzieher, Mundschutz und Handschuhe an und trat in Anders' Flur.

Es war eine Zweizimmerwohnung mit einer großen Küche. Im Wohnzimmer stand ein Sofa mit platt gedrückten Kissen und ein schiefer Wohnzimmertisch von Ikea. Dazu eine Vitrine mit staubigen Porzellanfiguren, daneben hingen ein paar billige Kunstdrucke. Ein riesiger Flachbildschirm war an der Wand befestigt, und auf dem Boden standen Lautsprecher. Anders schien Dolby Surround zu mögen.

Lars ging ins Schlafzimmer. Ein ungemachtes Bett, zugezogene Vorhänge und auf dem Nachttisch eine Taschenbuchausgabe von Arto Paasilinnas *Das Jahr des Hasen*. Auf dem Boden lag eine Reisetasche. Er hockte sich daneben und öffnete sie. Kleidung, Pass, Geld – Anders hatte anscheinend vor zu verschwinden.

Lars ging zurück in die Küche und setzte sich. Die Wanduhr tickte, er nahm den Mundschutz ab und ließ ihn am Gummiband um seinen Hals hängen. Das Rauschen des Verkehrs auf dem Sveavägen wirkte einschläfernd, Lars nickte ein. Vielleicht waren die letzten Stunden auch zu viel für ihn gewesen.

Er wurde vom Geräusch eines Schlüssels geweckt. Die Wohnungstür öffnete und schloss sich wieder. Anders räusperte sich im Flur. Lars hörte, wie er den Schlüssel ablegte, die Schuhe auszog und einen Reißverschluss öffnete, dann das Knistern von Nylon, als er sich die Jacke auszog. Ein tiefer Seufzer und der Duft von frisch gebackener Pizza. Schließlich Schritte im Flur.

Anders zuckte zusammen, als er Lars entdeckte. Er ließ den Pizzakarton fallen und riss die Arme hoch.

»Scheiße, hast du mich erschreckt!«, rief er. Anders starrte Lars an, wütend und erschrocken zugleich. »Was machst du hier? Wie bist du überhaupt reingekommen?«

Lars richtete Gunillas Makarow auf ihn. »Komm rein, und setz dich.«

Anders zögerte, schaute auf die Pistole und dann auf den Pizzakarton zu seinen Füßen.

Lars deutete mit dem Kinn auf einen Stuhl. Anders setzte sich.

»Und, wie geht's so?«, fragte Lars.

»Wie bitte?« Anders schaute auf den Mundschutz, der um Lars' Hals hing. »Ganz gut, denke ich. Ich verstehe nur nicht ... Was ist denn los, Lars?« Er klang jetzt fast ein bisschen verängstigt.

»Was verstehst du nicht?«

»Das hier! Was machst du hier ... mit einer Pistole?« Anders versuchte zu lächeln.

»Das kannst du dir nicht denken?«

»Nein, kann ich nicht!« Wut blitzte in Anders' Augen auf.

»Bist du sauer, Anders?«

»Nein, nein, entschuldige, ich bin nicht sauer. Ich bin nur ... überrascht.« Anders hob beide Hände. Dann setzte er wieder sein falsches Lächeln auf. »Komm, Lars, was ist los? Das können wir doch klären. Und nimm bitte die Pistole herunter.«

Lars sah ihn mit leerem Blick an und bewegte sich nicht. »Was genau gibt es eigentlich zu klären?«

Anders begriff nicht. »Wie bitte?«

»Was können wir klären? Du sagtest, wir könnten das klären. Was denn?«

Anders starrte ihn an. »Ich weiß nicht. Das, weswegen du hier bist.«

»Und was glaubst du, weswegen ich hier bin?«

»Ich weiß es nicht!« Anders' Blick fiel auf Lars' Schuhüberzieher, und die Angst setzte sich endgültig in seiner Kehle fest.

»Doch, das weißt du …« Lars ließ ein paar Sekunden verstreichen, es war eine mühsame Kunstpause. »Sara«, sagte er schließlich.

Anders versuchte, fragend zu lächeln. »Wer soll das sein?«

Anders war ein schlechter Lügner. Er saß jetzt ganz still da, warf einen Blick aus dem Küchenfenster und sog die Luft ein.

»Hör zu, Lars, das war ich nicht. Das war Hasse … Gunilla hat den Befehl dazu gegeben. Ich habe nichts damit zu tun. Sara hatte die Aufzeichnungen an deiner Wand gesehen. Du hattest doch alles auf diese Wand geschrieben?«

Lars ließ ihn nicht aus den Augen. »Ich stelle hier die Fragen. Erzähl weiter.«

»Und da hat sie den Befehl gegeben, also Gunilla. Sara wusste alles, selbst über Dinge, mit denen Gunilla früher zu tun hatte, so ein Mädchen, Patricia irgendwas, ich weiß nichts Genaueres darüber.«

Lars schüttelte den Kopf. »Nein, Sara wusste gar nichts, sie hat sich das nur irgendwie zusammengereimt und einen Schuss ins Blaue abgegeben.«

Anders schien ihm nicht zu glauben.

»Du hast die Wand doch selbst gesehen«, erklärte Lars. »Wie sollte jemand verstehen können, was da stand? Ich habe das in völlig zugedröhntem Zustand geschrieben! Sie hat überhaupt nichts begriffen, ich hab's ja selbst kaum begriffen.«

»Aber du begreifst es jetzt?«

Lars ignorierte seine Frage. »Warum habt ihr mich nicht eingeweiht?«

»Natürlich hätten wir dich eingeweiht. Wir mussten uns nur ganz sicher sein. Aber es ist nicht zu spät, wir machen das hier zusammen.«

»Aber jetzt habt ihr Sara umgebracht.«

»Okay, Lars, jetzt denk mal nach. Gunilla ist unser Problem. Nimm die Pistole runter, und wir machen das zusammen, Lars, wir bringen sie ein für alle Mal hinter Schloss und Riegel, okay?«

»Wie soll das gehen?«, fragte er.

»Wir zeigen sie an.«

»Und was passiert mit Hasse?«

»Das ist deine Entscheidung. Wir können ihn auslöschen, ich kann das für dich tun. Denk daran, er war es, der deine Freundin getötet hat.«

Lars nickte. »Ja, das ist sicher eine gute Idee.«

Anders lächelte erleichtert. »Gut! Wir sind ein Team!«

»Wo fangen wir an?«, fragte Lars.

»Das Wichtigste ist, dass wir keinen Verdacht erwecken, weder bei Gunilla noch bei Hasse.«

Lars senkte die Pistole. »Entschuldige, dass ich so hierhergekommen bin, Anders, mit Waffe und allem«, sagte Lars mit einem merkwürdigen Bedauern in der Stimme.

Anders seufzte erleichtert, es war ihm gelungen, den Idioten Lars Vinge zu überreden.

Aber da hob Lars die Pistole, stabilisierte sie mit der linken Hand und schoss Anders Ask in den vor Erstaunen geöffneten Mund. Die Kugel drang durch Hals und Nacken und blieb in der Kühlschranktür hinter Anders stecken.

Dann war es vollkommen still. Anders starrte Lars überrascht an. Der Stuhl, auf dem er gesessen hatte, kippelte noch einen Moment auf zwei Beinen, dann siegte die Schwerkraft. Anders Ask fiel krachend hintenüber.

Lars legte den Mundschutz an, trat zu ihm und ging in die Hocke. Anders starrte ihn aus weit aufgerissenen Augen an, sein Kopf lag in einer Blutlache.

»Du bist ein Arschloch, Anders Ask. Glaubst du denn, ich bin total bescheuert?« Lars nahm einen schwachen Geruch nach verbranntem Fleisch wahr. »Ich lebe, und du musst sterben.«

Anders sah aus wie ein Fisch auf dem Trockenen. Sein Mund stand noch immer offen.

»Ich höre dich nicht, Anders«, flüsterte Lars. »Aber du wirst in die Hölle kommen. Du hast Frauen getötet. Und da liegt ein Junge im Krankenhaus, der vielleicht für den Rest seines Lebens gelähmt sein wird. Wahrscheinlich haben sie in der Hölle noch ein Untergeschoss für solche wie dich.«

Dann stand Lars auf, öffnete das Küchenfenster und wischte seine Waffe an einem Geschirrtuch ab, während er die Leiche unverwandt anstarrte. Was fühlte er? Reue? Nein. Erleichterung? Nein, er empfand gar nichts.

Lars stellte das Küchenradio auf die höchste Lautstärke.

Dann hockte er sich wieder neben Anders, nahm die rechte Hand des Toten und legte die Pistole hinein, richtete sie auf das offene Fenster und achtete darauf, dass die

Schmauchspuren so gut wie möglich auf Anders' Hand zu finden sein würden. Dann drückte er ab.

Das Nachrichtenprogramm übertönte den Schuss, die Kugel flog durch das Fenster, über den Vanadislunden, dann weiter über den Bahnhof Östra Station und fiel irgendwo in Lidingö zu Boden. Die Nachbarn hatten möglicherweise zwei Schüsse gehört. Aber so war das eben. Zeugen täuschten sich, das wusste man als Polizist am besten.

Lars schloss das Fenster, betrachtete Anders' Position auf dem Boden und rechnete aus, wie die Pistole ihm aus der Hand hätte fallen müssen, und legte sie vor ihm auf den Boden. Dann ging er ins Schlafzimmer, nahm Anders' Reisetasche und packte sie wieder aus. Er legte die Kleidung zurück in den Schrank, den Pass in die Schreibtischschublade, machte die leere Tasche zu und schob sie unter das Bett.

Bevor er die Wohnung verließ, zog er die Latexhandschuhe aus, legte Schuh- und Mundschutz ab, dann machte er leise die Tür hinter sich zu.

Lars schlief tief und fest in dieser Nacht und wachte morgens um halb sechs auf. Er bestellte sich Kaffee aufs Zimmer, Hunger hatte er nicht. Dann wartete er bis acht, bevor er zum Telefon griff. Der Mann, den er anrief, war zurückhaltend, doch Lars bestand auf seinem Anliegen.

Er duschte und bügelte sein Hemd. Jetzt stand er vor dem Badezimmerspiegel und kämmte sich das Haar.

Seine Schuhe waren frisch geputzt. Vor dem Spiegel probierte er verschiedene Gesichtsausdrücke aus, das fiel ihm nie schwer, wenn er unter Medikamenten stand. Er wollte wie jemand aussehen, der schwer einzuschätzen war. Schließlich knöpfte er sein Hemd zu, nahm das Jackett, das über der Stuhllehne hing, und zog es an. Er hob seine Tasche vom Bett und verließ das Zimmer.

Lars hatte den Mariatorget ausgewählt, einen offenen kleinen Park, den man leicht überblicken konnte.

Lars stand ganz oben im Treppenhaus eines Gebäudes und spähte durch ein Fernglas über den Park hinweg. Es war 11:44 Uhr. Um halb zwölf waren sie verabredet gewesen. Er schaute sich suchend um. Da waren vor allem Mütter mit Kinderwagen, schaukelnde Kinder, der eine oder andere Vater, der gebückt seinen Einjährigen an der Hand führte. Lars schwenkte das Fernglas zur Hornsgatan, auch dort entdeckte er ihn nicht. Autos, ein paar Menschen, die spazieren gingen, dazu ein paar fettleibige Landeier, die wohl in Stockholm Urlaub machten und an dem kleinen Kiosk Eis aßen.

Er ließ das Fernglas sinken und schaute auf die Uhr. 11:48 Uhr. Sollte er einfach gehen? Er ließ den Blick ein letztes Mal über den Park wandern. Und da entdeckte er einen Mann, der allein auf einer Bank saß. Er schaute genauer hin. Der Mann hatte einen Arm auf die Rückenlehne gelegt, er trug einen Schnurrbart und hatte eine kleine, runde Glatze auf dem Schädel. Meine Güte, natürlich, das war er.

Lars wählte eine Nummer auf seinem Handy. Er hielt es ans Ohr und beobachtete durch das Fernglas, wie der Mann nach dem Telefon in seiner Tasche suchte und das Gespräch annahm.

»Ja?«

»Tommy Jansson?«

»Ja.«

»Ich habe mich ein bisschen verspätet. Geben Sie mir noch fünf Minuten.«

Lars legte auf und schaute durch das Fernglas wieder zu Tommy Jansson hinunter. Er rief niemanden an und machte niemandem ein Zeichen. Er saß einfach nur da und wartete – schlecht gelaunt und unruhig. Lars ließ den Blick über die Menschen wandern. Er suchte den Platz zwischen den Bäumen am alten Kino ab – nichts. Tommy Jansson schien tatsächlich allein gekommen zu sein.

Lars packte das Fernglas in die Tasche und lief die Treppen hinunter. Er trat in den Sonnenschein hinaus und ging auf die Bank zu, auf der Tommy Jansson saß. Dann setzte er sich auf die freie Bank neben ihn. Tommy warf ihm einen Blick zu, dann schaute er wieder in den Park. Er seufzte und schaute auf seine Uhr. Lars stand auf und setzte sich neben ihn.

»Lars Vinge.«

Tommy Jansson wirkte irritiert. »Was wollen Sie, Vinge? Sie vergeuden meine Zeit.« Jansson hatte einen Söder-Dialekt.

»Ich möchte mit Ihnen über ein paar Dinge reden.«

»Ja, das sagten Sie schon am Telefon. Sie arbeiten für Gunilla, warum reden Sie nicht mit ihr? Sie kennen doch wohl die Hierarchien?«

Lars sah sich um, die Leute um sie herum waren alle in Bewegung. »Können wir woanders hingehen?«

Jansson schnaubte. »Vergessen Sie's, ich habe lange genug hier gesessen. Reden Sie endlich.«

Lars nahm sich zusammen und sah Tommy Jansson an. War Jansson wirklich der richtige Mann, um über alles zu reden, oder war er gerade dabei, den größten Fehler seines Lebens zu begehen?

»Ich habe Informationen. Über Gunilla«, sagte Lars schließlich.

Eine Falte erschien auf Janssons Stirn. »Ach ja?«

»Gunilla ermittelt nicht gegen Guzman«, sagte Lars leise.

Jansson musterte ihn. »Wie kommen Sie dazu, so etwas zu behaupten?«

»Ich habe in den letzten Monaten für sie gearbeitet.«

Jansson sah ihn streng an. »Sie ermittelt im Fall der vier Toten in Vasastan!«

»Das ist eine Mordermittlung, aber die interessiert sie doch nicht wirklich.«

»Was meinen Sie damit?«

»Es fing damit an, dass wir die Krankenschwester überwachten«, erklärte er. Er wollte Jansson einen Überblick geben.

Jansson sah immer noch irritiert aus. »Welche Krankenschwester?«

»Warten Sie, lassen Sie mich ausreden. Der Spanier Hector Guzman lag im Krankenhaus, Gunilla war dort und entdeckte auf der Station eine Krankenschwester, Sophie Brinkmann, die offenbar eine Art Beziehung zu Guzman entwickelte. Wie auch immer, Anders Ask und ich versteckten Mikrofone in ihrer Wohnung und überwachten sie Tag und Nacht.«

Aus Janssons Irritation wurde allmählich Neugier.

»Ich wurde auf die Krankenschwester angesetzt, Gunilla war sich sicher, dass sie und Hector eine Beziehung hatten. Sie hatte in dieser Hinsicht ein untrügliches Gespür. Aber weder das Abhören noch die ständige Überwachung brachten nützliche Informationen.«

Jansson wollte etwas sagen, aber Lars redete einfach weiter.

»Gunilla wurde immer unruhiger. Sie rief einen alten Gorilla von der Streife an, der nach Arlanda versetzt worden war, Hasse Berglund. Der sollte zusammen mit Erik

Strandberg und Anders Ask Druck auf Sophie Brinkmann ausüben.«

Lars schaute Jansson an, er hatte jetzt dessen ganze Aufmerksamkeit.

»Sie gingen auf Albert Brinkmann los, den Sohn der Krankenschwester. Hasse und Erik nahmen ihn mit zum Verhör. Sie hatten eine Geschichte erfunden, wonach der Sohn ein Mädchen vergewaltigt haben sollte. Auf diese Weise setzten sie die Krankenschwester unter Druck. Sie wollten sie dazu bringen, über Hector zu reden, indem sie ihr anboten, dafür die Probleme des Jungen unter den Teppich zu kehren.«

Jansson unterbrach ihn. »Ist sie darauf eingegangen?«

Lars zuckte mit den Achseln. »Keine Ahnung. Ich glaube nicht. Ich glaube, sie hatte nichts zu erzählen.«

Jansson räusperte sich. Dann sagte er: »Gunilla hat schon immer mit unkonventionellen Methoden gearbeitet. Ich werde mit ihr reden.«

Er stand auf und streckte Lars die Hand entgegen.

»Das bleibt alles vorerst unter uns, darin sind wir uns doch einig?«

Lars schaute nur auf Janssons Hand. »Setzen Sie sich. Ich habe noch gar nicht richtig angefangen.«

Lars gab Tommy Jansson alles, was er hatte, von Anfang bis Ende. Seine Zusammenfassung dauerte zwanzig Minuten.

»Und Sie haben das alles auf Band?«, fragte Jansson.

»Ich habe die Aufnahme, auf der Gunilla mit Anders Ask und Hasse Berglund über den Mord an Sara redet. Der Mord an Patricia Nordström kommt auch darin vor. Außerdem gibt es Aufzeichnungen darüber, wie sie über die Festnahme des Sohnes der Krankenschwester reden und darüber, wie sie ihn überfahren haben. Dazu gibt es Notizen und Listen über mehrere Millionen Kronen, die sie, ihr Bruder und Anders Ask im Laufe verschiedener Ermittlungen zur Seite geschafft haben.«

Jansson fluchte leise. »Und der Junge? Ist er noch im Krankenhaus?«

Lars nickte. »Es sieht schlecht aus für ihn.«

Jansson seufzte und schien über die nächsten Schritte nachzudenken.

»Was werden Sie jetzt tun?«, fragte Lars.

Die Frage schien Tommy Jansson unangenehm zu berühren. »Das werde ich mir sehr genau überlegen müssen«, sagte er.

»Sie ist eine Mörderin und Verbrecherin. Sie sind ihr Vorgesetzter, Sie tragen die Verantwortung für sie. Sie haben genau zwei Möglichkeiten.«

»Und die wären?« Jansson war jetzt sichtlich irritiert über Lars' scheinbare Selbstzufriedenheit. Aber er ließ ihn ausreden.

Lars wartete, bis ein Rentnerehepaar an ihnen vorübergegangen war. Dann erklärte er: »Entweder nehmen Sie sie wegen Mord, Erpressung, Amtsmissbrauch, Einbruch, Beschattung und so weiter fest. Dann würden Sie aber mit ihr untergehen. Niemand wird Ihnen glauben, dass Sie von alldem nichts gewusst haben.«

Jansson lehnte sich auf der Bank zurück. »Und die zweite Möglichkeit?«

»Sie versetzen Gunilla in den Ruhestand. Aus Altersgründen, wegen ihrer Trauer um ihren Bruder Erik, weiß der Teufel, Ihnen wird schon was einfallen. Aber Gunilla muss verschwinden. Ich werde schweigen, aber dafür will ich Gunillas Job. Und ich will Sie als meinen unmittelbaren Vorgesetzten.«

Jansson sah ihn ungläubig an. »Sie sind ein Streifenpolizist, der aus einem unerklärlichen Grund in Gunillas Truppe gelandet ist. Sie haben keinerlei Erfahrung als Kriminalpolizist. Wie soll ich das denn den Leuten erklären?«

»Lassen Sie sich etwas einfallen.«

Jansson biss sich auf die Lippen. »Woher weiß ich, dass Sie die Wahrheit sagen? Sie sitzen vielleicht nur hier und tischen mir eine unglaubliche Geschichte auf.«

Lars schob ihm die Sporttasche hin. »Schauen Sie selbst, und rufen Sie mich wieder an.« Dann stand er endlich auf und ging durch den Park davon.

28

In der Kirche wurde Musik von Fauré gespielt, die Trauergäste schritten langsam an dem Sarg vorbei. Gunilla legte eine Blume auf den Deckel und senkte den Kopf. Ein paar Stützen der Gesellschaft standen in Polizeiuniformen zwischen den etwa dreißig Trauergästen, die gekommen waren, um von dem Idioten Erik Strandberg Abschied zu nehmen.

Lars beobachtete das Spektakel von einer der hintersten Kirchenbänke aus. Auch Tommy Jansson befand sich unter den Trauernden, doch er hatte wenigstens so viel Anstand besessen, im Jackett zu erscheinen.

Lars suchte Gunillas Blick, als sie sich wieder hinsetzte. Ihm war, als hätte sie kurz zu ihm herübergeschaut. Prüfend betrachtete er Tommy Jansson. Jansson lächelte Gunilla an und strich ihr sanft über die Schulter, als er an ihr vorbeiging. *Gut so.*

Anschließend verließ die Gemeinde die Kirche. Gunilla stand am Ausgang und nahm die Beileidsbekundungen entgegen, auch Lars umarmte sie.

Nachdem alle Trauergäste kondoliert hatten, blieb Gunilla allein zurück. Lars trat auf sie zu, und sie setzten sich ein Stück abseits der Kirche unter eine Steineiche.

Es war vollkommen still auf dem Friedhof.

»Ich habe eine halbe Stunde gewartet, bevor ich den Krankenwagen gerufen habe. Eine halbe Stunde saß ich da und habe darauf gewartet, dass dein Bruder stirbt.«

Er sprach leise und sah ihr dabei in die Augen.

»Er hatte einen Schlaganfall und lag auf dem Boden in Carlos Fuentes' Küche. Er könnte wahrscheinlich heute noch leben, wenn ich den Krankenwagen gleich gerufen hätte.«

Gunilla war blass geworden.

»Damit sind wir dann wohl quitt?«, sagte Lars.

Sie verstand nicht, was er meinte, und kniff die Augen zusammen.

»Du begreifst es nicht, oder? Sara. Du hast Sara umgebracht.«

Lars blickte Gunilla in die Augen. »Jansson weiß, was du getan hast. Er gibt dir bis heute Abend Zeit, mit ihm zu reden.«

Gunilla lächelte müde. »Du hast gar nichts in der Hand, Lars. Hast du auch nur die geringste Ahnung, weshalb ich dich überhaupt eingestellt habe?«

»Weil ich formbar bin?«

Sie sah ihn ehrlich verblüfft an.

»Ich habe ein Mikrofon aus Sophies Wohnung mitgenommen und es im Büro in der Brahegatan installiert. Alles ist aufgezeichnet: das Kidnapping von Albert, der Abhörauftrag, der Mord an Sara, der Mord an Patricia Nordström – es ist alles da. Deine Notizen und Bankpapiere habe ich auch und all die Beträge, die ihr drei, du, Anders und dein Bruder Erik, im Laufe der Jahre gestohlen habt.«

Gunilla schwieg noch immer. Dann stand sie einfach auf und ging.

Lars schaute ihr hinterher, atmete tief durch und wählte eine Nummer.

Sie antwortete mit einem *»Hallo«*. Er wurde nervös, als er ihre Stimme hörte. Stotternd nannte er seinen Namen. Sie klang kurz angebunden und schien sich nicht über seinen Anruf zu freuen. Lars entschuldigte sich und sagte, dass jetzt alles geregelt sei, sie könne sich frei bewegen. Sie fragte, was er damit meine, und er erzählte ihr, was er getan hatte.

In Prag mussten sie zwischenlanden. Leszek nahm Sophie und Sonya mit in die Businesslounge, wo sie etwas aßen. Ihr Flug nach Arlanda ging erst in zwei Stunden.

Sophie stellte sich ans Fenster zur Ankunftshalle und schaute hinunter. Die Menschen bewegten sich in einer Art koordiniertem Chaos. Eine Weile schaute sie auf das Gewimmel, dann drehte sie sich wieder um. Sie sah, dass Leszek auf einem Sofa eingeschlafen war und Sonya in einer Zeitschrift blätterte.

Sophie setzte sich zu ihnen und nahm sich auch eine Zeitung vom Tisch. Aber sie konnte nicht lesen, sie dachte an Albert und dass sie ihn endlich sehen konnte. Sie wusste nicht, ob sie sich je würde verzeihen können, dass sie ihn allein gelassen hatte.

Von Arlanda aus fuhr sie direkt ins Karolinska-Krankenhaus. Jane und Jesus saßen in Alberts Zimmer. Als Jane Sophie sah, stand sie auf und umarmte ihre Schwester.

Bei Alberts Anblick versagten Sophie die Beine, sie musste sich hinsetzen. Albert war noch immer bewusstlos und sah so friedlich aus. Sie hielt seine Hand und vergaß die Zeit. Tausende Gedanken hatten sie in den letzten

Tagen umgetrieben, die nur auf einen einzigen Wunsch hinausliefen – dass Albert es schaffen würde.

Sie saß lange an seinem Bett, bevor sie das Zimmer verließ.

Zu Hause schloss sie die Haustür auf und trat ein. Es empfing sie eine große Stille. Sophie ging in die Küche und blieb mitten im Raum stehen. Wie gern hätte sie jetzt Albert gerufen und ihm gesagt, dass sie wieder zu Hause war. Und er würde genervt klingen, ohne es zu sein, und dann würde sie anfangen, die Einkäufe in den Kühlschrank zu räumen und den Tisch zu decken – oder sich einfach nur hinsetzen und bei einem Kaffee eine Zeitschrift lesen.

Aber es blieb vollkommen still in der Wohnung. Sie war ganz allein.

Pünktlich um Viertel nach sieben erschienen ihre Gäste. In Sophies Wohnzimmer versammelten sich Sonya, Leszek, Ernst Lundwall, Daphne und Thierry. Leszek bezog an einem der Fenster Posten und behielt den Garten und die Straße im Blick. Ernst betrachtete ein Bild, die anderen sahen sich die Fotos auf dem Regal an und unterhielten sich miteinander.

Sophie beobachtete sie von der Küche aus, wo sie das Essen zubereitete. Es war ein merkwürdiger Haufen, aber diese Menschen gehörten jetzt wohl zu ihr. Waren sie ihre Freunde? Nein, aber sie konnten auch nicht ihre Feinde sein. Sophie fühlte sich einsam und merkte, dass sie nur ihre Rolle spielte.

Sie redeten und aßen. Sophie lauschte Ernsts Ausführungen. Sie war sich mit ihm einig, dass sie jetzt alle abwarten sollten, was mit Hector passieren würde. Nur eines stand fest: Die Hankes waren ein Problem, und das mussten sie lösen. Bald.

29

Lars checkte aus dem Hotel aus, das er mit einem Teil von Gunillas Bargeld bezahlte.

Er verließ die Stadt und kam am späten Abend in der Klinik Bergsjögården an. Ein Mann und eine Frau um die fünfzig begrüßten ihn freundlich.

Sie baten, sein Gepäck durchsehen zu dürfen. Lars bezahlte einen Monat Behandlung im Voraus und saß am nächsten Morgen mit elf anderen Männern in einem Stuhlkreis. Sie stellten einander mit Vornamen vor und erzählten nervös, warum sie hier waren. Alle fragten sich, was sie hier erwartete.

Lars hatte das sichere Gefühl, am richtigen Ort zu sein. Am Nachmittag sprach er mit seinem Betreuer, es war ein offenes Gespräch, zumindest vonseiten des Betreuers. Er hieß Daniel, er erzählte, dass er früher selbst medikamentenabhängig gewesen sei und als Versicherungskaufmann in Småland gearbeitet habe. Er sagte, er wisse, was Lars jetzt durchmachen würde, und dass er Hilfe bekäme, wenn er nur selbst bereit wäre, sein Leben zu ändern.

Lars spürte, dass an diesem Ort eine kollektive Vernunft herrschte, eine Vernunft, die er selbst gern zurückhaben wollte.

Der zweite Tag begann schwieriger. Sie erhielten die Aufgabe, ihre eigene Drogen- und Missbrauchsgeschichte aufzuschreiben. Doch sein anfänglicher Widerstand legte sich, als er sah, wie bereitwillig alle anfingen, die Seiten zu füllen.

Lars schrieb und schrieb, und er begann, eine vollkommen neue Dankbarkeit zu empfinden. Je mehr er schrieb, desto klarer schien sein Selbstbild zu werden. Und er spürte, dass er selbst dieses Bild ändern konnte. Dass sein Leben von nun an anders und besser werden konnte.

Er schlief sehr gut in dieser Nacht und erwachte mit großem Appetit auf das Frühstück.

Am Nachmittag dieses dritten Tages aber wurden seine Entzugserscheinungen fast unerträglich. Mit einem Mal waren seine positiven Gefühle vergessen. Daniel und die anderen Angestellten im Bergsjögården waren plötzlich seine Feinde. Er verglich sich mit ihnen: Das waren doch alles nur Idioten und Mitglieder einer Sekte. Er wollte nichts mehr mit ihnen zu tun haben. Warum sollte er sich von ihnen etwas sagen lassen?

Lars wollte plötzlich nur noch weg. Er haute noch in derselben Nacht ab, die Sicherheitsvorkehrungen waren ein Witz, was schon bewies, mit welchen Idioten Lars es hier zu tun hatte. Außerdem konnte er jederzeit selbst mit den Medikamenten aufhören. Jetzt wusste er schließlich, wo er hingehen konnte, dieser Ort würde schon nicht verschwinden. Er hatte jedes Recht dazu, selbst über sein Leben zu entscheiden!

In seiner Wohnung dröhnte er sich mit Alkohol und allen Tabletten zu, die er finden konnte. Sein Denken wurde angenehm zähflüssig, und er krabbelte über den Fußboden, um nach Ameisen und anderen Insekten zu suchen, mit denen er sich unterhalten konnte. Dann wurde alles schwarz.

Er erwachte auf dem Küchenfußboden vom Klingeln seines Handys. Zwischen seinen Beinen fühlte es sich kalt und nass an. Er tastete mit der Hand die Jeans ab, er hatte sich in die Hose gepinkelt.

Er streckte die Hand nach seinem Handy aus. Das Morgenlicht schien grell durch das Fenster.

»Hallo, Lars.«

Das war Tommy Janssons Stimme. Lars wischte sich den Speichel aus dem Mundwinkel.

»Hallo«, sagte er heiser.

»Sie haben schon ausgecheckt?«

Lars versuchte, seine Gedanken zu ordnen. »Woher wissen Sie das?«

»Ich habe immer ein Auge auf meine Leute. Wie geht es Ihnen?«

Lars rieb sich mit dem Zeigefinger über die Oberlippe. »Weiß nicht. Ganz okay, glaube ich.«

»Ich komme jetzt kurz bei Ihnen vorbei, ich habe ein paar Fragen an Sie. Bis gleich«, sagte Jansson und legte auf, bevor Lars sich verabschieden konnte.

Eine halbe Stunde später war er da. Lars hatte sich in aller Eile gewaschen und umgezogen. Er freute sich, Jansson zu sehen. Es ging voran. Jansson hatte zwei Baguettes und Orangensaft dabei. Sie setzten sich ins Wohnzimmer, Lars in einen Sessel und Jansson aufs Sofa. Jansson hörte zu, wie Lars ihm von der Klinik erzählte, und sagte, Lars solle es noch einmal versuchen, sein Job würde ihm nicht davonlaufen, und er als sein Chef hätte natürlich die Möglichkeit, für diesen Entzug zu bezahlen.

Jansson fragte nach Lars' Medikamentenmissbrauch, wollte wissen, welche Tabletten er nahm, wie er an sie herankam.

»Was für eine Scheiße«, sagte er bedauernd, »aber das kriegen wir hin.«

Schließlich stand Jansson auf, um zur Toilette zu gehen.

Lars gähnte und streckte sich. Er war sich jetzt sicher, dass alles wieder ins Lot kommen würde. Er musste sich nur an Jansson halten. Dann traf ihn ein harter Schlag in den Nacken, Lars war völlig unvorbereitet. Jansson griff seine Arme und zog ihn vom Sessel auf den Boden. Lars schlug mit dem Gesicht hart auf dem Parkett auf. Jansson nahm ein Paar Handschellen heraus und ließ sie zuschnappen.

»Was machen Sie? Scheiße, Jansson, wir haben eine Vereinbarung.« Lars lag flach auf dem Bauch. »Jansson!«, rief er. Aber er erhielt keine Antwort. Dann wurde die Wohnungstür geöffnet und fiel kurz darauf wieder ins Schloss. War Jansson gegangen?

Lars lag mit den Händen auf dem Rücken da und versuchte, einen klaren Gedanken zu fassen. Er legte die Wange auf den kühlen, glatten Holzboden.

Aus der Küche drangen Geräusche ins Wohnzimmer. Es klang wie ein Flüstern.

»Bitte, Jansson! Lassen Sie uns reden!« Lars' Stimme wurde schwächer. Es vergingen ein paar Minuten, dann glaubte er im Flur die Umrisse eines Menschen zu erkennen. Aber es war nicht Jansson, es war die Silhouette einer Frau. Lars blinzelte, dann erkannte er, wer es war: Gunilla. Sie stand in der Tür zum Wohnzimmer und lehnte sich an den Türrahmen.

Lars' Atem ging schneller und kam jetzt stoßweise. Er hustete, die Angst presste ihm den Brustkorb zusammen. Dieser verdammte Jansson.

»Was machst du denn hier?«, stieß Lars hervor.

Jansson drängte sich an Gunilla vorbei ins Zimmer. Er hatte eine Pistole in der Hand, die mit einem Schalldämpfer versehen war. Er stellte sich hinter Lars, zog ihn hoch, bis er auf die Knie kam, hielt den Schalldämpfer an seine Schläfe und schaute Gunilla an. Sie nickte. Lars versuchte, etwas zu sagen. Aber aus seinem Mund kam nur ein Keuchen, das nach dunkler Todesangst klang.

Jansson drückte ab, es puffte leise, und ein Blutstrahl schoss aus seiner linken Schläfe. Gunilla starrte ihn an, als Lars zusammensank. Jansson hockte sich neben ihn und löste die Handschellen.

Gunilla hatte gedacht, dass es sie mit Genugtuung erfüllen würde, ihn sterben zu sehen, nach dem, was Lars mit ihrem Bruder gemacht hatte. Aber sie fühlte sich leer und niedergeschlagen. Sie hatte genug von allem, was mit dem Tod zu tun hatte.

»Danke, Tommy«, sagte sie trotzdem.

Er schaute hoch. »Wie fühlt es sich an?«

Sie antwortete nicht. Tommy Jansson schaute sie an und wusste, wie sie sich fühlte. Er sah diesen Gesichtsausdruck nicht zum ersten Mal.

»Ich vermisse Erik«, sagte Gunilla dann. Das überraschte ihn, und Tommy seufzte. Er hob die Pistole und drückte einfach nur ab. Wieder erklang das kurze Puffen, der Rückstoß ließ den Schalldämpfer nach oben schnellen. Die Kugel traf Gunilla in die Stirn.

Sie blieb einen Augenblick regungslos stehen, als könnte die Kraft des Erstaunens sie am Leben halten, dann knickten ihr die Beine weg. Sie fiel um wie eine Marionette, bei der man alle Fäden gleichzeitig abgeschnitten hatte. Ihre Augen blickten starr zur Decke.

Tommy Jansson atmete schwer, sein Herz klopfte laut, und sein Mund war trocken. Er murmelte leise vor sich hin, was jetzt zu tun war. Nichts durfte dem Zufall überlassen werden. Er sah die zwei Toten an, Gunilla und dann Lars. Zwei leblose Dinge, versuchte er sich einzureden, die mit ihm nichts mehr zu tun hatten.

Er nahm den Schalldämpfer ab und steckte ihn in seine Tasche. Dann legte er die Waffe auf den Boden, zog ein Wattestäbchen aus der Plastiktüte in seiner Tasche und fuhr damit leicht über den Abzug, um die Pulverspuren abzunehmen und sie auf die weiche Stelle zwischen Lars' rechtem Daumen und Zeigefinger zu pinseln. Dann drückte er dem Toten die Waffe in die Hand. Er ließ die Handschellen in Lars' Schlafzimmer zurück. Die Spurensicherung würde feine Abschürfungen an seinen Handgelenken feststellen, und die Handschellen im Schlafzimmer würden ihre Gedanken dahin lenken, wohin die Gedanken aller Menschen gingen, wenn sie Handschellen in Schlafzimmern entdeckten.

Dann hockte er sich neben Gunillas toten Körper und durchsuchte ihre Handtasche. Dabei wusste er schon vorher, dass er nichts finden würde, sie war ebenso vorsichtig gewesen wie er selbst.

Tommy Jansson hatte Gunilla angerufen, nachdem er das Material gesichtet hatte, das Lars ihm übergeben hatte. Er hatte keine große Sache daraus gemacht, sondern ihr gesagt, dass er auch ein Stück vom Kuchen wolle. Und weil sie ihn kannte, hatte sie nur ruhig gefragt, wie viel. Eriks Hälfte schien ihm angemessen. Sie hatte eingewilligt.

Nachdem Lars Vinge ihr auf der Beerdigung so selbstgewiss erzählt hatte, wie er ihren Bruder hatte sterben lassen, hatte sie nur noch einen Punkt hinzugefügt: Sie wollte darüber bestimmen, wie Lars sterben würde. Das war für ihn kein größeres Problem. Es tat ihm nur leid, dass er auch Gunilla erschießen musste. Aber Gunilla wäre eine Bedrohung für ihn gewesen, sie hätte ihn von jetzt an in der Hand gehabt. Er hätte ständig vor ihr auf der Hut sein müssen. Doch der Hauptgrund für ihren Tod war die Höhe der Beträge, um die es ging. Seine Frau Monica war schließlich krank, sehr krank, und Geld konnte auch Leben retten … Zumindest konnte er damit ihr Leben verlängern, vielleicht sogar ihre Amyotrophe Lateralsklerose heilen. Und dann gab es da noch einen dritten Aspekt, nebensächlich, aber doch nicht ganz ohne Bedeutung. Es war das Gefühl, dass er sich etwas entgehen lassen würde, wenn er nur die Hälfte nähme.

Gunilla hatte Eva Castroneves mit einer Vollmacht nach Liechtenstein geschickt, sie sollte sich um das Geld von Hector Guzman kümmern. Aber als die Überweisung nicht getätigt wurde, erhielt Eva einen neuen Auftrag. Nach einem Gespräch mit Gunilla hatte Eva Geld auf ein Konto überwiesen, über das auch Tommy Jansson verfügen konnte. Gunilla war immer zu vertrauensselig gewesen, dachte Tommy Jansson nicht ohne eine gewisse Befriedigung über seinen Plan. Jetzt würde er Eva anrufen müssen und ihr sagen, dass sie auch Gunillas Geld an ihn überweisen sollte; zehn Prozent davon würde sie selbst behalten können. Er sagte ihr, dass er eine Sporttasche mit Beweismaterial hatte, in dem ihr Name auf jeder zweiten Seite auftauchte. Nein, Eva Castroneves würde sich hüten zu widersprechen, davon war er fest überzeugt.

Er durchkämmte noch einmal Lars Vinges Wohnung und stellte sicher, dass es dort nichts mehr gab, was mit dem Fall in Verbindung gebracht werden konnte. Er prüfte alles, was das Interesse der Spurensicherung erregen würde. Er wusste, wie sie arbeitete, sie würde verflucht gründlich sein, wenn sie wirklich etwas herausfinden wollte, und das war bei einem Mord an einer Polizistin zu erwarten.

Als Tommy sich sicher war, dass die Wohnung keine Hinweise lieferte, ging er auf die Straße hinunter, setzte sich in seinen Buick, startete den Motor und ließ ihn zwischen den Häuserfassaden aufheulen.

Dann fuhr er nach Hause zu Monica und den Mädchen. Sie wollten am Abend auf der Terrasse grillen. Über den Gartenzaun würde er den Nachbarn Krister und Agneta zunicken und mit Krister Witze reißen. Krister würde lachen, das tat er immer. Dann würde Tommy Vanessas Englischlektionen abhören, sie hatte über die Sommerferien eine Extraaufgabe bekommen. Sie würde ihn wegen seiner Aussprache aufziehen, zusammen würden sie über sein schwedisches Englisch lachen. Nach einem Stündchen gemeinsam vor dem Fernseher würde Monica eine Partie Backgammon und Kaffee im Wintergarten vorschlagen, dazu ein Stück von dieser Biskuitrolle, der sie beide nicht widerstehen konnten. Monica würde das Brettspiel gewinnen. Sie würden zu Bett gehen und noch eine Weile lesen. Bevor sie das Licht ausmachten, würde er ihr über die Wange streicheln und ihr sagen, dass er sie liebte. So ungefähr würde es sich abspielen. Alles würde noch eine Weile seinen ganz normalen Gang gehen. Und dann würde er seine Frau vor dem langsamen, qualvollen Ersticken bewahren.

Er schob sich mit seinem Buick durch den dichten Stockholmer Verkehr. Im Kopf rechnete er aus, wie viel Geld ihm jetzt eigentlich zur Verfügung stand. Er kam auf zwei Ziffern, gefolgt von sechs Nullen. Zwei relativ hohe Ziffern. Das war ganz schön viel für einen Typen, der in den späten Fünfzigerjahren in Johanneshov geboren worden und bei der Polizei gelandet war.

Sophie summte leise vor sich hin, wusch ihn, kämmte sein Haar und zog ihn an. Jetzt las sie ihm aus einem Buch vor, das er vor dem Unfall gelesen hatte. Es hatte mit einem Lesezeichen neben seinem Bett gelegen.

Die Tür zu Alberts Krankenzimmer stand einen Spaltbreit offen. Jens schaute ins Zimmer hinein. Der Anblick der Mutter neben ihrem Sohn war für ihn jedes Mal berührend.

Jens hatte ein Kartenspiel in der Hand, das er unten am Kiosk gekauft hatte. Er hatte gehofft, dass Sophie und er zusammen eine Partie Karten spielen würden, damit die Zeit schneller verging. Aber als er jetzt so dastand, war es ihm unmöglich, ins Zimmer zu treten. Irgendetwas hinderte ihn daran, ein Teil von Sophies und Alberts Leben zu werden und in die Wärme hineinzugehen.

Sie saß da und strich sich beim Lesen eine Haarsträhne aus dem Gesicht.

Jens drehte sich um und ging durch den Flur zum Aufzug zurück.

Die Stimmung war gedrückt und angespannt. Die Männer saßen im Konferenzraum, der zugleich Björn Gunnarssons privater Raucherbereich war. Björn Gunnarsson war Tommy Janssons Chef. Er sog an seiner Pfeife, ehe er das Schweigen brach.

»Also, Tommy, was wissen wir?«

Tommy Jansson saß zurückgelehnt auf seinem Stuhl, den Blick auf die Tischplatte gerichtet. Er schaute noch einen Moment auf einen unsichtbaren Punkt, bevor er den Kopf hob und antwortete. »Lars Vinge war psychisch labil und impulsiv. Gunilla hatte Angst vor ihm, das hat sie mir ganz am Anfang gesagt. Ich habe das damals nicht so ernst genommen. Aber er war offenbar schwierig und hielt sich für überqualifiziert für die Arbeit, die sie ihm zugeteilt hatte. Er rief sie an, schrieb Mails, war aggressiv und drohte ihr, wenn sie ihm nicht andere Aufgaben übertragen würde. Außerdem sind seine Mutter und seine Freundin kurz hintereinander gestorben, das hat ihn natürlich zusätzlich aus dem Gleichgewicht gebracht.«

Björn Gunnarsson hörte zu und rauchte.

»Vinge hat sich selbst in eine Entzugsklinik eingewiesen, ist aber vor ein paar Tagen wieder von dort abgehauen. Es ist ein Gespräch zwischen ihm und Gunilla registriert, am selben Abend, als er nach Hause kam. Vielleicht hat er sie angerufen, um sie um Hilfe zu bitten, wir wissen es nicht. Jedenfalls kam sie offensichtlich am darauffolgenden Morgen zu ihm in die Wohnung. Dort hat er sie erschossen und sich anschließend selbst das Leben genommen. Alles deutet darauf hin, dass er unter Medikamenteneinfluss stand.«

»Was für Medikamente?«

»Alle möglichen Beruhigungs- und Schmerzmittel. Vinge hat eine lange Krankengeschichte, was das betrifft. Laut Gunilla ist die Sache mit dem Druck seiner Arbeit wieder außer Kontrolle geraten. Es kann aber auch mit seiner Mutter und seiner Freundin zusammenhängen.«

»Und die Ermittlungen?« Gunnarsson legte die Stirn in Falten.

Tommy Jansson rieb sich etwas aus dem Auge. »Hier

wird es nun ganz kurios. Das Büro in der Brahegatan war so gut wie leer. Es gab lediglich ein paar Überwachungsberichte, ein paar Fotos und wertloses Untersuchungsmaterial.«

»Obwohl sie über Wochen Verdächtige observierte?«

Tommy Jansson machte eine Kunstpause. »Ich bin auch überrascht.«

»Was glaubst du, wieso ihr nichts habt?«

Jansson wirkte plötzlich angestrengt, als würde ihm das, was er jetzt sagen musste, physische Schmerzen bereiten.

»Vielleicht hatten Gunilla und Erik nichts in der Hand, vielleicht haben sie nichts herausgefunden – jedenfalls nicht so viel, wie Gunilla uns glauben lassen wollte.« Er klang fast entschuldigend, als fiele es ihm schwer, etwas Schlechtes über die Toten zu sagen.

»Warum glaubst du das?« Gunnarssons Stimme war rau.

»Denk daran, dass wir ihr vollkommen freie Hand gelassen haben. Vielleicht schämte sie sich jetzt, dass es nicht so lief, wie sie gehofft hatte. Und sie wollte weiter ihre Mittel zur Verfügung haben und wusste, dass sie sie nicht bekommen würde, wenn sie keine Fortschritte erzielte. Ein Teufelskreis.« Tommy Jansson zuckte mit den Schultern. »Ich weiß es selbst nicht genau.«

Gunnarsson seufzte tief. Er klopfte den aufgerauchten Tabak in seine Handfläche und warf ihn neben sich in den Papierkorb. »Und die Morde im Trasten?«

»Antonia Miller leitet die Ermittlungen. Ich habe ihr alles gegeben, was ich von Gunilla dazu hatte, so wenig das auch war. Vielleicht helfen uns da die Ergebnisse der Spurensicherung weiter.«

»Ich nehme an, Guzman ist außer Landes?«

»Ja. Wir haben eine internationale Fahndung herausgegeben. Sein Vater wurde in seinem Haus in Marbella getötet, etwa zur selben Zeit, als die Schüsse im Trasten fielen. Offenbar sind diese Auseinandersetzungen miteinander verknüpft.«

Björn Gunnarsson runzelte die Stirn. Wie es aussah, wollte er auf Guzman nicht näher eingehen. Stattdessen fragte er: »Und Hans Berglund?«

»Verschwunden.«

»Warum?«

Tommy Jansson schüttelte den Kopf. »Ich weiß es nicht. Er hatte schon ziemlich viel Dreck am Stecken, bevor er von Gunilla angeheuert wurde. Vermutlich ist er einfach abgehauen.«

Sie schwiegen eine Weile.

»Hast du eine Ahnung, wo er sein könnte?«

»Nein.«

»Und sein Partner Ask? Was, zum Teufel, hatte Anders Ask überhaupt bei diesen Ermittlungen zu suchen?«

»Ich habe Gunilla gefragt, nachdem ich ihn im Trasten gesehen hatte. Sie sagte, er würde ihr bei bestimmten Überwachungsaufgaben helfen.«

Gunnarsson blickte auf. »Hat sie das so gesagt, ›bei bestimmten Überwachungsaufgaben‹?«

Jansson nickte.

»Warum hat Ask sich dann das Leben genommen?«, fragte Gunnarsson.

»Warum bringen die Leute sich um? Ich weiß es nicht, aber er ist ja nicht der erste Kollege, der das getan hat. Und du kennst seine Vergangenheit. Niemand wollte nach dem Debakel beim Geheimdienst mit ihm zu tun haben. Er war angeschlagen, einsam … Er war einfach furchtbar müde, nehme ich an.« Jansson registrierte zufrieden, wie sein Gegenüber kurz nickte. »Furchtbar müde« war ein Phänomen, das Gunnarsson selbst gut kannte. Dann meinte er: »Aber bleiben in dieser Angelegenheit nicht ungewöhnlich viele Fragen offen, Tommy?«

»Doch, das bleiben sie.« Mehr hatte er dazu nicht zu sagen.

Von draußen drang das Rauschen des Verkehrs zu ihnen herein.

Björn Gunnarsson stopfte seine Pfeife und setzte noch einmal neu an. »Was wollen wir tun?«, fragte er.

»Es gibt nicht viel, was wir tun können. Es ist eine Tragödie, Björn, die Tat eines Verrückten, und dieser Verrückte heißt Lars Vinge, so einfach ist es letztlich. Was Gunillas Guzman-Ermittlungen angeht, so machen wir einfach mit dem weiter, was wir haben.«.

Gunnarsson hielt das Streichholz über die Pfeife. Dabei sagte er: »Wir sind wohl auch selbst nicht ganz unschuldig an dieser tragischen Geschichte. Gunilla wollte ohne Aufsicht arbeiten, und wir haben das zugelassen. Wir haben zugelassen, dass sie scheiterte. Wenn sie ihr Tüchtiges-Mädchen-Syndrom ein bisschen hätte zurücknehmen können und uns um Hilfe gebeten hätte, dann würde die ganze Sache heute vielleicht anders aussehen.«

Jansson kannte seinen Chef. Hinter seiner souveränen Fassade verbarg Gunnarsson Unsicherheit und Furcht vor Misserfolgen. Er wollte auf gar keinen Fall die Verantwortung für dieses Desaster übernehmen. Genau so hatte Tommy Jansson sich das vorgestellt.

»Ich kümmere mich um alles, Björn. Ich sehe zu, dass das gut geht«, sagte er deshalb abschließend.

Gunnarsson zündete seine Pfeife an und nahm ein paar tiefe Züge, der Rauch tauchte das Zimmer in ein angenehmes Blau. Gunnarsson betrachtete Jansson, während er das Nikotin auf seinen Körper wirken ließ.

»Gunilla und Erik waren enge Freunde von uns, Tommy. Sie hatten einen tadellosen Ruf. Ich möchte, dass sie uns so in Erinnerung bleiben.«

Tommy Jansson nickte.

EPILOG

Stockholm, August

Vorsichtig hob Sophie Albert vom Beifahrersitz in den Rollstuhl. Sie wusste, dass er das hasste. Es gab viele Dinge im Alltag, die er als demütigend empfinden musste. Aber er klagte nicht. Manchmal fand sie das fast beängstigend, denn sie wollte auch nicht, dass er seinen Kummer in sich hineinfraß.

Aber der Funke in seinen Augen war da, sie hatte ihn bereits gesehen, als er zwei Wochen zuvor im Krankenhaus aufgewacht war. Es war ihr Albert, der da aufwachte, ihr Albert, der Fragen stellte und der wütend wurde, als er begriff, wie sein Leben jetzt aussehen würde.

Aber nach einigen Tagen machte er schon seine ersten Witze mit ihr.

Und dann kamen seine Fragen. Sie erzählte ihm alles, von dem Tag an, an dem sie Hector im Krankenhaus kennengelernt hatte, bis zu ihrer Flucht nach Spanien. Albert hörte zu und versuchte all das zu verstehen.

Tom und Yvonne standen neben dem Wagen und wollten behilflich sein. Aber sie störten die Abläufe und standen im Weg, Sophie bat sie schließlich, ins Haus zu gehen und dort auf sie zu warten.

Albert und sie waren zum Familiensonntagsessen gekommen. Alle waren da, Jane und Jesus, Tom und ihre

Mutter Yvonne. Yvonne war sogar gut gelaunt. Die Terrassentür stand offen, und der Tisch war liebevoll gedeckt. Warme Spätsommerluft wehte durch das Esszimmerfenster herein.

Sophie betrachtete ihre Familie, die um den Tisch versammelt war. Sie war glücklich, dass sie da waren und sie unterstützten. Vor allem ihre Schwester Jane, die eine unglaubliche Stärke und Zuverlässigkeit bewiesen hatte. Sie hatte angepackt, als Sophie sie gebraucht hatte. Sie legte ihre übliche flatterhafte Unzuverlässigkeit ab und übernahm die Kontrolle. Jane konnte ein richtiger Fels in der Brandung sein, aber das wussten nur wenige.

Sophie sah zu Albert hinüber. Sein Handy piepste, er las eine SMS und beantwortete sie rasch mit einer schnellen Bewegung seines Daumens.

Und dann hörte Sophie zum ersten Mal seit vielen Wochen einfach nur zu, während die anderen am Tisch angeregt miteinander diskutierten. Sie spürte, dass sie stärker war, als sie immer gedacht hatte, und sie wusste nun, dass sie ihre Ängste nicht verstehen musste, um sie loszuwerden.

Sie hatte sich verändert. Wie eine Schlange, die sich häutet, hatte sie Teile ihrer alten Persönlichkeit abgestreift. Alles veränderte sich, das ganze Universum veränderte sich ständig. Es war ein Prozess, dem nichts und niemand sich entziehen konnte, auch sie selbst nicht. Und jetzt kam ihr das vollkommen natürlich vor.

Sophie sah Albert an, der ihren Blick erwiderte und sie anlächelte. Da erst merkte sie, dass sie selbst lächelte.

Es dämmerte, als sie sich in den Wagen setzten, um nach Hause zu fahren. Obwohl es immer noch warm war, spürte Sophie, dass eine andere Jahreszeit anbrach. Eine Jahreszeit, in der die Dunkelheit früher kam. Eine Jahreszeit, in der die Blätter schwer an den Bäumen hingen, bevor sie sich färbten und zu Boden fielen.

Sophie parkte vor dem Haus und wiederholte mit Albert die immer gleiche Prozedur: aus dem Auto, in den Rollstuhl und die neue Rampe zur Haustür hinauf. Sophie verriegelte alle Türen mit den Extraschlössern, die sie hatte einbauen lassen, und kontrollierte die Alarmanlage.

Als Albert eingeschlafen war, rief sie Aron an. Er hielt sie auf dem Laufenden. Sie erkundigte sich, ob sich bei Hector irgendetwas getan habe. Er war noch immer an die Maschinen angeschlossen, die ihn am Leben hielten.

Sophie machte sich einen Tee, trank ihn allein in der Küche und wünschte, Jens wäre nicht einfach spurlos verschwunden. Sie hatte schlicht eine SMS von ihm bekommen, in der er schrieb, er müsse für eine Weile verschwinden. Sie hatte ihn nicht fragen können, warum er verschwand und wovor er Angst hatte. Sie stellte nur fest, dass er ihr fehlte, mehr, als ihr lieb war. In den wenigen Tagen, die sie sich gesehen hatten, war ihr aufgegangen, dass sie beide etwas mehr verband als nur ihre frühe Bekanntschaft.

Sophie frühstückte auf der Veranda. Sie saß unter dem Balkon, trank ihren ersten Tee und lauschte dem Regen, der auf das Dach prasselte. Autoreifen auf dem Kies der Auffahrt ließen sie aufblicken. Sie stand auf und beugte sich über das Verandageländer. »Ich bin hier draußen!«

Eine Frau in ihrem Alter erschien. Sie war groß, hatte dunkles Haar und trug hohe Stiefel zu eng anliegenden Jeans und auffälligen Modeschmuck.

»Puh!«, sagte sie lachend, während sie die Stufen zur Veranda heraufkam und sich den Regen von der Jacke schüttelte. »Ist das ein Wetter! Ich bin Antonia Miller, Kriminalinspekteurin.« Sie reichte Sophie eine regenfeuchte Hand.

»Sophie Brinkmann«, sagte Sophie.

»Störe ich?«

»Nein, setzen Sie sich doch, ich frühstücke gerade.« Sie setzten sich, Sophie bot ihrem Gast Tee an, und Antonia Miller bedankte sich.

»Schön haben Sie es hier«, sagte sie.

»Danke. Wir fühlen uns auch sehr wohl. Ich wohne hier mit meinem Sohn, mein Mann ist vor vielen Jahren gestorben.«

Antonia nickte. »Verstehe. Ich selbst wohne in einer Zweizimmerwohnung in der Stadt, Südlage. Diesen Sommer bin ich jeden Tag aufgewacht und habe mich gefragt, warum ich eigentlich in einer Sauna lebe.« Sie lachte.

»Bitte, essen Sie doch auch etwas mit mir«, sagte Sophie.

Antonia streckte die Hand aus und nahm sich eine Scheibe Brot aus dem Korb und belegte sie mit Käse. Kauend betrachtete sie die Bäume und Blumen in Sophies Garten. »Hier würde es mir auch gefallen.«

Sophie blickte sie an, und Antonia Miller merkte, dass sie nun auf eine Erklärung wartete. »Entschuldigung, dass ich hier so bei Ihnen hereinschneie. Ich ermittle in einem Mordfall. Dem Dreifachmord in Vasastan, im Restaurant Trasten, Sie haben sicher davon gelesen?«

Sophie nickte.

»Eine schlimme Geschichte! Ich komme nur sehr langsam vorwärts. So sieht meine Arbeit aus, ein ständiges Tasten und Suchen.«

Antonia nahm einen Schluck aus ihrer Teetasse und stellte sie wieder ab.

»Wie Sie sicherlich ebenfalls wissen, gab es einen weiteren Mord bei einer tragischen Auseinandersetzung zweier Polizisten.«

Der Regen fiel jetzt in Schnüren vom Himmel.

»Ja, ich habe davon gehört, und jetzt sind Sie hier, um mir ein paar Fragen zu stellen.«

»Ja«, sagte Antonia.

»Ich fürchte nur, ich kann Ihnen nicht weiterhelfen.«

Antonia Miller zog ihren kleinen Notizblock aus der Jackentasche und schlug eine neue Seite auf. Sie wirkte unkompliziert und blickte Sophie offen an. Sophie mochte diese Frau auf Anhieb.

»Offenbar sind Gunilla Strandbergs Ermittlungen ergebnislos geblieben, jedenfalls hat sie sehr wenig Untersuchungsmaterial hinterlassen. Aber in diesen Unterlagen tauchte unter anderem Ihr Name auf. Wie sind Sie miteinander in Kontakt gekommen?«

»Sie hat mich in dem Krankenhaus aufgesucht, wo ich arbeite, in Danderyd. Sie sagte, dass sie gegen einen Hector Guzman ermitteln würde. Er lag auf meiner Station, er hatte sich bei einem Autounfall das Bein gebrochen. Das war Ende Mai, Anfang Juni.«

Antonia hörte aufmerksam zu.

»Gunilla Strandberg stellte mir ein paar Fragen über ihn, das war alles.«

»Kannten Sie Hector näher?«

»Ich habe ihn ein bisschen kennengelernt, als er im Krankenhaus lag. Zu manchen Patienten entwickelt sich einfach eine Beziehung. Wir sollen zwar kein engeres Verhältnis zu ihnen aufbauen, aber das ist leichter gesagt als getan.«

Antonia notierte etwas in ihrem Notizblock. »Und dann?«

»Ihre Kollegin rief mich noch ein paarmal an und stellte Fragen, die ich ihr nicht beantworten konnte. Als Hector aus dem Krankenhaus kam, lud er mich zum Essen ein, das war alles.«

Antonia Miller beugte sich vor und nahm einen Schluck Tee. Ein Außenstehender hätte annehmen können, dass hier zwei alte Freundinnen miteinander frühstückten. »Er hat Sie zum Essen eingeladen?«

Sophie nickte. »Ja.«

Antonia dachte einen Moment nach, bevor sie fragte: »Wie würden Sie ihn einschätzen, als Menschen?«

Sophie sah Antonia Miller an. »Keine Ahnung, nett, höflich, charmant und gebildet.«

Unvermittelt fragte die Polizistin: »Leif Arne Rydbäck, sagt Ihnen der Name etwas?«

Sophie schüttelte den Kopf. »Nein, wer ist das?«

Antonia Miller schaute kurz auf, dann sagte sie: »Wir haben drei tote Männer im Trasten gefunden. Eine vierte Leiche tauchte auf, als wir das Restaurant genauer untersuchten. Er war schon länger tot und ist nicht im Restaurant gestorben. Er hieß Leif Rydbäck.«

»Tut mir leid. Nein, diesen Namen habe ich noch nie gehört«, sagte Sophie.

»Und Lars Vinge?«

Sophie schüttelte den Kopf. »Nein, auch noch nie gehört. Wer ist das?«

»Lars Vinge war der Polizist, der Gunilla Strandberg umgebracht hat, sein Name wurde nie öffentlich genannt.«

Antonia Miller stellte noch eine ganze Reihe Fragen. Sie hatte nichts in der Hand. Und sie hatte keine Ahnung davon, wer Hector Guzman war. Sie war immer noch dabei, sich ein Bild zu machen. Sophie hörte es an ihrer

Stimme und merkte es an ihrer zurückhaltenden Art. Sie hielt Sophie Brinkmann offensichtlich für die unwissende Krankenschwester, die sie einmal gewesen war.

Ihr Gespräch wurde von Albert unterbrochen, der auf die Veranda gefahren kam. Der Junge im Rollstuhl brachte Kriminalinspekteurin Miller ein wenig aus dem Konzept.

»Hallo! Ich heiße Antonia Miller«, sagte sie ein bisschen zu aufgeräumt, stand auf und schüttelte ihm die Hand.

»Albert.«

Sophie legte ihm den Arm um die Schulter.

»Das ist mein Sohn, er hat noch eine Woche Sommerferien. Ich habe ihm gesagt, dass es Zeit wird, sich wieder auf einen geregelten Tagesablauf einzustellen, aber er will einfach nicht auf mich hören.«

Dann küsste sie ihn auf die Stirn.

Die Personen

Schweden

Sophie Brinkmann
Albert Brinkmann
Yvonne Brinkmann
Jane Brinkmann
Jesus

Jens Vall

Tommy Jansson
Gunilla Strandberg
Erik Strandberg
Eva Castroneves
Anders Ask
Hasse Berglund
Lars Vinge

Hector Guzman
Aron Geisler
Ernst Lundwall
Carlos Fuentes

Sonya Alizadeh
Svante Carlgren
Leif Rydbäck
Håkan Zivkovic

Russland

Dmitri, Goscha, Vitali

Spanien

Adalberto Guzman
Leszek Smialy

Deutschland

Ralph Hanke
Christian Hanke
Roland Gentz
Michail Asmarov
Klaus Köhler

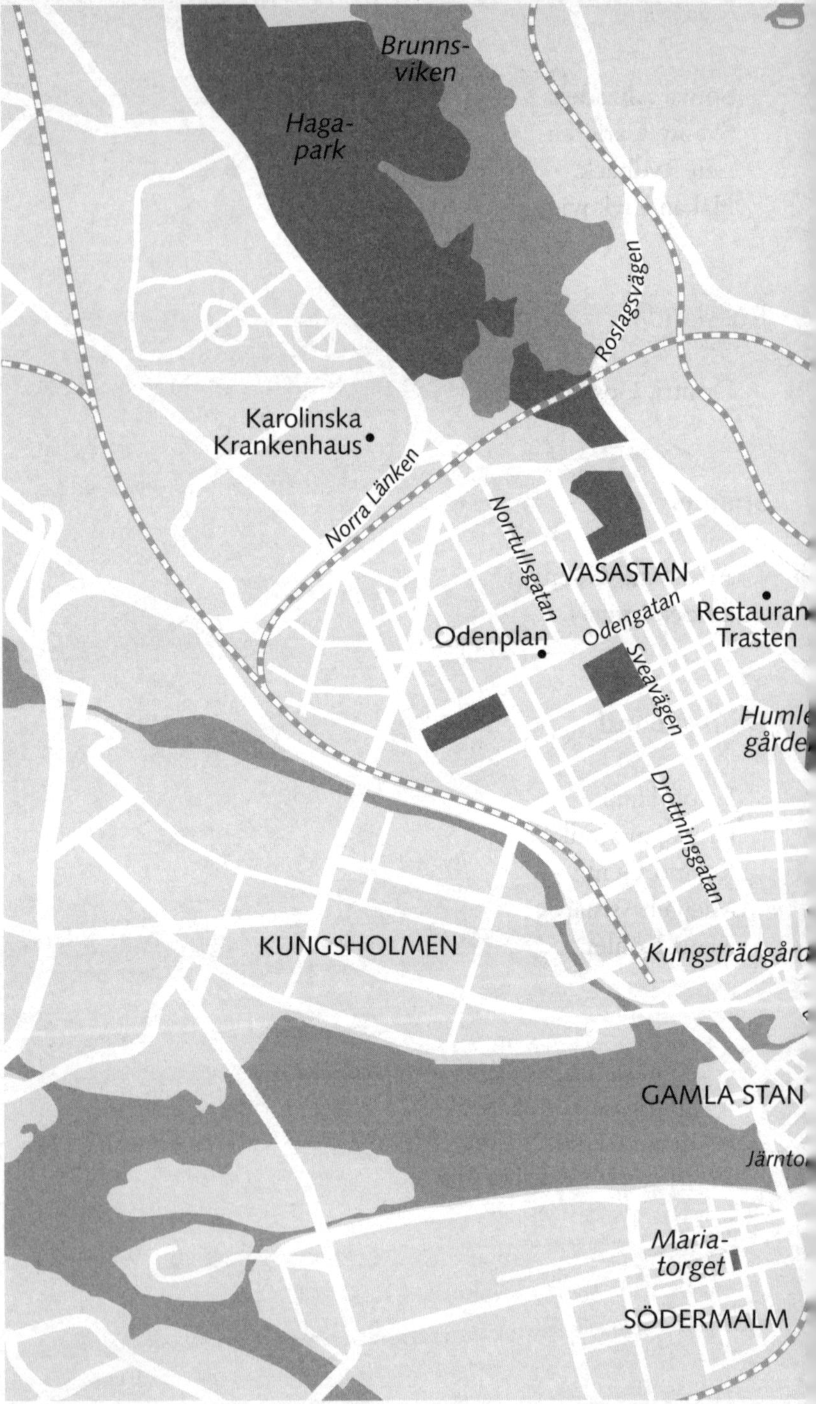
Brunns-
viken
Haga-
park
Roslagsvägen
Karolinska
Krankenhaus
Norra Länken
Norrtullsgatan
VASASTAN
Odengatan
Restauran
Trasten
Odenplan
Sveavägen
Huml
gårde
Drottninggatan
KUNGSHOLMEN
Kungsträdgård
GAMLA STAN
Järnto
Maria-
torget
SÖDERMALM

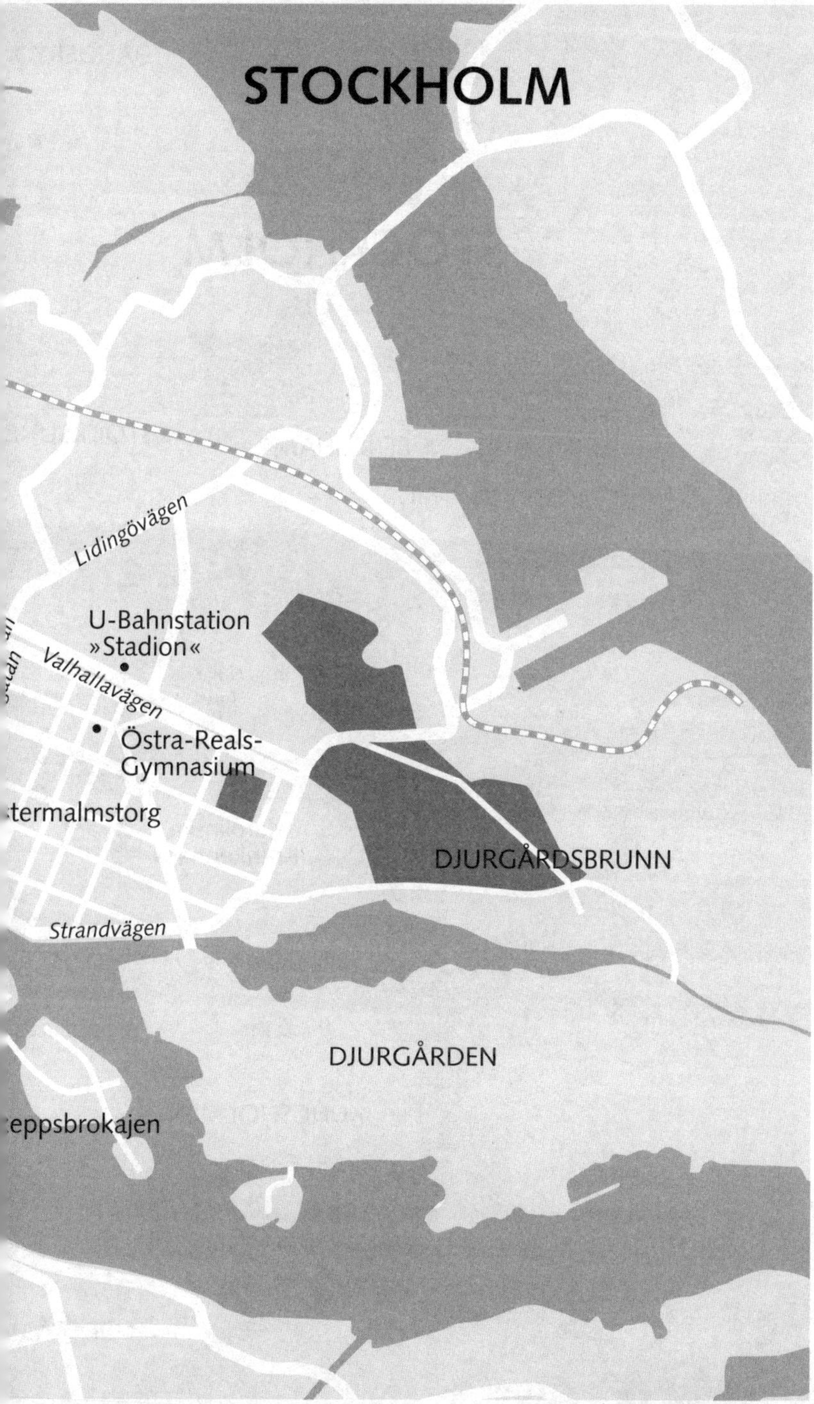
STOCKHOLM
Lidingövägen
U-Bahnstation
»Stadion«
Valhallavägen
Östra-Reals-
Gymnasium
termalmstorg
DJURGÅRDSBRUNN
Strandvägen
DJURGÅRDEN
eppsbrokajen

STOCKHOLM
DANDERYD
BERGSHAMRA
STOCKSUND
SOLNA
Haga-
park
Roslagsvägen
Karolinska
Krankenhaus
VASASTAN
Humlegå
KUNGSHOLMEN
SÖDERMA

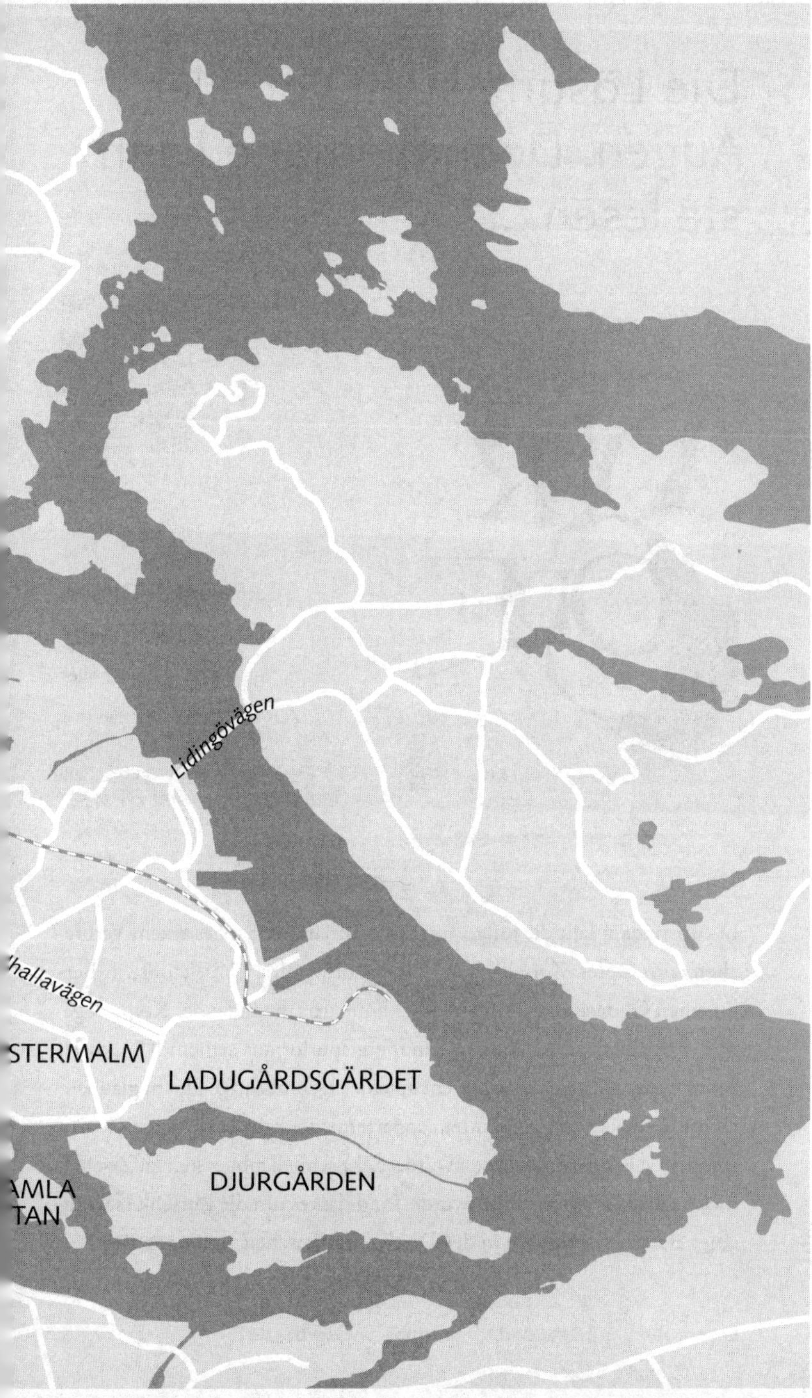
Lidingövägen
hallavägen
STERMALM
LADUGÅRDSGÄRDET
DJURGÅRDEN
AMLA
TAN